名家析名著丛书　赵园　主编

沈从文

名作欣赏

中国和平出版社

图书在版编目（CIP）数据

沈从文名作欣赏 / 沈从文著 ; 赵园主编. -- 北京:
中国和平出版社, 2010.10
（名家析名著丛书）
ISBN 978-7-5137-0008-5

Ⅰ. ①沈… Ⅱ. ①沈… ②赵… Ⅲ. ①沈从文
（1902～1988）－文学欣赏 Ⅳ. ①I206.7

中国版本图书馆CIP数据核字(2010)第174199号
图书在版编目（ＣＩＰ）数据

《沈从文名作欣赏》

沈从文 著　　赵园　主编

出 版 人：肖　斌
责任编辑：庞　旸
美术编辑：杨　都　刘天易
责任校对：邸　洁
责任印务：宋小仓　曲利华

出版发行：**中国和平出版社**
社　　址：北京市西城区鼓楼西大街154号　　（100009）
发 行 部：(010) 84026164　84026019（传真）
网　　址：www.hpbook.com
E－mail：hpbook@hpbook.com
经　　销：新华书店
印　　刷：小森印刷（北京）有限公司

开　　本：720毫米×980毫米　1/16
印　　张：7.125
字　　数：145千字
版　　次：2010年10月北京第1版　　2010年10月北京第 1 次印刷

（版权所有　　侵权必究）

ISBN 978-7-5137-0008-5　　　　　　　　定价：29.80元

照我思索，可理解「我」
照我思索，可认识「人」

沈从文

沈从文

名作欣赏

目 录

沈从文 生平

沈从文（1902～1988），原名沈岳焕，湖南凤凰人。现代著名作家、历史文物研究家、京派小说代表人物。

沈从文出身军人世家，祖父为清末湘军将领，父亲、长兄及六弟均从事军职。沈从文幼年不喜读书，经常逃学，逃学期间对故乡的自然景物、风俗人情与苗族文化、传说有广泛的认识和细腻的观察，为日后的创作打下深厚的基础。1917年沈从文自县立高级小学毕业后正式从军，辗转驻扎于湘西、川东、贵州边境地带。1923年离开军队前往北京，至北京大学旁听，并于隔年开始创作。1929年至1933年先后在吴淞中国公学、武汉大学、青岛大学任教。1933年至1935年主编《大公报》文艺副刊。抗战爆发后，于1939年受聘于昆明西南联合大学。抗战胜利后，任教于北京大学。新中国成立后在中国历史博物馆和中国社会科学院历史研究所工作，主要从事中国古代服饰的研究。"文革"结束后任中国社会科学院历史研究所研究员，完成《中国古代服饰研究》一书的校订、增补工作。1988年病逝于北京。

沈从文作品产量甚丰，一生创作的结集约有80多部，是现代作家中成书最多的一个。重要的作品有《边城》《从文自传》《湘行散记》等，由于其创作风格的独特，在中国文坛中被誉为"乡土文学之父"。

从作品到理论，沈从文完成了他的湘西系列。作品多刻画湘西纯朴率真的风土人情，讴歌故乡纯美善良的人性，以及时局的变动对湘西带来的冲击和破坏。"湘西"所能代表的健康、完善的人性，一种"优美、健康、自然，而又不悖乎人性的人生形式"，正是他的全部创作要负载的内容。

鉴赏文撰稿人

王安忆　作家，上海作家协会主席

王晓明　上海大学、华东师范大学文学院教授

汪　晖　清华大学文学院教授

汪曾祺　当代著名作家

孙　郁　北京鲁迅博物馆馆长，中国人民大学文学院院长

何立伟　湖南省作家协会副主席

吴秉杰　中国作家协会创研室原副主任

吴　俊　南京大学文学院教授

吴晓东　北京大学中文系副教授

吴福辉　中国现代文学馆原副馆长

陈思和　复旦大学文学院院长

范智红　中国社会科学院文学所《文学评论》编辑

姜泓冰　人民日报上海分社记者

赵学勇　陕西师范大学文学院教授

凌　宇　湖南师范大学文学院教授

唐　敏　福建省作家协会作家

钱理群　北京大学中文系教授

温儒敏　北京大学中文系系主任

蔡测海　湖南省作家协会副主席

楼肇明　中国社会科学院文学所研究员

序 言

赵 园

　　我没有打算过写所谓"导读"，这除了因我自知对沈从文的研究所及甚浅外，也因已有更配称"导读"的文字在，如凌宇的《从边城走向世界》（三联书店出版）及《沈从文传》（北京十月文艺出版社出版），美国学者金介甫先生的《沈从文传》（时事出版社及湖南文艺出版社中译本），等等。对沈从文其人其作感兴趣者，还应读一读由吉首大学的沈从文研究者编的那本很有分量的纪念集《长河不尽流》（湖南文艺出版社出版）。至于沈从文本人提供的导读文字，除他的那些篇文论外，即应推本书置于卷首的《从文自传》了。作为专业的文学研究者，我对作者本人的"意图说明"一向不怎么认真，却决不低估传记材料的研究价值。自传的有趣之处不只在于述说了什么，还在述说方式，"记忆"对"材料"的加工方式。何况对于本书的读者，《从文自传》首先是一部优美的散文作品呢！

　　不试行"导读"，也因了对于为本书撰写鉴赏文字的作者们的信任。令我欣喜的是，我收到的这些篇短文，较少高头讲章式的枯燥刻板，较少八股气，多能由具体作品及于深广，甚至使人由一作约略窥见沈从文及其艺术世界的一角隅。至于作者们的读解各有一些"成说"之外的新意，更是我期待之中的。我以为"鉴赏"类书籍无论面对的是哪一读者层，都不必希图提供"标准解释"。文学作品生命的延续正赖有人各不同、代各不同的读解及读解方式。情况从来是，因了批评理论、批评工具的更易，使得作品中素被"掩盖"、忽略的东西"呈露"出来。原作被不断诠释的可能性，是作品"生命犹在"的一种证明。与这"生命"为敌的是僵硬顽梗且自以为垄断了解释权的"研究者"。如鲁迅所说的那种"做了一通，仍旧等于一张的白纸"（《做古文和做好人的秘诀》）那样的大文，在我们的出版物中是从不缺乏的。

作为专业工作者，我并不尊重"专业眼光"的神圣性。过分的专业化，有时适足以成为专业者的限制。当研究陷于停滞时，或正赖有非专业者的介入、参与，方能为"专业"注入生机。我因而要特别向为本书撰稿的小说家、散文家们——汪曾祺、王安忆、唐敏、何立伟、蔡测海——致谢。作家与批评家关系之微妙由来已久，且不独中国为然。应当承认，我个人是一向爱读作家们的创作谈与批评文字的，常常惊喜于那些文章中非严格规范（"批评规范"）处闪灼着的独见。此外，从事当代文学批评（而非中国现代文学研究）的撰稿者，也因他们的"非（现代文学）专业"的识见，为本书的鉴赏部分增添了精彩。

本书撰稿者的名单上有一些较为陌生的名字。我所约请的几位年轻的研究者（其中包括在读的研究生）各自为本书提供了漂亮的短文。专业的生机从来赖有新人迭出。我个人则更因日见衰老，时时渴望着由年轻人生气勃勃的姿态中汲取活力。

我不便向支持了我的友人们一一致谢，但我仍不能不提到凌宇的鼎力相助。如若没有他提供的宝贵意见及他慨然承担的撰写重任(他为《从文自传》等篇所写的鉴赏文字，正是称职的导读之作)，我将会遇到更大的困难。汪晖于去国前的忙迫中仍完成了他承担的题目，也使我于欣喜中又略感不安。我似乎欠债太多，太吝于付出，愧对一向体谅支持我的友人们。但我也自知积习如此，忏悔之余，会"依然故我"地埋头于自个儿的一方园地，而未必能如我的朋友们似的慷慨的。

编此类书在我，是初试，受命时虽并不那么情愿，进入工作后却也得了一点新鲜的经验。在为本书写稿的相知、相识与不相识的作者，这毕竟是一次小小的合作。我个人虽性喜独处，且以为人文学科的研究更是"个体劳动"，但对某种不拘限个人才情的合作形式仍有浓厚的兴趣，

◎晚年沈从文的风采。

如"丛书"式的合作。群体意识不必蓄意造成，但集束的成果推出，有助于将新的姿态带进学界，——这或许出于我所属的一代人的经验。"新时期"的十几年间，将一代、一批研究者作为一种力量介绍给社会，这种工作，是由一批富于远见与事业感的学术刊物、出版社承担的。我将在另外的场合谈到"作者与编辑"、"一代研究者与出版家"、"学界与出版界"。我以为十几年间的学术活动，在相当程度上是由出版家参与组织的，未来的学术史将会如实记录出版界在发现新人、组织学术力量以至"引导"、推进学术方面的巨大贡献，——出版业在特定时期发挥的特殊功能。我只祈望年轻者能有我们一代所曾有过的幸运。尽管商业大潮的冲击已使他们的处境与我们当年大为不同，我仍愿意相信会有乐于发现、扶植新人的出版家，以丛书的形式及其他形式，将年轻者作为"代"而推出，如上海文艺出版社、浙江文艺出版社率先做过并在继续做着的那样。

关于本书，我想说，尽管近年来"鉴赏"类书出版量较大，中国和平出版社组织的这套书仍受读者青睐，至少证明了"普及"工作的意义。

已出的一种《鲁迅名作鉴赏词典》装帧印刷之精良，亦促使我努力效法沈从文先生的"临事庄肃"，生怕使热心的读者在购得这种定价略嫌昂贵的书时感到失望。我是希望出版物（作为商品）讲究一点"包装"的——即在装帧设计以至版式用纸等等上，注重一点"文化品味"。我有一种信念，以为当代中国倘有真正的"出版家"，多半会出在"外地"而非京城；现在又以为京城中新崛起的出版社，其气魄有可能超过某些"老店"——虽然这猜想还有待于证实。

对于缺乏有关的文学史知识的读者，本书中的某些鉴赏之作或稍嫌艰深。以为"鉴赏"类文字、书籍必浅，也像是一种偏见，使趣味高雅的学者不屑于涉笔。在我看来，一味求浅俗，亦应是鉴赏类书出得滥、被轻视的原因。本应有种种的鉴赏眼光与鉴赏方式，即如文物鉴赏家与博物馆中的普通参观者所见即大不同。我不愿自己所编的这书中的文字太"学院气"，却决不以为可以为此降低学术水准。所幸有起码鉴赏力的读者并不全然依赖于别人的导引，他们手中持有自己的那把钥匙，只将别的读解者作为不妨对话的一方而已。

我要说的就是这些。

请读这本书。

沈从文作品的版本问题较为复杂，吴福辉在其鉴赏文字中已谈及。因本书面向一般读者，"作品"部分用 1983 年四川人民出版社版《沈从文选集》，及 1982 年人民文学出版社版《沈从文小说选》。鉴赏文章中的引文与"作品"容或不同。专业工作者可查阅初版本及其他版本。

编者又识

传记

从文自传（节选）

便开始进到一个使我永远无从毕业的学校，来学那课永远学不尽的人生了。

◎辛亥革命时（1910年）沈氏全家人：右四母亲，左一大哥沈云麓，前左三沈从文，前左四三弟沈得余。

我读一本小书同时又读一本大书

我能正确记忆到我小时的一切，大约在两岁左右。我从小到四岁左右，始终健全肥壮如一只小豚。四岁时母亲一面告给我认方字，外祖母一面便给我糖吃，到认完六百生字时，腹中生了蛔虫，弄得黄瘦异常，只得每天用草药蒸鸡肝当饭。那时节我就已跟随了两个姐姐，到一个女先生处上学。那人既是我的亲戚，我年龄又那么小，过那边去念书，坐在书桌边读书的时节较少，坐在她膝上玩的时间或者较多。

到六岁时，我的弟弟方两岁，两人同时出了疹子。时正六月，日夜皆在吓人高热中受苦，又不能躺下睡觉，一躺下就咳嗽发喘。又不要人抱，抱时全身难受。我还记得我同我那弟弟两人当时都用竹簟卷好，同春卷一样，竖立在屋中阴凉处。家中人当时业已为我们预备了两具小小棺木搁在廊下。但十分幸运，两人到后居然全好了。我的弟弟病后，家中特别为他请了一个壮实高大的苗妇人照料，照料得法，他便壮大异常。我因此一病，却完全改了样子，从此不再与肥胖为缘，成了个小猴儿精了。

六岁时我已单独上了私塾。如一般风气，凡是私塾中给予小孩子的虐待，我照样也得到了一份。但初上学时我因为在家中业已认字不少，记忆力从小又似乎特别好，比较其余小孩，可谓十分幸福。第二年后换了一个私塾，在这私塾中我跟从了几个较大的学生，学会了顽劣孩子抵抗顽固塾师的方法，逃避那些枯燥书本去同一切自然相亲近。这一年的生活形成了我一生性格与感情的基础。我间或逃学，且一再说谎，掩饰我逃学应受的处罚。我的爸爸因这件事十分愤怒，有一次竟说若再逃学说谎，便当砍去我一手指。我仍然不为这话所恐吓，机会一来时总不把逃学的机会轻轻放过。当我学会了用自己的眼睛看世界的一切，到不同社会中去生活时，学校对于我便已毫无兴味可言了。

我爸爸平时本极爱我，我曾经有一时还做过我那一家的中心人物。稍稍害点病时，一家人便睁着眼睛不睡眠，在床边服侍我，当我要谁抱时谁就伸出手来。家中那时经济情形还好，我在物质方面所享受到的，比起一般亲戚小孩似乎皆好得多。我的爸爸既一面只做将军的好梦，一面对于我却怀了更大的希望。他仿佛早就看出我不是个军人，不希望我做将军，却告给我祖父的许多勇敢光荣的故事，以及他庚子年间所得的一分经验。他因为欢喜京戏，只想我学戏，做谭鑫培。他以为我不拘做什么事，总之应比做个将军高些。第一个赞美我明慧的就是我的爸爸。可是当他发现了我成天从塾中逃出到太阳底下同一群小流氓游荡，任何方法都不能拘束这颗小小的心，且不能禁止我狡猾的说谎时，我的行为实在伤了这个军人的心。同时那小我四岁的弟弟，因为看护他的苗妇人照料十分得法，身体养育得强壮异常，年龄虽小，便显得气派宏大，凝静结实，且极自重自爱，故家中人对我感到失望时，对他便异常关切起来。

这小孩子到后来也并不辜负家中人的期望,二十二岁时便做了步兵上校。至于我那个爸爸,却在蒙古、东北、西藏各处军队中混过,民国二十年时还只是一个上校,在本地土著军队里做军医(后改为中医院长),把将军的希望留在弟弟身上,在家乡从一种极轻微的疾病中便瞑目了。

我有了外面的自由,对于家中的爱护反觉处处受了牵制,因此家中人疏忽了我的生活时,反而似乎使我方便了好些。领导我逃出学塾,尽我到日光下去认识这大千世界微妙的光,稀奇的色,以及万汇百物的动静,这人是我一个张姓表哥。他开始带我到他家中桔柚园中去玩,到各处山上去玩,到各种野孩子堆里去玩,到水边去玩。他教我说谎,用一种谎话对付家中,又用另一种谎话对付学塾,引诱我跟他各处跑去。即或不逃学,学塾为了担心学童下河洗澡,每到中午散学时,照例必在每人手心中用朱笔写个大字,我们还依然能够一手高举,把身体泡到水中玩个半天。这方法也亏那表哥想出的。我感情流动而不凝固,一派清波给予我的影响实在不小。我幼小时较美丽的生活,大部分都同水不能分离。我的学校可以说在水边的。我认识美,学会思索,水对我有极大的关系。我最初与水接近,便是那荒唐表哥领带的。

现在说来,我在做孩子的时代,原本也不是个全不知自重的小孩子。我并不愚蠢。当时在一班表兄弟和弟兄中,似乎只有我那个哥哥比我聪明。我却比其他一切孩子懂事。但自从那表哥教会我逃学后,我便成为毫不自重的人了。在各样教训各样方法管教下,我不欢喜读书的性情,从塾师方面,从家庭方面,从亲戚方面,莫不对于我感觉得无多希望。我的长处到那时只是种种的说谎。我非从学塾逃到外面空气下不可,逃学过后又得逃避处罚,我最先所学,同时拿来致用的,也就是根据各种经验

○沈从文的父亲沈宗嗣。

来制作各种谎话。我的心总得为一种新鲜声音、新鲜颜色、新鲜气味而跳。我得认识本人生活以外的生活。我的智慧应当从直接生活上得来，却不须从一本好书一句好话上学来。似乎就只这样一个原因，我在学塾中，逃学纪录点数，在当时便比任何一个都高。

离开私塾转入新式小学时，我学的总是学校以外的。到我出外自食其力时，我又不曾在我职务上学好过什么。二十年后我"不安于当前事务，却倾心于现世光色，对于一切成例与观念皆十分怀疑，却常常为人生远景而凝眸"，这分性格的形成，便应当溯源于小时在私塾中的逃学习惯。极显明，对于后来用笔有显著影响。

自从逃学成为习惯后，我除了想方设法逃学，什么也不再关心。

◎沈从文的母亲黄英。

有时天气坏一点，不便出城上山里去玩，逃了学没有什么去处，我就一个人走到城外庙里去。本地大建筑在城外计三十来处，除了庙宇就是会馆和祠堂。空地广阔，因此均为小手工业工人所利用。那些庙里总常常有人在殿前廊下绞绳子、织竹罩、做香，我就看他们做事。有人下棋，我看下棋。有人打拳，我看打拳。甚至于相骂，我也看着，看他们如何骂来骂去，如何结果。因为自己既逃学，走到的地方必不能有熟人，所到的必是较远的庙里。到了那里，既无一个熟人，因此什么事都只好用耳朵去听，眼睛去看，直到看无可看听无可听时，我便应当设计打量我怎么回家去的方法了。

来去学校我得拿一个书篮。内中有十多本破书，由《包句杂志》《幼学琼林》到《论语》《诗经》《尚书》，通常得背诵，分量相当沉重。逃学时还把书篮挂到手肘上这就未免太蠢了一点。凡这么办的可以说是不聪明的孩子。许多这种小孩子，因为逃学到各处去，人家一见就认得出，

上年纪一点的人见到时就会说："逃学的，赶快跑回家挨打去，不要在这里玩。"若无书篮可不必受这种教训。因此我们就想出了一个方法，把书篮寄存到一个土地庙里去，那地方无一个人看管，但谁也用不着担心他的书篮。小孩子对于土地神全不缺少必需的敬畏，都信托这木偶，把书篮好好的藏到神座龛子里去，常常同时有五个或八个，到时却各人把各人的拿走，谁也不会乱动旁人的东西。我把书篮放到那地方去，次数是不能记忆了的，照我想来，搁的最多的必定是我。

逃学失败被家中学校任何一方面发觉时，两方面总得各挨一顿打，在学校得自己把板凳搬到孔夫子牌位前，伏在上面受笞。处罚过后还要对孔夫子牌位作一揖，表示忏悔。有时又常常罚跪至一根香时间。我一面被处罚跪在房中的一隅，一面便记着各种事情，想象恰如生了一对翅膀，凭经验飞到各样动人事物上去，按照天气寒暖，想到河中鳜鱼被钓起离水后拨刺的情形，想到天上飞满风筝的情形，想到空山中歌呼的黄鹂，想到树木上累累的果实。由于最容易神往到种种屋外东西上去，反而常把处罚的痛苦忘掉、处罚的时间忘掉，直到被唤起以后为止，我就从不曾在被处罚中感觉过小小冤屈。那不是冤屈。我应感谢那种处罚，使我无法同自然接近时，给我一个练习想象的机会。

家中对这件事自然照例不大明白情形，以为只是教师方面太宽的过失，因此又为我换一个教师。我当然不能在这些变动上有什么异议。这事对我说来，我倒又得感谢我的家中，因为先前那个学校比较近些，虽常常绕道上学，终不是个办法，且因绕道过远，把时间耽误太久时，无可托词。现在的学校可真很远很远了，不必包绕偏街，我便应当经过许多有趣味的地方了。从我家中到那个新的学塾里去时，路上我可看到针铺门前永远必有一个老人戴了极大的眼镜，低下头来在那里磨针。又可看到一个伞铺，大门敞开，做伞时十几个学徒一起工作，尽人欣赏。又有皮靴店，大胖子皮匠天热时总腆出一个大而黑的肚皮（上面有一撮毛！）用夹板上鞋。又有剃头铺，任何时节总有人手托一个小小木盘，呆呆的在那里尽剃头师傅刮脸。又可看到一家染坊，有强壮多力的苗人，踹在凹形石碾上面，站得高高的，手扶着墙上横木，偏左偏右的摇荡。又有三家苗人打豆腐的作坊，小腰白齿头包花帕的苗妇人，时时刻刻口上都轻声唱歌，一面引逗缚在身背后包单里的小苗人，一面用放光的红铜勺舀取豆浆。我还必需经过一个豆粉作坊，远远的就可听到骡子推磨隆隆的声音，屋顶棚架上晾满白粉条，我还得经过一些屠户肉案桌，可看到那些新鲜猪肉砍碎时尚在跳动不止。我还得经过一家扎冥器出租花轿的铺子，有白面无常鬼、蓝面魔鬼、鱼龙、轿子、金童玉女，每天且可以从他那里看出多少人接亲，有多少冥器，那些定做的作品又成就了多少，换了些什么式样，并且还常常停顿下来，看他们贴金傅粉，涂色，一站许久。

我就欢喜看那些东西，一面看一面明白了许多事情。

每天上学时照例手肘上挂了那个竹书篮，里面放十多本破书。在家中虽不敢不穿鞋，可是一出了大门，即刻就把鞋脱下拿到手上，赤脚向学校走去。不管如何，时间照例是有多余的，因此我总得绕一节路玩玩。若从西城走去，在那边就可看到牢狱，大清早若干人带了脚镣从牢中出来，派过衙门去挖土。若从杀人处走过，昨天杀的人

◎10岁左右的沈从文。
（1911～1912）

还没有收尸，一定已被野狗把尸首咋碎或拖到小溪中去了，就走过去看看那个糜碎了的尸体，或拾起一块小小石头，在那个污秽的头颅上敲打一下，或用一木棍去戳戳，看看会动不动。若还有野狗在那里争夺，就预先拾了许多石头放在书篮里，随手一一向野狗抛掷，不再过去，只远远的看看，就走开了。

既然到了溪边，有时候溪中涨了小小的水，就把裤管高卷，书篮顶在头上，一只手扶着，一只手照料裤子，在沿了城根流去的溪水中走去，直到水深齐膝处为止。学校在北门，我出的是西门，又进南门，再绕城里大街一直走去。在南门河滩方面我还可以看一阵杀牛，机会好时恰好正看到那老实可怜畜牲放倒的情形。因为每天可以看一点点，杀牛的手续同牛内脏的位置，不久也就被我完全弄清楚了。再过去一点就是边街，有织簟子的铺子，每天任何时节皆有几个老人坐在门前用厚背的钢刀破篾，有两个小孩子蹲在地上织簟子。（我对于这一行手艺所明白的种种，现在说来

似乎比写字还在行。）又有铁匠铺，制铁炉同风箱皆占据屋中，大门永远敞开着，时间即或再早一些，也可以看到一个小孩子两只手拉着风箱横柄，把整个身子的分量前倾后倒，风箱于是就连续发出一种吼声，火炉上便放出一股臭烟同红光。待到把赤红的热铁拉出搁放到铁砧上时，这个小东西，赶忙舞动细柄铁锤，把铁锤从身背后扬起，在身面前落下，火花四溅的一下一下打着。有时打的是一把刀，有时打的是一件农具。有时看到的又是这个小学徒跨在一条大板凳上，用一凿子在未淬水的刀上起去铁皮，有时又是把一条薄薄的钢片嵌进熟铁里去。日子一多，关于任何一件铁器的制造秩序我也不会弄错了。边街又有小饭铺，门前有个大竹筒，插满了用竹子削成的筷子，有干鱼同酸菜，用钵头装满放在门前柜台上，引诱主顾上门，意思好像是说："吃我，随便吃我，好吃！"每次我总仔细看看，真所谓"过屠门而大嚼"也过了瘾。

我最欢喜天上落雨，一落了小雨，若脚下穿的是布鞋，即或天气正当十冬腊月，我也可以用恐怕湿却鞋袜为辞，有理由即刻脱下鞋袜赤脚在街上走路。但最使人开心的事，还是落过大雨以后，街上许多地方已被水所浸没，许多地方阴沟中涌出水等，在这些地方照例常常有人不能过身，我却赤着两脚故意向深水中走去。若河中涨了大水，照例上游会漂流得有木头、家具、南瓜同其他东西，就赶快到横跨大河的桥上去看热闹。桥上必已经有人用长绳系定了自己的腰身，在桥头上呆着，注目水中，有所等待，看到有一段大木或一件值得下水的东西浮来时，就踊身一跃，骑到那树上，或傍近物边，把绳子缚定，自己便快快的向下游岸边泅去。另外几个在岸边的人把水中人援助上岸后，就把绳子拉着，或缠绕到大石上大树上去，于是第二次又有第二人来在桥头上等候。我欢喜看人在洄水里扳罾，巴掌大的活鱼在网中蹦跳。一涨了水照例也就可以看这种有趣味的事情。照家中规矩，一落雨就得穿上钉鞋，我可真不愿意穿那种笨重钉鞋。虽然在半夜时有人从街巷里过身，钉鞋声音实在好听，大白天对于钉鞋，我依然毫无兴味。

若在四月落了点小雨，山地里、田塍上各处都是蟋蟀声音，真使人心花怒放。在这些时节，我便觉得学校真没有意思，简直坐不住，总得想方设法逃学上山去捉蟋蟀。有时没有什么东西安置这小东西，就走到那里去，把第一只捉到手后又捉第二只，两只手各有一只后，就听第三只。本地蟋蟀原分春秋二季，春季的多在田间泥里草里，秋季的多在人家附近石罅里瓦砾中。如今既然这东西只在泥层里，故即或两只手心各有一匹小东西后，我总还可以想方设法把第三只从泥土中赶出，看着若比较手中的大些，即开释了手中所有，捕捉新的，如此轮流换去，一整天方捉回两只小虫。城头上有白色炊烟，街巷里有摇铃铛卖煤油的声音，约当下午三点左右时，赶忙走到一个刻花板的老木匠那里去，很兴奋的同那木匠说：

"师傅师傅，今天可捉了大王来了！"

那木匠便故意装成无动于衷的神气，仍然坐在高凳上玩他的车盘，正眼也不看我地说："不成，要打得赌点输赢！"

我说："输了替你磨刀成不成？"

"嗨，够了，我不要你磨刀，上次磨凿子还磨坏了我的家伙！"

这不是冤枉我，我上次的确磨坏了他一把凿子。不好意思再说磨刀了，我说：

"师傅，那这样办法，你借给我一个瓦盆子，让我自己来试试这两只谁能干些好不好？"我说这话时真怪和气，为的是他以逸待劳，不允许我还是无办法。

那木匠想了想，好像莫可奈何才让步的样子，"借盆子得把战败的一只给我，算作租钱。"

我满口答应："那成那成。"

于是他方离开车盘，很慷慨的借给我一个泥罐子，顷刻之间我也就只剩下一只蟋蟀了。这木匠看看我捉来的虫还不坏，必向我提议："我们来比比，你赢了我借你这泥罐一天；你输了，你把这蟋蟀输给我，办法公平不公平？"我正需要那么一个办法，说"公平，公平"，于是这木匠进去了一会儿，拿出一只蟋蟀来同我一斗，不消说，三五回合我的自然又败了。他用的蟋蟀照例却常常是我前一天输给他的。那木匠看看我有点颓丧，明白我认识那匹小东西，担心我生气时一摔，一面赶忙收拾盆罐，一面带着鼓励我的神气笑笑说：

"老弟，老弟，明天再来，明天再来！你应当捉好的来，走远一点。明天来，明天来！"

我什么话也不说，微笑着，出了木匠的大门，空手回家了。

◎1922年沈从文在保靖。

这样，一整天在被雨水泡软的田塍上乱跑，回家时常常全身是泥，家中当然一望而知，于是不必多说，沿老例跪一根香，罚关在空房子里，不许哭，不许吃饭。等一会儿我自然可以从姐姐方面得到充饥的东西。悄悄的把东西吃下以后，我也疲倦了，因此空房中即或再冷一点，老鼠来去很多，一会儿就睡着，再也不知道如何上床的事了。

即或在家中那么受折磨，到学校去时又免不了补挨一顿板子，我还是在想逃学时就逃学，决不为经验所恐吓。

有时逃学又只是到山上去偷人家园地里的李子枇杷，主人拿着长长的竹竿子大骂着追来时，就飞奔而逃，逃到远处一面吃那个赃物，一面还唱山歌气那主人。总而言之，人虽小小的，两只脚跑得很快，什么茨棚里钻去也不在乎，要捉我可捉不到，就认为这种事很有趣味。

可是只要我不逃学，在学校里我是不至于像其他那些人受处罚的。我从不用心念书，但我从不在应当背诵时节无法对付。许多书总是临时来读十遍八遍的，背诵时节却居然琅琅上口，一字不遗。也似乎就由于这分小小聪明，学校把我同一般同学一样的待遇，更使我轻视学校。家中不了解我为什么不想上进，不好好的利用自己聪明用功，我不了解家中为什么只要我读书，不让我玩。我自己总以为读书太容易了点，把认得的字记记那不算什么稀奇。最稀奇处应当是另外那些人，在他那分习惯下所做一切事情。为什么骡子推磨时得把眼睛遮上？为什么刀得烧红时在水里一淬方能坚硬？为什么雕佛像的会把木头雕成人形，所贴的金那么薄又用什么方法做成？为什么小铜匠会在一块铜板上钻那么一个圆眼，刻花时刻得整整齐齐？这些古怪事情太多了。

我生活中充满了疑问，都得我自己去找寻答解。我要知道的太多，所知道的又太少，有时便有点发愁。就为的是白日里太野，各处去看，各处去听，还各处去嗅闻：死蛇的气味，腐草的气味，屠户身上的气味，烧碗处土窑林雨以后放出的气味，要我说来虽当时无法用言语去形容，要我辨别却十分容易。蝙蝠的声音，一只黄牛当屠户把刀割进它喉中时叹息的声音，藏在田塍土穴中大黄喉蛇的鸣声，黑暗中鱼在水面拨刺的微声，全因到耳边时分量不同，我也记得那么清清楚楚。因此回到家里时，夜间我便做出无数稀奇古怪的梦。经常是梦向天上飞去，一直到金光闪烁中，终于大叫而醒。这些梦直到将近二十年后的如今，还常常使我在半夜里无法安眠，既把我带回到那个"过去"的空虚里去，也把我带往空幻的宇宙里去。

在我面前的世界已够宽广了，但我似乎就还得一个更宽广的世界。我得用这方面弄到的知识证明那方面的疑问。我得从比较中知道谁好谁坏。我得看许多业已由于好询问别人，以及好自己幻想，所感觉到的世界上的新鲜事情、新鲜东西。结果能逃学时我逃学，不能逃学我就只好做梦。

照地方风气说来，一个小孩子野一点的照例也必需强悍一点，才能各处跑去。因为一出城外，随时都会有一样东西在突然扑到你身边来，或是一只凶恶的狗，或是一个顽劣的人。无法抵抗这点袭击，就不容易各处自由放荡。一个野一点的孩子，即或身边不必时时刻刻带一把小刀，也总得带一削光的竹筷，好好的插到裤带上，遇机会到时就取出来当作武器。尤其是到一个离家较远的地方去看木傀偶戏，不准备厮杀一场简直不成。你能干点，单身往各处去，有人挑战时还只是一人近你身边来恶斗。若包围到你身边的顽童人数极多，你还可挑选同你精力不大相差的一人，你不妨指定其中一个说。

"要打吗？你来。我同你来。"

照规矩，到时也只那一个人拢来。被他打倒，你活该，只好伏在地上尽他压着痛打一顿。你打倒了他，他活该，把他揍够后你当时可以自由走去，谁也不会追你，只不过说句"下次再来"罢了。

可是你根本上若就十分怯弱，即或结伴同行，到什么地方去时，也会有人特意挑出你来殴斗。应战你得吃亏，不答应你得被仇人与同伴两方面奚落，顶不经济。

感谢我那爸爸给了我一分勇气，人虽小，到什么地方去我总不害怕。到被人围上必需打架时，我能挑出那些同我不差多少的人来，我的敏捷同机智，总常常占点上风。有时气运不佳，被人摔倒，我还会有方法翻

◎上世纪20年代末和弟弟沈得余（右）。沈得余，黄埔军校毕业生，曾任国民党军官。

身过来压到别人身上去。在这件事上我只吃过一次亏，不是一个小孩，却是一只恶狗，把我攻倒后，咬伤了我一只手。我走到任何地方去皆不怕谁，同时因换了好些私塾，各处皆有些同学，大家既都逃过学，便有无数朋友，因此也不会同人打架了。可是自从被那只恶狗攻倒过一次以后，到如今我却依然十分怕狗（有种两脚狗我更害怕，对付不了）。

至于我那地方的大人，用单刀、扁担在大街上决斗本不算回事。事情发生时，那些有小孩子在街上玩的母亲，也不过说："小杂种，站远一点，不要太近。"嘱咐小孩子稍稍站开点儿罢了。本地军人互相砍杀虽不出奇，但血行刺暗算却不作兴。这类善于殴斗的人物，有军营中的人，有哥老会中老幺，有好打不平的闲汉，在当地另成一组，豁达大度，谦卑接物，为友报仇，爱义好施，且多非常孝顺。但这类人物为时代所陶冶，到民五以后也就渐渐消灭了。虽有些青年军官还保存那点风格，风格中最重要的一点洒脱处，却为了军纪一类影响，大不如前辈了。

我有三个堂叔叔两个姑姑都住在城南乡下，离城四十里左右。那地方名黄罗寨，出强悍的人同猛鸷的兽。我爸爸三岁时在那里差一点险被老虎咬去。我四岁左右，到那里第一天，就看见四个乡下人抬了一只死虎进城，给我留下极深刻的印象。

我还有一个表哥，住在城北十里地名长宁哨的乡下，从那里再过十里便是苗乡。表哥是一个紫色脸膛的人，一个守碉堡的战兵。我四岁时被他带到乡下去过了三天，二十年后还记得那个小小城堡黄昏来时鼓角的声音。

这战兵在苗乡有点势力，很能喊叫一些苗人。每次来城时，必为我带一只小斗鸡或一点别的东西。一来为我说苗人故事，临走时我总不让他走。我欢喜他，觉得他比乡下叔父能干有趣。

学历史的地方

从川东回湘西后，我的缮写能力得到了一方面的认识，我在那个治军有方的统领官身边做书记了。薪饷仍然每月九元，却住在一个山上高处单独新房子里。那地方是本军的会议室，有什么会议需要记录时，机要秘书不在场，间或便应归我担任。这份生活实在是我一个转机，使我对于全个历史各时代各方面的光辉，得了一个从容机会去认识，去接近。原来这房中放了四五个大楠木橱柜，大橱里约有百来轴自宋及明清的旧画，与几十件铜器及古瓷。还有十来箱书籍，一大批碑帖，不久来了一部《四部丛刊》。这统领官既是个以王守仁曾国藩自许的军人，每个日子治学的时间，似乎便同治事时间相等，每遇取书或抄录书中某一段时，必令我去替他做好。那些书籍既各得安置在一个固定地方，书籍外边又必需作一识别，故书籍的秩序、书箱的表面，全由我去安排。旧画与古董登记时，我又得知道这一幅画的人名时代同他当时的地位，或器物名称同它用处。由于应用，我同时就学会了许多知识。又由于习染，我成天翻来翻去，把那些旧书大部分也慢慢的看懂了。

我的事情那时已经比我在参谋处服务时忙了些，任何时节都有事做。我虽可随时离开那会议室，自由自在到别一个地方去玩，但正当玩得十分畅快时，也会为一个差弁找回去的。军队中既常有急电或别的公文，在半夜时送来，回文如需即刻抄写时，我就随时得起床做事。但正因为把我仿佛关闭到这一个房子里，不便自由离开，把我一部分玩的时间皆加入到生活中来，日子一长，我便显得过于清闲了。因此无事可做时，把那些旧画一轴一轴的取出，挂到壁间独自来鉴赏，或翻开《西清古鉴》《薛氏彝器》《钟鼎款识》这一类书，努力去从文字与形体上认识房中铜器的名称和价值。再去乱翻那些书籍，一部书若不知道作者是什么时代的人时，便去翻《四库提要》。这就是说我从这方面对于这个民族在一段长长的年分中，用一片颜色、一把线、一块青铜或一堆泥土，以及一组文字，加上自己生命做成的种种艺术，皆得了一个初步普遍的认识。由于这点初步知识，使一个以鉴赏人类生活与自然现象为生的乡下人，进而对于人类智慧光辉的领会，发生了极宽泛而深切的兴味。若说这是个人的幸运，这点幸运是不得不感谢那个统领官的。

那军官的文稿，草字极不容易认识，我就从他那手稿上，望文会意的认识了不少新字。但使我很感动的，影响到一生工作的，却是他那种稀有的精神和人格。天未亮时起身，半夜里还不睡觉。凡事任什么他明白，任什么他懂。他自奉常常同个下级军官一样，在某一方面来说，他还天真烂漫，什么是好的他就去学习，去理解。处置一切他总敏捷稳重。由于他那分稀奇精力，算军在湘西二十年来博取了最好的名誉，内部团结得如一片坚硬的铁，一束不可分离的丝。

到了这时我性格也似乎稍变了些。我表面生活的变更，还不如内部精神生活变动的剧烈，但在行为方面我已经同一些老同事稍稍疏远了。有时我到屋后高山去玩玩，有时又走近那可爱的河水玩玩，总拿了一本线装书。我所读的一些旧书，差不多就完全是这段时间中奠基的。我常常躺在一片草场上看书，看厌倦时，便把视线从书本中移开，看白云在空中移动，看河水中缓缓流去的菜叶。既多读了些书，把感情弄柔和了许多，接近自然时感觉也稍稍不同了。加之人又长大了一点，也间或有些不安于现实的打算，为一些过去了的或未来的东西所苦恼，因此生活虽在一种极有希望的情况中过着日子，但是我却觉得异常寂寞。

那时节我爸爸已从北方归来，正在那个前驻龙潭的张指挥部做军医正。他们军队虽有些还在川东，指挥部已移防下驻辰州。我的母亲和最小的九妹皆在辰州同住。家中人对我前事已毫无芥蒂。我的弟弟正同我在一个部中做书记，我们感情又非常好。

我需要几个朋友，那些老朋友却不能同我谈话。我要的是个听我陈述一份酝酿在心中十分混乱的感情。我要的是对于这种感情的启发与疏解，熟人中可没有这种人。可是不久却有个人来了，是我一个姨父。这

◎1929年全家人在上海。左起：沈从文、沈得余、母亲、沈岳萌、沈云麓。

人姓聂，与熊希龄同科的进士。上一次从桃源同我搭船上行的表弟便是他的儿子。这人是那统领官的先生，一来时被接待住在对河一个庙里，地名狮子洞。为人知识极博，而且非常有趣味，我便常常过河去听他谈"宋元哲学"，谈"大乘"，谈"因明"，谈"进化论"，谈一切我所不知道却愿意知道的问题。这种谈话显然也使他十分快乐，因此每次所谈时间总很长很长，但这么一来，我的幻想更宽，寂寞也就更大了。

我总仿佛不知道应怎么办就更适当一点。我总觉得有一个目的，一件事业，让我去做，这事情是合于我的个性，且合于我的生活的。但我不明白这是什么事业，又不知用什么方法即可得来。

当时的情形在老朋友中只觉得我古怪一点，老朋友同我玩时也不大玩得起劲了。觉得我不古怪，且互相有很好的友谊的，只四个人：一个满振光，读过《曾文正公全集》，只想做模范军人；一个陆弢，侠客的崇拜者；一个田杰，就是我小时候在技术班的同学，第一次得过兵役名额的美术学校学生，心怀大志的脚色。这三个人当年纪轻轻的时节，便一同徒步从黔省到过云南，又徒步过广东，又向西从宜昌徒步直抵成都。还有一个回教徒郑子参，从小便和我在小学里念书，我在参谋处办事时节，便同他在一个房子里住下。平常人说的多是幼有大志，投笔从戎，我们当时却多是从戎而无法投笔的人。我们总以为这目前一份生活不是我们的生活。目前太平凡，太平安。我们要冒点险去做一件事。不管所做的是一件如何小事，当我们未明白以前，总得让我们去挑选。不管到头来如何不幸，我们总不埋怨这命运。因此到后来姓陆的就因泗水淹毙在当地大河里；姓满的做了小军官，广西江西各处打仗，民十八在桃源县被捷克式自动步枪打死了；姓郑的从黄埔四期毕业，在东江作战以后，也消失了；姓田的从军官学校毕业做了连长，现在还是连长。我就成了如今的我。

我们部队既派遣了一个部队过川东作客，本军又多了一个税收局卡，给养就充足了些。那时"兵工筑路垦荒"、"办学校"、"兴实业"，几个题目正给许多人在报纸上讨论。那个统领官既力图自强，想为地方做点事情，因此亲手起草了一个精密的计划，召集了几次县长与乡绅会议，计划把所辖十三县划成一百余乡区，试行湘西乡自治。草案经过各县区代表商定后，一切照决议案着手办去。不久就在保靖地方设立了一个师范讲习所，一个联合模范中学，一个女学，一个职业女学，一个模范林场。另外还组织了六个工厂。本地又原有一个军官学校，一个兵士教练营。再加上六千左右的军农队。学校教师与工厂技师，全部由长沙聘来，因此地方就骤然有了一种崭新的气象。此外为促进乡治的实现与实施，还筹备了个定期刊物，办了一部大印报机，设立了一个报馆。这报馆首先印行的便是《乡治条例》与各种规程。这种文件，大部分由那统领官亲手草成，乡代表审定通过，由我在石印纸上用胶墨写过一次。现在既得用铅字印行，一个最合理想的校对，便应当是我了。我于是暂时调到新报馆做了校对。部中有文件抄写时，便又转回部中。从市街走相距约两里，从后山走相距稍近，我为了方便时常从那埋葬小孩坟墓上蹲满野狗的山地走过，每次总携了一个大棒。

一个转机

调进报馆后，我同一个印刷工头住在一间房子里。房中只有一个窗口，门小小的。隔壁是两架手摇平板印刷机，终日叽叽格格大声响着。

这印刷工人倒是个有趣味的人物。脸庞眼睛全是圆的，身个儿长长的，具有一点青年挺拔的气度。虽只是个工人，却因为在长沙地方得风气之先，由于"五四运动"的影响，成了个进步工人。他买了好些新书新杂志，削了几块白木板子，用钉子钉到墙上去，就把这些古怪东西放在上面。我从司令部搬来的字帖同诗集，我却把它们放到方桌上。我们同在一个房里睡觉，同在一盏灯下做事，他看他新书时我就看我的旧书。他把印刷纸稿拿去同几个别的工人排好印出样张时，我就好好的来校对。到后自然而然我们就熟悉了。我们一熟悉，我那好向人发问的乡巴佬脾气，有机会时，必不放过那点机会。我问那本封面上有一个打赤膊人像的书是什么，他告了我是《改造》以后，我又问他那《超人》是什么东西。我还记得他那时的样子，脸庞同眼睛皆圆圆的，简直同一匹猫儿一样，"唉，伢俐，怎么个末朽？一个天下闻名的女诗人……也不知道么？""我只知道唐朝女诗人鱼玄机是个道士。""新的呢？""我知道随园弟子。""再新一点？"我把头摇摇，不说话了。我看到他那神气我倒觉得有点害羞，我实在什么也不知道。等一会儿我可就知道了，因为我顺从他的指点，看了这本书中一篇小说。看完后我说："这个我知道了。你那报纸是什么报纸？是《老申报》吗？"于是他一句话不说，又把刚清理好的一卷《创造周报》推到我面前来，意思好像只要我一看就会明白似的，若不看，他纵说也说不明白的。看了一会，我记着了几个人的名字。又知道白话文与文言文不同的地方，其一落脚用"也"字同"焉"字，其一落脚却用"呀"字同"啊"字，其一写一件事情越说得少越好，其一写一件事情越说得多越好，我自己明白了这点区别以后，又去问那印刷工人，他告我的大体也差不多。当时他似乎对于我有点觉得好笑。在他眼中我真如长沙话所谓有点"朽"。

不过他似乎也很寂寞，需要有人谈天，并且向这个人表现表现思想。就告我白话文最要紧处是"有思想"，若无思想，不成文章。当时我不明白什么是思想，觉得十分忸怩。若猜得着十年后我写了些文章，被一些连看我文章上所说的话语意思也不懂的批评家，胡乱来批评我文章"没有思想"时，我即不懂"思想"是什么意思，当时似乎也不必怎样惭愧了。

这印刷工人使我很感谢他，因为若没有他的一些新书，我虽时时刻刻为人生现象自然现象所神往倾心，却不知道为新的人生智慧光辉而倾心。我从他那儿知道了些新的，正在另一片土地同一日头所照及的地方的人，如何去用他们的脑子，对于目前社会作反复检讨与批判，又如何幻想一个未来社会的标准与轮廓。他们那么热心在人类行为上找寻错误处，发现合理处，我初初注意到时真发生不少反感！可是，为时不久，我便被这些大小书本征服了。我对于新书投了降，不再看《花间集》，不再写《曹娥碑》，却欢喜看《新潮》《改造》了。

我记下了许多新人物的名字，好像这些人同我都非常熟悉。我崇拜他们，觉得比任何人还值得崇拜。我总觉得稀奇，他们为什么知道事情那么多。一动起手来就写了那么多，并且写的那么好。

为了读过些新书，知识同权力相比，我愿意得到智慧，放下权力。我明白人活到社会里，应当有许多事情可做，应当为现在的别人去设想，为未来的人类去设想，应当如何去思索生活，且应当如何去为大多数人牺牲，为自己一点点理想受苦，不能随便马虎过日子，不能委屈过日子。

我常常看到报纸上普通新闻栏说的卖报童子读书、补锅匠捐款兴学等记载，便想自己读书既毫无机会，捐款兴学倒必须做到。有一次得了十天的薪饷就全部买了邮票，封进一个信封里，另外又写了一张信笺，说明自己捐款兴学的意思，末尾署名"隐名兵士"，悄悄把信寄到上海《民国日报·觉悟》编辑处去，请求转交"工读团"。做过这件事情后，心中却有说不出的秘密愉快。

那时皮工厂、帽工厂、被服厂、修械厂组织就绪已多日，各部分皆有了大规模的标准出品。师范讲习所第一班已将近毕业，中学校、女学校、模范学校全已在极有条理情形中上课。我一面在校对职务上做我的事情，一面向那印刷工人问些下面的情形，一面就常常到各处去欣赏那些我从不见到过的东西。修械处的长大车床与各种大小轮轴，被一条在空中的皮带拖着飞跃活动，从我眼中看来实在是一种壮观。其他各个工厂亦无不触目惊人。还有学校，那些从各处派来的青年学生，在一般年轻教师指导下，在无事无物不新的情形中，那份活动实在使我十分羡慕。我无事情可做时，总常常去看他们上课，看他们打球。学生中有些原来和我在小学时节一堆玩过闹过的，把我请到他们宿舍去。看看他们那样过日子，便有点难受。我能聊以自解的只一件事，就是我正在为国家服务，却已把服务所得，做了一次捐资兴学的伟大事业。

本军既多了一些税收，乡长会议复决定了几行钞票的议案，金融集中到本市，因此本地顿呈现空前的繁荣。为了乡自治的决议案，各县皆摊款筹办各种学校，同时造就师资，又决定了派送学生出省或本省留学的办法。凡学棉业、蚕桑、机械、师范以及其他适于建设的学生，在相当考试下，皆可由公家补助外出就学。若愿入本省军官学校，人既在本部任职，只要有意思前去，即可临时改委一少尉衔送去。我想想，我也得学一样切实的技能，好来为本军服务。可是我应当学什么，完全不知道。

因为部中的文件缮写，需要我处似乎比报纸较多，我不久又被调了回去，仍然做我的书记。过了不久，一场热病袭到了身上，在高热糊涂中任何食物不入口，头痛得像斧劈，鼻血一碗一滩的流，我支持了四十天。感谢一切过去的生活，造就我这个结实的体魄，没有被这场大病把生命取去。但危险期刚过不久，平时结实得同一只猛虎一样的老同学陆弢，为了同一个朋友争口气，泅过宽约一里的河中，却在小小疏忽中被洄流卷下淹死了。第四天后把他死尸从水面拖起，我去收拾他的尸骸掩埋，看见那个臃肿样子时，我发生了对自己的疑问。我病死或淹死或到外边去饿死，有什么不同？若前些日子病死了，连许多没有看过的东西都不能见到，许多不曾到过的地方也无从走去，真无意思。我知道见到的实在太少，应知道应见到的可太多，怎么办？

我想我得进一个学校，去学些我不明白的问题，得向些新地方，去看些听些使我耳目一新的世界。我闷闷沉沉的躺在床上，在水边、在山头、在大厨房同马房，我痴呆想了整四天，谁也不商量，自己很秘密的想了四天。到后得到一个结论，那么打量着："好坏我总有一天得死去，多见几个新鲜日头，多过几个新鲜的桥，在一些危险中使尽最后一点气力，咽下最后一口气，比较在这儿病死或无意中为流弹打死，似乎应当有意思些。"到后，我便这样决定了："尽管向更远处走去，向一个生疏世界走去，把自己生命押上去，赌一注看看，看看我自己来支配一下自己，比让命运来处置得更合理一点呢还是更糟糕一点？若好，一切有办法，一切今天不能解决的明天可望解决，那我赢了；若不好，向一个陌生地方跑去，我终于有一时节肚子瘪瘪的倒在人家空房下阴沟边，那我输了。"

我准备过北京读书，读书不成便做一个警察，做警察也不成，那就认了输，不再作别的好打算了。

当我把这点意见，这样打算，怯怯的同我上司说及时，感谢他，尽我拿了三个月的薪水以外，还给了我一种鼓励。临走时他说："你到那儿去看看，能进什么学校，一年两年可以毕业，这里给你寄钱来。情形

◎上世纪20年代的北平。

不合，你想回来，这里仍然有你吃饭的地方。"我于是就拿了他写给我的一个手谕，向军需处取了二十七块钱，连同他给我的一分勇气，离开了我那个学校，从湖南到汉口，从汉口到郑州，从郑州转徐州，从徐州又转天津，十九天后，提了一卷行李，出了北京前门的车站，呆头呆脑在车站前面广坪中站了一会。走来一个拉排车的，高个子，一看情形知道我是乡巴佬，就告给我可以坐他的排车到我所要到的地方去。我相信了他的建议，把自己那点简单行李，同一个瘦小的身体，搁到那排车上去，很可笑的让这运货排车把我拖进了北京西河沿一家小客店，在旅客簿上写下——

沈从文年二十岁学生湖南凤凰县人

便开始进到一个使我永远无从毕业的学校，来学那课永远学不尽的人生了。

一九三一年八月在青岛作
一九四〇年十月十日在昆明校改
一九四一年一月七日校毕
一九八〇年三月五日在北京修订

赏析

走出地狱之门

1980年，沈从文在为《新文学史料》重发《从文自传》所写的附记里，曾谈到该书1931年初版后读者的反应：部分读者只觉得"别具一格，离奇有趣"，只有少数相知亲友，才体会到"近于出入地狱的沉重和辛酸"。1934年，《人间世》杂志以"一九三四年我爱读的书籍"为题，征询作家的意见。翌年1月，该杂志刊登了一组作家的答复。其中，老舍与周作人同时标举《从文自传》。当时发生在这两位作家身上的阅读效应，究竟属于沈从文在附记里提到的两种情形中的哪一种，抑或二者兼而有之，现在已经无从索考。虽然从该书问世至今，已经过去了六十多年，但上述两种阅读效应，仍有可能分别在今天的读者身上发生。

《从文自传》是作者为自己最初二十年的人生历程（从他出生到他离开湘西为止）立传。它确实是"离奇有趣"的。这自然与沈从文青少年时代的人生经历极富传奇色彩直接相关。逃学、打架、骂野语乃至赌博——野得无法收拾的顽童生涯；十四岁即厕身行伍，浪迹湘川黔边境；在"清乡剿匪"中成百上千次地看杀人；所属军队在鄂西境内一夜间全数覆灭及自己的死里逃生；在芷江发生的初恋及由此派生的"女难"；在常德的"打流"，在川东龙潭与一个有着杀人放火吓人记录的山大王的过从……，如此等等。这一切，对于湘西以外的读者而言，实在是闻所未闻，近乎一部《天方夜谭》。

然而，作为一部优秀的文学传记，决不仅仅是传主人生经历的实录，无论其经历如何离奇有趣。《从文自传》的魅力，也远不只是沈从文人生经历本身所具有的传奇性。作为一般的传记，除了材料的真实性之外，必不可少的是作者对传

◎沈从文早期自传两个版本。

主其人的理解与把握；而作为自传，则是作者对自我的认知。这种创作主体对传记材料的拥抱，较之传记材料本身，对于一部传记的成败，似乎更具决定性的意义。它不仅影响到传记材料的选择取舍与组织方式，甚而更直接地规定着传记的主题意向。

拂去《从文自传》表层的传奇色彩，即撇开作者叙述了些什么，转向作者如何叙述，那么，隐伏于《从文自传》之中的叙述脉络便清晰地显现出来：从作者对自我存在本质认知的角度看，这是一个自然之子逐渐朝理性与知识皈依；从作者对自我精神状态的把握角度看，是自我由于理性精神的蒙昧，身不由己听凭命运的拨弄，朝渴望获得"自己处理自己命运的主动权"的转移；从作者对自我生存处境的反应方式看，则是从对社会的现存秩序与观念的被动接受、承认，走向怀疑与不信任。

在《从文自传》中，这绝不是一个直线的逻辑演绎过程。材料与叙述呈现的过程的复杂性与曲折性，显示出传主人生选择的艰难性，而背后隐伏着沈从文对自我选择的哲学沉思与体验——涉及到必然与偶然、理性与情感、命运与意志、生与死、价值与非价值等具有普遍意义的人生命题。

从上私塾起始，延至行伍中与姓文的秘书官相遇，《从文自传》活脱出一个野精灵的形象。传主对大自然万物百汇的光与色，以及社会人事这本大书的神往倾心，与家庭、学校对其行为的规范之间，交织着充满喜剧色彩的冲突与对抗，近乎本能的对生命自然的渴求与家庭、学校各种成规对生命压抑之间的矛盾，构成叙述的内在张力。虽然，一些已知的沈从文传记材料与作者的这种自我认知存在明显的剥离。据沈从文小学时一位老师田个石回忆，因为逃学，沈从文曾被田个石当众罚跪在一棵楠木树下，沈从文不服。田个石便对他说："要记住，自轻必然自贱，自尊才能自贵。"这话对沈从文影响极大，自此用功读书，上课时格外安静。又如，自传称许自己如何精于水道，真实情况却是沈从文并不擅长游泳，常常只是泡在浅水里玩①，这种自我认知与外部行为真实的游离，起因于作者对自我内在精神真实的把握与需求。在同年创作的小说《虎雏》里，作者通过作品中人物之口自白："我的性格算是最无用的一种典型，可是同你们大都市里长大的读书人比较起来，你们已经觉得我太粗糙了。"——作者的自我认知，有着一个更大的参照系。在《一个老战兵》里，鲜明地表现出作为一个自然之子的价值选择。在对比性描述了自己所属新式技术兵训练班与那位老战兵任教官的旧式训练班的种种情形后，作者评述说：

我们永远是枯燥的，把人弄呆板起来，对生命是不流动的。他们却自始至终使人活泼而有趣味，学习本身同游戏就无法分开。

这个后来在行伍中依然沉醉于各处乱跑、炖狗肉、与其他士兵一道吹着竹哨列队从大街上扬长而过，或寒冬腊月与人赌赛下河洗澡，见人便自称"老子"，却不知"氢气"、"淮南子"、"参议院"为何物的角色，直到在怀化，才因那位姓文秘书官的一部《辞源》，接受知识理性的启蒙。然而，随着这位姓文秘书官在湘鄂边境猝然遇难，加之军队中无书可读，又旋即中断了这一进程。但他对读书人身份的自期与对大兵身份的遗憾，已见出知识理性在其精神领地留下的印痕；芷江熊公馆的藏书对他的诱惑，给亲戚抄诗受到的嘉奖，似乎又接续了从怀化开始的进程。但这一进程又因一场"女难"猝然中止。又是两年的延宕，他身上的野性几乎是故态复萌。直到他在保靖军部会议室与大量古代文化典籍、器物与艺术品对面，才"面对于人类智慧光辉的领会，发生了极宽泛而深切的兴味"。继

①参见王嘉荣：《〈从文自传〉新说》《凤凰文史资料》1989年第2辑。

之而来的那位聂姓姨父用"因明"、"进化论"等新旧因果链向他疏解迷乱眼目的人生现象，以及那位长沙来的工人所带新书刊对他实施的"五四"精神的洗礼，才最终使得他"对新书投了降"，向知识与理性皈依，并跨出了对他一生具有决定性意义的一步。

与这一过程同步的，则是传主身不由己地听凭命运的拨弄到渴求自己的命运，以及从对社会现存秩序与观念被动接受，走向怀疑与不信任。这自然与作者对自我生存处境的认知直接相关。1981年的"附记"披露出作者是将军队作为"人间地狱"来把握的。虽然，从其叙述表层产生的阅读效果看，这一目的没有获得充分实现。这一方面，正如作者所说，"后半部不免受到些有形无形限制束缚"。因为在沈从文写自传时，他当年厕身其中的军队依然是一个现实存在，且有许多亲友仍在其中谋生存。人事的忌讳不但使他有意让事件的离奇性冲淡地狱气氛的渲染，而且隐去了一些具有典型意义的事件。例如，他在川东龙潭时，曾面临一位名叫向世春的参谋长将其视为娈童欲施强暴的危险，而他身边的一些年青士兵已身受其害。这是他秘密写信给陈渠珍求援重返保靖的最直接的原因；另一方面，又与作为被叙述对象的"我"在当时对其生存处境的认识与反应方式——因其理性精神的沉睡而对其生活本质不知相关。叙事的法则拒绝以作传时"我"的认知来替代。尽管如此，《从文自传》仍展示出生命卷入死亡恶性大循环的地狱般图案："清乡"士兵遭当地人冷枪袭击，大量乡民旋即被抓来砍头示众；杀人不眨眼的山大王转眼间在世界上消失，而下令杀他的司令官三年后即被其部属用机关枪击毙；沈从文所属部队在怀化杀了几千人，一年后即在湘鄂边境全军覆灭……，杀人者杀人，杀人者又被人杀，生命源源不断地投入这一循环，身不由己而又视作命数使然。

常常还可见一幅动人的图画：前面几个兵士，中间一个十二三岁的小孩子，挑了两个人头，这人头便是这小孩子的父亲或叔伯。

可是，置身其中的生灵却失去了对死亡的恐惧，也没有对这种死亡的理性怀疑。作为其中的一员，沈从文也安之若素，全然听凭生与死对他作出选择，甚而觉得这一切都是"照习惯办事，看起来十分近情合理的。"这种对社会现存秩序与观念的被动承认与接受。直到他的理性精神开始苏醒并认同"五四"新思潮时才彻底轰毁。

然而，传主的这一人生转变过程，在《从文自传》里，并非一个纯然的必然过程，而是交织着必然与偶然。——它显示出作者对人生命运的认知与把握方式。作者意识到早年"自我"所处的时代特征及民族的整体精神走向，赋予自我人生选择以某种必然性，但同时，这种必然性链条随时都可能因人生的偶然性而断裂。其中，最典型的莫过于那场"女难"。这场"女难"不仅结束了他的初恋，也同时结束了他在芷江稳定而有"出息"的生活。

◎上世纪20年代与九妹沈岳萌，中间小孩是好友张采真烈士的遗孤。

假如命运给我一些折磨，允许我那么把岁月送走，我想象这时节我应当在那地方做了一个小绅士，我的太太一定是个有财产商人的女儿，我一定做了两任县知事，还一定做了四个以上孩子的父亲，而且必然还学会了吸鸦片烟。照情形看来，我的生活是应当在那么一个公式里发展的。

这一事关传主后来人生发展方向的选择中，同时交织着理性与情感的冲突。因情感发炎而冒出的傻气战胜了周围亲友基于现实理性对他的规劝，终于作成了他与家庭的一场灾难。但对他后来的人生发展而言，这场灾难却阴差阳错地使他因祸得福。原来已获得预约的人生公式的被破坏，也许恰恰是另一个更大的人生公式的需要。然而，这在当时，却没有任何必然性为之担保。即便后来在保靖，沈从文的理性精神开始觉醒，对新思潮的认同皈依获得了不可逆转的势能，但他跨出对其一生具有决定性意义的一步，仍然需要偶然性来推动。自己在一场病中差点死去与好友陆弢猝然在河里淹毙，恰恰是这两个偶然性事件，才促使他对生与死、价值与非价值、权力与知识、命运与意志人生诸问题的严峻思考，并作出了最后的抉择。这对传主而言，不啻是一场战争！在经历了不易想象的生活磨难与严重的精神折磨之后，他终于跨出了地狱之门。当我们从深处把握住传主的这一精神历程，并意识到这最终的选择无法完全预料，甚至靠某些阴差阳错的人生因素来调节时，不禁使人替传主感到了一种后怕，才真正体会到作者叙述时那种"近于出入地狱的沉重与辛酸"。

这是三十年代的沈从文为自己前二十年立传。对别人理解不易，对自我的认知更难。从严格的意义上说，判定《从文自传》这种自我认知所达到的真实性程度，几乎是不可能的。但从另一个意义上说，《从文自传》却真实地披露了沈从文三十年代的自我选择。由于这一选择是沈从文思想、创作步入成熟期的产物，自传中的自我认知，已经鲜明地体现出成熟期沈从文思想精神的特征。他后来的人生观及其在文学创作中的投射，都与这一思想精神特征相衔接。因此，它对理解沈从文创作的主题走向、人生意蕴以及叙述模式，都具有重要的启示性意义。

(凌宇)

短篇小说

柏子

他们的生活就是这样，若说还有使他们在另一时
反省的机会，仍然是快乐的吧。

把船停顿到岸边，岸是辰州的河岸。

于是客人可以上岸了，从一块跳板走过去。跳板一端固定在码头石
级上，一端搭在船舷，一个人从跳板走过时，摇摇荡荡不可免。凡要上岸
的全是那么摇摇荡荡上岸了。

泊定的船太多了，沿岸泊，桅子数不清，大大小小随意矗到空中去，
桅子上的绳索像要纠纷到成一团，然而却并不。

每一个船头船尾全站得有人，穿青布蓝布短汗褂，口里衔了长长的
旱烟杆，手脚露在外面让风吹——毛茸茸的像一种小孩子想象中的妖洞里
喽啰毛脚毛手。看到这些手脚，很容易记起"飞毛脚"一类英雄名称。可
不是，这些人正是……桅子上的绳索背定活车，拖拉全无从着手时，看这
些飞毛腿的本领，有得是机会显露！毛脚毛手所有的不单是毛，还有类乎
钩子的东西，光溜溜的桅，只要一贴身，便飞快的上去了。为表示上下全
是儿戏，这些年轻水手一面整理绳索一面还将在上面唱歌，那一边桅上，
也有这样人时，这种歌便来回唱下去。

昂了头看这把戏的，是各个船上的伙计，看着还在下面喊着。左边
右边，不拘要谁一个试上去，全是容易之至的事，只是不得老舵手吩咐，
则不敢放肆而已。看的人全已心中发痒，又不能随便爬上桅子顶尖去唱歌，
逗其他船上媳妇发笑，便开口骂人。

"我的儿，摔死你！"

"我的孙，摔死了你看你还唱！"

……

全是无恶意而快乐的笑骂。

仍然唱，且更起劲了一点。但可以把歌唱给下面骂人的人听，当先

◎家乡凤凰的虹桥（1934年沈从文回乡时摄）。

若唱的是"一枝花"，这时唱的便是"众儿郎"了。"众儿郎"却依然笑嘻嘻的昂了头看这唱歌人，照例不能生气的。

可是在这情形中，有些船，却有无数黑汉子，用他的毛手毛脚，盘着大而圆的黑铁桶，从舱中滚出，也是那么摇摇荡荡跌到岸边泥滩上了。还有做成方形用铁皮束腰的洋布，有海带，有鱿鱼，有药材……这些东西同搭客一样，在船上舱中紧挤着卧了二十人或十二天，如今全应当登岸了。登岸的人各自还家，各自找客栈，各自吃喝。这些货物却各自为一些大脚婆子走来抱之负之送到各个堆栈里去。

在各样匆忙情形中，便正有闲之又闲的一类人在。这些人住到另一个地方，耳朵能超然于一切嘈杂声音以上，听出桅子上人的歌声——可是心也正忙着。歌声一停止，唱歌地方代替了一盏红风灯以后，那唱歌的人已到这听歌人的身边了。桅上用红灯，不消说是夜里了。河边夜里不是平常的世界。

落着雨，刮着风，各船上了篷，人在篷下听雨声风声，江波吼哮如癫子，船只纵互相牵连互相依靠，也簸动不止，这一种情景是常有的。坐船人对此决不奇怪、不欢喜、不厌恶，因为凡是在船上生活，这些平常人的爱憎便不及在心上滋生了。有月亮又是一种趣味，同晚日与早露，各有不同。然而他们全不会注意。船上人心情若必须勉强分成两种或三种，这分类方法

◎1993年家人送沈从文骨灰还乡，将骨灰的一部分洒在沱江。图为沈虎雏与女儿沈红等坐在船上，小舟正通过虹桥。

得另作安排。吃牛肉与吃酸菜，是能左右一般水手心情的一件事。泊半途与湾口岸，这于水手们情形又稍稍不同。不必问，牛肉比酸菜合乎这类"飞毛腿"胃口，船在码头停泊他们也欢喜多了！

如今夜里既落小雨，泥滩头滑溜溜使人无从立足，还有人上岸到河街去。

这是其中之一个，名叫柏子，日里爬桅子唱歌，不知疲倦，到夜来，还依然不知道疲倦，所以如其他许多水手一样，在腰边板带中塞满了铜钱，小心小心的走过跳板到岸边了。先是在泥滩上走，没有月，没有星，

细毛毛雨在头上落，两只脚在泥里慢慢翻——成泥腿，快也无从了——目的是河街小楼红红的灯光，灯光下有使柏子心开一朵花的东西存在。

灯光多无数，每一小点灯光便有一个或有一群水手，灯光还不及塞满这个小房，快乐却将水手们胸中塞紧，欢喜在胸中涌着，各人眼睛皆眯了起来。沙喉咙的歌声笑声从楼中溢出，与灯光同样，溢进上岸无钱守在船中的水手耳中眼中时，便如其他世界一样，反应着欢喜的是诅咒。那些不能上岸的水手，他们诅咒着，然而一颗心也摇摇荡荡上了岸，且不必冒滑滚的危险，全各以经验为标准，把心飞到所熟悉的吊脚楼上去了。

酒与烟与女人，一个浪漫派文人非此不能夸耀于世人的三样事，这些喽啰们却很平常的享受着。虽然酒是酽冽的酒，烟是平常的烟，女人更是……然而各个人的心是同样的跳，头脑是同样的发迷，口——我们全明白这些平常时节只是吃酸菜、南瓜、臭牛肉以及说点下流话的口，可是到这时也粘粘糍糍，也能找出所蓄于心各样对女人的谄谀言语，献给面前的妇人，也能粗粗鲁鲁的把它放到妇人的脸上去，脚上去，……他们把自己沉浸在这欢乐空气中，忘了世界，也忘了自己的过去与未来。女人则帮助这些无家水上人，把一切穷苦一切期望从这些人心上挪去，放进的是类乎烟酒的兴奋与醉麻。在每一个妇人身上，一群水手同样做着那顶切实的顶勇敢的好梦，预备将这一月贮蓄的金钱与精力，全倾之于妇人身上，他们却不曾预备要人怜悯，也不知道可怜自己。

他们的生活就是这样，若说还有使他们在另一时反省的机会，仍然是快乐的吧。这些人，虽然缺少眼泪，却并不缺少欢乐的承受！

其中之一的柏子，为了上岸去找寻他的幸福，终于到一个地方了。

先打门，用一个水手通常的章法，且吹着哨子。

门开后，一只泥腿在门里，一只泥腿在门外，身子便为两条胳膊缠紧了，在那新刮过的日炙雨淋粗糙的脸上，就贴紧了一个宽宽的温暖的脸子。

这种头香油是他所熟悉的。这种抱人的章法，先虽说不出，这时一上身却也熟悉之至。还有脸，那么软软的，混着脂粉的香，用口可以吮吸。到后是，他把嘴一歪，便找到了一个湿的舌子了，他咬着。

女人挣扎着，口中骂着：

"悖时的！我以为你到常德府被婊子尿冲你到洞庭湖了！"

○整修一新的虹桥。

　　进到里面的柏子，在一盏"满堂红"灯下立定。妇人望他痴笑。这一对是并肩立着，他比她高一个头，他蹲下去，像整理橹绳那样扳了妇人的腰身时，妇人身便朝前倾。

　　妇人搜索柏子身上的东西。搜出的东西便往床上丢去，又数着东西的名字"一瓶雪花膏，一卷纸，一条手巾，一个罐子——这罐子装什么？"

　　"猜呀！"

　　"猜你妈，忘了为我带的粉吗？"

　　"你看那罐子是什么招牌！打开看！"

　　妇人不认识字，看了看罐上封皮，一对美人儿画相。把罐子在灯前打开，放鼻子边闻闻，便打了一个嚏。柏子可乐了，不顾妇人如何，把罐子抢来放在一条白木桌上，便擒了妇人向床边倒下去。

　　灯光明亮，照着一堆泥脚迹在黄色楼板上。

　　外面雨大了。

　　张耳听，还是歌声与笑骂声音。房子相间多只一层薄薄白木板子，比吸烟声音还低一点的声音也可以听出，然而人全无闲心听隔壁。

柏子的纵横脚迹渐干了，在地板上也更其分明。灯光依然，把一对横搁在床上的人照得清清楚楚。

"柏子，我说你是一个牛。"

"我不这样，你就不信我在下头是怎么规矩！"

"你规矩！你赌咒你干净得可以进天王庙！"

"赌咒也只有你妈去信你，我不信。"

柏子只有如妇人所说，粗鲁得同一只小公牛一样。到后于是喘息了，松弛了，像一堆带泥的吊船棕绳，散漫的搁在床边上。

一点不差，这柏子就是日里爬桅子唱歌的柏子。

妇人望到他这些行为发笑，妇人是翻天躺的。

过一阵，两人用一个烟盘做长城，各据长城一边烧烟吃。

妇人一旁烧烟一旁唱《孟姜女》给柏子听，在这样情形下的柏子，喝一口茶且吸一泡烟，像是做皇帝。

"婊子我告给你听，近来下头媳妇才标得要命！"

"你命怎么不要去，又跟船到这地方来？"

"我这命送她们，她们也不要。"

"不要的命才轮到我。"

"轮到你，你这……好久才轮到我！我问你，到底有多少日子才轮到我？"

妇人嘴一扁，举起烟枪把一个烧好的烟泡装上，就将烟枪送过去塞了柏子的嘴，省得再说混话。柏子吸了一口烟，又说："我问你，昨天有人来？"

"来你妈！别人早就等你，我算到日子，我还算到你这尸……"

"老子若是真在青浪滩上泡坏了，你才乐！"

"是，我才乐！"妇人说着便稍稍生了气。

柏子是正要妇人生气才欢喜。他见妇人把脸放下，便把烟盘移到床头去。长城一去情形全变了，一分钟内局面成了新样子。

一种丑的努力，一种神圣的愤怒，是继续，是开始。

柏子冒了大雨在河岸的泥滩上慢慢的走着，手中拿的是一段燃着火头的废缆子，光旺旺的照到周围三尺远近。光照前面的雨成无数返光的线，柏子全无所遮蔽的从这些线林穿过,一双脚浸在泥水里面——他回船上去。

雨虽大,也不忙。一面怕滑倒,一面有能防雨——或者不如说忘雨的东西吧。

他想起眼前的事心是热的。想起眼前的一切,则头上的雨与脚下的泥,全成为无须置意的事了。

这时妇人是睡眠了,还是陪别一个水手又来在那大白木床上做某种事情,谁知道。柏子也不去想这个。他把妇人的身体,记得极其熟悉。一些转弯抹角地方,一些幽僻地方,恰如离开妇人身边一千里,也像可以用手摸,说得出尺寸。妇人的笑,妇人的动,也死死的像蚂蝗一样钉在心上。这就够了。他的所得抵得过一个月的一切劳苦,抵得过船只来去路上的风雨太阳,抵得过打牌输钱的损失,抵得过……他还把以后下行日子的快乐预支了。这一去又是半月或一月,他很明白的。以后也将高高兴兴的做工,高高兴兴的吃饭睡觉,因为今夜已得了前前后后的希望,今夜所"吃"的足够两个月咀嚼,不到两月他可又回来了。

他的板带钱已光了,这种花费是很好的一种花费。并且他也并不是全无计算,他已预先留下了一小部分钱,作为在船上玩牌用的。花了钱,得到些什么,他是不去追究的。钱是在什么情形下得来,又在什么情形下失去,柏子不能拿这个来比较。总之比较有时像也比较过了,但结果不消说还是"合算"。

轻轻的唱着《孟姜女》,唱着《打牙牌》,到得跳板边时,柏子小心小心的走过去,预定《十八摸》便不敢唱了——因为老板娘还在喂小船老板的奶,听到哄孩子的声音,听到吮奶声音。

辰州河岸的商船各归各帮,泊船原有一定地方,各不相混。可是每一只船,把货一起就得到另一处去装货,因此柏子从跳板上摇摇荡荡上过两次岸,船就开了。

一九二八年五月作

赏析

洞箫的悲悯与美

《柏子》是沈从文小说中较为精短的一篇，所写也是极简单的一桩事，人物就是叫做柏子的一个水手同另外辰河岸边一个不知名字与柏子相好又做娼妇的女人。柏子在这小说中所作所为唯一一种事情，那便是他命运所系的一只船在泊岸与离岸，亦即是漂泊同漂泊之间的一个微雨夜，摇摇晃晃到岸边吊脚楼找那相好妇人发泄他积压多时的愁闷困苦，作"一种丑的努力，一种神圣的愤怒"。一切言行极简单，因为这桩事本身绝无甚复杂纠葛节外生枝处，仿佛只是水手柏子所有风浪生涯劳作中的一种劳作，与摇桨或是整理缆索并无二致。但沈先生在这篇小说里不是要塑造一个叫柏子的人物的性格，也不是要纪实一种旧生活习见的场景，而且也不是要来编织一个纳入深深寓意的故事，沈先生在《柏子》里要完成的乃是他毕生都很倾心的一类悲苦人物的生存状态，他是藉一个人的丑的努力与神圣的愤怒来表达他对水手这类特别职业劳动人民所压抑人性的吁叹与同情，这其中又包括得有一个作家伟大心灵中对平常小人物在特定生存条件下所做一切事情的深切理解、宽容同祈愿，以及对一切人性美丑模糊处的近乎诗意的观照或表现。在这小说中，沈先生几乎是以一支洞箫歌吹了这样一个微雨的夜。一切展现通过灵巧文字慢慢织成画图，犹如我们见到过的珂勒惠支或蒙克的某些作品；是一种丑的美、恶的美、变形扭曲的美。因为这种美里表达的不是别的，正是卑贱生命的努力挣扎。那悲伤中的快乐同重负中的轻松，叫人读来不由得不如芒在背。这便是《柏子》这篇小说给人的阅读感染。

◎1981年最后一次返乡，和亲友在沱江泛舟。左二：张梅溪，左三：黄苗子，左四：沈从文，左五：张兆和。

　　沈从文先生的小说只要一写到湘西，写到他所熟悉的河流及水上岸边风物，写到他认识且关怀的那些在社会宝塔底层挣扎而生命顽强一类人物的命运，他的箫便仿佛生出一种魔力，那些山光水色、平常人事，只须轻灵勾勒点染，便生出美的莹光。他那缅想且温暖的情绪流淌在字里行间，而他的慈悲的襟抱则是照亮他所写故事的和煦的阳光。《边城》《萧萧》……及至本篇《柏子》无一不是如此。沈先生这一类乡土题材小说艺术上最大的特色，我以为就是极诗意地讲述他年轻时节经历过识见过的人与事，这人与事在他梦魂牵绕的湘西的山水间发生发展，一切的笑与泪于是皆成了用小说形态完成的诗篇。生命挣扎的粗犷线条同生存泥涂的险恶陷讲，也一一成了经由文字魔力产生的美的画图。但沈先生决不是以一支灵动的笔来粉饰罪孽、贫穷和愚昧的人生，他是要让人在这美的画图之外倾听到岩缝中生灵的叹息，正如在一帘秋色之外听到季节的悲风同落叶的低泣。一切文字的美丽到头来终于为沈先生悲悯的泪水所酿制。把痛苦升华为诗，这正是沈先生的艺术表达。

《柏子》的开头是描写船到岸后水手们的劳动同歌唱。沈先生一支笔不是来描写劳作的艰辛，反而是描写劳作给水手带来的莫大欢欣。当水手爬高桅杆解定绳索时，沈先生写道："为表示上下全是儿戏，这些年轻水手一面整理绳索，一面还将在上面唱歌，那一边桅上，也有这样人时，这种歌便来回唱下去。"劳动无论如何也是叫沈先生怦然心动的一种美，而沈先生的心灵善于感受的恰是这种美。这种美也正映衬着柏子到岸后寻娼妇"粗鲁得同一只小公牛一样"拼力发泄生命热力的"丑"。仿佛后面的"丑"不是一种叫人唾弃的人性的黑暗，反倒是前面那一种美的恰如其分的逻辑延续；而柏子也仿佛是辰河波涛上的一只船，驶过阳光明丽的白昼，亦驶过浓云密布的夜阑。一切显出这种人物行状的无可厚非，显出命运把握之中的人的欲望及渴求的自然。沈从文作为伟大作家对于普遍人性的洞彻了解便使得他的小说充满了一种诗意的柔情。即便是柏子同那妇人肉体（或许还稍稍加上一点情感）的纠缠亦莫不笼上这层诗意柔情的淡淡光环。因为这"丑的努力"同"神圣的愤怒"与其说是生命的发泄，不如说是生命的兑换，其所得来者"抵得过一个月的一切劳苦，抵得过船只来去路上的风雨太阳，抵得过打牌输钱的损失，抵得过……他还把以后下行日子的快乐预支。这一去又是半月或一月，他很明白的。以后也将高高兴兴的做工，高高兴兴的吃饭睡觉，因为今夜已得了前前后后的希望"。这"前前后后的希望"是柏子的欢乐所系，也实在是柏子的悲愁所系。船到岸心也到岸的柏子，在岸上所得不过是一种微茫的"希望"而已。事实上沈先生是藉了一个水手以整个命途的漂泊劳作抵押一瞬的愉悦来表达他对这不公平人世的愤怒同谴责。但表达的方式却是沈从文式的，就是将愤怒同谴责化为诗意的述描，使作者的情绪沉潜在文字画面的背后，使生命之重化为让人一唱三叹的轻，使悲啸的大号化为一支悠远的洞箫。这便是沈从文区别于许多与他同时代描写中国农村下层劳动人民的故事的作家的鲜明艺术风格。

洞箫是悠美的，但也是悲悯的。对一切善良敏感的耳朵来说，是这样的。

（何立伟）

七个野人与最后一个迎春节

国家的尊严他们是明白的，但他们在生活上用不着向谁骄傲，用不着审判，用不着要别人坐牢挨打，所以他们没有一个官管理，也自己能照料活下来了。

迎春节，凡属于北溪村中的男子，全是为家酿烧酒醉倒了。据说在某城，痛饮是已成为有干禁例的事了，因得那里有官，有了官，凡是违反文明的风俗习惯，迟早都要禁止，是全不许可了。有官的地方，渐渐会兴盛起来，道义与习俗传染了汉人的一切，种族中直率慷慨全会消灭，迎春节的痛饮禁止，倒是小事中的小事，算不得怎样可惜，一切都得不同了！将来的北溪，也许有设官的一天吧？到那时，人人成天纳税，成天缴公款，成天办站，小孩子懂得见了兵就害怕，家犬懂得不敢向穿灰衣人乱吠，地方上每个人皆知道了一些禁律，为了逃避法律人人全学会了欺诈，这一天终究会要来吧。什么时候北溪将变成那类情形，却是不可知的，然而老一辈都明白这一天年轻人大约可以见到的。地方上，勇敢如狮子的人，徒手可以搏野猪，对于地方的进化，他们是无从用力制止的。年高有德的长辈，眼见到好风俗为大都会文明侵入毁灭，也是无可奈何的。凡是有一点地位的人，都知道新的习惯行将在人心中生长，代替那旧有的一切，在这迎春节，用烧酒醉倒，因此是普遍的事！他们要醉倒，对于事情不再过问，在醉中把恐吓失去，则这佳节所给他们的应有的欢喜，仍然可以在梦中得到了。

仍然是耕田，仍然是砍柴栽菜，地方新的"进步"只是要他们纳捐，要他们在一切极琐碎极难记忆的规则下走路吃饭，有了内战时，便把他们壮年能做工的男子拉去打仗，这是有政府时对于平民的好处。什么人要这好处没有？族长、乡约或经纪人、卖肉的屠户、卖酒的老板，有了政府他就得到幸福没有？做田的、打鱼的、行巫术的、卖药卖布的，政府能使他们生活得更安稳一点没有？

他们愿意知道的是，牛羊在有了官的地方，会不会发生瘟疫？若牛羊仍然得发瘟，那就证明无须乎官了。不过这时他们还能吃不上税的家酿烧酒，还能在这社节中举行那尚保留下来的风俗，聚合了所有年轻男女来唱歌作乐，聚合了所有老年人在大节中讲述各样的光荣历史与渔农知识，男子还不曾出去当兵，女子也尚无做娼妓的，老年人则更能尽老年人责任处事公正。未来的事谁知道呢？过去的不能挽回，未来的无从抵挡，也是自然的事！"醉了的，你们睡吧。还有那不曾醉倒的，你们把葫芦中的酒向肚中灌吧。"这个歌近来唱时是变成凄凉的丧歌，失去当年的意思了。

◎上世纪20年代初的沈从文。

照这办法把自己灌醉的人实在太多了。只有一个地方的一群男子不曾醉倒。他们面前没有酒也没有酒葫芦，只是一堆焚得通红的火。他们人一共是七个，七个之中有六个年纪轻轻的，只有一个约莫有四十五岁左右。大房子中焚了一堆柴根，七个人围着这一堆火坐下，火中时时爆着小小的声音，那年长的男子便用长铁箸拨动未焚的柴尽它跌到火中心去。

房中无一盏灯，但熊熊的火光已照出这七个朴质的脸孔，且将各个人的身躯向各方画出不规则长短不一的暗影。

那年长的汉子拨了一阵火，忽然又把那铁箸捏紧向地面用力筑，愤愤的说道：

"一切是完了，这一个迎春节应当是最后一个了。一切是……喝呀，醉呀，多少人还是这样想！他们愿意醉死，也不问明天的事。他们都不愿意见到穿号衣的人来到寨子里称王称霸！他们都明白此后族中男子将堕落女子也将懒惰了！他们比我们是更能明白许许多多事的。新的制度来代替旧的习惯，到那时，他们地位以及财产全摇动了。……但是这些东西还是喝呀！喝呀！

全屋默然无声音，老人的话说完，这屋中又只有火星爆裂的微声了。

静寂中，听得出邻居划拳的嚷声，与唱歌声音。许许多人是在一杯两杯情形中伏到桌上打鼾了；许许多人是喝得头晕目眩伏在儿子肩上回家了；许许多人是在醉中痛哭狂歌了。这些人，在平时，却完完全全是有业知分的正派人，一年之中的今日，历来为神核准的放纵，仅有的荒唐，把这些人变成另外一个种族了。

奇怪的是在任何地方情形如彼，而在此屋中的众人却如此。年长人此时不醉倒在地，年轻人此时不过相好的女人家唱歌吹笛，只沉闷的在一堆火旁，真是极不合理的一件事！

迎春节到了最后的一个，即或如所说，在他人，也是更非用沉醉狂欢来与这唯一残余的好习惯致别不可的。这里则七个人七颗心只在一堆火上，且随到火星爆裂，终于消失了。

诸人的沉默，在沉默中可以把这屋子为读者一述。屋为土窑屋，高大像衙门，宏敞如公所。屋顶高耸为泄烟窗，屋中火堆的烟即向上窜去。屋之三面为大土砖封合，其一面则用生牛皮作帘，帘外是大坪。屋中除有四铺木床数件粗木家具及一大木柜外，壁上全是军器与兽皮。一新剥虎皮挂在壁当中，虎头已达屋顶尾则拖到地上。还有野鸡与兔，一大堆，悬在从屋顶垂下的大帘钩上，凝然不动。从一切的陈设上看来，这人家是猎户无疑了。

这土屋主人，即火堆旁年长的一位。他以打猎为业，那壁上的虎皮就是上月他一个人用猎枪打毙的。其余六人则全是这人的徒弟。徒弟从各族有身份的家庭中走来，学习设阱以及一切拳棍医药，这有学问的人则略无厌倦的在做师傅时光中消磨了自己壮年。他每天引这些青年上山，在家中时则把年轻人聚在一处来说一切有益的知识。他凡事以身作则，忍耐劳苦，使年轻人也各能将性情训练得极其有用。他不禁止年轻人喝酒唱歌，但他在责任上教给了年轻人一切向上的努力，酒与妇人是在节制中始能接近的。至于徒弟六人呢？勇敢诚实，原有的天赋，经过师傅德行的琢磨，智慧的陶冶，一个完人应具的一切，在任何一个徒弟中全不缺少。他们把这年长人当作父亲，把同伴当作兄弟，遵守一切的约束，和睦无所猜忌，在欢喜中过着日子。他们上山打猎，下山与人做公平的交易。他们把山上的鸟兽打来换一切所需要的东西，枪弹、火药、箭头、弦、酒，无一不是用所获得的鸟兽换来。他们运气好时，还可以换取从

◎ 沈从文故乡凤凰沙湾的吊脚楼。

远方运来的戒指绒帽之类。他们做工吃饭，在世界上自由的生活，全无一切苦楚。他们用枪弹把鸟兽猎来，复用歌声把女人引到山中。

这属于另一世界的人，也因为听到邻近有设了官设了局的事情，想起不久这样情形将影响到北溪，所以几个年轻人，本应在迎春节各穿新衣，把所有野鸡、毛兔、山菇、果狸等等礼物送到各人相熟的女人家中去的，也不去了。这师傅本应到庙坛去与年长族人喝酒到烂醉如泥，也不去了。

六个年轻人服从了师傅的命令，到晚不出大门，围在火前听师傅谈天，师傅把话说到地方的变更，就所知道的其余地方因有了法律结果的情形说了不少，师傅心中的愤慨，不久即转为几个年轻人的愤慨了。年轻人各无所言，但各人皆在此时对法律有一种漠然反感。

到此年长的人又说话了，他说：

"我们这里要一个官同一队兵有什么用处？我们要他们保护什么？老虎来时，蝗虫来时，官是管不了的。地方起了火，或涨了水，官是也不能负责的。我们在此没有赖债的人，有官的地方却有赖债的事情发生。我们在此不知道欺骗可以生活，有官地方每一个人可全靠学会骗人方法生活了。我们在此年轻男女全得做工，有官地方可完全不同了。我们在此没有乞丐盗贼，有官地方是全然相反，他们就用保护平民把捐税加在我们头上了。"

官是没有用处的一种东西，这意见是大家一致了。

他们结果是约定下来，若果是北溪也有人来设官时，一致否认这种荒唐的改革。他们愿意自己自由平等的生活下来，宁可使主宰的为无识无知的神，也不要官。因为神永远是公正的，官则总不大可靠。而且，他们意思是在地方有官以后，一切事情便麻烦起来了。他们觉得人并不是为许多麻烦事而生活的，所以这也只有那欢喜麻烦的种族才应当有政府的设立必要，至于北溪的人民，却普遍皆怕麻烦，用不着这东西！

为了终须要求的恶运，大势力的侵入，几个年轻人不自量力，把反抗的责任放到肩上了。他们一同当天发誓，必将最后一滴的血流到这反抗上。他们谈论妥贴，已经半夜，各自就睡了。

若果有人能在北溪各处调查，便可以明白这一个迎春节所消耗的酒量真特别多，比过去任何一个迎春节也超过，这里的人原是这样肆无忌惮的行乐了一日，不久过年了。

不久春来了。

当春天，还只是二月，山坡全发了绿，树木出了芽，鸟雀孵了卵，新雨一过随即是温暖的太阳，晴明了多日，山阿田中全是一边做事一边唱歌的人，这样时节从边县里派有人来调查设官的事了。来人是两个，会过了地方当事人，由当事人领导往各处察看，带了小孩子在太阳下取暖的主妇皆聚在一处谈论这事，来人问了无数情形，量丈了社坛的地，录下了井灶，看了两天就走了。

第二次来人是五个，情形稍稍不同：上一次是探视，这一次可正式来布置了。对于妇女特别注意，各家各户去调查女人，人人惊吓不知应如何应付，事情为猎人徒弟之一知道了，就告了师傅。师傅把六个年轻人聚在一处，商量第一步反对方法。

年长人说："事情是在我们意料中出现了，我们全村毁灭的日子到了，这责任是我们的责任。应当怎么办，年轻人可各提供一个意见来讨论，我们是决不承认要官管理的。"

第一个说："我们赶走了他完事。"

第二个说："我们把这些来的人赶跑。"

第三四五六意见全是这样。既然来了，不要，仿佛是只有赶走一法了。赶不及，倘必须要力，或者血，他们是将不吝惜这些，来为此事牺牲的。单纯的意识，是不拘问什么人，都是不需要官的，既然全不要这东西，这东西还强来，这无理是应当在对方了。

在这些年轻简单的头脑中，官的势力这时不过比虎豹之类稍凶一点，只要齐心仍然是可以赶跑的。别的人，则不可知，至于这七人，固无用再有怀疑，心是一致了。

然而设官的事仍然进行着。一切的调查与布置，皆不因有这七人而中止。七个人明示反抗，故意阻碍调查人进行，不许本乡人引路，不许一切人与调查人来往，又分布各处，假扮引导人将调查人诱往深山尽他们迷路。结果还是不行。

一切反抗归于无效，在三月底税局与衙门全布置妥了，这七个人一切计划无效，一同搬到山洞中去了。照例住山洞的可以作

◎沈从文湘行速写（一）。

为野人论，不纳粮税，不派公款，不为地保管辖，他们这样做了。

新来的地方官忙于征税与吃喝事上去了，所以这几个野人的行为，也不曾引起这些国家官吏注意。虽也有人知道他们是不肯归化的，但王法是照例不及寺庙与山洞，何况就是住山洞也不故意否认王法，当然尽他们去了。

他们几个人自从搬到山洞以后，生活仍然是打猎。猎得的一切，也不拿到市上去卖，只有那些凡是想要野味的人，就拿了油盐布匹衣服烟草来换。他们很公道的同一切人在洞前做着交易，还用自酿的烧酒款待来此的人。他们把多余的兽皮赠给全乡村顶勇敢美丽的男子，又为全乡村顶美丽的女子猎取白兔，剥皮给这些女子制手袖笼。

凡是年轻的情人，都可以来此地借宿，因为另外还有几个小山洞，经过一番收拾，就是这野人等特为年轻情人预备的。洞中并且不单是有干稻草同皮褥，还有新鲜凉水与玫瑰花香的煨芋。到这些洞里过夜的男女，全无人来惊吵的乐了一阵，就抱得很紧舒舒服服睡到天明。因为有别的缘故，像主人关照不及时，就道谢也不说一声就走去，也是很平常的事。

他们自己呢，不消说也不是很清闲寂寞，因为住到这山洞的意思，

并不是为修行而来的。他们日里或坐在山洞中磨刀练习武艺，或在洞旁种菜莳水，或者又出到山坡头湾里坳里去唱歌。他们本分之一，就是用一些精彩嘹亮的歌声，把女人的心揪住，把那些只知唱歌取乐为生活的年轻女人引到洞中来，兴趣好则不妨过夜，不然就在太阳下当天做一点快乐爽心的事，到后就陪到女人转去，送女人下山。他们虽然方便却知道节制，伤食害病是不会有的。

这些年轻人身上所穿的衣裤，以及麂皮抱兜，就是这些多情的女人手上针线做成。他们送女人则不外乎山花山果，与小山狸皮。他们几个人出猎以前，还可以共同预约，得山羊便赠谁个最近相交的一个女人，得野狗又算谁的女人所有，他们的口除了亲嘴就是唱赞美情欲与自然的歌，不像其余的中国人还要拿来说谎的。他们各人尽力做所应做的工，不明白世界上另外那些人懒惰就是享福的理由。他们把每一天看成一个新生的天，所以在每一天中他们除了坐在洞中不出，其余的人是都得在身体与情绪上调节的极好，预备来接受这一天他们所不知道的幸福与灾难的。他们不迷信命运，却能够在失败事情上不固执。譬如一天中间或无法与一小山鸡相遇，他们到时也仍然回洞，不去死守的。又譬如唱歌也有失败时，他们中不拘是谁，知道了这事情无望，却从不想到用武力与财产强迫女子倾心过。

因为一切的平均，一切的公道，他们嫉妒心也很薄弱，差不多看不出了。

那师傅，则教给这几个年轻人以武艺与渔猎知识外，还教给这些年轻人对于征服妇人的法宝。为了要使情人倾心，且感到接近以后的满意，他告他们在什么情景下唱什么歌，以及调节嗓子的技术。他又告他们如何训练他的情人，方能使女人快乐。他又告他们如何保养自己，才能成为一个忠于爱情的男子。他像教诗的夫子指点他们唱歌，像教体操战术的教官指点他们对付女人，到后还像讲圣谕那么告诫他们不可用不正当方法骗女人的爱情与他人的信任。

师傅各事以身作则，所以每晨起身就独早。打老虎他必当先，擒蛇时他选那大的，泅水他第一个泅过河，爬树他占那极难上的。就是于女人，他也并不因年纪稍长而失去勇敢与热诚！凡是一个女子命令到几个年轻人办得下的，与他好的女子要他去做，也总不放意规避的。

人类的首领，像这样真才是值得敬仰的首领！

日子是一天一天过下来了，他们并不觉得是野人就有什么不好处。至于显而易见的好处，则是他们从不要花一个钱到那些安坐享福的人身上去。他们也不撩他，不惹他，仍然尊敬这种成天坐在大瓦屋堂上审案、罚钱、打屁股的上等人。

国家的尊严他们是明白的，但他们在生活上用不着向谁骄傲，用不着审判，用不着要别人坐牢挨打，所以他们没有一个官管理，也自己能照料活下来了。

◎ 1933年9月，沈从文在北京前门火车站为表哥黄村生送行。

他们是快快乐乐活下来了。至于北溪其余的人呢？

北溪改了司，一切地方是皇上的土地，一切人民是皇上的子民了，的确很快的便与以前不同了，迎春节醉酒的事真为官方禁止了，别的集社也禁止了。平时信仰天的，如今却勒令一律信仰大王，因为天的报应不可靠，大王却带了无数做官当兵的人，坐在极高大权阔气的皇城里，要谁的心子下酒只轻轻哼一声，就可以把谁立刻破了肚子挖心，所以不信仰大王也不行了。

还有不同的，是这里渐渐同别地方一个样子，不久就有一种不必做工也可以吃饭的人了。又有靠说谎话骗人的大绅士了。又有靠狡诈杀人得名得利的伟人了。又有人口的买卖行市，与大规模官立鸦片烟馆了。

地方的确兴隆得极快，第二年就几乎完全不像第一年的北溪了。

第二年迎春节一转眼又到了。荒唐的沉湎野宴，是不许举行的，凡不服从国家法令的则有严罚，决无宽纵。到迎春节那日，凡是对那旧俗怀恋，觉得有设法荒唐一次必要的，人人皆想起了山洞中的野人。归籍了的子民有遵守法令的义务，但若果是到那山洞去，就不至于再有拘束了。于是无数的人全跑到山洞聚会去了，人数将近两百。到了那里以后，做主人的见到来了这样多人，就把所猎得的果狸、山猪、白绵、野鸡等等，熏烧炖炒办成了六盆佳肴，要年轻人到另一地窖去抬出四五缸陈烧酒，把人分成数堆，各人就用木碗同瓜瓢舀酒喝，用手抓菜吃。客气的就合当挨饿，勇敢的就成为英雄。

众人一边喝酒一边唱歌，喝醉了酒的就用木碗覆到头上，说是做皇帝的也不过是一顶帽子搁到头上，帽子是用金打就的罢了。于是赞成这醉话的其余醉人，头上全是木碗瓜瓢以至于一块猪牙帮骨了，手中则拿的是山羊腿骨与野鸡脚及其他，作为做官做皇帝的器具，忘形笑闹跳掷，全不知道明天将有些什么事情发生。

第二天无事。

第三天，北溪的人还在梦中，有七十个持枪带刀的军人，由一个统兵官用指挥刀调度，把野人洞一围。用十个军人伏侍一个野人，于是将七个尸身留在洞中，七颗头颅就被带回北溪，挂到税关门前大树上了。出告示是图谋倾覆政府，有造反心，所以杀了。凡去吃酒的，自首则酌量罚款，自首不速察出者，抄家，本人充军，儿女发官媒卖作奴隶。

这故事北溪人不久就忘了，因为地方进步了。

一九二九年三月一日于申成

赏析

野人与洞穴

正因为20世纪文学批评的"正统派"认为沈从文是一个文体家而不是一个思想家，作为小说家的沈从文和他的小说倒是因此获得了读者感觉上的纯粹性，然而，对《七个野人和最后一个迎春节》我们却不能仅仅把它当成小说来读。

湘西苗族人，一直被蔑称为"野人"。这蔑称是苗族历史陈述的最初的官方印记。官方史籍称苗族为"蛮夷"或"南蛮"。他们剽悍，难以驯化。他们首先是官方行政统治的肉中刺，必须拔出，然后是官方文化心理的眼中钉，必须抹掉。

湘西地区自秦汉已纳入中央王朝的版籍，设置郡县，归流管理。唐末五代以后，湘西占山为王的豪门大姓废除了郡县制，实施土官、土司制，湘西苗民便处在中央王朝和土司土官的双重迫害之下。到清康熙、雍正年间，中央王朝武力废除湘西土司统治，复设郡县，委派流官治理，使湘西成为中央王朝的一部分。这便是湘西历史上有名的"改土归流"。从历史主义的眼光来看，这是湘西少数民族社会发展史的一大重要转折和历史性的进步。

然而，社会历史的进步又似乎总与流血牺牲连在一起。万千生灵，如果因为历史要进步而流血，而牺牲，历史的进步实在不尽是福祉。

历史的曲曲折折，人间的生生死死，一边是历史主义的理性抉择，一边是道德、情感的纠葛，我们似乎很难作出是是非非的决断。

这种历史主义的理性态度与道德情感的冲突，无论你赋予它一个悲剧形式还是一个喜剧形式，它的美学意味都极其残酷。

《七个野人与最后一个迎春节》选择了人类社会发展史的大事件中的小故事、小场景、小的流血事件。

小故事：七个人为了躲官去钻山洞，做野人。

小场景：小小苗村和一个山洞。

小的流血事件：只有七个人被砍头。比起苗民吴八月起义被中央王朝砍杀的千百头颅，七个"野人"的头颅只是个小数目。

小小苗村北溪人怕官，凡是有官的地方，诸如迎春节的痛饮、对歌、赶边边场等等都会被视为荒唐的习俗，该地必定会传染汉人的一切，民族性格中的直率慷慨自会消失。这种文化上的清洗是不痛不痒的，算不得怎样严酷，更可怕的是要纳税、交公债、服劳役，小孩见了穿灰衣服的兵不敢哭，狗见了穿灰衣服的兵不敢叫。有了法律，人就学会了欺诈。哪怕苗族勇士能徒手斗虎豹斗野猪，却无法阻止这种所谓的"地方进化"。这种随官而来的"地方进化"是必然的和令人惶恐的，于是喝酒吧，以酒浇愁，历史的某种"进步"实在是愁煞人的苦事。于是，族人全醉倒了。

但是，有七个人不曾醉倒。他们当中有六个诚实勇敢的青年和一个深思熟虑而年长些的，这一个与六个，是师徒关系，他们在屋子当中燃起一团火，议论设官的事，议论苗族人的前途命运。

那官来了，庄稼同样会遭蝗虫，牛羊一样会发瘟疫，官对一切自然而然的事物只有害处而没有好处，设一个官干什么？于是他们一致反对设官，以为官不过比虎狼稍凶一点，齐力驱赶是可奏效的。但设官的事不会因七个人的阻挠而终止，这些勇敢的猎手终于碰上了超过他们的勇敢与技艺的敌手，他们一筹莫展。税局成立了，衙门也挂了牌子，七个人便住进山洞。作为野人，不缴公款，不纳粮税，不属地保管辖。野人没有政府，视官为伪官，政权为伪政权。他们以山洞及山野为自己的家园，这是一个自由、自足、自治的小世界，也是一个自我封闭的小国度。他们自食其力，以歌以酒以情爱为娱乐，以勤劳、忠实为道德，他们彼此不分尊卑，没有嫉妒，一切平均，一切公道。山洞山野，是苗人的香格里拉和乌托邦，是柏拉图的理想国。照例王法不及寺庙与山洞，任野人们自为野人，野人们也用不着伺候那些坐在大瓦屋里升堂、罚钱、打屁股的官们。

◎沈从文湘行速写（二）。

　　洞外的世界北溪镇呢？那七人之外的其余苗人呢？土地是皇帝的土地，人民是皇上的子民，迎春节饮酒和别的集会被禁止，要谁的心子下酒也得剖腹开膛取出来，谁敢不信奉皇上大王？苗族人的北溪有了人口市场，有了鸦片馆，有了说谎骗人的大绅士，有了狡诈杀人得利的伟人。地方确实兴隆得极快，第二年的北溪就大不同于一年前的北溪了，"历史进步"真有惊人的速度！

　　第二年迎春节到，因国家法令苛严，北溪苗族人野性未泯，想在迎春节放纵一回，便记起洞穴中的七个野人，于是，伙同洞中野人，狂欢了一回。这种人心的背向，在政府与野人之间，不能不构成政治冲突，结果是七个野人毙命，他们的洞天福地也告毁灭。

　　故事就这样在最后一个迎春节结束了。

　　这故事北溪人不久便忘记了，因为地方"进步"了。

　　我们读到的是一篇政治寓言，作者为我们冷炒凉拌了一个冷冷的故事，这是冷制作、冷叙述，埋伏着一些道德上的同情、道义上的愤怒，以及历史主义的无奈与悲哀。

◎上世纪70年代，沈从文为做中国历代服饰研究课题住在友谊宾馆。他正在欣赏自己的书法作品。

在沈从文的小说世界中，可当作政治寓言来读的小说似乎不多。

在人类历史不断地演变中，政治的、经济的，甚至科学技术等等各类进步，其中的得与失，令我们在评价时为难、尴尬，令我们无从选择又不得不选择。我们躲不过劫数，无论是柏拉图的理想国，还是野人洞穴。

北溪兴隆了，进步了，北溪也因而沦落了。

进与退，人类总是处在两难的境况中。

《七个野人与最后一个迎春节》是一个永远的寓言，政治的和人类历史的。我们曾指责某些小说图解政治，但真正能作人类社会政治图解的小说其实是太少了。

（蔡测海）

菜园

许多事都还仿佛天真烂漫，凡是一切往日的
好处完全还保留在身上，所有新获得的知识，却
融入了生活里，找不出所谓痕迹。

　　玉家菜园出白菜，因为种子特别，本地任何种菜人所种的都没有那
种大卷心。这原因从姓上可以明白，姓玉原本是旗人，菜是当年从北京
带来的菜。北京白菜素来著名。

　　辛亥革命以前，北京城候补的是玉太爷，单名讳琛，当年来这小城
时带了家眷，也带了白菜种籽。大致当时种来也只是为自己吃。谁知太
爷一死，不久革命军推翻了清室，清宗室平时在国内势力一时失尽，顿
呈衰败景象;各处地方都有流落的旗人，贫穷窘迫，无以为生。玉家却
在无意中得白菜救了一家人的灾难。玉家靠卖菜过日子，从此玉家菜园
在本县成为人人皆知的地方了。

　　主人玉太太，年纪五十岁，年轻时节应当是美人，所以到老来还可
以从余剩风姿想见一二。这太太有一个儿子是白脸长身的好少年，年纪
二十一，在家中读过书，认字知礼，还有点世家风范。虽本地新兴绅士
阶级，因切齿过去旗人的行为，极看不起旗人，如今又是卖菜佣儿子，
很少同这家少主人来往；但这人家的儿子，总仍然有和平常菜贩儿子两
样处。虽在当地得不到人亲近，却依然受人相当尊敬。

　　玉家菜园园地发展后，母子两双手已不大济事，因此另外雇得有人。
主人设计每到秋深便令长工在园中挖个长窖，冬天来雪后白菜全入窖。
从此一年四季城中人都有大白菜吃。菜园二十亩地，除了白菜还种了不
少其他菜蔬，善于经营的主人，使本城人一年任何时节都可得到极好的
蔬菜，特别是几种难得的蔬菜。也便因此，收入数目不小，十年来，渐
渐成为小康之家了。

　　仿佛因为种族不同，很少同人往来的玉家母子，由旁人看来，除知

◎1934年沈从文与妻子张兆和（左一）妹妹沈岳萌（右一）在北平旧居前。当时沈母刚病逝不久，张兆和臂上为婆母带着黑纱。

道这家人卖菜有钱以外，其余一概茫然。

夏天薄暮，这个有教养又能自食其力的、富于林下风度的中年妇人，穿件白色细麻布旧式大袖衣服，拿把宫扇，朴素不华的在菜园外小溪边站立纳凉。侍立在身边的是穿白绸短衣裤的年轻男子。两人常常沉默着半天不说话，听柳上晚蝉拖长了声音飞去，或者听溪水声音。溪水绕菜园折向东去，水清见底，常有小虾、小鱼，鱼小到除了看玩就无用处。那时节，鱼大致也在休息了。

动风时，晚风中混有素馨兰花香和茉莉花香。菜园中原有不少花木的。在微风中掠鬓，向天空柳枝空处数点初现的星，做母亲的想着古人的诗歌，可想不起谁曾写下形容晚天如落霞孤鹜一类好诗句。又总觉得有人写过这样恰如其境的好诗，便笑着问那个儿子，是不是能在这样情境中想出两句好诗。

"这景象，古今相同。对它得到一种彻悟，一种启示，应当写出几句好诗的。"

"这话好像古人说过了，记不起这个人。"

"我也这样想。是谢灵运，是王维，不能记得，我真上年纪了。"

"母亲，你试作七绝一首，我和。"

"那么，想想吧。"

做母亲的于是当真就想下去，低吟了半天，总像是没有文字能解释当前这一种境界。一面是文字生疏已久，一面是情境相协，所谓超于言语，正如佛法，只能心印默契，不可言传，所以笑了。她说：

"这不行，哪里还会作诗！"

稍过，又问：

"少琛，你呢？"

男子笑着说，这天气是连说话也觉得可惜的天气，作诗等于糟蹋好风光。听到这样话的母亲莞尔而笑，过了桥，影子消失在白围墙竹林子后不见了。

不过在这样晚凉天气下，母子两人走到菜园去，看工人做瓜架子，督促舀水，谈论到秋来的菜种、萝卜的市价，也是很平常的事。他们有时还到园中去看菜秧，亲自动手挖泥浇水。一切不造作处，较之斗方诗人在瓜棚下坐一点钟便拟赋五言八韵田家乐，虚伪真实，相去真不可以道里计。

冬天时，玉家白菜上了市，全城人都吃玉家白菜。在吃白菜时节，有想到这卖菜人家居情形的，赞美了白菜，总同时也就赞美了这人家母子。一切人所知有限，但所知的一点点便仿佛使人极其倾心。这城中也如别的城市一样，城中所住"蠢人"比"聪明人"多十来倍，所以竟有那种人，说出非常简陋的话，说是每一株白菜，皆经主人的手抚手摸，所以才能够如此肥茁，这原因是有根有柢的。从这样呆气的话语中，也仍然可以看出城中人如何闪耀着一种对于这家人生活优美的企羡。

做母亲的还善于把白菜制成各样干菜，根、叶、心各用不同方法制作成各种不同味道。少年人则对于这一类知识，远不及其对于笔记小说知识丰富。但他一天所做的事，经营菜园的时间却比看书写字时间多。年轻人，心地洁白如鸽子毛，需要工作，需要游戏，所以菜园不是使他厌倦的地方。他不能同人锱铢必较的算账，不过单是这缺点，也就使这人变成更可爱的人了。

他不因为认识了字就不做工，也不因为有了钱就增加骄傲。对于本地人凡有过从的,不拘是小贩他也能用平等相待。他应当属于知识阶级,却并不觉得在做人意义上,自己有特别尊重读书人必要。他自己对人诚实,他所要求于人的也是诚实。他把诚实这一件事看作人生美德,这种品性同趣味却全出之于母亲的陶冶。

日子到了应当使这年轻人定婚的时候了,这男子尚无媳妇。本城的风气,已到了大部分男女自相悦爱才好结婚,然而来到玉家菜园的仍有不少老媒人。这些媒人完全因为一种职业的善心,成天各处走动,只愿意事情成就,自己从中得一点点钱财谢礼。因太想成全他人,说谎自然也就成为才艺之一种。眼见用了各样谎话都等于白费以后,这些媒人才死了心,不再上玉家菜园。

然而因为媒人的撮掇,以及另一因缘,认识过玉家青年人,愿意做玉家媳妇私心窃许的,本城女人却很多很多。

二十二岁的生日,做母亲的为儿子备了一桌特别酒席,到晚来两人对坐饮酒。窗外就是菜园,时正十二月,大雪刚过,园中一片白。已经摘下还未落窖的白菜,全成堆的在园中,白雪盖满,正像一座座大坟。还有尚未收取的菜,如小雪人,成队成排站立雪中。母子二人喝了一些酒,谈论到今年大雪同菜蔬,萝卜、白菜都须大雪始能将味道转浓,把窗推开了。

窗开以后,园中一切都收入眼底。

天色将暮,园中静静的。雪已不落了,也没有风,上半日在菜畦觅食的黑老鸹,不知到什么地方去了。母亲说:

"今年这雪真好!"

"今年刚十二月初,这雪不知还有多少次落呢。"

"这样雪落下人不冷,到这里算是稀奇事。北京这样一点点雪,可就太平常了。"

"北京听说完全不同了。"

"这地方近十年也变得好厉害!"

这样说话的母亲,想起二十年来在本地方住下经过的人事变迁,她于是喝了一口酒。

"你今天满二十二岁,太爷过世十八年,民国反正十五年,不单是天下变得不同,就是我们家中,也变得真可怕。我今年五十,人也老了。

总算把你教养成人，玉家
不至于绝了香火。你爹若
在世，就太好了。"

在儿子印象中只记得
父亲是一个手持"京八寸"
人物。那时吸纸烟真有格，
到如今，连做工的人也买
"美丽牌"，不用火镰同烟
杆了。这一段长长的日子
中，母亲的辛苦从家中任
何一事都可知其一二。如
今儿子已成人了，二十二
岁，命好应有了孙子可抱。
听说"母亲也老了"这类
活的少琛，不知如何，忽
想起一件心事来了。他蓄
了许久的意思今天才有机
会说出。他说他想过北京。

◎1935年抱着长子沈龙朱。

北京方面他有一个舅
父，宣统未出宫以前，还在宫中做小管事，如今听说在旗章胡同开铺子，
卖冰、卖西洋点心，生意不恶。

听说儿子要到北京去，做母亲的似乎稍稍吃了一惊。这惊讶是儿子
料得到的，正因为不愿意使母亲惊讶，所以直到最近才说出。然而她
也挂念着那胞兄的。

"你去看看你三舅，还是做别的事？"

"我想读点书。"

"我们这人家还读什么书？世界天天变，我真怕。"

"那我们俩去！"

"这里放得下吗？"

"我去三个月又回来，也说不定。"

"要去，三年五年也去了。我不妨碍你。你希望走走就走走，只是书不读也不什么要紧。做人不一定要多少书本知识。像我们这种人，知识多，也是灾难！"

这妇人这样慨乎其言的说后，就要儿子喝一杯，问他预备过年再去还是到北京过年。

儿子说赶考，是今年走好，且趁路上清静，也极难得。

母亲虽然同意远行，却认为不必那么忙，因此到后仍然决定正月十五以后再离开母亲身边。把话说过，回到今天雪上来了。母亲记起忘了的一桩事情，她要他送一坛酒给做工人。因为今天不是平常的日子。

不久过年了。

过了年，随着不久就到了少琛动身日子了。信早已写给北京的舅父，于是坐了省河小轮，到长沙市坐车，转武汉，再换火车，到了北京。

时间过了三年。

在这三年中，玉家菜园还是玉家菜园。但渐渐的，城中便知道玉家少主人在北京大学读书，极其出名的事了。其中经过自然一言难尽，琐碎到不能记述。然而在本城，玉家白菜还是十分出色。在家中一方面稍稍不同了的，是做儿子的常常寄报纸回来，寄新书回来；做母亲的一面仍然管理菜园的事务，兼喂养一群白色母鸡，自己每天无事时，便抓玉米喂鸡，和鸡雏玩，一面读从北京所寄来的书报杂志。母亲虽然有了五十多岁，一切书报扇起二十岁的年轻学生情感的种种，母亲有时也不免有了些幻梦。

地方一切新的变故甚多，随同革命，北伐，……于是许多壮年都在这个过程中，死到野外，无人收尸因而烂去了，也成长了一些英雄和志士先烈，也培养了许多新官旧官。……于是地方的党部工会成立了，……于是"马日事变"年轻人杀死了，工会解散党部换了人，……于是从报章上消息，知道北京改成了北平。

地方改了北平，北方已平定，仿佛真命天子出世，天下就快太平了。在北平的儿子，还是常常有信来，寄书报则稍稍少了一点。

在本城的母亲，每月寄六十块钱去，同时写信总在告给身体保重以外，顺便问问有不有那种合意的女子可以订婚。母亲是老一代人，年纪渐老，自然对于这些事也更见得关心。三年来的母亲，还是同样的不失林下风度。因儿子的缘故，多知了许多时事，然而一切外形，属于美德的，没有一种失去。且因一种方便，两个工人得到主人的帮助，都接亲了。母亲把这类事告给儿子时，儿子来信说这样做很对。

儿子也来过信，说母亲不妨到北平看看，把菜园交给工人，是一样的。虽说菜园的事也不一定放不下手，但不知如何，这老年人总不曾打量过北行的事。

当这母亲接到了儿子的一封信，说本学期终了可以回家来住一月时，欢喜极了。来信还只是四月，从四月起做母亲的就在家中为儿子准备一切。凡是这老年人想到可以使儿子愉快的事统统计划到了。一到了七月，就成天盼望远行人的归来。又派人往较远的××市去接他，又花了不少钱为他添办了一些东西，如迎新娘子那么期待儿子的归来。

儿子如期回来了。出于意外叫人惊喜的，是同时还真有一个新媳妇回来，这事情直到进了家门母亲才知道，一面还在心中作小小埋怨，一面把"新客"让到自己的住房中去，做母亲的似乎人年轻了十岁。

见到脸目略显憔悴的儿子，把新媳妇指点给两对工人夫妇，说"这是我们的朋友"时，母亲欢喜得话说不出。

儿子回家的消息不久就传遍了本城，美丽的媳妇不久也就为本城人全知道了。因为地方小，从北京方面回来的人不多，虽然绅士们的过从仍然缺少，但渐渐有绅士们的儿子到玉家菜园中的事了。还有本地教育局，在一次集会中，也把这家从北平回来的男子和媳妇请去开会了。还有那种对未来有所倾心的年轻人，从别的事情上知道了玉家儿子的姓名，因为一种倾慕，特邀集了三五同好来奉访了。

从母亲方面看来，儿子的外表还完全如未出门以前，儿子已慢慢是个把生活插到社会中去的人了。许多事都还仿佛天真烂漫，凡是一切往日的好处完全还保留在身上，所有新获得的知识，却融入了生活里，找不出所谓痕迹。媳妇则除了像是过分美丽不适宜于做媳妇，住到这小城市值得忧心以外，简直没有疵点可寻。

时间仍然是热天，在门外溪边小立，听水听蝉，或在瓜棚豆畦间谈话，看天上晚霞，五年前母子两人过的日子如今多了一人。这一家某种情形仍然仿佛和一地方人是两种世界。生活中多与本城人发生一点关系，不过是徒增注意及这一家情形的人谈论到时一点企羡而已。

因为媳妇特别爱菊花，今年回家，拟定看过菊花，方过北平，所以

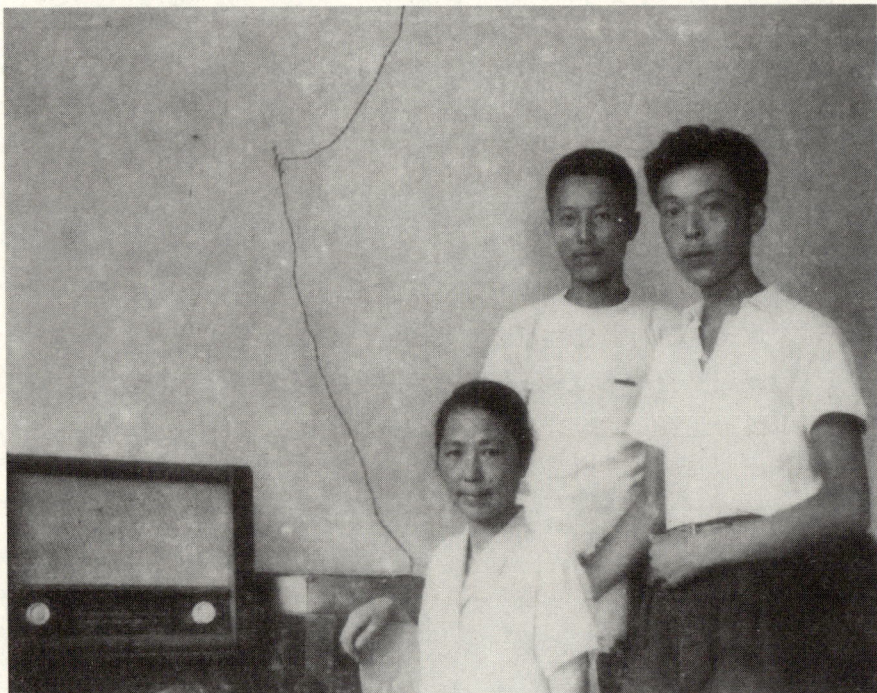

◎张兆和与两个儿子上世纪60年代在北京东堂子胡同家中。右一：沈龙朱，右二：沈虎雏。

做母亲的特别令工人留出一块地种菊花，各处寻觅佳种，督工人整理菊秧，母子们自己也动动手。已近八月的一天，吃过了饭，母子们同在园中看菊苗，儿子穿一件短衣，把袖子卷到肘弯以上，用手代铲，两手全是泥。

母亲见一对年轻人，在菊圃边料理菊花，便作着一种无害于事极其合理的祖母的幻梦。

一面同母亲说北平栽培菊花的，如何使用他种蒿草干本接枝，开花如斗的事情，一面便同蹲在面前美丽到任何时见及皆不免出惊的夫人用目光作无言的爱抚。忽然县里有人来说，有点事情，请两个年轻人去谈一谈。来人连洗手的暇裕也没有留给主人，把一对年青人就"请"去了。从此一去，便不再回家了。

做母亲的当时纵稍稍吃惊，也仍然没有想到此后事情。

第二天，做母亲的已病倒在床，原来儿子同媳妇，已和三个因其他缘故而得着同样灾难的青年人，陈尸到教场的一隅了。

第三天，由一些粗手脚汉子为把那五个尸身一起抬到郊外荒地，抛在业已在早一天掘就、因夜雨积有泥水的大坑里，胡乱加上一点土，略不回顾的扛了绳杠到衙门去领赏，尽其慢慢腐烂去了。

做母亲的为这种意外不幸晕去数次，却并没有死去。儿子虽如此死了，办理善后、罚款、具结、取保，她还有许多事情得做。三天后大街上和城门边才贴出告示，才使她同本城人同时知道儿子原来是共产党。仿佛还亏得衙门中人因为想到要白菜吃，才把老的生命留下来，也没有把菜园产业全部充公。这样打量着而苦笑的老年人，不应当就死去，还得经营菜园才行。她于是仍然卖菜，活下来了。

秋天来时菊花开遍了一地。

主人对花无语，无可记述。

玉家菜园或者终有一天会改作玉家花园，因为园中菊花多而且好，有地方绅士和新贵强借作宴客的地方了。

骤然憔悴如七十岁的女主人，每天坐在园里空坪中喂鸡，一面回想起一些无用处的旧事。

玉家菜园从此简直成了玉家花园。内战不兴，天下太平，到秋天来地方有势力的绅士在园中宴客，吃的是园中所出生的素菜，喝着好酒，同赏菊花。因为赏菊，大家在兴头中必赋诗，有祝主人有功国家，多福多寿，比之于古人某某典雅切题的好诗，有把本园主人写作卖菜媪对于旧事加以感叹的好诗。地方绅士有一种习惯，多会做点诗，自以为好的必题壁，或花钱找石匠来镌石，预备嵌到墙中作纪念。名士伟人，相聚一堂，人人尽欢而散，扶醉归去。各人回到家中，一定还有机会做和"五柳先生"猜拳照杯的梦。

玉家菜园改称玉家花园，是主人儿子死去三年后的事。这妇人沉默寂寞的活了三年。到儿子生日那一天，天落大雪，想这样活下去日子已够了，春天同秋天不用再来了，把一点家产全分派给几个工人，忽然用一根丝绦套在颈子上，便缢死了。

一九三零年作
一九五七年校正字句

赏析

无声的悲歌

沈从文并不是一个超然的人，即使在他最具有恬淡色调的作品中，依然可以感受到他对现实的某种参与精神。我在读《菜园》时，被他的这种平静中的愤然的激情深深地吸引了。他的笔触清淡得很，叙述之法亦十分自然，可在这个无声的画面里，隐含着带泪的人生感悟。这感悟是凄楚的，没有过多的理想主义色彩。作品把一种田园之梦的幻灭，无情地抛到了每个读者面前。

《菜园》的调子是低缓的。玉家菜园的主人在小城中的安宁、小康的生活，给人一种世外桃源的感觉。作者似乎觉得，这种远离大都市和政治漩涡的安谧的生活，真正地体现了人的自由自在的价值。玉家人的风雅和谐的心理状态，与自然对象心印默契，相宜无间。这个"有教养又能自食其力的，富有林下风度的"女主人，与"把诚实这一件事看作人生美德"的儿子，在作者笔下是柔和而善良的，富有人性中最纯洁的美质。美丽的菜园与善良的主人，构成了一幅优雅纯净的图画。虽然这里没有湘西苗家风情那么神异，但由这里可以感受到作者对和谐的生活那种向往、认可的态度。中国普通小镇的生活秩序，在沈从文那里被诗意化了。

但我们的作者不是那种遁迹山林的隐者，他实在是太憎恨世道的黑暗了，惟其如此，才将"田园"作为衬托，映现现存社会非道义的一面。沈从文常借叙述者之口慨叹道，世道变化太快，且变化得令人忧虑。人一旦离开那些近于封闭的纯美之境，则往往被不测的厄运所捉弄。玉家的儿子本来是个天生聪慧、颇晓人情的文静书生。但他去了北平读书之后，情况就全然不同了。在小镇子

◎《记胡也频》早期版本。

◎《记丁玲》早期版本。

的人看来，玉家儿子实在是难得的人才，可远方的都市却让人捉摸不透。几年后，这位多才的青年却因了"共产党"的罪名而被杀害。玉家宁静的菜园里，被一种恐怖的血气罩住，那以往的明净与闲适顿然消失。闲适、隐逸毕竟是一场梦。现代文明与现代政治，已将山林野趣抛到了血腥的格斗场上。不管你如何想支配你的生活与命运，终究无法逃脱异己的力量的冲击。我们的作者从玉家的悲剧之中，含蓄地揭示了现代中国历史的某种残酷性。

沈从文无法回避这种残酷，它犹如一道寒光晃动在他的内心深处。也许是太钟爱祥和的人生了，他在作品中避开了血淋淋的杀人场景的描写，避开了儿子与女友受难时的苦况的表现。他似乎不忍心让这血腥的一幕展示在读者面前，而是用极冷静的手法将其轻轻掠过。但这恰恰增添了作品的压抑的情调。生活依旧"安宁"，"安宁"抹去了笑语，也抹去了愁叹。玉家女主人公的悲恸的面容，被菜园中菊花的姿容遮掩住了。在这令人窒息的缄默里，沈从文的复杂心境被生动地托现了出来。

《菜园》无疑是一幕悲剧。从人人羡慕的小康之家，到儿子的罹难，以及母亲的自缢，给人心灵的撼动是巨大的。玉家菜园作为小镇子令人赏心悦目的花园，为"有势力的绅士"与"名士伟人"提供了良多雅趣。但这表象的背后，却是一个痛苦的、毫无亮色的昏暗的人生。无论菜园是怎样的幽寂，都无法使菜园主人摆脱现代政治的骚扰。人已经失去了生存的"无怨"之境，创造美的人死于刽子手的刀下，而阔人们却享有着田园情趣，这是对中国现代文明的一种怎样的讽刺！

◎上世纪30年代，胡也频烈士遇难。沈从文（右一）与丁玲（右二）假扮夫妻护送丁玲、胡也频的孩子回湖南老家，路过武汉，与陈西滢夫妇（左一、左二）合影。为这桩义举，沈从文还丢了武汉的教职。

　　我很喜欢《菜园》，细细品味，可以约略窥见作品的精神意蕴。这是一支轻悄地奏出的感伤的乐曲，似梦非梦的田园风光，突然被一股无形的寒气卷破，在荒寂的菜园里，只留下了一片遗憾……我感到，沈从文的高明之处在于，在对现实苦难扫描的同时，他的心灵一直保存着一块圣地。这在作品内部造成了一种反差。他的文体是含蓄的，疏淡中透着一丝抑郁，明与暗，清与浊，甜与涩，浑然交织在一起。沈从文即使在最悲痛的时刻，依然不放弃他心灵的那块净土，并不断从这块净土中释放出纯情的、真人性的东西。他的许多作品不拘于流俗的清绮之风，都与此有着深刻的联系。《菜园》的魅力，是不是也在这里呢？

（孙郁）

萧 萧

风里雨里过日子，像一株长在园角落不为人
注意的蓖麻，大叶大枝，日增茂盛。

乡下人吹唢呐接媳妇，到了十二月是成天会有的事情。

唢呐后面一顶花轿，两个伕子平平稳稳的抬着。轿中人被铜锁锁在
里面，虽穿了平时没上过身的体面红绿衣裳，也仍然得荷荷大哭。在这
些小女人心中，做新娘子，从母亲身边离开，且准备做他人的母亲，从
此必然将有许多新事情等待发生。像做梦一样，将同一个陌生男子汉在
一个床上睡觉，做着承宗接祖的事情。这些事想起来，当然有些害怕，
所以照例觉得要哭哭，于是就哭了。

也有做媳妇不哭的人，萧萧做媳妇就不哭。这小女子没有母亲，从
小寄养到伯父种田的庄子上，终日提个小竹兜箩，在路旁田坎捡狗屎挑
野菜。出嫁只是从这家转到那家。因此到那一天，这女人还只是笑。她
又不害羞，又不怕。她是什么事也不知道，就做了人家的新媳妇了。

萧萧做媳妇时年纪十二岁，有一个小丈夫，年纪还不到三岁。丈夫
比她年少九岁，断奶还不多久。按地方规矩，过了门，她喊他作弟弟。
她每天应做的事是抱弟弟到村前柳树下去玩，到溪边去玩，饿了，喂东
西吃，哭了，就哄他，摘南瓜花或狗尾草戴到小丈夫头上，或者亲嘴，
一面说："弟弟，哪，啵再来，啵。"在那肮脏的小脸上亲了又亲，孩子
于是便笑了。孩子一欢喜兴奋，行动粗野起来，会用短短的小手乱抓萧
萧的头发。那是平时不大能收拾蓬蓬松松在头上的黄发。有时候，垂到
脑后那条小辫儿被拉得太久，把红绒线结也弄松了，生了气，就挞那弟
弟几下，弟弟自然哇的哭出声来。萧萧于是也装成要哭的样子，用手指
着弟弟的哭脸，说："哪，人不讲理，可不行！哪能这样动手动脚，长
大了不是要杀人放火！"

天晴落雨日子混下去，每日抱抱丈夫，也帮家中做点杂事，能动手的就动手，又时常到溪沟里去洗衣，搓尿片，一面还捡拾有花纹的田螺给坐在身边的小丈夫玩。到了夜里睡觉，便常常做这种年龄人所做的梦，梦到后门角落或别的什么地方捡得大把大把铜钱，吃好东西，爬树，自己变成鱼到水中各处溜。或一时仿佛身子很小很轻，飞到天上众星中，没有一个人，只是一片白，一片金光，于是大喊"妈！"人就吓醒了。醒来心还只是跳。吵了隔壁的人，不免骂着："疯子，你想什么！白天玩得疯，晚上就做梦！"萧萧听着却不作声，只是咕咕的笑。也有很好很爽快的梦，为丈夫哭醒的事情。那丈夫本来晚上在自己母亲身边睡，有时吃多了，或因另外情形，半夜大哭，起来放水拉稀是常有的事。丈夫哭到婆婆无可奈何，于是萧萧轻脚轻手爬起床来，睡眼朦胧走到床边，把人抱起，给他看月亮，看星光；或者互相觑着，孩子气的"嗨，看猫呵"那样喊着哄着，于是丈夫笑了。玩一会会，困倦起来，慢慢的合上眼。人睡定后，放上床，站在床边看着，听远处一传一递的鸡叫，知道天快到什么时候了，于是仍然蜷到小床上睡去。天亮后，虽不做梦，却可以无意中闭眼开眼，看一阵在面前空中变幻无端的黄边紫心葵花，那是一种真正的享受。

萧萧嫁过了门，做了拳头大丈夫的小媳妇，一切并不比先前受苦，这只看她一年来身体发育就可明白。风里雨里过日子，像一株长在园角落不为人注意的蓖麻，大叶大枝，日增茂盛。这小女人简直是全不为夫丈设想那么似的，一天比一天长大起来了。

夏夜光景说来如做梦。大家饭后坐到院中心歇凉，挥摇蒲扇，看天上的星同屋角的萤，听南瓜棚上纺织娘子咯咯咯拖长声音纺车，远近声音繁密如落雨，禾花风悠悠吹到脸上，正是让人在各种方便中说笑话的时候。

萧萧好高，一个人常常爬到草料堆上去，抱了已经熟睡的丈夫在怀里，轻轻的轻轻的随意唱着自编的四句头山歌。唱来唱去却把自己也催眠起来，快要睡去了。

在院坝中，公公婆婆，祖父祖母，另外还有帮工汉子两个，散乱的坐在小板凳上，摆龙门阵学古，轮流下去打发上半夜。

祖父身边有个烟包，在黑暗中放光。这用艾蒿做成的烟包，是驱逐

◎1935年沈从文与张兆和回苏州张兆和的娘家省亲。

长脚蚊得力东西，蜷在祖父脚边，犹如一条乌梢蛇。间或又拿起来晃那么几下。

想起白天场上的事情，祖父开口说话：

"我听三金说，前天又有女学生过身。"

大家就哄然笑了。

这笑的意义何在？只因为大家印象中，都知道女学生没有辫子，留下个鹌鹑尾巴，像个尼姑，又不完全像。穿的衣服像洋人，又不是洋人。吃的，用的……总而言之，事事不同，一想起来就觉得怪可笑！

萧萧不大明白，她不笑。所以老祖父又说话了。他说：

"萧萧，你长大了，将来也会做女学生！"

大家于是更哄然大笑起来。

萧萧为人并不愚蠢，觉得这一定是不利于己的一件事情，所以接口便说：

"爷爷，我不做女学生。"

"你像个女学生，不做可不行。"

"我不做。"

众人有意取笑，异口同声说："萧萧。爷爷说得对，你非做女学生不行！"

萧萧急得无可如何，"做就做，我不怕。"其实做女学生有什么不好，萧萧全不知道。

女学生这东西，在本乡的确永远是奇闻。每年一到六月天，据说放"水假"日子一到，照例便有三三五五女学生，由一个荒谬不经的热闹地方来，到另一个远地方去，取道从本地过身。从乡下人眼中看来，这些人都近于另一世界中活下的人，装扮奇奇怪怪，行为更不可思议。这种女学生过身时，使一村人都可以说一整天的笑话。

祖父是当地一个人物，因为想起所知道的女学生在大城中的生活情形，所以说笑话要萧萧也去做女学生。一面听到这话，就感觉一种打哈哈趣味，一面还有那被说的萧萧感觉一种惶恐，说这话的不为无意义了。

女学生由祖父方面所知道的是这样一种人：她们穿衣服不管天气冷热，吃东西不问饥饱，晚上交到子时才睡觉，白天正经事全不做，只知唱歌打球，读洋书。她们都会花钱，一年用的钱可以买十六只水牛。她们在省里京里想往什么地方去时，不必走路，只要钻进一个大匣子中，那匣子就可以带她到地。城市中还有各种各样的大小不同匣子，都用机器开动。她们在学校，男女在一处上课读书，人熟了，就随意同那男子睡觉，也不要媒人，也不要财礼，名叫"自由"。她们也做做州县官，带家眷上任，男子仍然喊作"老爷"。小孩子叫"少爷"。她们自己不养牛，却吃牛奶羊奶，如小牛小羊；买那奶时是用铁罐子盛的。她们无事时到一个唱戏地方去，那地方完全像个大庙，从衣袋中取出一块洋钱来（那洋钱在乡下可买五只母鸡），买了一小方纸片儿，拿了那纸片到里面去，就可以坐下看洋人扮演影子戏。她们被冤了，不赌咒，不哭。她们年纪有老到二十四岁还不肯嫁人的，有老到三十四十居然还好意思嫁人的。她们不怕男子，男子不能使她们受委屈，一受委屈就上衙门打官司，要官罚男子的款，这笔钱她有时独占自己花用，有时和官平分。她们不洗衣煮饭，也不养猪喂鸡；有了小孩子，也只花五块钱或十块钱一月，雇个人专管小孩，自己仍然整天看戏打牌，或者读那些没有用处的闲书。

　　总而言之，说来事事都稀奇古怪，和庄稼人不同，有的简直还可说岂有此理。这时经祖父一为说明，听过这话的萧萧，心中却忽然有了一种模模糊糊的愿望，以为倘若她也是个女学生，她是不是照祖父说的女学生一个样子去做那些事情？不管好歹，女学生并不可怕，因此一来却已为这乡下姑娘初次体念到了。

　　因为听祖父说起女学生是怎样的人物，到后萧萧独自笑得特别久。笑够了时，她说：

　　"爷爷，明天有女学生过路，你喊我，我要看看。"

　　"你看，她们捉你去做丫头。"

　　"我不怕她们。"

　　"她们读洋书念经你也不怕？"

　　"念观音菩萨消灾经，念紧箍咒，我都不怕。"

　　"她们咬人，和做官的一样，专吃乡下人，吃人骨头渣渣也不吐，你不怕？"

　　萧萧肯定的回答说："也不怕。"

　　可是这时节萧萧手上所抱的丈夫，不知为什么，在睡梦中哭了，媳妇于是用做母亲的声势，半哄半吓的说：

　　"弟弟，弟弟，不许哭，不许哭，女学生咬人来了。"

　　丈夫还仍然哭着，得抱起各处走走。萧萧抱着丈夫离开了祖父，祖父同人说另外一样古话去了。

　　萧萧从此以后心中有个"女学生"。做梦也便常常梦到女学生，且梦到同这些人并排走路。仿佛也坐过那种自己会走路的匣子，她又觉得这匣子并不比自己跑路更快。在梦中那匣子的形体同谷仓差不多，里面还有小小灰色老鼠，眼珠子红红的，各处乱跑，有时钻到门缝里去，把个小尾巴露在外边。

　　因为有这样一段经过，祖父从此喊萧萧不喊"小丫头"，不喊"萧萧"，却唤作"女学生"。在不经意中萧萧答应得很好。

　　乡下的日子也如世界上一般日子，时时不同。世界上人把日子糟蹋，和萧萧一类人家把日子吝惜是同样的，各有所得，各属分定。许多城市中文明人，把一个夏天完全消磨到软绸衣服、精美饮料以及种种好事情上面。萧萧的一家，因为一个夏天的劳作，却得了十多斤细麻，二三十担瓜。

做小媳妇的萧萧，一个夏天中，一面照料丈夫，一面还绩了细麻四斤。到秋八月工人摘瓜，在瓜间玩，看硕大如盆、上面满是灰粉的大南瓜，成排成堆摆到地上，很有趣味。时间到摘瓜，秋天真的已来了，院子中各处有从屋后林子里树上吹来的大红大黄木叶。萧萧在瓜旁站定，手拿木叶一束，为丈夫编小小笠帽玩。

工人中有个名叫花狗，年纪二十三岁，抱了萧萧的

◎上世纪70年代沈从文夫妇在湖北丹江"五七干校"下放劳动时合影。

丈夫到枣树下去打枣子。小小竹竿打在枣树上，落枣满地。

"花狗大①，莫打了，太多了吃不完。"

虽听到这样喊，还不歇手。到后，仿佛完全因为丈夫要枣子，花狗才不听话。萧萧于是又警告她那小丈夫：

"弟弟，弟弟，来，不许捡了。吃多了生东西肚子痛！"

丈夫听话，兜了大堆枣子向萧萧身边走来，请萧萧吃枣子。

"姐姐吃，这是大的。"

"我不吃。"

"要吃一颗！"

她两手哪里有空！木叶帽正在制边，工夫要紧，还正要个人帮忙！

"弟弟，把枣子喂我口里。"

丈夫照她的命令做事，做完了觉得有趣，哈哈大笑。

---

① 花狗大的"大"字，即"大哥"的简称。

◎在丹江。

　　她要他放下枣子帮忙捏紧帽边，便于添加新木叶。

　　丈夫照她吩咐做事，但老是顽皮的摇动，口中唱歌。这孩子原来像一只猫，欢喜时就得捣乱。

　　"弟弟，你唱的是什么？"

　　"我唱花狗大告我的山歌。"

　　"好好的唱一个给我听。"

　　丈夫于是帮忙拉着帽边，一面就唱下去，照所记到的歌唱：

> 天上起云云起花，
> 包谷林里种豆荚，
> 豆荚缠坏包谷树，
> 娇妹缠坏后生家。
>
> 天上起云云重云，
> 地下埋坟坟重坟，
> 娇妹洗碗碗重碗，

娇妹床上人重人。

歌中意义丈夫全不明白，唱完了就问萧萧好不好。萧萧说好，并且问跟谁学来的。她知道是花狗教他的，却故意盘问他。

"花狗大告我，他说还有好多歌，长大了再教我唱。"

听说花狗会唱歌，萧萧说：

"花狗大，花狗大，你唱一个好听的歌我听听。"

那花狗，面如其心，生长得不很正气，知道萧萧要听歌，人也快到听歌的年龄了，就给她唱"十岁娘子一岁夫"。那故事说的是妻年大，可以随便到外面做一点不规矩事情；夫年小，只知吃奶，让他吃奶。这歌丈夫完全不懂，懂到一点儿的是萧萧。把歌听过后，萧萧装成"我全明白"那种神气，她用生气的样子，对花狗说：

"花狗大，这个不行，这是骂人的歌！"

花狗分辩说："不是骂人的歌。"

"我明白，是骂人的歌。"

花狗难得说多话，歌已经唱过了，错了赔礼，只有不再唱。他看她已经有点懂事了，怕她回头告祖父，会挨顿臭骂，就把话支吾开，扯到"女学生"上头去。他问萧萧，看没看过女学生习体操唱洋歌的事情。

若不是花狗提起，萧萧几乎已忘却了这事情。这时又提到女学生，她问花狗近来有没有女学生过路，她想看看。

花狗一面把南瓜从棚架边抱到墙角去，告她女学生唱歌的事，这些事的来源还是萧萧的那个祖父，他在萧萧面前说了点大话，说他曾经到官路上见过四个女学生，她们都拿得有旗子，走长路流汗喘气之中仍然唱歌，同军人所唱的一模一样。不消说，这自然完全是胡诌的。可是那故事把萧萧可乐坏了。因为花狗说这个就叫作"自由"。

花狗是起眼动眉毛，一打两头翘，会说会笑的一个人。听萧萧带着羡慕口气说："花狗大，你膀子真大。"他就说：

"我不止膀子大。"

"你身个子也大。"

"我全身无处不大。"

萧萧还不大懂得这个话的意思，只觉得憨而好笑。

到萧萧抱了她的丈夫走去以后，同花狗在一起摘瓜，取名字叫哑巴的，开了平时不常开的口。

"花狗，你少坏点。人家是十三岁黄花女，还要等十年才圆房！"

花狗不做声，打了那伙计一巴掌，走到枣树下捡落地枣去了。

到摘瓜的秋天，日子计算起来，萧萧过丈夫家有一年半了。

几次降霜落雪，几次清明谷雨，一家中人都说萧萧是大人了。天保佑，喝冷水，吃粗粝饭，四季无疾病，倒发育得这样快。婆婆虽生来像一把剪子，把凡是给萧萧暴长的机会都剪去了，但乡下的日头同空气都帮助人长大，却不是折磨可以阻拦得住。

萧萧十五岁时已高如成人，心却还是一颗糊糊涂涂的心。

人大了一点，家中做的事也多了一点。绩麻、纺车、洗衣、照料丈夫以外，打猪草推磨一些事情也要做，还有浆纱织布。凡事都学，学学就会了。乡下习惯凡是行有余力的都可从劳作中攒点本分私房，两三年来仅仅萧萧个人份上所聚集的粗细麻和纺就的棉纱，也够萧萧坐到土机上抛三个月的梭子了。

丈夫早断了奶。婆婆有了新儿子，这五岁儿子就像归萧萧独有了。不论做什么，走到什么地方去，丈夫总跟在身边。丈夫有些方面很怕她，当她如母亲，不敢多事。他们俩实在感情不坏。

地方稍稍进步，祖父的笑话转到"萧萧你也把辫子剪去好自由"那一类事上去了。听着这话的萧萧，某个夏天也看过了一次女学生，虽不把祖父笑话认真，可是每一次在祖父说过这笑话以后，她到水边去，必不自觉的用手捏着辫子末梢，设想没有辫子的人那种神气，那点趣味。

打猪草，带丈夫上螺蛳山的山阴是常有的事。

小孩子不知事，听别人唱歌也唱歌。一开腔唱歌，就把花狗引来了。

花狗对萧萧生了另外一种心，萧萧有点明白了，常常觉得惶恐不安。但花狗是男子，凡是男子的美德恶德都不缺少，劳动力强，手脚勤快，又会玩会说，所以一面使萧萧的丈夫非常欢喜同他玩，一面一有机会即缠在萧萧身边，且总是想方设法把萧萧那点惶恐减去。

山大人小，到处是树林蒙茸，平时不知道萧萧所在，花狗就站在高处唱歌逗萧萧身边的丈夫；丈夫小口一开，花狗穿山越岭就来到萧萧面前了。

见了花狗，小孩子只有欢喜，不知其他。他原要花狗为他编草虫玩，做竹箫哨子玩，花狗想方法支使他到一个远处去找材料，便坐到萧萧身边来，要萧萧听他唱那使人开心红脸的歌。她有时觉得害怕，不许丈夫走开；有时又像有了花狗在身边，打发丈夫走去反倒好一点。终于有一天，萧萧就这样给花狗把心窍子唱开，变成个妇人了。

那时节，丈夫走到山下采刺莓去了，花狗唱了许多歌，到后却向萧萧唱：

娇家门前一重坡，

别人走少郎走多，

铁打草鞋穿烂了，

不是为你为哪个？

末了却向萧萧说："我为你睡不着觉。"他又说他赌咒不把这多事情告给人。听了这些话仍然不懂什么的萧萧，眼睛只注意到他那一对粗粗的手膀子，耳朵只注意到他最后一句话。末了花狗大便又唱了许多歌给她听。她心里乱了。她要他当真对天赌咒，赌过了咒，一切好像有了保障，她就一切尽他了。到丈夫返身时，手被毛毛虫螫伤，肿了一大片，走到萧萧身边。萧萧捏紧这一只小手，且用口去呵它，吮它，想起刚才的糊涂，才仿佛明白自己做了一点不大好的糊涂事。

花狗诱她做坏事情是麦黄四月，到六月，李子熟了，她欢喜吃生李子。她觉得身体有点特别，在山上碰到花狗，就将这事情告给他，问他怎么办。

讨论了多久，花狗全无主意。虽以前自己当天赌得有咒，也仍然无主意。原来这家伙个子大，胆量小。个子大容易做错事，胆量小做了错事就想不出办法。

到后，萧萧捏着自己那条乌梢蛇似的大辫子，想起城里了，她说："花狗大，我们到城里去自由，帮帮人过日子，不好么？"

"那怎么行？到城里去做什么？"

"我肚子大了。"

"我们找药去。场上有郎中卖药。"

"你赶快找药来，我想……"

"你想逃到城里去自由，不成的。人生面不熟，讨饭也有规矩，不能随便！"

"你这没有良心的，你害了我，我想死！"

"我赌咒不辜负你。"

"负不负我有什么用，帮我个忙，赶快拿去肚子里这块肉吧。我害怕！"

花狗不再作声，过了一会，便走开了。不久丈夫从他处拿了大把山里红果子回来，见萧萧一个人坐在草地上眼睛红红的。丈夫心中纳罕。看了一会，问萧萧：

"姐姐，为什么哭？"

"不为什么，灰尘落到眼睛窝里，痛。"

"我吹吹吧。"

"不要吹。"

"你瞧我，得这些这些。"

他把手中拿的和从溪中捡来放在衣口袋里的小蚌、小石头全部陈列到萧萧面前，萧萧泪眼婆娑看了一会，勉强笑着说："弟弟，我们要好，我哭你莫告家中。告家中我可要生气！"到后这事情家中当真就无人知道。

过了半个月，花狗不辞而行，把自己所有的衣裤都拿去了。祖父问同住的长工哑巴，知不知道他为什么走路，走哪儿去？是上山落草，还是做薛仁贵投军？哑巴只是摇头，说花狗还欠了他两百钱，临走时话都不留一句，为人少良心。哑巴说他自己的话，并没有把花狗走的理由说明。因此这一家稀奇一整天，谈论一整天。不过这工人既不偷走物件，又不拐带别的，这事情过后不久，自然也就把他忘掉了。

萧萧仍然是往日的萧萧。她能够忘记花狗就好了。但是肚子真有些不同了，肚中东西总在动，使她常常一个人干着急，尽做怪梦。

她脾气坏了一点，这坏处只有丈夫知道，因为她对丈夫似乎严厉苛刻了好些。

仍然每天同丈夫在一处，她的心，想到的事自己也不十分明白。她常想，我现在死了，什么都好了。可是为什么要死？她还很高兴活下去，愿意活下去。

家中人不拘谁在无意中提起关于丈夫弟弟的话,提起小孩子,提起花狗,都像使这话如拳头,在萧萧胸口上重重一击。

到九月,她担心人知道更多了,引丈夫庙里去玩,就私自许愿,吃了一大把香灰。吃香灰被她丈夫看见了,丈夫问这是做什么,萧萧就说肚子痛,应当吃这个。虽说求菩萨保佑,菩萨当然没有如她的希望,肚子中的东西依旧在慢慢的长大。

她又常常往溪里去喝冷水,给丈夫看见时,丈夫问她,她就说口渴。

一切她所想到的方法都没有能够使她同自己不欢喜的东西分开。大肚子只有丈夫一人知道,他却不敢告这件事给父母晓得。因为时间长久,年龄不同,丈夫有些时候对于萧萧的怕同爱,比对于父母还深切。

她还记得花狗赌咒那一天里的事情,如同记着其他事情一样。到秋天,屋前屋后毛毛虫都结茧,成了各种好看蝶蛾。丈夫像故意折磨她一样,常常提起几个月前被毛毛虫螫手的旧话,使萧萧心里难过。她因此极恨毛毛虫,见了那小虫就想用脚去踹。

有一天,又听人说有好些女学生过路,听过这话的萧萧,睁了眼做过一阵梦,愣愣的对日头出处痴了半天。

萧萧步花狗后尘,也想逃走,收拾一点东西预备跟了女学生走的那条路上城。但没有动身,就被家里人发觉了。这种打算照乡下人说来是一件大事,于是把她两手捆了起来,丢在灶屋边,饿了一天。

家中追究这逃走的根源,才明白这个十年后预备给小丈夫生儿子继香火的萧萧肚子已被另一个人抢先下了种。这在一家人生活中真是了不得的一件大事!一家人的平静生活,为这件新事全弄乱了。生气的生气,流泪的流泪,骂人的骂人,各按本分乱下去。悬梁、投水、吃毒药,被

◎《湘行散记》早期版本。

禁困着的萧萧，诸事漫无边际的全想到了，究竟是年纪太小，舍不得死，却不曾做。于是祖父从现实出发，想出个聪明主意，把萧萧关在房里，派人好好看守着，请萧萧本族的人来说话，照规矩看是"沉潭"还是"发卖"？萧萧家中人要面子，就沉潭淹死了她；舍不得就发卖。萧萧只有一个伯父，在近处庄子里为人种田，去请他时先还以为是吃酒，到了才知是这样丢脸事情，弄得这老实忠厚的家长手足无措。

大肚子作证，什么也没有可说。照习惯，沉潭多是读过"子曰"的族长爱面子才做出的蠢事。伯父不读"子曰"，不忍把萧萧当牺牲，萧萧当然应当嫁人做"二路亲"了。

这也是一种处罚，好像极其自然，照习惯受损失的是丈夫家里，然而却可以在发卖上收回一笔钱，作为损失赔偿。那伯父把这事情告给了萧萧，就要走路。萧萧拉着伯父衣角不放，只是幽幽的哭。伯父摇了一会头，一句话不说，仍然走了。

一时没有相当的人家来要萧萧，送到远处去也得有人。因此暂时就仍然在丈夫家中住下。这件事情既经说明白，照乡下规矩，倒又像不什么要紧，只等待处分，大家反而释然了。先是小丈夫不能再同萧萧在一处，到后又仍然如月前情形，姐弟一般有说有笑的过日子了。

丈夫知道了萧萧肚子中有儿子的事情，又知道因为这样萧萧才应当嫁到远处去。但是丈夫并不愿意萧萧去，萧萧自己也不愿意去。大家全莫名其妙，只是照规矩像逼到要这样做，不得不做。究竟是谁定的规矩，是周公还是周婆，也没有人说得清楚。

在等候主顾来看人，等到十二月，还没有人来，萧萧只好在这人家过年。

萧萧次年二月间，十月满足，坐草生了一个儿子，团头大眼，声响洪壮。大家把母子二人，照料得好好的，照规矩吃蒸鸡同江米酒补血，烧纸谢神。一家人都欢喜那儿子。

生下的既是儿子，萧萧不嫁别处了。

到萧萧正式同丈夫拜堂圆房时，儿子已经年纪十岁，有了半劳动力，能看牛割草，成为家中生产者的一员了。平时喊萧萧丈夫作大叔，大叔也答应，从不生气。

这儿子名叫牛儿，牛儿十二岁时也接了亲，媳妇年长六岁。媳妇年

◎上世纪50年代沈从文夫妇相偕出游。

纪大，方能诸事做帮手，对家中有帮助。唢呐到门前时，新娘在轿中呜呜的哭着，忙坏了那个祖父，曾祖父。

这一天，萧萧刚坐月子不久，孩子才满三月，抱了自己新生的毛毛，在屋前榆蜡树篱笆间看热闹，同十年前抱丈夫一个样子。小毛毛哭了，唱歌一般地哄着他：

"哪，毛毛，看，花轿来了。看，新娘子穿花衣，好体面！不许闹，不讲道理不成的！不讲理我要生气的！看看，女学生也来了！明天长大了，我们讨个女学生媳妇！"

一九二九年作
一九五七年二月校改字句

走出凤凰

　　我至今不能忘怀的，那日天黑之后，我们驶出凤凰的情景。前面是墨一般深透淋漓的黑，车灯刷地亮了，好像洞开了一条路，路边竟有一对一伙的青年男女，在向前走着。我们的车从他们背后驶过，他们却也不回头望望，因此，他们的样子便有了一股义无反顾的气息。他们往哪里去呢？

　　就我所知，从凤凰走出成为大人物的就有好几位，政治家熊希龄、画家黄永玉兄弟，还有作家沈从文。他们从山水天地的折缝里走上了广阔的社会舞台，外面的世界在向他们招手。我还记得永顺的夜晚，我们走在街上，脚下是陈旧的石子路面。远处深黑的天空之下，那一

◎1938年在湖南沅陵大哥沈云麓家。当时沈云麓家中接待了大批战时逃难的文化人。

沈从文

名作欣赏

道浅黑的影障，是静谧的山峦。古老的板壁缝里，透出灯光。这一切都有一股地老天荒的气息。可是，却有一家店面，陈列着出售的电视机，屏幕上正播送着一个关于艾滋病的国际性节目。这外面的消息，似乎是从山的缝隙里渗漏进来的。

我想，当年熊希龄、黄永玉、沈从文他们，大约是乘船走出去的，船这东西也带有地老天荒的味道。船从狭窄的水道走上开阔的江面，乘风而行，两边的山壁陡然退去的一瞬一定令他们心情激动。我们去湘西走的是盘山公路，最险要的矮寨坡塑有开路先锋的铜像，居高临下，下面是绵绵无边的山峦。记载说，当年修筑矮寨坡公路死难筑路工二百余人。那是 1937 年。

沈从文先生的小说《萧萧》里面，祖父常说的"女学生过身"，是从哪条路上来，又往哪条路上去呢？我觉得，女学生就像是水样，流过水道河床，流向四面八方。而萧萧就像是水边的石头，永远不动，当水流过的时候，听着水响。湘西的村寨，常常是扎在水边，竹子的房柱浸在水里，变了颜色，千年万代的样子。"女学生过身"是萧萧心里最奇妙的风景，可是萧萧却从未有一次亲眼目睹。这是沈从文安排于萧萧和女学生之间的神秘的幕幛？还是命运的沟壑？小说里说，每年六月天就是女学生过身的日子，因为放"水假"了。"水假"这个词也很有趣，它给人一种流动欢畅的气氛。而萧萧始终没有看见女学生，萧萧和女学生没缘分。

女学生还被祖父用另一个名词代表，这名词就是"自由"，祖父说："萧萧你也把辫子剪去好自由"。"自由"是比女学生更抽象，更叫萧萧不懂得的东西，萧萧只懂得往水里照她假如没有辫子的模样是什么神气，还有就是当长工花狗把她肚子睡大时，她说："花狗大，我们到城里去自由。"她这时明白，"自由"是解决她目下困境的一个办法。可是花狗显然不需要这个"自由"，他悄悄收拾起东西溜之大吉，只剩下萧萧一个，于是她也收拾起东西，"预备跟了女学生走的那条路上城去自由"。这就是山外边水外边，轰轰烈烈的变化着的世界传给萧萧的信息，是萧萧在无办法可想的境地中的唯一可想的一点办法。

可是萧萧还没动身就被家里人发觉了，我们期待着萧萧给我们一个壮烈的结局，将这倒霉事升华成一出悲剧。可萧萧那里的事情是与外面大舞台上的戏剧完全不同的事情。萧萧想到过死，悬梁、投水、吃毒药，可她终究舍不得死，萧萧不是女英雄，连女学生也不是。萧萧自己不死，祖父便请萧萧本族的人来决定，是"沉潭"还是"发卖"。"沉潭"是读过"子曰"的族长们做的事，萧萧的伯父没有读过"子曰"，不晓得礼教比萧萧的性命宝贵，就决定"发卖"去远处。可远处没有人来买，而后萧萧又生下一个儿子，于是"发卖"也免了。萧萧还是做她的小丈夫的大妻子。

萧萧的乡间是很有情味也很现实的乡间，它们永远给人出路，好叫人苟苟且且地活着，一代接一代。它们像是世外，有着自己的质朴简单的存活的原则，自生自灭。世界上风起云涌的大革命，没有一点矛头是指向萧萧的乡间，它们和哪一种革命都不沾边，因此，哪一种革命似也救不了它们。任何激烈的对峙都与它无关。外头世界的天翻地覆，带给这乡间的气象，便是"女学生过身"。女学生是什么样的人呢？女学生是怪物一样的人。女学生的世界是什么样的世界呢？也是怪诞可怕的世界，是样样叫萧萧的乡党们好笑与嘲弄的。

其实，萧萧和女学生之间，仅仅是一步之遥。倘若萧萧逃跑的计划再作周密一些，行动再迅速一些，或许已成为女学生中的一员，可是萧萧的计划失败了，失败就只能按失败的说了。萧萧只得留在了乡间，做媳妇，生儿子，然后再做婆婆。不过，她似乎想做"女学生"的婆婆，她对小毛毛说："明天长大了，我们讨个女学生媳妇！"萧萧能做女学生的婆婆吗？这只是萧萧那一次未遂的革命留给她的一句戏言。

萧萧没走成，可是沈从文却走成了，并且还给他的乡人们留下了出走的好榜样，还有那个画家黄永玉。据说凤凰的青年中，习文弄画的特别多。其实沈从文就是"水假"时从萧萧乡间过身的女学生以外的一个男学生，岸边的石头从他眼中历历而过，一副地老天荒的样子。沈从文走到了宽阔的江面，风也浩大凛冽起来，激荡着他的帆，嚣声四起。而萧萧的乡间是他心中永远的寂寞的风景。

（王安忆）

灯

我有什么方法可以把这个人的纯朴优美的灵
魂，来安排到这纸上来？

○沈从文1938年在昆明。

沈从文

名作欣赏

因为有个穿青衣服的女人，常到住处来，见桌上一个旧式煤油灯，各部分都擦得非常清洁，想知道这灯被主人重视的理由，屋主人就告给这青衣女人关于这个灯的一件故事。

两年前我就住在这里，在中国公学教了一点书。仍然是这样两间小房子，前面办事后面睡觉，一个人住下来。那时正是五月间，不知为什么，住处的灯总非常容易失职。一到了晚间，或者刚刚把饭碗筷子摆上桌子，认清楚了菜蔬，灯忽然一熄，晚饭就吃不成了。有时是饭后正预备开始做一点事情或看看书的时节，有时是客人拿了什么问题同我讨论的时节，就像有意捣乱那种神气，灯会忽然熄灭了。

这事情连续发生了几几乎有半个月，有人责问过电灯公司。公司方面的答复，放在当地报纸上登载出来，情形仿佛完全由于"天气"，并不是公司的过失；所以小换钱铺子的洋烛，每包便忽然比上月贵了五个铜子。洋烛涨价这件事情，是从照料我饮食的厨子方面知道的。这当家人对上海商人故意居奇的行为，每到晚上为我把饭菜拿来，唯恐电灯熄灭，在预先就点上一支洋烛的情形下，总要和我说一次。

我的厨子是个非常忠诚的中年人。年纪很轻的时节，就随同我的父亲到过西北、东北，去过蒙古，上过四川。他一个人又走过云南、广西。在家乡，且看守过我祖父的坟墓，很有了些年月。上年随了北伐军队过山东，在济南府眼见日本军队对于平民所施的暴行。那时他在七十一团一个连上做司务长，一个晚上被机关枪的威胁，糊糊涂涂走出了团部，把一切东西全损失了。人既空手回到南京，听熟人说我在这里住，就写了个信来，说是愿意来侍候我。我回信告他来玩玩很好，要找事做恐怕不行，我生活也非常简单。来玩玩，住些日子，想要回乡时，我或者能够设点法，买个车票。只是莫希望太大。到后人当真就来了。初次见到，一身灰色中山布军服，衣服又小又旧，好像还是三年前国民革命军初过湖南时节缝就的。一个巍然峨然的身体，就拘束到这军服中间。另外随身的只是一个小小包袱、一个热水瓶、一把牙刷、一双黄杨木筷子。热水瓶像千里镜那么佩到身边，牙刷放在衣袋里，筷子仿照军营中老规矩插在包袱外面，所以我能够一望而知，这真是我日夜做梦的伙计！这个人，一切都使我满意。一切外表以及隐藏在这样外表下的一颗单纯优良的心，我不必和他说话，也就全部清楚了！

既来到了我这里，我们要谈的话可多了。从我祖父谈起，一直到我父亲同他说过的还未出世的孙子为止，他都想在一个时节里和我说到。他对于我家里的事情永远不至于说厌，对于他自己的经历又永远不会说完。实在太动人了，请想想，一个差不多用脚走过半个中国的五十岁的人物，看过庚子的变乱，经历过辛亥的革命，参加过革命北伐许多重要战争，跋涉过多少山水，吃过多少不同的饭，睡过多少异样的床，简直是一部永远翻看不完的名著！我的嗜好即刻就很深很深的染上了。只要一有空闲，我即刻就问他这样那样，只要问到，我得到的都是些十分动人的回答。

平常时节我的饮食是委托了房东娘姨包办的，十六块钱一个月，每天两顿，菜蔬总是任凭这江北妇人意思安排。这人看透了我的性格，知道我对于饮食不大苛刻，今天一碟大蚕豆，明天一碟小青蚶，到后天又是一碟蚕豆。总而言之，蚕豆同青蚶是少不了的好菜。另外则吃肉时无论如何总不至于忘记加一点儿糖。吃鱼多不用油煎，只放在饭上蒸蒸，就拿来加点酱油摆上桌子。本来像做客的他，吃过了两天空饭，到第三天实在看不惯，问我要了点钱。从我手上拿了十块钱后，先时不告我这钱的用处。到下午，却把一切吃饭用东西通统买来了。这事在先我还一点不知道，一直到应当吃晚饭时节，这老兵，仍然作老兵打扮，恭恭敬敬的把所有由自己两手做成的饭菜，放到我那做事桌上来，笑眯眯的说这是自己试做的，而且声明以后也将这样做下去。从那人的风味上，从那菜饭的风味上，都使我对于军营生活生出一种眷念，就一面吃饭一面同他谈部队上事情。把饭吃过后，这司务长收拾了碗筷，回到灶房去。过不多久，我正坐在桌边凭借一支烛光看改从学校方面携回来的作文卷子，忽然门一开，这老兵闪进来了。像本来原知道这不是军营，但因为电灯熄灭，房中代替的是烛光，坐在桌边的我，还不缺少一个连长的风度，这人恢复了童心，对我取了军中上士的规矩，喊了一声"报告"，站在门边不动。"什么事情？"听我问到他时，才走近我身边来，呈上一个单子，写了一篇日用账。原来这人是和我来算伙食账的！我当时几几乎要生气骂他，可是望到这人的脸，想起司务长和职务，却只有笑了。"你怎么这样同我麻烦？""我要弄明白好一点。我要你知道，自己做，我们两个人每月都用不到十六块钱。别人每天把你蚌壳吃，每天是过夜的饭，每月你还送十六块！""这样你不是太累了吗？""累！煮饭做菜难道是下河抬石头？你真是少爷。"望望这好人的脸，我无话可说了。我不答应是不行的。所以到后做饭做菜就派归这个老兵。

这老兵，到都会上来，因为衣服太不相称，我预备为他缝一点衣，问他欢喜要什么样子，他总不作声。有一次，知道我得了一笔稿费，才向我要了廿块钱。到晚上，不知从什么地方买了两套呢布中山服，一双旧皮靴，还有刺马轮，把我看时非常满意。我说："你到这地方何必穿这个？你不是现役军官，也正像我一样，穿长衣还方便些！""我永远是军人。"我有一个军官厨子，这句话的来源是这样发生的。

电灯的熄灭，在先还少许时间就恢复了光明；到后来越加不成样子，所以每次吃饭都少不了一支烛。于是这老兵，不知从什么地方又买来了一个旧灯，擦得罩子非常清洁，把灯头剪成圆形，放到我桌子上来了。我明白了他的脾气，不好意思说上海地方用灯是愚蠢事情。电灯既然不大称职，有这个灯也真给了我不少方便。因为不愿意受那电灯时明时灭的作弄，索性把这灯放在桌上，到了夜里，望着那清莹透明的灯罩，以及从那里放散的薄明微黄的灯光，面前又站的是那古典风度的军人，总使我常常记起那些驻有一营人马的古庙，同小乡村的旅店，发生许多幻想。我曾经和那些东西太相熟，因为都市生活的缠缚，又久和那些世界离远了。我到了这些时候，不能不对于目下的生活，感到一点烦躁。这算什么生活呢？一天爬上讲台去，那么庄严，那么不儿戏，也同时是那么虚伪，站在那个四方木台子上，谈这个那个，说一些废话谎话，这本书上如此说，那本书上又如此说。说了一阵，自己仿佛受了催眠，渐渐觉得已把问题引到严重方面去。待听到什么声音一响，才憬然有所觉悟，再注意一下学生，才明白原来有几个快要在本学期终了就戴方帽儿的学士某君，已经伏在桌上打盹，这一来，头绪完全为这现象把它纷乱了。到了教员休息室里，一些有教养的绅士们，一得到机会，就是一句聪明询问："天气好，你又有小说材料！"在他们自己，或者还非常得意，以为这是一种保持教授身份的雅谑。但是听到这些蠢人的蠢话，望望那些扁平的脸嘴，觉得同这些吃肉睡觉打哈哈的人物不能有所争持，只得认了输，一句话不说，走出外面长廊下去晒太阳。到了外面，又是一些学生，取包围形式走拢来，谈天气，谈这个那个，似乎因为我教了点文学课，就必得负了一种义务，随时来报告作家轶事、文坛消息。他们似乎就听点这些空话，也就算了解文学了。从学校返回家里，坐近满是稿件和新书新杂志的桌前，很努力的把桌面匀出一点空间，放下从学校带回来的一束文章，一行一行的来过目。第一篇，五个"心灵儿为爱所碎"，第二篇有了七个，第三篇是……把一堆文章看过一小部分，看看天气有夜下来的样子。弄堂对过王寡妇家中三个年轻女儿，到了时候照例把话匣子一开，意大利情歌一唱，我忽然感到小小冤屈，什么事也不能做了。觉得自己究竟还是从农村培养长大的人，现在所处的世界，仍然不是自己所习惯的世界。都会生活的厌倦，生存的厌倦，愿意同这世界一切好处离开，愿意再去做十四吊钱的屠税收捐员，坐到团防局，听为雨水汇成小潭的院中青蛙叫嚷，用夺金标笔写索靖《出师颂》同钟繇《宣示表》了。但是当我面对这煤油灯，当我在煤油灯不安定的光度下，望到那安详的和平的老兵的脸，望到那古典的家乡风味的略显弯曲的上身，我忘记了白日的辛苦，忘记了当前的混乱，转成为对于这个人的种种发生极大兴味了。

"怎么样？是不是懂得军歌呢？"我这样问他，同他开一点小小玩笑。

他就说："怎么军人不懂军歌？我不懂洋歌。"

"不懂也很好。山歌懂不懂？"

"那看什么山歌。"

"难道山歌有两样山歌吗？'天上起云云重云'，'天上起云云起花'①，全是好山歌，我小时不明白，后来在游击支队司令杨处做小兵，生活太放肆了，每天吃我们说过的那种狗肉，唱我们现在说的这种山歌，真是小神仙。"

"杨嘛，一群专门欺压老百姓的土匪，什么小神仙！我们可不好意思唱那种山歌，一个正派革命军人，这样撒野，算是犯罪。"

"那我简直是罪恶滔天了。可是我很挂念家乡那些年轻小伙子，新从父母身边盘养大，不知这时节在这样好天气下，还会不会唱这种好听的山歌？"

"什么督办省长一来，好的都完了。好人和好风俗，都被一个不认识的运气带走了。就像这个灯，我往年和老爷到乡下去住，就全是用这样的灯。只有走路时还用粑粑灯。"

老兵在这些事情上，因为清油灯的消灭，有了使我们常常见到的乡绅一般的感慨了。

我们这样谈着，凭了这诱人的空气，诱人的声音，我正迷醉到一个古旧的世界里，非常感动。可是这老兵，总是听到外面楼廊房东主人的钟响了九下，即或大声的叱他，要他坐到椅子上，把话继续谈下去也不行。一到了时候，很关心的看了看我的卧室，很有礼貌的行了个房中的军人礼，用着极其动人的神气，站在那椅子边告了辞，就走下楼到亭子

---

① 是两首凤凰山歌的第一句。

间睡去了。这是为什么？他怕耽搁我的事情，恐我睡得太迟，所以明明白白有许多话他很喜欢谈，也必得留到第二天来继续。谈闲话总不过九点，竟是这个老兵的军法，一点不能通融。所以每当到他走去后，我常觉得有一些新的寂寞在心上一角，做事总不大能够安定。

因为当着我面前，这个老兵以他半世纪吓人丰富的生活经验，消化入他的脑中，同我谈及一切，平常时节，对于用农村社会来写成的短篇小说，是我永远不缺少兴味的工作；但如今想要写一个短篇的短篇，也像是不好下笔了。我有什么方法可以把这个人的纯朴优美的灵魂，来安排到这纸上来？望望这人的颜色，听听这人的声音，我感觉过去另外一时所写作的人生的平凡。我实在懂得人太少了。单是那眼睛，带一点儿忧愁，同时或不缺少对于未来作一种极信托的乐观，看人时总像有什么言语要从那无睫毛的微褐的眼眶内流出。望着他一句话不说，或者是我们正谈到那些家乡战争，那些把好人家房子一把火烧掉，牵了农人母牛奏凯回营的战争，这老兵忽然想起了什么，不再说话。我猜想他是要说一些话的，但言语在这老兵头脑中，好像不大够用，一到这些事情上，他便哑口了。他只望着我！或者他也能够明白我对于他的同意，所以后来他总是很温柔的也很妩媚的一笑，把头点点，就转移了一个方向，唱了一个四句头的山歌。他哪里料得到我在这些情形下所感到的动摇！我望着这个老兵每个动作，就觉得看见了中国那些多数陌生朋友，他们是那么纯厚，同时又是那么正直。好像是把那最东方的古民族和平灵魂，为时代所带走，安置到这毫不相称的现代战乱世界里来，那种忧郁，那种拘束，把生活妥协到新的天地中；所做的梦，却永远是另一个天地的光与色。对于他，我简直要哭了。

有时就因为这些感觉扰乱了我，我不免生了小小的气，似乎带了点埋怨神气，要他出去玩玩，不必尽待在我房中。他就像一尾鱼那么悄悄的溜出去，一句话不说。看到那样子我又有点不安，就问他："是不是想看戏？"恐怕他没有钱了，就送了他五块钱，说明白这是可以拿去随意花到大世界或者什么舞台之类地方的。他仍然望了我一下，很不自然的做了一个笑样子，把钱拿到手上，默默的走下楼去了。我晚上做事常到十二点才上床，先是听到这老兵，开了门出去，大约有十点多样子，又转来了。我以为若不是看过戏，一定是喝了一点酒，或者照例在可以

◎沈从文湘行速写（三）。

做赌博的事情上狂了一会，把钱用掉回来了，也就不去过问。谁知第二天，午饭时就有了一钵清蒸母鸡上了桌子。对于这鸡的来源，我不敢询问。我们就相互交换了一个微笑。在这当儿我又从那褐色眼睛里看到流动了那种说不分明的言语。我只能说："大叔，你应当喝一杯，你不是很能够喝么？""已经买得了。这里卖的酒是火酒，亏我找了好多铺子。在虹口才找到了一家乡亲，得来那么一点点米酒。"仿佛先是不好意思劝我喝，听我说起酒，于是忙匆匆的走下楼去，把那个酒瓶拿来，当我面摇了摇，用小杯子倒了半杯白米酒，"你试喝一点点，莫多吃。"本来不能喝酒不想喝酒的我，也不好意思拒绝这件事了。把酒喝下，接过了杯子，他自己又倒了小半杯，向口中一灌，抿抿嘴，对我笑了一会儿。一句话不说，又拿着瓶子下楼去了。第二天还是鸡，因为上海的鸡只须要一块钱一只。

　　学校工作这老兵士像是漠不关心的。他问我那些大学生将来做些什么事，是不是每人都去做县长。他又问我学校每月应当送我多少钱，这薪水是不是像军队请饷一样，一发生战争就受影响。他是另有用意的。

他想知道学生是不是都去做县长，因为要明白我有多少门生是将来的知事老爷。他问欠薪不欠薪，因为要明白我究竟钱够不够用。他最关心的是我的生活。这好人，越来越不守本分，对于我的生活，先还是事事赞同，到后来，好像找出了许多责任，不拘我愿不愿意，只要有机会，总就要谈到了。即或不像一些不懂事故的长辈那种偏见的批评，但对于那些问题，他的笑，他的无言语的轻轻叹息，都代表了他的态度，使我感受不安。我当然不好生他的气。我既不能把他踢下楼梯去，也不好意思骂他，他实在又并不加上多少意见，对于我的生活，他就只是反抗，就只是否认。对于我这样年龄，还不打量找寻一个太太，他比任何人都感到不平。在先我装作不懂他的意思，尽他去自言自语，每天只同他讨论点军中生活，以及各地各不相同的生活风俗习惯。到后来他简直有点麻烦人了。并且那麻烦，又永远使人感到他是忠诚的。所以我只得告他，我对于这件事实在毫无办法，因为做绅士的方便我得不到，做学生的方便，我也得不到。目下不能注意这些空事情。我还以为同他这样明白一说，自然凡事谅解，此后就再也不会受他的批评了。谁知因此一来更糟了。他仿佛把责任完全放在他自己身上去，从此对于和我来往的女人，都被他所注意了。每一个来我住处的女人，或者是朋友，或者是学生，在客人谈话中间，不待我的呼唤，总忽然见到他买了一些水果，把一个盘子装来，非常恭敬的送上，到后就站到旁边或门外楼梯口来听我们谈话。待我送客人下楼时，常常又见他故意装成在梯边找寻什么东西神情，目送客人出门。客人走去后，又装成无意思的样子，从我口中探寻这女人一切，且窥探我的意思。他并且不忘记对这客人的风度言语加以一种批评，常常引用他所知道的"麻衣相法"，论及什么女人多子，什么女人聪明贤惠；若不是看出我的厌烦，决不轻易把问题移开。他虽然这样关心这件事情，暗示了我什么女人多福，什么女人多寿，但他总还以为他用的计策非常高明。他以为这些关心是永远不会为我明白的。他并不是不懂得到他的地位。这些事在先我实在也不曾注意到，不过时间一长，我可就看出这好管闲事的人，是如何把同我来往的女人加以分析了。对于这种行为，我既不能恨他，又不能向他解释，又不能和他好好商量，只有少同他谈到这些事情为好。

这老兵，在那单纯的正直的脑中，还不知为我设了多少法，出了多

◎沈从文湘行速写（四）。

少主意，尽了帮助我得到一个女人的设计义务！他那欲望隐藏到心上，以为我完全不了解，其实我什么都懂。他不单是盼望他可以有一个机会，把他那从市上买来的呢布军服穿得整整齐齐，站到亚东饭店门前去为我结婚日子做"迎宾主事"，还非常愿意穿了军服，把我的小孩子，打扮得像一个将军的儿子，抱到公园中去玩！他在我身上，一定还做得有最夸张的梦，梦到我带了妻儿、光荣、金钱回转乡下去，他却骑了一匹马最先进城，对于那些来迎接我的同乡亲戚朋友们，如何询问他，他又如何飞马的走去，一直跑到家里，禀告老太太，让一个小县城的人如何惊讶到这一次的荣归！他这些好梦，四十余年前放到我的父亲身上，失败了，后来又放到我的哥哥兄弟身上，又失败了，如今是只有我可以安置他这可怜希望了。他那对于我们父兄如何从衰颓家声中爬起，恢复原来壮观的希望，在父亲方面受了非常的打击。父亲是回家了，眼看到那老主人，从西北，从外蒙带了因和马贼作战的腰痛，带了沙漠的荒凉，带了因频年内战的衰老，回到家乡去做他那没没无闻的上校军医正了。他又看到哥哥从东北，从那些军队生活中，得到奉天省人的粗豪，与黑龙江人的勇迈坚忍，从流浪中，得到了上海都市生活的嚣杂兴味，也转到家乡做画师去了。还有我的弟弟，这老兵认为同志，却尚无机会见到的弟弟，从广东军校毕业后，用起码下级军官的名分，随军打岳州、打武昌、打南昌、打龙潭，在革命斗争血涡里转来转去，侥幸中的安全，引起了对生存深深的感喟，带了喊呼、奔突、死亡、腐烂，一时代人类活动兴奋高潮各种印象，也寂寞的回到家乡，在那参军闲散职分上，过着休息的日子了。他如今只认为我这无用人，还可以寄托他那最无私心最诚恳的希望。他以为我做的事比父兄们的都可以把它夸张希望排列到故乡人眼下，给那些人一些歆羡，一些惊讶，一些永远不会忘却的豪华光荣。

可是我将怎样来同这老兵安安静静生活下去？我做的事太同我这老家人的梦远离了，我简直怕见他了。我只告他现在做点文章教点书，社会上对我如何好；在他那方面，又总是常常看到体面的有身份朋友同我来往，还有那更体面的精致如酥如奶做成的年轻女人到我住处来，他知道许多关于我表面的生活，这些情形就坚固了他的好梦。他极力在那里忍耐，保持着他做仆人的身份，但越节制到自己，也就越容易对于我的孤单感到同情。这另一个世界长大的人，虽然有了五十多岁，完全不知道我们的世界是和他的世界两样。他没有料得到来我处的人同我生活的距离是多远。他没有知道我写一个短篇小说得费去多少精力。他没有知道我如何与女人疏隔，与生活幸福离开。他像许多人那样，看到了我的外表，他称赞我，也如一般人所加的赞美一样。以为我聪明，待人很好，以为我不应当太不讲究生活，疏忽了一身的康健。这个人，他还同意我的气概，以为这只是一个从军籍中出身才有的好气概！凡是这些他全在另一时用口、用眼睛、用行动表示到了的。许多时候当在这个人面前时节，我觉得无一句话可说。若是必须要做些什么事，最相宜的，倒真是痛痛的打他一顿比较好些。

那时到我处来往次数最多的，是一个穿蓝衣服的女孩子。好像一年四季这人都穿得是蓝颜色，也只有蓝色同这女人相称。这是我一个最熟的人，每次来总有很多话说，一则因为这女子是一个 ×× 分子，一则是这人常常拿了宣传文章来我处商量。因为这女人把我当成一个最可靠的朋友，我也无事不与她说到。我的老管家私下里注意了这女人许多日子，他看准了这个人一切同我相合。他一切同意。就因为一切同意，比一个做母亲的还细腻。每次当这客人来到时，他总故意逗留在我房中，意思很愿意我向女人提到他，介绍一下。他又常常采用了那种学来的官家派头，在我面前问女人这样那样。我不好对于他这种兴味加以阻碍，自然同女人谈到他的生活，谈到他为人的正直，以及生活经验的丰富等等事情。渐渐的，时间一长，女人对于他自然也发生一种友谊了。可是这样一来，当他同我两个人在一块时，这老兵，这行伍中风霜冰雪死亡饥饿打就的结实的心，谈到我婚姻问题上，完全柔软如蜡了。他觉得我若是不打量同那蓝衣女人同住，简直就是一种罪过。他把这些意见带着了责备样子，很庄严的来同我讨论。

这老兵先是还不大好意思同女人谈话，女人问到这样那样，像请他说故事那么把生活经验告给她听时，这老兵，总还用着略略拘束的神气，又似乎有点害羞，非常矜持的和女人谈话。后来因为一熟悉，竟同女人谈到我的生活来了！他要女人劝我做一个人，劝我少做点事。劝我稍稍顾全一点穿衣吃饭的绅士风度。劝我……虽然这些话谈及时，总是当着我的面前，却又取了一种在他以为是最好的体裁来提及的。他说的只是我家里父亲以前怎样讲究排场，我弟兄又如何亲爱，为乡下人所敬重，母亲又如何贤惠温和。他实在正用了一种最笨拙的手段，暗示到女人应当明白做这人家的媳妇是如何相宜合算。提到这些时，因为那稍稍近于夸张处，这老兵虑及我的不高兴，一面谈说总是一面对我笑着，好像不许我开口。把话说完，看看女人，仿佛看清楚了女人已经为他一番话所动摇，责任已尽，这人就非常满意，同我飞了一个眼风，奏凯似的橐橐走下楼预备点心水果去了。

他见我写信回乡下去，总要问我，是不是告给了老太太有一个非常……的女人。他意思是非常"要好"非常"相称"这一类名词。当发现我眉毛一皱，这老兵，就呵呵的低低喊着，带着"这是笑话，也是好意，不要见怪"的要求神气，赶忙站远了一点，占据到屋角一隅去，好像怕我会要生气，当真动手攫了墨水瓶抛掷到他头上去。

然而另外任何时节，他是不会忘记谈到那蓝衣女子的。

在这些事上我有什么办法？我既然不能像我的弟弟那样，处置多嘴的副兵用马粪填口，又不能像我的父亲，用废话去支使他走路。我一见了这老兵就只有苦笑，听他谈到他自己生活同对我的希望，都完全是这样子。这人并不是可以请求就能缄默的。就是口哑了，但那一举一动，他总不忘记使你看出他是在用一副善良的心为你打算一切。他不缺少一个戏子的天才，他的技巧，使我见到只有感动。

有一天，那一个穿蓝衣的女人又来到我的住处，第一次我不在家，老兵同女人说了许多话（从后来他的神气上，我知道他在和女人谈话时节，一定是用了一个对主人的恭敬而又亲切的态度应答着的）。因为恐怕我不能即刻回家，她就走了。我回家来时，老兵正同我讨论到女人，女人又来了。那时因为还没有吃晚饭，这老兵听说要招待这个女客了，显然十分高兴，走下楼去。到吃饭时，菜蔬排列到桌上，却有料不到的丰盛。不知从什么地方学得了规矩，知道了女客不吃辣子，平素最喜欢用辣子的煎鱼，也做成甜醋的味道排上桌子了。

把饭吃过，这老兵不待呼唤，又去把苹果拿来，把茶杯倒满了，点酒精炉子烧好了开水，一切布置妥贴了，趑趄了好一会，才走出去。他到楼下喝酒去了。他觉得非常快乐。他的梦展开在他眼前，一个主人，一个主妇，在酒杯中，他一定还看到他的小主人，穿了陆军制服，像在马路上所常常见到的小洋人，走路挺直，小小的皮靴套在白嫩的脚上，在他前面忙走；他就用一个军官的姿势，很有身份很尊贵的在后面慢慢跟着。他因为我这个客人的来临，把梦肆无忌惮的做下去了。可是，真可怜，来此的朋友，是告我她的爱人 W 君的情形，他们在下个月过北平去，他们将在北平结婚！无意中，这"结婚"二字，又断章取义的为那尖耳朵老战马听去，他自以为一切事果不出其所料，他相信这预兆，也非常相信这未来的事情。到女人走去，我正伏到桌子旁边，为这朋友的好消息感到喜悦，也感到一点应有的怅惘的时节，喝了稍稍过量的酒的好人，一个红红的脸在我面前晃动了。

"大叔，今天你喝多了。怎么忽然有这样好菜，客人说从来没有吃过这样菜！"

本来要笑笑的他，听到这个话，样子更像个猫儿了。他说："今天我快乐。"

我说："你应当快乐。"

他分辩，同我故意争持，"怎么叫做应当？我不明白！我从来没有今天快乐！我喝了半瓶白酒了！"

"明天又去买，多买一瓶存放身边。你到这里别的没有，酒总应当让你喝个够量！"

"这样喝酒我从不曾有过。你说，我应当快乐，为什么应当？我常常是不快乐的。我想起老太爷，那种运气，快乐不来了。我想起大少爷，那种体格，也不能快乐了。我还想起三少爷，我听人说到他一点儿，一个豹子，一个金钱豹，一个有脾气有作为的人。我要跟他去革命打仗，我要跟他去冲锋，捏了枪，爬过障碍物，吼一声'杀'，把刺刀刺到北佬胸膛里去。我要向他请教，手榴弹七秒钟的引线应当如何抛去。同他们在一处的都烂了，都埋成一堆。我听到人家说，四期黄埔军官在龙潭作战的全烂了，两个月从那里过身，还有使人作呕臭气味。三少爷好运气，仍然能够骑马到黄罗寨打他的野猪，一个英雄！我不快乐，因为想起了他不做师长。你呢，我也不快乐。你身体多坏！你为什么不……"

"早睡点好不好，我还要做点事情，我心里不大高兴。"

"你瞒我，你把我当外人。我耳朵是老马耳朵，听得懂得，我知道我要吃喜酒。你这些事情都不愿意同我说，我明天回去了。"

"你究竟听到什么？有什么事说我瞒你？"

"我懂，我懂，我求你——你还不知道我这时的心里，搞成一团像什么样子！"

说到这里，这老兵于是哭了。那么一个中年人，一个老军人，一个……他真像一个小孩子哭了。我知道这哭是为欢喜兴奋而流泪的。他以为我快要和刚走去不久的女人结婚。他知道我终久不能瞒他，也不愿意瞒他。他知道还有许多事我都不能缺少他。他知道这事情不拘大小，要他尽力的地方还很多。他有了一个女主人，从此他的梦更坚固更实在的在那单纯的心中展开，欢喜得非哭不可了。他这种感情是我即刻就看清楚了的。他同时也告给我哭的理由了，一面忙匆匆的又像很害羞的，用那有毛的大手掌拭他的眼泪，一面就问我是什么日子，是不是要到吴瞎子处去问问，也选择一下日子，从一点俗。

一切事都使我哭笑两难。我不能打他骂他。他实在又不是完全吃醉了酒的人。他只顽固的相信我对于这事情不应当瞒他；还劝我打一个电报，把这件好事即刻通知七千里外的几个家中人。他称赞那女人，他告我白天就同女人谈了一些话，很懂得这女人一定会是老太太所欢喜的好媳妇。

我不得不把一切真实，在一种极安静的态度下为他说明。他望到我，把口张大着；听完我的解释，信任了我的话。后来看到他那颜色惨沮的样子，我不得不谎了他一下，又告他我另外有了一个女人，相貌性情都同这穿蓝衣的女人差不多。可是这老兵，只愿意相信我前面那一段说明，对于后一段明白是我的谎话。我把话谈到末了，他毫不作声，那黄黄的小眼睛里，酿了满满的一泡眼泪，他又哭了。本来是非常强健的身体，到这时显出万分衰弱的神情了。

楼廊下的钟已经响了十点。

"你睡去，明天我们再谈好不好？"

听到我的请求，这老兵忽然又像觉悟了自己的冒失，装成笑样子，自责似的说自己喝多点酒，就像癫子，且赌咒以后要戒酒。又问我明天欢喜吃鲫鱼不。我不作声。他懂得我心里难过处。他望到桌上那一个福建漆盘子里面的苹果皮，拿了盘子，又取了鱼的溜势，溜了出去，悄悄的把门拉拢，一步一步走下楼梯去了。听到那衰弱的脚踏着楼梯的声音，我觉得非常悲哀。这老年人给我的一切印象，都使我对于人生多一个反省的机会，且使我感觉到人类的关系，在某一情况下，所谓人情的认识，全是酸辛，全是难于措置的纠葛。这人走后，听响过一十二点钟，我还没有睡觉，正思索到这些琐碎人情，失去了心上的平衡。忽然楼梯上有一种极轻的声音，走近了门口，我猜得着这必定是他又来扰我了。他一定是因为我的不睡觉，所以来督促我上床了。我赶忙把桌前的灯扭小，就只听到一个低低的叹息起自门外。我不好意思拒绝这老兵好意了，我说："你听吧，我事情已经做完，就要睡了。"外面没有声音。待一会儿我去开门，他已经早下楼去了。

经过这一次喜剧的排场，老兵性格完全变更了。他当真不再买酒吃了。问他为什么缘故，就只说上海商人不规矩，少良心，市上全是搀火酒的假货。他不再同我谈女人，女客来到我处，好像也不大有兴味加以注意了。他对我的工作，把往日的乐观成分抽去，从我的工作上看出我

◎上世纪30年代在中国公学读书时的张兆和。当时，她是运动健将、篮球队队长。

的苦闷。我不作声时，他不大敢同我说及生活上的希望了。他把自己的梦，安置到一个新的方向上来，却仿佛更大方更夸诞了一点，做出很高兴的样子；但心上那希望，似乎越缩越小得可怜了。他不再责备我必须储蓄点钱预备留给一个家庭支配，也不对于我的衣服缺少整洁加以非难了。

我们互相了解得多一点。我仍然是那么保持到一种同世界绝缘的寂寞生活，并不因为气候时间有所不同。在老兵那一方面，由于从我这里，他得到了一些本来不必得到的认识，那些破灭的梦，永远无法再用一个理由把它重新拼合成为全圆，老兵的寂寞，比我更可怜了。关于光明生活的估计，从前完全由他提出，我虽加以否认，也毫无办法挫折他的勇气。但后来反而需要我来为他说明那些梦的根据，如何可以做到，如何可以满意，帮助他把梦继续做下去。

但是那蓝衣女人，预备过北平结婚去了，到我处来辞行。老兵听说女人又要来吃饭，却只在平常饭菜上加了一样素菜，而且把菜拿来时节那种样子，真是使人不欢的样子。这情形只有我明白。不知为什么，我那时反而不缺少一点愉快，因为我看到这老兵，在他身上哀乐的认真。一些情感上的固执，绝对不放松，本来应当可怜他，也应当可怜自己；但本来就没有对那女人作另外打算，因为老兵糊涂的梦，几几乎把我也引到烦恼里去。如今看到这难堪的脸嘴，我好像报了小小的仇，忘记自己应当同情他了。

从此蓝衣女人在我的书房绝了踪迹。而且更坏的是两个青年男女，到天津都被捕了。我没有把这件事告过老兵，那老兵也从不曾问起过，

◎1938年张兆和带两个儿子南下投奔沈从文，路过香港，这是当时的护照相。

我明白他不但有点恨那女人，而且也似乎有点恨我。

本来答应同我在七月暑假时节，一块儿转回乡下去，因为我已经有八年不曾看过我那地方的天空，踹过我那地方的泥土；他也有了六年没有回去了。可是到仅仅只有十八天要放假的六月初，福建方面起了战事，他要我送他点路费，说想要到南京去玩玩。我看他脾气越来越沉静，不能使他快乐一点，并且每天到灶间去做菜做饭，又间或因为房东娘姨欢喜随手拖取东西，常常同那娘姨吵闹。我想就让他到南京去玩几天也好。可是这人一去就不回来了。我不愿意把他的故事结束到那战事里去。他并不死，如许多人一样，还是活着。还是做他的司务长，驻扎在一个古庙里，大清早就同连上的伙伕上市镇去买菜，到相熟的米铺去谈谈天，再到河边去买柴，看看拢岸的商船。一到了夜里，就坐在一个子弹箱上，靠一盏"满堂红"灯照着，同排长、什长结算日里的伙食账，用草纸记下那数目，为一些小小数目上的错误发着各样的重誓。睡到硬板子的高脚床上去，用棉絮包裹了全身，做梦必梦到同点验委员喝酒，或下乡去捉匪，过乡绅家吃蒸鹅。这人应当永远这样活到世界上。这人至少还能够在中国活二十年。所以他纵不来信问候我，我总以为他还是活在这个世界上。

这就是我桌上有这样一盏灯的理由了。我欢喜这灯，经常还使用它。当我写到我所熟悉的那个世界上一切时，当我愿意沉溺到那生活里面去时节，把电灯扭熄，燃好这个灯，我的房子里一切便失去了原有的调子。我在灯光下总仿佛见到那老兵的红脸，还有那一身军服，一个古典的人，十八世纪的老管家——更使我不会忘记的，是从他小小眼睛里滚出的一切无声音的言语，对我的希望和抗议。

故事说完时，穿青衣服的女人，低低的叹了一声气，走过那桌子边旁去，用纤柔的手去摩挲那盏小灯。女人稍稍吃惊了，怎么两年来还有油？但主人是说过的，因为在晚上，把灯燃好，就可以在灯光下看到那个老行伍的声容、颜色。女人好奇似的说晚上要来试试看，是不是也可以看得出那司务长。显然的事，女人对于主人所说的那老兵，是完全中意了。

到了晚间，房间里，那旧洋灯果然放了薄薄光明。火头微微的动摇，发出低微的滋滋声音。用惯了五十支烛光的人，在这灯光下是自然会感到一种不同情调的。主人同穿青衣来客，把身体搁在两个小小圈椅里。主人又说起了那盏灯，且告给女人，什么地方是那老兵所站的地方，老兵说话是如何神气，这灯罩子在老兵手下又擦得如何透明清澈，桌上那时候如何混乱，……末了，他指点那蓝衣女人的坐处，恰恰正是这时节她的坐处。

听到这个话的青衣女人，笑了笑，又复轻轻的叹着。过了好一会，忽然惋惜似的说：

"这人一定早死了！"

主人说："是的，这人或许早死了。在我那些熟人心上，这人也死了的。但我猜想他还活在你的心上，他一定还那么可爱的活在你心上，是不是？"

"很可惜我见不着这个人。"

"他也应当很惋惜不见你！"

"我愿意认识他，愿意同他谈谈话。也愿意……"

"那有什么用处！不是因为一见到，便反而会给许多人添麻烦么？"

女人觉得话说得稍过了头，有些事情应当红红脸。

于是两人在灯光中沉默下来。

另外一个晚上，那穿青衣女人，忽然换了一件蓝色衣服来了。主人懂得这是为凑成那故事而来的，非常欢迎这种拜访。两人都像是这件事全为了使老兵快乐而作的，没有言语，年青人在一种小小惶恐情形中抱着接了吻。到后女人才觉得房中太明亮了点，询问那个灯，今晚为什么不放在桌上。主人笑了，"是嫌电灯光线太强么？"

"是要'司务长'看另外一个穿蓝衣服的人在你房里的情形！"

听到这个俏皮的言语，主人想下楼去取灯，女人问他：

"灯放在楼下么？"

"是在楼下的。"

"为什么又放到楼下去？"

"那是因为前晚上灯泡坏了，不好做事，借他们楼下房东家娘姨的。我再去拿来就是了。"

"难道是娘姨的灯吗？"

"不，我好像说过，是老兵买的灯！"男子赶忙分辩，还说："你知这灯是老兵买的！"

"但那是你说的谎话！"

"若谎话比真实美丽，……并且，穿蓝衣的人，如今不是有一个了么？"

女人承认，"穿蓝衣的虽有一个，但她将来也一定不让老兵快乐。"

"我完全同意你这个话。倘若真有这个老兵，实在不应当好了他。"

"真是一个坏人，原来说的全是空话！"

"可是有一个很关心他的听差，而且仅仅只把这听差的神气样子告给别人，就使这人对于那主人感到兴味，十分同情，这坏人，实在是……"

女人忍不住笑了。他们于是约定下个礼拜到苏州去，到南京去，男的还答应了女人，这种旅行为的是探听那个"老司务长"的下落。

一九三〇年写成
一九五七年三月校

《灯》欣赏

1929 年 5 月，在上海教书的沈从文写出了短篇小说《灯》。如果从他最初发表文章的年代算起，到那时沈从文已经有了五年的文字生涯，写出了几十篇小说，其中还包括一些著名的湘西浪漫故事：《龙朱》《媚金，豹子与那羊》和《神巫之爱》等。不过《灯》发表时情况有些不一样，沈从文在这篇小说的叙事文体上做了功夫，不单单是一改先前的杂芜和矫情，还开始学着把饱满的情感压缩到文字后面去，用朴素的笔调和游移不定的口气，表达出他对传统的湘西生活的复杂态度——这种叙事文体萌始于《灯》，而在《边城》里达到了登峰造极。因此，有的研究者作出了这样大胆的判断：《灯》的叙事文体的形成，表明沈从文已经初步形成他个人的文体了。

那么，什么算是《灯》的叙事文体？什么又是代表沈从文个人的文体呢？沈从文在三十年代被人称作文体家，这当然不光是指他文章中遣辞造句特别出色，而是说沈从文拥有了一份独特的情感天地和独特的表述这片情感的方式。沈从文的情感天地在湘西，那是没错的，不过说得广泛些，似乎又不仅限于湘西地理范围中产生的一切人情风土，它隐隐约约地浓缩成一种做人的理想境界和生活信仰。沈从文很固执地坚持着这份做人的原则，这是他的感情寄托所在，只是因为这感情与都市社会中的人们所拥有的不一样，他才搬出他的"湘西"作为自己的"根"。沈从文并非不明白，他执着追求的那份做人原则，不但与现实环境格格不入，而且正如一切美好又背时的文化一样，正在他身后慢慢地消褪，离他越去越远，他简直能够敏感到它在溃退时的叹气和咳嗽。他想把这些声音保留下来，哪怕是留在文字里也好，但由于这声音本属他个人谛听的一份天地，即便是保留下来，公布开去，在人们的眼中也仿佛是隔着雾似的朦胧和虚妄。沈从文再怎样固执地写"乡下人"的坚毅、粗犷、善良以及为人做事上的原始质朴，给人的效果总是在云里雾里，有一种明显的不确

◎沈从文湘行速写（五）。

定。正是这种自相矛盾的文本与效应，才有了沈从文的那一份魅力。就像是这篇作品里"灯"的黯淡象征，它与其说在都市方式下是有效的，毋宁说是审美的，一如沈从文的乡下人"文体"。

在这篇用"灯"命名的小说里，那盏煤油灯起先不过是故事的引子。由灯的来历引出了两个故事文本：一个是关于灯的故事，另一个是关于讲灯的故事。前一个故事主人公是那个旧军人，他以他固执的湘西精神（也正是沈从文所梦寐以求的做人的理想境界和生活信仰），格格不入地生活在现代都市里，最后他终于醒悟，他的所有美好的追求在都市原则下都是滑稽可笑的。后一个故事的主人公

◎上世纪70年代末，沈从文伏案工作。摄于中国社会科学院宿舍（家人称之"507"）家中。

是前一个故事的叙事者，他百无聊赖地，又多少含着一点暧昧心理在编造故事，拿一个关于湘西精神的动人故事赚得女孩子的好感。通篇小说是从这个叙事者的口中说出，所以极大部分都是以一种可靠的语气描述出来，无论是小说中的那个听者（青衣女子），还是小说外的大多数读者，都深信不疑这个故事的真诚性。直到最后叙事人在一个偶然的疏忽中漏了口误，才泄露出他编造故事的马脚：根本就不存在这么一个灯和旧军人的故事，（那盏灯不过是楼下娘姨的备用货）。粗看起来，由于第二个文本的存在，揭示出第一个文本的虚拟性（从语态上说，是间接引语的叙事式所构成的第一虚拟语态），但是，如果读者再耐心往下读，会发现在小说结尾时，作家（第二叙事人）也漏出了马脚，作家似乎想帮助第一叙事人弥补前面的失误，所以欲盖弥彰地添了一句：叙事人与听者（青衣女子）决定在下周的旅行中，去探听那个旧军人的下落。这样一来，前一个故事究竟是实是虚呢？军人到底是否实有其人呢？这些问题又陷入了不确定状态，就是说第二个故事提供的文本也是不确实的，（这种不确定的语态构成了第二虚拟式）。用自身的不确定性语态去叙述一个明显编造的故事，这就使通篇小说在结尾的反照下，形成了梦一般的虚幻性。

因而也可以说，沈从文在《灯》里讲叙了两个梦：一个是乡下人在城里的梦，一个是城里人关于乡下的梦。我这里用"乡下"来取代"湘西"的概念别无深意，只是想说明沈从文的这种理想并不以湘西地理为限。那个旧军人满脑子的梦想，就是想中兴一个军人世家，可是他经受了一个又一个理想破灭的打击：老主人的颓败，大少爷的消沉以及小少爷的沉落。他凭一个军人的直觉，已经感到了这个家族不可挽救的衰落。他把希望转向了不是军人的二少爷（即故事的叙事者），把生活场景转到现代都市，想依着他的旧军人的梦想，在这个知识分子身上重新激发出昔日的豪华光荣。这种"义仆"式的善良梦由于与现代生活节奏的错位，必然是要破灭的。然而我觉得小说的深层内涵还不仅止这里，接下去的问题是：叙事人（二少爷）为什么要津津有味地编造这个旧军人的梦呢？而且为什么这个老掉牙的旧时代故事在现代都市环境下不仅感动了叙事者本人，还感染了那听者青衣女子，以至使她不由自主地扮演起梦中的一个角色呢？这不正是现代都市人的一种梦幻的爆发么？抑或可以这么说，那个旧军人梦幻的故事，根本就是城里人在都市文明压榨下对旧式人格理想与生活信仰的一种潜在的渴望。如果抽去那个旧军人作为"义仆"的具体内涵，抽象地考察他做人的理想境界，那么，一种未经污染、毫无私心的质朴与善良被透明地凸现出来，但作者明知这种人性的美丽在现实环境下已渐远去，不仅只能以梦的形式，而且只能以梦的破碎形式去展现。所以这第二个梦象也就是关于旧军人的梦，破碎了的梦，是一个城里人关于乡下原始理想的梦。

最后再过来说"灯"。看来那盏灯在小说里不止是两个梦的引子，它自身作为一种象征：在普遍使用电灯的都市里，竟有一盏老式的煤油灯，被擦得干干净净地放在桌上，每当电力不足或干脆停电的时候，它也能燃起薄明微黄的光，隔着透明清莹的灯罩放射出古典意味的情趣。灯是纯洁的，干净的，又是怀旧的，它对现代都市方式怀着天然的敌意，勾起了人们不切实的梦幻。这种意味作为一种做人的原则，不但从那个旧军人身上折射出来，同时也始终若有若无地笼罩着小说，使之成为梦幻的本身。

（陈思和）

丈　夫

饥饿重复搅着了这愤怒的心，便有一些原始人们缺少的情绪，在这个年轻简单的人情绪中滋长不已。

他不能再唱一首歌了。喉咙为炉嗉所扼，唱不出什么歌。他不能再有什么快乐。

落了春雨，一共有七天，河水涨大了。

河中涨了水，平常时节泊在河滩的烟船、妓船，离岸极近，全系在吊脚楼下的支柱上。

在楼上四海春茶馆喝茶的闲汉子，俯身临河一面窗口，可以望到对河宝塔边"烟雨红桃"好景致，也可以知道船上妇人陪客烧烟的情形。因为那么近，上下都方便，有喊熟人的声音，从上面或从下面喊叫。到后是互相见面了，谈话了，取了亲昵样子，骂着野话粗话，于是楼上人会了茶钱，从浊而发臭的甬道走去，从那些肮脏地方走到船上了。

上了船，花钱半元到五块，随心所欲吃烟睡觉，同妇人毫无拘束的放肆取乐。这些在船上生活的大臀肥身的年轻乡下女人，就用一个妇人的好处，热忱而切实的服侍男子过夜。

船上人，把这件事也像其余地方一样，叫这做"生意"。她们都是做生意而来的。在名分上，那名称与别的工作同样，既不和道德相冲突，也并不违反健康。她们从乡下来，从那些种田挖园的人家，离了乡村，离了石磨同小牛，离了那年轻而强健的丈夫，跟随了一个同乡熟人，就来到这船上做生意了。做了生意，慢慢的变成为城市里人，慢慢与乡村离远，慢慢的学会了一些只有城市里才需要的恶德，于是妇人就毁了。但那毁是慢慢的，因为很需要一些日子，所以谁也不去注意。而且也仍然不缺少在任何情形下还依旧好好的保留着那乡村纯朴气质的妇人。所以在本市大河妓船上，决不会缺少年轻女子的来路。

事情非常简单，一个不亟亟于生养孩子的妇人，到了城市，能够每

○沈从文夫妇上世纪70年代末在"507"。

月把从城市里每个晚上所得的钱，送给那留在乡下诚实耐劳、种田为生的丈夫，在那方面就过了好日子，名分不失，利益存在。所以许多年轻的丈夫，在娶媳妇以后，把她送出来，自己留在家中耕田种地，安分过日子，也竟是极其平常的事情。

这种丈夫，到什么时候，想到那在船上做生意的年轻的媳妇，或逢年过节，照规矩要见见媳妇的面了，媳妇不能回来，自己便换了一身浆洗干净的衣服，腰带上挂了那个工作时常不离口的短烟袋，背了整箩整篓的红薯、糍粑之类，赶到市上来，像访远亲一样，从码头第一号船问起，一直到认出自己女人所在的船上为止。问明白后，到了船上，小心小心的把一双布鞋放到舱外护板上，把带来的东西交给了女人，一面便用着吃惊的眼睛，搜索女人的全身。这时节，妇人在丈夫眼下自然已完全不同了。

大而油光的发髻，用小镊子扯成的细细眉毛，脸上的白粉同绯红胭脂，以及那城市里人神气派头、城市里人的衣服，都一定使从乡下来的丈夫感到极大的惊讶，有点手足无措。那呆相是女人很容易清楚的。女人到后开了口，或者问："那次五块钱得了么？"或者问："我们那对猪养儿子了没有？"女人说话时口音自然也完全不同了，变成像城市里做太太的大方自由，完全不是在乡下做媳妇的羞涩畏缩神气了。

沈从文 短篇小说 107 名作欣赏

听女人问起钱，问起家乡豢养的猪，这做丈夫的看出自己做丈夫的身分，并不在这船上失去，看出这城里奶奶还不完全忘记乡下，胆子大了一点，慢慢的摸出烟管同火镰。第二次惊讶，是烟管忽然被女人夺去，即刻在那粗而厚大的手掌里，塞了一支"哈德门"香烟的缘故。吃惊也仍然是暂时的事，于是这做丈夫的，一面吸烟一面谈话，……

到了晚上，吃过晚饭，仍然在吸那有新鲜趣味的香烟。来了客，一个船主或一个商人，穿生牛皮长统靴子，抱兜一角露出粗而发亮的银链，喝过一肚子烧酒，摇摇荡荡的上了船。一上船就大声的嚷要亲嘴要睡觉。那洪大而含糊的声音，那势派，都使这做丈夫的想起了村长同乡绅那些大人物的威风。于是这丈夫不必指点，也就知道往后舱钻去，躲到那后梢舱上去低低的喘气，一面把含在口上那支卷烟摘下来，毫无目的的眺望河中暮景。夜把河上改变了，岸上河上已经全是灯火。这丈夫到这时节一定要想起家里的鸡同小猪，仿佛那些小小东西才是自己的朋友，仿佛那些才是亲人；如今和妻接近，与家庭却离得很远，淡淡的寂寞袭上了身，他愿意转去了。

当真转去没有？不。三十里路，路上有豺狗，有野猫，有查夜放哨的团丁，全是不好惹的东西，转去实在做不到。船上的大娘自然还得留他上"三元宫"看夜戏，到"四海春"去喝清茶。并且既然到了市上，大街上的灯同城市中人更不可不去看看。于是留下了，坐在后舱看河中景致，等候大娘的空暇。到后要上岸时，就由船边小阳桥攀缘篷架到船头；玩过后，仍然由那旧地方转到船上，小心小心使声音放轻，省得留在舱里躺到床上烧烟的客人发怒。

到要睡觉的时候，城里起了更，西梁山上的更鼓咚咚响了一会，悄悄的从板缝里看看客人还不走，丈夫没有什么话可说，就在梢舱上新棉絮里一个人睡了。半夜里，或者已睡着，或者还在胡思乱想，那媳妇抽空爬过了后舱，问是不是想吃一点糖。本来非常欢喜口含片糖的脾气，做媳妇的记得清楚明白，所以即或说已经睡觉，已经吃过，也仍然还是塞了一小片糖在口里，媳妇用略略抱怨自己那种神气走去了。丈夫把糖含在口里，正像仅仅为了这一点理由，就得原谅媳妇的行为，尽她在前舱陪客，自己仍然很和平的睡觉了。

这样丈夫在黄庄多着！那里出强健女子同忠厚男子。地方实在太穷

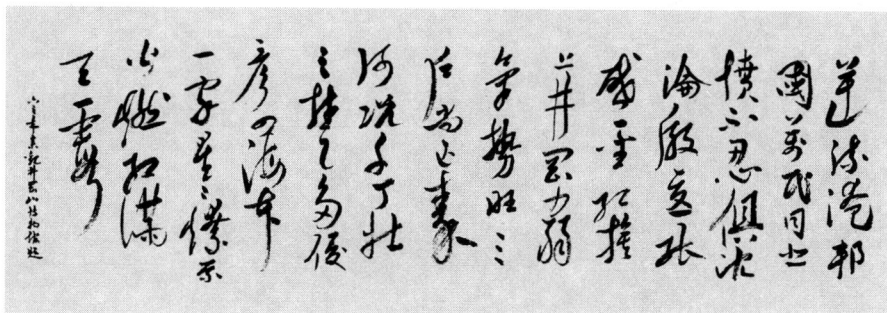
○沈从文手迹。

了，一点点收成照例要被上面的人拿去一大半，手足贴地的乡下人，任你如何勤省耐劳的干做，一年中四分之一时间，即或用红薯叶和糠灰拌和充饥，总还是不容易对付下去。地方虽在山中，离大河码头只三十里，由于习惯，女子出村讨生活，男人通明白这做生意的一切利益。他懂事，女人名分仍然归他，养得儿子归他，有了钱，也总有一部分归他。

那些船只排列在河下，一个陌生人，数来数去是永远无法数清的。明白这数目，而且明白那秩序，记忆得出每一个船和摇船人的样子，是五区一个老"水保"。

水保是个独眼睛的人。这独眼据说在年轻时节因殴斗杀过一个水上恶人，因为杀人，同时也就被人把眼睛抠瞎了。但两只眼睛不能分明的，他一只眼睛却办到了。一个河里都由他管事。他的权力在这些小船上，比一个中国的皇帝、总统在地面上的权力还统一集中。

涨了河水，水保比平时似乎忙多了。由于责任，他得各处去看看，是不是有些船上做父母的上了岸，小孩子在哭奶了；是不是有些船上在吵架，需要排难解纷；是不是有些船因照料无人，有溜去的危险。在今天，这位大爷，并且要到各处去调查一些从岸上发生影响到了水面的事情。岸上这几天来出过三次小抢案，据公安局那方面人说，凡地上小缝小罅都找寻到了，还是毫无线索。地上小缝小罅亏那些体面的在职从公人员找过，于是水保的责任便到了。他得了通知，就是那些说谎话的公安局办事处通知，要他到半夜会同水面武装警察上船去搜索"歹人"。

水保得到这消息时是上半天。一个整白天他要做许多事情。他要先尽一些从平日受人款待好酒好肉而来的义务了。于是沿了河岸，从第一

◎1945年抗战胜利，和沈龙朱在昆明。

号船起始，每个船上去谈谈话。他得先调查一下，问问这船上是不是留容得有不端正的外乡人。

做水保的人照例是水上一霸，凡是属于水面上的事情他无有不知。这人本来就是一个吃水上饭的人，是立于法律同官府对面，按照习惯被官吏来利用，处治这水上一切的。但人一上了年纪，世界成天变，变去变来这人有了钱，成过家，喝点酒，生儿育女，生活安舒，慢慢的转成一个和平正直的人了。在职务上帮助官府，在感情上却亲近了船家。在这些情形上面他建设了一个道德的模范。他受人尊敬不下于官，却不让人害怕厌恶。他做了河船上许多妓女的干爹。由于这些社会习惯的联系，他的行为处事是靠在水上人一边的。

他这时节正从一跳板上跃到一只新油漆过的"花船"头，那船位置在较清静的一家莲子铺吊脚楼下，他认得这只船归谁管业，一上船就喊"七丫头"。

没有声音。年轻的女人不见出来，年老的掌班也不见出来。老年人很懂事情，以为或者是大白天有年轻男子上船做呆事，就站在船头眺望，等了一会。

过一阵，他又喊了两声，又喊伯妈，喊五多；五多是船上的小毛头，年纪十二岁，人很瘦，声音尖锐，平时大人上了岸就守船，买东西煮饭，常常挨打，爱哭，过了一会儿又唱起小调来。但是喊过五多后，也仍然得不到结果。因为听到舱里又似乎实在有声音，像人出气，不像全上了岸，也不像全在做梦。水保就偻身窥觑舱口，向暗处询问："是谁在里面？"

里面还是不敢作答。

水保有点生气了，大声的问："你是哪一个？"

里面一个很生疏的男子声音，又虚又怯回答说："是我。"接着又说："都上岸去了。"

"都上岸了么？"

"上岸了。她们……"

好像单单是这样答应，还深恐开罪了来人，这时觉得有一点义务要尽了，这男子于是从暗处爬出来，在舱口，小心小心扳着篷架，非常拘束的望着来人。

先是望到那一对峨然巍然似乎是用柿油涂过的猪皮靴子，上去一点是一个赭色柔软鹿皮抱兜，再上去是一双回环抱着的毛手，满是青筋黄毛，手上有颗其大无比的黄金戒子，再上去才是一块正四方形，像是无数桔子皮拼合而成的脸膛。这男子，明白这是有身分的主顾了，就学着城市里人说话："大爷，您请里面坐坐，她们就回来。"

从那说话的声音，及其干浆衣服的风味上，这水保一望就明白这个人是才从乡下来的种田人。本来女人不在船就想走，但年轻人忽然使他发生了兴味，他留着了。

"你从什么地方来的？"他问他，为了不使人拘束，水保取的是做父亲的和平样子，望到这年轻人，"我认不得你。"

他想了一下，好像也并不认得客人，就回答："我是昨天来的。"

"乡下麦子抽穗了没有？"

"麦子吗？水碾子前我们那麦子，嘿，我们那猪嘿，我们那……"

这个人，像是忽然明白了答非所问，记起了自己是同一个有身分的城里人说话，不应当说"我们"，不应当说"我们水碾子"同"猪"，把字眼儿用错，所以再也接不下去了。

因为不说话，他就怯怯的望到水保微笑，他要人了解他，原谅他——他是一个正派人，并不敢有意张三拿四。

水保懂得这个意思，且在这对话中，明白这是船上人的亲戚了，他问年轻人："老七到什么地方去了？什么时候可以回来？"

这时节，这年轻人答语小心了。他仍然说："是昨天来的。"他又告水保，他"昨天晚上来的"，末了才说，老七同掌班同五多上岸烧香去了，要他守船。因为守船必得把守船身分说出，他还告给了水保，他是老七的"汉子"。

因为老七平常喊水保都喊"干爹"，这干爹第一次认识了女婿，不必挽留，再说了几句，不到一会儿，两人皆爬进舱中了。

舱中有个小小床铺，床上有锦绸同红色印花洋布铺盖，折叠得整整齐齐。来客照规矩应当坐在床沿，光线从舱口来，所以在外面以为舱中极黑，到里面却一切分明。

年轻人为客找烟卷，找自来火，毛脚毛手打翻了身边那个装栗子的小坛子，圆而发乌金光泽的板栗便在薄明的船舱里各处滚去，年轻人各处用手去捕捉，仍然放到小坛中去，也不知道应当请客人吃点东西。但客人却毫不客气，从舱板上把栗子抬起咬破了吃，且说这风干的栗子真好。

"这个很好，你不欢喜么？"因为水保见到主人并不剥栗子吃。

"我欢喜。这是我屋后栗树上长的。去年生了好多，乖乖的从刺球里爆出来，我欢喜。"他笑了，近于提到自己儿子模样，很高兴说这个话。

"这样大栗子不容易得到。"

"我一个一个选出来的。"

"你选的？"

"是的，因为老七欢喜吃这个，我才留下来。"

"你们那里可有猴栗？"

"什么猴栗？"

水保就把故事所说的："猴子在大山上住，被人辱骂时，抛下拳大栗子打人。人想得到这栗子，就故意去山下骂丑话，预备捡栗子。"——说给乡下人听。

因为栗子，正苦于无话可说的年轻人，得到同情他的人了。他知道的乡下问题可多咧。于是他说到地名"栗坳"的新闻。又说到一种栗木做成的犁柄如何结实合用。这个人太需要说些家常了。昨天来一晚上都有客人吃酒烧烟，把自己关闭在小船后梢，同五多说话，五多却睡得成死猪。今天一早上，本来应当有机会同媳妇谈到乡下事情了，女人又说要上岸过七里桥烧香，派他一个人守船。坐船上等了半天，还不见人回，到后梢去看河上景致，一切新奇不同，只给自己发闷。先一时，正睡在舱里，就想这满江大水若到乡下去涨，鱼梁上不知道应当有多少鲤鱼上梁！把鱼捉来时，用柳条穿腮到太阳下去晒，正计算那数目，总算不清楚。忽然客人来到船上，似乎一切鱼都争着跳进水中去了。

来了客人，且在神气上看出来人是并不拒绝这些谈话的，所以这年轻人，凡是预备到同自己媳妇在枕边诉说的各样事情，这时得到了一个好机会，都拿来同水保谈着。

他告给水保许多乡下情形，说到小猪捣乱的脾气，叫小猪作"乖乖"。又说到新由石匠整治过的那副石磨，顺便告给了一个石匠的笑话。又提起一把失去了多久的小镰刀，一把水保梦想不到的小镰刀，他说："你瞧，奇怪不奇怪？我赌咒我各处都找到了。我们的床下、门枋上、仓角里，什么地方不找到？它简直躲了。躲猫猫一样，不见了。我为这件事骂老七，老七哭过。可还是不见。鬼打岩，蒙蒙眼，原来它躲在屋梁上饭箩里！半年躲在饭箩里！它吃饭！一身锈得像生疮。这东西多坏多狡猾！我说这个你明白我没有？怎么会到饭箩里半年？那是一只做样子的东西，挂到斗窗上。我记起那事了，是我削楔子，手上刮了皮，流了血，生了大气，赌气把刀那么一丢。……到水上磨了半天，还不错，仍然能吃肉，你一不小心，就得流血。我还不曾同老七说起这个，她不会忘记那哭得伤心的一回事。找到了，哈哈，真找到了。"

"找到它就好了。"水保随便那么说着。

"是的，得到了它那是好的。因为我总疑心这东西是老七掉到溪里，不好意思说明。我知道她不骗我了。我明白了。我知道她受了冤屈。因为我说过：'找不出么？那我就要打人！'我并不曾动过手。可是生气时也真吓人。她哭了半夜！"

"你是用它割草么？"

"嗨，哪里，用处多咧。是小镰刀，那么精巧，你怎么说割草？那是削一点薯皮，刮刮箫，这些这些用的。小得很，值三百钱，钢火妙极了。我们都应当有这样一把刀，放到身边，不明白么？"

水保说："明白明白。都应当有一把，我懂你这个话。"

他以为水保当真懂的，因此再说下去，什么也说到了。甚至于希望明年来一个小宝宝，这样只合宜于同自己媳妇睡到一个枕头上商量的话也说到了。年轻人毫无拘束的还加上许多粗话蠢话。说了半天，水保起身要走了，他记起问客人贵姓。

"大爷，您贵姓？留一个片子到这里，我好回话。"

"不用不用。你只告她有这么一个大个儿到过船上，穿这样大靴子，告她晚上不要接客，我要来。"

"就是这样说。我一定要来的。我还要请你喝酒。我们是朋友。"

"是朋友，是朋友。"

水保用他那大而厚的手掌，拍了一下年轻人的肩膊，从船头跃上岸，走到别一个船上去了。

水保走去后，年轻人就一面等候，一面猜想到这个大汉子是谁。他还是第一次和这样尊贵的人物谈话，他不会忘记这很好的印象的。人家今天不仅是和他谈话，还喊他作朋友，答应请他喝酒！他猜想这人一定是老七的熟客。他猜想老七一定得了这人许多钱。他忽然觉得愉快，感到要唱一个歌了，就轻轻的唱了一首山歌，用四溪人体裁，他唱的是"水涨了，鲤鱼上梁，大的有大草鞋那么大，小的有小草那么小。"

但是等了一会，还不见老七回来，一个鬼也不回来，他又想起那大汉子的丰采言谈了。他记起那一双靴子，闪闪发光，以为不是极好的山柿油涂到上面，是不会如此体面好看的。他记起那黄而发沉的戒指，说不分明那将值多少钱，一点不明白那宝贝为什么如此可爱。他记起那伟人点头同发言，一个督抚的派头，一个省长的身分——这是老七的财神！他于是又唱了一首歌，用杨村人不庄重口吻，唱的是"山坳里团总烧炭，山脚里地保爬灰；爬灰红薯才肥，烧炭脸庞发黑"。

到午时，各处船上都已经有人在烧饭了。湿柴烧不燃，烟子各处窜，使人流涕打嚏。柴烟平铺到水面时如薄绸。听到河街馆子里大师傅用铲子敲打锅边的声音，听到邻船上白菜落锅的声音，老七还不见回来。可是船上烧湿柴的本领年轻人还没有学会，小钢灶总是冷冷的不发吼。做了半天还是无结果，只有把它放下了。

应当吃饭时候不得吃饭，人饿了，坐到小凳上敲打舱板，他仍然得想一点事情。一个不安分的估计在心上滋长了。正似乎为装满了钱钞便极其骄傲模样的抱兜，在他眼下再现时，把原有和平失去了。一个用酒糟同红血所捏成的桔皮红色四方脸，也是极其讨厌的神气，保留在印象上。并且，要记忆有什么用？他记忆得到那嘱咐，是当到一个丈夫面前说的！"今晚上不要接客，我要来。"该死的话，是那么不客气的从那吃红薯的大口里说出！为什么要说这个？有什么理由要说这个？……

◎1981年最后一次返乡，和老伴在金鞭溪。

胡想使他心上增加了愤怒，饥饿重复揪着了这愤怒的心，便有一些原始人们缺少的情绪，在这个年轻简单的人情绪中滋长不已。

他不能再唱一首歌了。喉咙为妒嫉所扼，唱不出什么歌。他不能再有什么快乐。按照一个种田人的脾气，他想到明天就要回家。

有了脾气，再来烧火，自然更不行了，于是把所有的柴全丢到河里去了。

"雷打你这柴！要你到洋里海里去！"

但那柴是在两三丈以外，便被别的船上的人捞起了的。那船上人似乎一切都准备好了，正等待一点从河面漂流而来的湿柴，把柴捞上，即刻就见到用废缆一段引火，且即刻满船发烟，火就带着小小爆裂声音燃好了。眼看这一切，新的愤怒使年轻人感到羞辱，他想不必等待人回船就走路。

在街尾却遇到女人同小毛头五多两个人，正牵了手说着笑着走来。五多手上拿得有一把胡琴，崭新的样子，这是做梦也不曾遇到的一个好家伙。

"你走到哪里去？"

"我——要回去。"

"教你看船船也不看，要回去，什么人得罪了你，这样小气？"

"我要回去，你让我回去。"

"回到船上去！"

看看媳妇，样子比说话还硬劲。并且看到那一张胡琴，明知道这是特别买来给他的，所以再不能坚持。摸了摸自己发烧的额角，幽幽的说："回去也好，回去也好。"就跟了媳妇的身后跑转船上。

掌班大娘也赶来了。原来提了一副猪肺，好像东西只是趁便偷来的，深恐被人追上带到衙门里去，所以跑得颧骨发了红，喘气不止。大娘一上船，女人在舱中就喊：

"大娘，你瞧我家汉子想走！"

"谁说的，戏也不看就走！"

"我们到街口碰到他，他生气样子，一定是怪我们不早回来。"

"那是我的错；是菩萨的错；是屠户的错。我不该同屠户为一个钱吵闹半天，屠户不该肺里灌了这样多水。"

"是我的错。"陪男子在舱里的女人，这样说了一句话，坐下了。对面是男子汉。她于是有意的在把衣服解换时，露出极风情的红绫胸褡。胸褡上绣了"鸳鸯戏荷"，是上月自己亲手新做的。

男子觑着不说话。有说不出的什么东西，在血里窜着涌着。

在后梢，听到大娘同五多谈着柴米。

"怎么，我们的柴都被谁偷去了？"

"米是谁淘好的？"

"一定是火烧不燃。……姐夫是乡下人，只会烧松香。"

"我们不是昨天才解散一捆柴么？"

"都完了。"

"去前面搬一捆，不要说了。"

"姐夫只知道淘米！"小五多一面说一面笑。

听到这些话的年轻汉子，一句话不说，静静的坐在舱里，望着那一把新买来的胡琴。

女人说："弦早配好了，试拉拉看。"

先是不作声，到后把琴搁在膝上，查看琴筒上的松香。调时，生疏的音响从指间流出。拉琴人便快乐的微笑了。

不到一会，满舱是烟，男子被女人喊出，依旧把琴拿到外面去，站在船头调弦。

到吃中饭时，五多说：

"姐夫你回头拉《孟姜女哭长城》，我唱。"

"我不会拉！"

"我听说你拉得很好，你骗我，谎我。"

"我不骗你。我只会拉《娘送女》流水板。"

大娘说："我听老七说你拉得好，所以到庙里，一见这琴，我想起你，才说就为姐夫买回去吧。真是运气，烂贱就买来了。这到乡里一块钱还恐怕买不到，不是么？"

"是的，多少钱？"

"一吊六。他们都说值得！"

五多笑着搭嘴说："谁那么说值得？"

大娘很生气的说："毛丫头，谁说不值得？你知道什么？撕你的嘴！"

五多把舌伸伸，表示口不关风说错了话。

原来这琴是从个卖琴熟人手上拿来，一个钱不花。听到大娘的谎话，五多分辩，大娘就骂五多。老七却笑了。男子以为这是笑大娘不懂事，所以也在一旁干笑着。

男子先把饭一骨碌吃完，就动手拉琴，新琴声音又清又亮。五多高兴到得意忘形，放下碗筷唱将起来，被大娘结结实实打了一筷子头，才

◎上世纪70年代中期，沈从文夫妇与大儿媳马永昺、孙女沈帆摄于家中。

忙着吃饭、收碗、洗锅子。

到了晚上，前舱盖了篷，男子拉琴，五多唱歌，老七也唱歌。美孚灯罩子有红纸剪成的遮光帽，全舱灯光红红的如过年办喜事。年轻人在热闹中心上开了花。可是不多久，有兵士从河街过身，喝得烂醉，听到这声音了。

两个醉鬼跟跟跄跄到了船边，两手全是污泥，手扳船沿，像含胡桃那么混混胡胡的嚷叫：

"什么人唱，报上名来！唱得好，赏一个五百。不听到么？老子赏你五百！"

里面琴声戛然而止，沉静了。

醉鬼用脚不住踢船，篷篷篷发出钝而沉闷的声音。且想推篷，搜索不到篷盖接榫处。于是又叫嚷："不要赏么，婊子狗造的！装聋，装哑？什么人敢在这里作乐？我怕谁？皇帝我也不怕。大爷，我怕皇帝我不是人！我们军长师长，都是混账王八蛋，是皮蛋鸡蛋，寡了的臭蛋，我才不怕！"

另一个喉咙发沙的说道：

"骚婊子，出来拖老子上船！"

并且即刻听到用石头打船篷，大声的辱宗骂祖，一船人都吓慌了。大娘忙把灯扭小一点，走出去推篷，男子听到那汹汹声气，夹了胡琴就往后舱钻去。不一会，醉人已经进到前舱了，两个人一面说着野话，一面还要争夺同老七亲嘴，同大娘、五多亲嘴。且听到有个哑嗓子问："是什么人在此唱歌作乐？把拉琴的抓来，再为老子唱一个歌。"

大娘不敢作声，老七也无了主意，两个酒疯子就大声的骂人：

"臭货，喊龟子出来，跟老子拉琴，赏一千！英雄盖世的曹孟德也不会这样大方！我赏一千，一千个红薯。快来，不出来我烧掉你们这只船！听着没有，老东西！赶快，莫让老子们生了气，灯笼子认不得人！"

"大爷，这是我们自己家几个人玩玩，不是外人。……"

"不！不！不！老婊子，你不中吃。你老了，皱皮柑！快叫拉琴的来！杂种！我要拉琴，我要自己唱！"一面说一面便站起身来，想向后舱去搜寻。大娘弄慌了，把口张大合不拢去。老七人急智生，拖着那醉鬼的手，安置到自己的大奶上。醉鬼懂到这个意思，又坐下了。"好的，妙的，老子出得起钱。老子今天晚上要到这里睡觉！……孤王酒醉桃花宫，韩素梅生来好貌容……"

这一个在老七左边躺下去后，另一个不说什么，也在右边躺了下去。

年轻人听到前舱仿佛安静了一会，在隔壁轻轻的喊大娘。正感到一种侮辱的大娘，悄悄爬过去，男子还不大分明是什么事情，问大娘："什么事情？"

"营上的副爷，醉了，像猫，等一会儿就得走。"

"要走才行。我忘记告你们了，今天有一个大方脸人来，好像大官，吩咐过我，他晚上要来，不许留客。"

"是脚上穿大皮靴子，说话像打锣么？"

"是的，是的。他手上还有一个大金戒子。"

"那是老七干爹。他今早上来过了么？"

"来过的。他说了半天话才走，吃过些干栗子。"

"他说些什么？"

"他说一定要来，一定莫留客，……还说要请我喝酒。"

○白马山徐志摩遇难处。1925年沈从文绘。

大娘想想，来做什么？难道是水保自己要来歇夜？难道是老对老，水保注意到……？想不通，一个老鸨虽说一切丑事做成习惯，什么也不至于红脸，但被人说到"不中吃"时，是多少感到一种羞辱的，她悄悄的回到前舱，看前舱的事情不成样子，扁了扁瘪嘴，骂了一声"猪狗"，终归又转到后舱来了。

"怎么？"

"不怎么。"

"怎么，他们走了？"

"不怎么，他们睡了。"

"睡了——？"

大娘虽看不清楚这时男子的脸色，但她很懂得这语气，就说："姐夫，你难得上城来，我们可以上岸玩玩去，今夜三元宫夜戏，我请你坐高台子，戏是《秋胡三戏结发妻》。"

男子摇头不语。

兵士胡闹了一阵走去后，五多、大娘、老七都在前舱灯光下说笑，说那兵士的醉态。男子留在后舱不出来。大娘到门边喊过了二次，不答应，不明白这脾气从什么地方发生。大娘回头就来检查那四张票子的花纹，因为她已经认得出票子的真假了。票子倒是真的，她在灯光下指点给老七看那些记号，那些花，且放近鼻子上嗅嗅，说这个一定是清真牛肉馆子里找出来的，因为有牛油味道。

五多第二次又走过去，"姐夫，姐夫，他们走了，我们来把那个唱完，我们还得……"

女人老七像是想到了什么心事，拉着了五多，不许她说话。

一切沉默了。男子在后舱先还是正用手指扣琴弦，作小小声音，这时手也离开那弦索了。

船上四个人都听到从河街上飘来的锣鼓、唢呐声音。河街上一个做生意人办喜事，客来贺喜，大唱堂戏，一定有一整夜的热闹。

过了一会，老七一个人轻脚轻手爬到后舱去，但即刻又回来了。显然是要讲和，交涉办不好。

大娘问："怎么了？"

老七摇摇头，叹了一口气，"牛脾气，让他去。"

先以为水保恐怕不会来的，所以大家仍然睡了觉，大娘、老七、五多三个人在前舱，只把男子放到后面。

查船的在半夜时，由水保领来了。水面鸦雀无声，四个全副武装警察守在船头，水保同巡官晃着手电筒进到前舱。这时大娘已把灯捻明了，她经验多，懂得这不是大事情。老七披了衣坐在床上，喊"干爹"，喊"巡官老爷"，要五多倒茶。五多还睡意迷蒙，只想到梦里在乡下摘三月莓！

男子被大娘摇醒揪出来，看到水保，看到一个穿黑制服的大人物，吓得不能说话，不懂得有什么严重事情发生。那巡官于是装成很威风的神气开了口："这是什么人？"

水保代为答应："老七的汉子，才从乡下来走亲戚。"

老七补说道："巡官，他昨天才来。"

巡官看了一会儿男子，又看了一会儿女人，仿佛看出水保的话不是谎话，就不再说话了。随意在前舱各处翻翻，待注意到那个贮风干栗子的小坛子时，水保便抓了大把栗子，塞进巡官那件体面制服的大口袋里去。巡官只是笑，也不说什么。

一伙人一会儿就走到另一船上去了。大娘刚要盖篷，一个警察回来传话：

◎沈从文和两位助手。左一：王抒，右一：王亚蓉

"大娘，大娘，你告老七，巡官要回来过细考察她一下，你懂不懂？"

大娘说："就来么？"

"查完夜就来。"

"当真吗？"

"我什么时候同你这老婊子说过谎？"

大娘很欢喜的样子，使男子奇怪。因为他不明白为什么巡官还要回来考察老七。但这时节望到老七睡起的样子，上半晚的气已经没有了，他愿意讲和，愿意同她在床上说点家常私话，商量件事情，就傍床沿坐定不动。

大娘像是明白男子的心事，明白男子的欲望，也明白他不懂事，故只同老七打知会，"巡官就要来的！"

老七咬着嘴唇不作声，半天发痴。

男子一早起身就要走路，沉沉默默的一句话不说，端整了自己的草鞋，找到了自己的烟袋。一切归一了，就坐到那矮床边沿，像是有话说又说不出口。

老七问他："你不是答应过干爹，到他家喝酒吗？"

"……"摇摇头不作答。

"人家特意为你办了酒席！四盘四碗一火锅，大面子事情，难道好意思不领情？"

"……"

"戏也不看看么？"

"……"

"'满天红'的荤油包子，到半日才上笼，那是你欢喜的包子！"

"……"

一定要走了，老七很为难，走出船头呆了一会，回身从荷包里掏出昨晚上那士兵给的票子来，点了一下数目，一共四张，捏成一把塞到男子左手心里去。男子无话说。老七似乎懂到那意思了，"大娘，你拿那三张也把我。"大娘将钱取出。老七又将这钱点数一下，塞到男子右手心里去。

男子摇摇头，把票子撒到地下去，两只大而粗的手掌捂着脸孔，像小孩子那样莫名其妙的哭了起来。

五多、大娘看情形不对，一齐逃到后舱去了。五多心想这真是怪事，那么大人会哭，好笑！可是她并不笑，她站在船后梢看见挂在梢舱顶梁上的胡琴，很愿意唱一个歌，可是不知为什么也总唱不出声音来。

水保来船上请远客吃酒时，只有大娘同五多在船上，问及时，才明白两夫妇一早都回转乡下去了。

一九三〇年四月十三日作于吴淞
一九三四年七月二十一日改于北京
一九五七年三月重校

赏析

人性的升沉

  《丈夫》一篇，十分耐读，为沈从文短篇小说之精品。故事发生在本世纪初期湘西某城河畔的妓船上，从文中所说吊脚楼茶馆的临河窗口"可以望到对河宝塔边'烟雨红桃'好景致"一句，能隐约觉得是凤凰城外沱江风光。在船上大臀肥身的年轻乡下女子，并非受人拐骗诱惑，曲曲折折误入这人类最古老最羞耻的路途，倒是明明白白由其诚实、耐劳、强健的丈夫们送出来操此"生意"的。俨然是男耕女织的现代颠覆，妇人在外将卖身所得之一部分送回家里维持生计，丈夫居乡安分种田。逢年过节或想到见见那个船上的媳妇时，便访亲一样进城。遭遇嫖客，"不必指点，也就知道往后舱钻去"，可以相安无事。因为他们极懂这个卖娼制度所带来利益的重要，而自己的丈夫名分并未随之失去，女人归他，养得儿子也归他，这个制度在一个貌似均衡的社会天平上存在下来，成为曾经有过的特殊的湘西人生活样式。任谁读了这篇小说，都会首先被这样视若平常的、"粗野"的人文景观所打动。

  问题出在《丈夫》里"这一个"丈夫的身上。读过刘祖春短篇小说《荤烟划子》的知道，同是写下等妓船，《荤烟划子》中的丈夫因是自划船，喊什么"文明脚婆娘，黄牛水牛，好一块肥肉"，而显出情境的惊心动魄。但究竟只是简单地受辱，愚蠢可怜的男人受尽屈辱后仅剩下本能的绝望。比较起来，《丈夫》里的丈夫所经历的心理路程便要复杂深刻多了。小说从妓女老七的丈夫（注意他没有姓名，他就是"丈夫"。对水保称自己为老七的"汉子"，船上的五多叫他"姐夫"）照规矩来探视妻子写起。开初，男人的心情颇平静，不管多么奇特的人际关系，在一种能生长这类关系的环境里，都已变作"正常"。青年眼里的水保真如庞然大物，没见过世面的乡下佬是拘束的，怯怯的。及至父亲般的水保下问起农村的物事，他才恢复了一个普通农夫的自然心态，突然健谈起来，麦子、栗子、小猪、石磨，尤其说到半年躲在屋梁饭箩里的小小镰刀，简直像数落自己一个调皮机灵鬼的孩子。一夜没得与媳妇在枕边说话，其时算得到补偿。这个喜欢生活的素朴的农夫，一直兴奋到妻子迟迟不回，饥饿加上烧湿柴失败，

◎沈从文和黄永玉上世纪50年代初摄于中老胡同北大宿舍。当时黄永玉刚从香港回京。

方才朦胧感到原先奉若神明的水保临走嘱咐的话"今晚上不要接客，我要来"，实是给当丈夫的难堪。但他刚刚上岸就让老七劝回了。女人专为他带回的胡琴及胡琴从他指尖流出的音响，使他得到抚慰。等醉兵上船胡闹，凶蛮地占据老七，他归于沉默了，再次感受羞辱。不过他还愿意与妻子讲和，他还以为后半夜在床上有与妻子说私话的权利，谁料巡官的"过细考察"彻底地无可挽救地打破了丈夫的梦想，于是导致最后的结局，两夫妇一同回乡了。长久被踩躏到浑然不觉的丈夫的尊严，猛然抬头。丈夫的尊严掺和着下层人民的尊严，人的尊严，被唤醒以至要求回归到应有的位置。主人公丈夫的几度心理起伏，是本篇小说的中心关节，无论你如何解读《丈夫》，都不能忽视这个关节。

有的学者曾指出，本小说暴露中国旧时社会经济制度戕害人性的罪恶，呼

沈从文 短篇小说 125 名作欣赏

唤并赞美人性的觉醒和复归，虽属作者主旨，但尚有多重的涵义待挖掘。丈夫的心理冲突，一方面因农村穷困破产酿成夫权沦丧，被迫出让妻子的"性"以换取经济实利；一方面又是用传统夫权的失而复得为代价来维系自己的人的地位。这种女权主义批评当然有一定道理，即使看柔石《为奴隶的母亲》的典妻故事，妇人悲苦的心理描写也占相当位置，而《丈夫》男性中心的眼光是很明显的。不过，沈从文的湘西世界里，男人对女人的"性禁锢"本就松弛，性爱转让所标示的夫权危机自然对男女双方都没有那么严重，这是可以进一层讨论的。

　　本篇的人物，大小七八个，皆写得活灵活现。沈从文有些小说并不着力刻画性格，像《八骏图》等，但他不缺乏准确把握人物的能力，职业、年龄、身份、个性在特定场合表现的动作声音，都能写得如闻其人。丈夫形象之外，水保这个人物不涂成一团乌黑是正确的。"在职务上帮助官府，在感情上却亲近了船家"，正是这上年纪的水霸的位置。其穿戴服饰因与小说开头叙述的一般嫖客相似，读者初也会以为"今晚上不要接客"是水保来嫖，增加了丈夫误解的可信度，及至故事微妙转折才体会水保当夜替妓船排除闲杂人的用心。至于人物与人物之间的关系，描写更细致微妙。特别是所有人物构成的认识世界与丈夫的认识世界绝对不同，对照鲜明。比如对兵痞骚扰，五多看似平常，副爷们刚走就来吵姐夫拉琴；大娘喜欢巡官来"考察"老七，而丈夫简直不明白；水保照样来请远客吃酒，丈夫的世界已经天翻地覆。只有老七最能理解丈夫的心思：烧香晚归，她说是她的错，解换衣服时故意露出红绫"鸳鸯戏荷"胸褡；兵痞走后她有了心事，爬到后舱去劝慰丈夫；而听说巡官要来，她并不像平时那样欢喜，反是咬着嘴唇发痴。她能靠拢丈夫的世界，在两个世界里穿插，使小说的人物叙述充满人情味。

　　全篇的叙事甚为讲究。开头一大段，从"落了春雨"到"也总有一部分归他"居然有两千多字来进入故事。这是背景交待，像说书人前面的楔子。把所有丈夫们认可的特殊制度说清楚了，下面这个丈夫由认可到不认可，才显出突兀。它还有补充后面故事的作用，比如故事开场这位丈夫已经是一晚无人理睬了，他是如何打发这宿的，没有写，看看前面就知道。老七在兵痞走后去安慰丈夫，回来只说了声"牛脾气"，她如何安慰也没写，看看前面塞一片糖的具体文字皆可想象。这种故事主干外的长篇静态背景描写，不能随便去学，否则不免东施效颦。但沈从文的弟子汪曾祺偏能运用自如,《戴车匠》《大淖记事》开头都有长长的关于草巷口街市和大淖的环境叙述,没有人说它是败笔。对于京派小说家的观念来说,背景即人,是故意为之的。《丈夫》的叙事在客观平静的语态中,注意视点的变化,如从丈夫的眼光打量水保,由水保角度观察丈夫,有巧妙的安排。叙述细腻处,什么节目也不放过,该留空白地方就留空白。丈夫在水保面前流露自然人性,写得多细。丈夫扔下钱不要,哭了,这哭要由五多去感受,才会五味俱全。不善于表达的农夫有了琐细的心理活动,用山歌暗示。《娘送女》《孟姜女哭长城》《秋胡三戏结发妻》,每一个曲目戏目出现的时机也都大有文章。最干净利落的是最后煞尾,水保第二天来请客,两夫妇一早已走了,戛然而止,这中间经过些什么事情,完全不坐实,而让你去填补,就像中国画留下大片的空间,正是本篇叙事的佳妙处。

《丈夫》的写作时间最早填"四月十三于吴淞",发表在《小说月报》第21卷第4号。因为《小说月报》第21卷是1930年出版,后来就有填"1930年4月作于吴淞",以至于填成"1930年4月13日作于吴淞"的,这就与初载日期发生矛盾,因21卷4号是该年4月10日出的。此存疑。小说经1934年、1957年改校过,越改越细。如兵痞口唱戏文初载便没有,仅"老子今晚上要到这里睡觉",后来加上"……孤王酒醉桃花宫,韩素梅生来好貌容……",醉态蛮态皆可掬了。最紧要的是这几句,"地方实在太穷了,一点点收成照例要被上面的人拿去一大半,手足贴地的乡下人,任你如何勤省耐劳的干做,一年中四分之一时间,即或用红薯叶子拌和糠灰充饥,总还不容易对付下去",是后来补添的。可以由此断定作者起初并不想过份强调这一悲剧的社会经济动因,他的相当的注意力是放在人的本身上面,可是以后他的改笔挖掘了社会经济这一层面的意义。沈从文讲这个故事的角度,本来是一个觉悟了的"乡下人"的角度,修改后的优和劣应该由时间来检验,也不必为他避讳。

(吴福辉)

黔小景

> 三月间的贵州深山里，小小雨总是特别多，
> 快出嫁时乡下姑娘们的眼泪一样，用不着什么特
> 殊机会，也常常可以见到。

◎沈从文1933年在北平。

三月间的贵州深山里，小小雨总是特别多，快出嫁时乡下姑娘们的眼泪一样，用不着什么特殊机会，也常常可以见到。春雨落过后，大小路上烂泥如膏，远山近树全躲藏在烟里雾里，各处有崩坏的土坎，各处有挨饿太久全身黑骏骏的老鸦，无食物可吃，叫声有气无力。天气早晚估计到时，常常容易发生错误。路坎上许多小茅屋里都有面色憔悴的妇人，无望无助地望茅屋檐外的景致发愁。

"官路"上，这时节正有千百人在泥里雨里奔走。这些人中有作兵士打扮送递文件的公门中人，有向远亲奔差事的人，有骑了马回籍的小官，有行法事完毕的男女巫师（别忘记，这种自信有道德的巫师，有时是穿了鲜明红色缎袍，一边走路一边吹他手中所持镶银的牛角，招

领到一群我们看不见的天兵天将鬼神走路的）。这些人多单独的或结伴的走着。最多的是小商人，这些活动分子，似乎为一种行路的义务，长年从不休息，在这"官路"上来往，他们从前一辈父兄传下的习惯，用一百八十块钱的小资本，同一具强健结实的身体，如云南小马一样，性格是忍劳耐苦的，耳目是聪明适用的，凭了并不有十分把握的命运，只按照那个时节的需要，三五成群的扛负了棉纱、水银、白蜡、倍子、官布、棉纸，以及其他两地所必需交换的出产，长年用这条长长有名无实的"官路"折磨他们那两只脚，消磨他们的每一个日子每一个人的生命。

因为新年的过去，新货物的节候替移中，有了巨量吞吐出纳，各处春货都快要上市了。加之雪后春晴，行路方便，这些人客在家中先吃得饱饱的，睡得足足的，照历书选驿马星当头的好日子上路。"官路"上商人增加了许多，每一个小站上，也就热闹了许多。

但吹花送寒的风，却很容易把春雨带来。春雨一落后，路上难走了。在这官路上作长途跋涉的人，因此就得接受心中早有准备的一种灾难。落了雨，日子短了许多，许多心急的人，也不得不把每日应走的里数缩短，把到达目的地的日子延长了。

于是许多小站上的小客舍里，天黑以前都有了商人的落脚。这些人一到了站上，便像军队从远处归了营，纪律总不大整齐，争找宿营地。因此客舍主人便忙碌起来了。他得好好为他们预备水，预备火，照料一切。若客人多了一点，估计家中坛子里余米不大敷用时，还得走一二里路，忙匆匆的到不当路的别一寨子里或一家熟人处去借些糙米来。客人好吃喝时，还得为他们备点酒杀只鸡。主人为客烧汤洗脚，淘米煮饭，忙了一阵，到后在灶边矮脚台凳上，辣子、豆腐、牛肉、干鱼排了一桌子，各人喝着滚热的烧酒，嚼着粗砺的米饭。把饭吃过后，就有了许多为雨水泡得白白的脚，在火堆边烘着，那些善于说话的人，口中不停说着各样在行的言语，谈到各样粗糙撒野故事。火光把这些饶舌的或沉默的人影，各拉得长短不一，映照到墙上去。过一会，说话的沉默了。有人想到明早上路的事，打了哈欠，有人打了盹，低下头时几乎把身子栽到火中去。火光也渐渐熄灭了，什么人用铁火箸搅和着，便骤然向上卷起一阵通红的火焰。外面雨声或者更大了一点，或者已结束了，于是这些人，觉得应当到了睡觉时候了。

到临睡时，主人必在屋角柱子上，高高的悬着一盏桐油灯，站到一个凳子上去把灯芯扒亮了一点，这些人，到门外去方便了一下，因为看到外面极黑，便说着什么地方什么时节豹狼吃人的旧话，虽并不畏狼，总问及主人，这地方是不是也有狼把双脚搭在人背后咬人颈项的事情。一面说着，各在一个大床铺的草荐上，拣了自己所需要的一部分，拥了发硬微臭的棉絮，就这样倒下去睡了。

半夜后，或者忽然有人为什么声音吼醒了。这声音一定还继续短而洪大的吼着，山谷相应，谁个听来也明白这是老虎的声音。这老虎为什么发吼，占据到什么地方，生谁的气，这些人是不会去猜想的。商人中或者有贩卖虎皮狼皮的人，听到这个声音时，他就会估计到这东西的价值，每一张虎皮到省会客商处，能值多少钱。或者所听到的只是远远的火炮同打锣声音。这种声音下的事情，人可都明白，这时节一定有什么人攻打什么村子，各处是烈火熊熊的火把，各处是锋利的刀矛，无数用锅烟涂黑的脸，在手中火炬下闪动，各处大声喊着。一定有砍杀的事，一定有妇人惊惊慌慌、哭哭啼啼抱了孩子和仅有一点家私，忙匆匆的向屋后竹园茨棚里逃走跑去的事。一定还有其他各样的事情发生，因为人类在这一片小小土地上，由于极小的仇怨，做愚蠢事情的机会，实在太多了。但这类事同商人又有什么关系？这些事是决不会牵连到他们头上来的。一切抢掠焚杀多是在夜间发生的，多由于这一山头小村和另一山头小村冤仇而来。听一会，锣声止了，他们也依然又睡着了。

……
……

有一天，有那么两个人，落脚到一个孤单的客栈里。一个挑了一担做账簿用的棉纸，一个挑了一担染色用的五倍子。他们因为在路上耽误了些时间，掉在大帮商人后面几里路，不能追赶上去，落雨的天气照例断黑又极早，年纪大点的那一个人，先一日腹中作泻，这时也不愿意再走路了，所以不到黄昏，两人就停顿下来了。

他们照平常规矩，到了站，放下了担子，等候烧好了水，就脱下草鞋，共同在灶边一个木盆里洗脚。主人是一个孤老男子，头发全是白的，走路腰弯弯的如一匹白鹤。今天是他的生日，这老年人白天一个人还念到这生日，想不到晚上就来那么两个客人了。两个客一面洗脚，一面就问有什么吃的。

这老人站到一旁好笑，搓着两手说："除了干豇豆，什么也没有了。"

年青那个商人说："你们开铺子，用豇豆待客吗？"

"平常有谁肯到我们这里住？到我这儿坐坐的，全是接一个火吃一袋烟的过路人。我这干豇豆本来留给自己吃的，你们是我这店里今年第一个人客。对不起你们，马马虎虎凑合吃一顿吧。我们这里买肉，远得很，这里隔寨子，还有二十四里路，要翻两个坳，费半天工夫。今天本来预备托人买点肉，落了雨，前面村子里就无人上市。"

"除了豇豆就没有别的吗？"客人意思是有没有鸡蛋。

老人说："还有点红薯。"

红薯在贵州乡下人当饭吃，在别的什么地方，城里人有时却当菜用。两个客人都听到人说过，有的地方，城里人吃红薯是"京派"，算阔气的，所以现在听到说红薯当菜就都记起"京派"的称呼，以为非常好笑，两人就很放肆的笑了一阵。

因为客人说饿了，这主人就爬到凳子上去，取那些挂在屋梁上的红薯，又从一个坛子里抓取干豇豆，坐到大门边，用力在一个小砧木板上，扎着那些豇豆条。

这时门外边雨似乎已止住了，天上有些地方云开了眼。云开处都成为桃红颜色，远处山上烟雾好像极力在凝聚。一切光景在黄昏里明媚如画，看那样子明天会放晴了。

坐在门边的主人，看到天气放了晴，好像十分快乐，拿了筛子到灶边去，像小孩子的神气自言自语的说着："晴了，晴了。我昨天做梦，也梦到今天会晴。"有许多乡下人，在落春雨时都只梦到天晴，所以这时节，一定也有许多人，在向另一个人说他的梦。

他望着客人把脚洗完后，赶忙走到房里去，取出了两双鞋子来给客人换换。那个年轻一点的客商，一面穿鞋一面就说："怎么你的鞋子这样同我的脚合式！好稀奇！"

年长商人说："老弟穿别人的新鞋非常合式，主有酒吃。"

年轻人就说："伯伯，那你到了省城一定得请我喝一杯！"

年长商人就笑了："不，我不请你喝酒。这兆头是中在你讨媳妇的，我应当喝你的喜酒。"

◎1975年与家人在小羊宜宾胡同家中。

　　"我媳妇还在吃奶咧。"同时他看到了他伯伯穿那双鞋子，也似乎十分合式，就说："伯伯，你也有喜酒吃。"

　　两个人于是大声的笑着。

　　那老人在旁边听到这两个客人的调笑，也笑着。但这两双鞋子却属于他在冬天刚死去的一个儿子所有的。那时正似乎因为两个商人谈到家庭儿女的事情，年轻人看到老头子孤孤单单的在此住下，有点怀疑，生了好奇的心思。

　　"老板，你一个人在这里住吗？"

　　"我一个人。"说了又自言自语似的，"嗳，就是我一个人。"

　　"你儿子呢？"

　　老头子这时节，正因为想到死去的儿子，有些地方很同面前的年轻商人相像，所以本来要说"儿子死了"，但忽然又说；"儿子上云南做生意去了。"

　　那年长一点的商人，因为自己儿子在读书，就问老板，在前面过身的小村子里，一个学塾，是"洋学堂"还是"老先生"？

　　这事老板并不明白，所以不作答，就走过水缸边去取水瓢，因为他看得锅中的米汤涨腾溢出，应当取点米汁做汤喝了。

两个商人鞔了鞋子，到门边凳子上坐下，望着门外黄昏的景致。望到天，望到山，望到对过路旁一些小小菜圃（疏疏落落油菜花开得黄澄澄的，好像散碎金子）。望到门前踏得稀烂的那条小路，估计到晴过三天还不会干。一切景象在这两个人心中引起的情绪，都没有同另外任何时节不同，而觉得稍稍惊讶。到后倒是望到路旁屋檐下堆积的红薯藤，整整齐齐的堆了许多，才诧异老板的精力，以为在这方面一个生意人比一个农人大大不如。他们于是说，一个跑山路的飘乡商人实在不如一个农人好。一个商人可是比一个农人生活高。因为一个商人到老来，生活较好时，总是坐在家里喝烧酒，穿了庞大的山狸皮袄子，走路时摇摇摆摆，气派如一个乡绅。但乡下人就完全不同了。两叔侄因为望到这些干藤，到此地一钱不值，只能当柴火烧，还估计这东西到城里能卖多少钱。可是这时节，黄昏景致更美丽悦目，晚晴正如人病后新愈，柔和而十分脆弱，仿佛在微笑着，又仿佛有种忧愁，沉默无言。

这时老板在屋里，本来想走出去，望到那两个客人用手指点对面菜畦，以为正指到那个土堆，就不出去了。那土堆下面，就埋得有他的儿子，是在这人死过一天后，老年人背了那个尸身，埋在自己所挖掘成就的土坑里，再为他加上二十撮箕生土做成个小坟，留下个标志的。

慢慢的夜就来了。

屋子里已黑暗得望不分明物件，在门外边的两个商人，回头望到灶边一团火光，老板却痴坐在灶边不动。年轻人就喊他点灯，"老板，有灯吗，点个火吧。"这老人才站起来，从灶边取了一根一端已经烧着的松树枝子，在空中划着，借着这个微薄闪动的火光去找取屋角的油瓶。因为这人近来一到夜时就睡觉，不用灯火也有好几个月了。找着了贮桐油的小瓶，把油倒在灯盏里去后，他就把这个燃好的灯，放到灶头上预备炒菜。

吃过晚饭后，这老人就在锅里洗碗，两个商人坐在灶口前，用干松枝塞到灶肚里去，望到那些松枝着火时，匐然一轰的情形，觉得十分快乐。

到后，洗完了碗，只一会儿，老头子就说，应当去看看睡处，若客人不睡，他想先睡了。

把住处看好后，两个商人仍然坐在灶边小凳子上，称赞这个老年人的干净，想不到床铺比别处大店里还好得多。

老人说是要睡，已走到他自己那个用木头隔开的一间房里睡去了，不过一会儿，这人却又走出来，说是不想就睡，傍到两个商人一同在灶边坐下了。

几个人谈起话来，他们问他有六十几，他说应当再加十岁去猜。他们又问他住到这里有了多久，他说，并不多久，只二三十年。他们问他还有多少亲戚，在些什么地方，他就像为哄骗自己的样子，把一些多年来已经毫无消息了的亲戚，一一的数着，且告诉他们，这些人在什么地方，做些什么事情。他们问他那个上云南做生意的儿子什么时候回来看他一次，他打量了一下，就说："冬天过年来过一次，还送了我云南出产的大头菜。"

说了许多他自己都不甚明白的话。为什么有那么多话可说，他自己也觉得今天有点奇怪。平常他就从没有想到那些亲戚熟人，也从不想到同谁去谈这些事。但今天很显然的，是不必谈到的也谈到，而且近于自慰的谎话也说得很多了。到后，商人中那个年长的提议应当睡了，这侄儿却以为时间还太早了一点，所以托故他还不消化，要再缓一点。因此年长商人睡后，年轻商人还坐到那条板凳上，又同老头子谈了许久闲话。

到末了，这年轻商人也睡去了，老头子一面答应着明天荒鸡一鸣就早早的喊叫客人，一面还是坐在灶边，望着灶口的闪烁的火光，不即起身。

第二天天明以后，他们起来时，屋子还黑黑的，到灶边去找火媒燃灯，稀奇得很，怎么老板还坐在那凳上，什么话也不说。开了大门再看看，才知道原来这人半夜里死了。

这两个商人到后自然又上路了。他们已经跑到邻近小村子里，把这件事告给了别村子里人，且在住宿应给的数目不多的一笔钱以外另加一笔钱。全交给比邻村子的人。那么老的一个孤人，自然也很应当死掉了。如今恰恰在这一天死去，幸好有个人知道，不然死后到全身爬得是蛆时，恐怕还不会被人发现。乡下人那么打算着，这两个商人，自然就不会再有什么理由被人留难了。在路上，他们又还有路上的其他新事情，使他们很自然的也就忘掉那件事情了。

他们在路上，在雨后崩坍的土坎旁，新的翻起的土堆上，发现印有巨大的山猫的脚迹，知道白天这地方是人走的路，晚上却是别的东西走

◎《黑魇》手稿。

的路，望了一会儿，估计了一下那脚迹的大小，过身了。

在什么树林子里，还会出人意外发现一个稀奇的东西，悬到迎面的大树枝桠上，这用绳索兜好的人头，为长久雨水所淋，失去一个人头原来的式样，有时非常像一个女人的头，但任何人看看，因为同时想起这人就是先一时在此地抢劫商人的"强盗"，所以各存戒心，默默的又走开了。

路旁有时躺得有死人，商人模样或军人模样，为什么原因，在什么时候死到这里，照例无人过问，也无人敢去掩埋。依然是呆呆的看看，又默默的走开了。

在这条官路上，有时还可碰到二十三十的兵士，或者什么县里的警备队，穿了不很整齐的军服，各把长矛子同发锈的快枪扛到肩膊上，押

沈从文
短篇小说
135
名作欣赏

◎上世纪80年代和友人彭荆风（右一）、助手王孖（左一）在家中合影。

解了一些满脸菜色受伤了的农民走着。同时还有一些一眼看来尚未成年的小孩子，用稻草扎成小兜，担着四个或两个血淋的人头，用桑木扁担挑着。若商人懂得规矩，不必去看那人头，也就可以知道那些头颅就是小孩子的父兄，或者是这些俘虏的伙伴。有时这些奏凯而还的"武士"，还牵得有膘壮耕牛，挑得有别的家里杂用东西。这些兵士从什么地方来，到什么地方去，奉谁的命令，杀了那么多人，从什么聪明人领教，学得把人家父兄的头割下后，却留下一个活的来服务？这都像早已成为一种习惯，真实情形谁也不明白，也不须过问的。

　　商人在路上所见的虽多，他们却只应当记下一件事，是到地时怎么样多赚点钱。因为这个理由，所以他们同税局的稽查验票人，在某一种利益相通的事情上，好像就有一种稀奇的"友谊"或"谅解"必须成立。如何达到目的，一个商人常常在路上也很费思索，引起的注意关心，远比在路上见闻还重要得多。因为若缺少必须的谅解，最易被人留难，把人和货扣下来，冻结在关卡上，进退两难。

一九三一年十月作

赏析

"沉默无言"的暗影

　　十年前我读过这篇《黔小景》，记得是一目十行，很快就看完了，随手往桌上一搁，心中并不起什么反应。那时候我正扬眉捋袖地写一篇长长的毕业论文，满脑子神圣的文学理想，可这《黔小景》写的是什么呢？贵州三月的深山和细雨，绵绵雨雾中的阴晦和泥泞，在这泥泞中负重奔走的商人，以及迎接这些商人的客舍，客舍中的热水，糙米饭，和发硬微臭的棉絮：这一切都与我隔得太远了。一篇小说要获得读者的理解，也需这读者有一份适合去理解的心情，以我那时的天真和偏执，自然是难与这《黔小景》发生共鸣的。

　　十年过去了，我对人生的体验逐渐增加，再重读这篇小说，感觉就和当初大不一样。譬如第一段，一上来就打动了我，特别是"大小路上烂泥如膏"、"挨饿太久，全身黑骏骏的老鸦"这几句，一再激起我的想象，造成我的错觉，仿佛自己也正陷在那泥泞之中。我由此也领会了作者的用心，他是精心安排了这样一段动人的开头，要将读者一下子拽入阴晦迷蒙的情绪的氛围。

　　作者一步步展开他的叙述，我对那些长途跋涉的商人，也就不自觉地生出羡慕之情。他们对自己的命运并没有把握，却毫不犹豫，只管在家中吃饱睡足，然后选一个合适的日子上路启程。道路非常难走，雨、泥、崩坏的土坎、肩上的重担，他们却并不叫苦，只依着习惯一步步走下去。如此劳累了一天，却并不都能找到合意的客舍，不是饭食太粗，就是被席太脏，可他们也不计较，依旧快快活活地烫脚、嚼饭。倘若竟能喝到一碗酒，那就兴致更高了，会围着火堆哈

◎1981年返乡，沈从文夫妇与画家黄苗子（左一）、老记者萧离（左二）合影。

哈笑着讲许多粗野有趣的故事。实在酒也喝不成，鸡蛋也卖不到，那就倚在门边，看看晚霞，开开玩笑，也能轻松地消磨黄昏。即便夜深人静的时候，附近山野中的虎啸，或者远处村寨械斗的火炮，将他们从梦中惊醒，他们也不在意，最多静听一阵，就闭上眼睛，继续打他们的呼噜。这些人的心思是如此简单，活得如此自然，除了眼前的实际事情，其他一概不管，没有深沉的感慨，也不作高远的遐想，一切都听凭本能和习惯，自自然然地做去。倘若你是一个困居城市的知识分子，被种种复杂卑琐的人事纠缠得精疲力尽，偏偏又对社会抱有许多理想，它们的破灭更压得你喘不过气来，在这样的时刻读到这些商人，你会不会产生一种神往之情呢？也许在一刹那间，你会产生这样的念头：倘若我也能以他们这样的心态去承受人生，也能过这样平常自然的生活，那有多好！看得出，作者在《黔小景》的前半部分里，正是要凸现商人们这种人生态度的魅力，凸现他们这生活的诗意。我并非出身农家，更缺乏作者对湘川黔乡村世界的那一份血缘亲情，但我还是被他的描写深深感动了，那样平常自然的心态，那样淳朴简单的心灵，它们对我产生一种难以说清的诱惑，我虽然学不成他们那样，却觉得那确实有一种美。

但是，读到这小说的中间部分，读到那叔侄俩看着客舍老主人从内屋取来的鞋子互相打趣，作者却又点明这两双鞋原属于老主人刚刚死去的儿子时，一种模糊的不安，却从我心头悄悄升起。在这贵州的深山里，官道旁的小站上，其实并不是只有平淡和自然，就在商人店主的笑谈背后，分明还有悲惨和不幸，那叔侄俩指指点点的开满油菜花的菜圃旁，不就蹲着一座早夭的青年人的新坟吗？叔侄俩眺望着天边的晚霞，作者却写道："黄昏景致更美丽，晚晴正如人病后新愈，柔和而十分脆弱，仿佛在微笑，也仿佛有种忧愁，沉默无言。"这似乎是个意味深长的暗示，我越往下读，就

◎1972年，沈从文自湖北干校回到北京，在东堂子胡同房门前。（沈龙朱据黄永玉所摄照片绘）

越能够清楚地体味它，在作者描述给我看的小说画面的深处，确实有一片"沉默无言"的东西，就仿佛那客舍房子里的黑暗，即便你站在门口，沐浴在明亮的霞光之中，还是会清楚地感觉到它在你身后的存在。那客舍的孤独的老主人，本来是想无视这"沉默无言"的东西的，他甚至为了天晴而快乐，想高高兴兴地度过自己的生日。可是，作者终于拗不过自己的敏感，最后还是写出了老人的失态：他无法对客人坦言儿子的死，只好用谎话来应付；他也压不下因客人问及他家人而起的激动，虽然早早就上床了，却一直睡不着。就像是受不了屋子里黑暗的压迫，他又爬起来走近灶口的火光，加入两位客商的闲聊。他是那样亢奋，编造了一大堆自慰的谎言，仿佛是要使退到屋角的暗影相信，他的生活并非孤苦。一直讲到那年轻商人熬不住去睡了，他还是不愿起身，依旧坐在灶口，一任闪

◎上世纪80年代《中国古代服饰研究》出版，沈从文夫妇与助手王䶮合影。

烁的火光照亮他的前胸，可是，第二天天亮后，两位商人起身一看，发现这老人依旧坐在熄了火的灶口，一动不动，原来他半夜里死了，还是被那"沉默无言"的黑暗吞没了。

作者写到这一步，整篇小说的意蕴急转直下。无论我先前怎样羡慕那种平常自然的人生，现在也禁不住要发生怀疑，莫非那人生的诗意也如这老人的生命一样脆弱？显然作者也掩饰不住自己的怀疑，到小说的第三节，他竟设想那叔侄俩两位商人将遇到这样一连串可怕的景象：先是路边土堆上的虎豹的脚印，使他们暗自一惊，知道在夜晚，这同一条路上，曾出没过什么样的猛兽；接着是树林中悬挂着的肿胀的人头，使他们禁不住要想象，从这林中奔出来的劫道者凶相；再接着是路旁商人或者军人模样的尸体；最后是一群一群的士兵，用绳子牵着淌血的俘虏，肥壮的耕牛，甚至还有半大的孩子，肩挑或许就属于自己父兄的血淋淋的人头……我不禁要想，那叔侄俩昨天投宿之前，是不是已经领教过这样可怕的场面？倘若已经见过了，他们又如何从心头拂去这些刺激，依旧笑呵呵地招呼客店主人呢？作者每讲一处可怕的场面，都要写一笔商人的表情，或者"各存戒心，默默地又走开了"，或者"无人过问，依然是默默地看"，或者"这都像早已成为一种习惯，真实情形谁也不明白，也不必须过问的"。

我似乎懂得了，为什么夜半被虎啸惊醒，这些人依然能倒头睡去，连尸身和人头都不断见过了，几声虎叫又算得什么？但是，如果这些人的平常和自然，竟有许多是来自一种见多了惨酷景象而习以为常的麻木，一种习惯于忍受不幸，一看见不幸降临便作驼鸟式逃避的浑浑噩噩，你先前从他们生活中感觉到的诗意，是不是也就有点变味了呢？那原先是伏在小说画面深处的"沉默无言"的阴影，终于穿过晚霞般的人生景象，在我眼前逐渐扩大，最后将一切都罩在黑暗中。

到这时，我再读小说的最后一段，便觉出了作者的勉强。无论他再怎样强调商人们对路上那些惨酷景象的不在意，也唤不回读者对他们的羡慕了。我倒是想起了他的一句名言："美丽总是使人愁"，既然最后是引起你的忧愁，你还能继续沉醉人对那美丽的迷恋吗？或者，正因为有这忧愁的衬托，美丽本身也就更能引动人的心绪？我不知道作者是否存心要安排小说意蕴的前后变化，来突出这种令人迷惑的复杂情味，也许他确是有意如此。在我自己，却好像在多日的疲惫之后坠入一个轻松的好梦，正做在高兴处，却被人一下子推醒，迷迷登登地再要想寻回那梦境，已经寻不回了，那不过是一个梦。

（王晓明）

静

日影斜斜的，把屋角同晒楼柱头的影子，映
到天井角上，恰恰如另外一个地方，竖立在她们
所等候的那个爸爸坟上一面纸制的旗帜。

春天日子是长极了的。长长的白日，一个小城中，老年人不向太阳
取暖就是打瞌睡，少年人无事做时皆在晒楼或空坪里放风筝。天上白白
的日头慢慢的移着，云影慢慢的移着，什么人家的风筝脱线了，各处便
皆有人仰了头望到天空，小孩子皆大声乱嚷，手脚齐动，盼望到这无主
风筝，落在自己家中的天井里。

女孩子岳珉年纪约十四岁左右，有一张营养不良的小小白脸，穿着
新上身不久长可齐膝的蓝布旗袍，正在后楼屋顶台上，望到一个从城里
不知谁处扬来的脱线风筝，在头上高空里斜斜的溜过去，眼看到那线脚
曳在屋瓦上，隔壁人家晒台上，有一个胖胖的妇人，正在用晾衣竹竿乱
捞。身后楼梯有小小声音，一个男小孩子，手脚齐用的爬着楼梯，不久
一会，小小的头颅就在楼口边出现了。小孩子怯怯的，贼一样的，转动
两个活泼的眼睛，不即上来，轻轻的喊女孩子。

"小姨，小姨，婆婆睡了，我上来一会儿好不好？"

女孩子听到声音，忙回过头去，望到小孩子就轻轻的骂着："北生，
你该打，怎么又上来？等会儿你姆妈就回来了，不怕骂吗？"

"玩一会儿。你莫作声，婆婆睡了！"小孩重复的说着，神气十分
柔和。

女孩子皱着眉吓了他一下，便走过去，把小孩援上晒楼了。

这晒楼原如这小城里所有平常晒楼一样，是用一些木枋，疏疏的排
列到一个木架上，且多数是上了点年纪的。上了晒楼，两人倚在朽烂发
霉摇摇欲坠的栏杆旁，数天上的大小风筝。晒楼下面是斜斜的屋顶，屋
瓦疏疏落落，有些地方经过几天春雨，都长了绿色霉苔。屋顶接连屋顶，

◎1959年沈从文一家，后排左起：沈虎雏、沈龙朱、沈得余的女儿沈朝慧。

晒楼左右全是别人家的晒楼。有晒衣服被单的，把竹竿撑得高高的，在微风中飘飘如旗帜。晒楼前面是石头城墙，可以望到城墙上石罅里植根新发芽的葡萄藤。晒楼后面是一道小河，河水又清又软，很温柔的流着。河对面有一个大坪，绿得同一块大毡茵一样，上面还绣得有各样颜色的花朵。大坪尽头远处，可以看到好些菜园同一个小庙。菜园篱笆旁的桃花，同庵堂里几株桃花，正开得十分热闹。

日头十分温暖，景象极其沉静，两个人一句话不说，望了一会天上，又望了一会河水，河水不像早晚那么绿，有些地方似乎是蓝色，有些地方又为日光照成一片银色。对岸那块大坪，有几处种得有油菜，菜花黄澄澄的如金子。另外草地上，有城里染坊中人晒的许多白布，长长的卧着，用大石块压着两端。坪里也有三个人坐在大石头上放风筝，其中一个小孩，吹一个芦管唢呐，吹各样送亲嫁女的调子。另外还有三匹白马，两匹黄马，没有人照料，在那里吃草，从从容容，一面低头吃草一面散步。

小孩北生望到有两匹马跑了，就狂喜的喊着："小姨，小姨，你看！"小姨望了他一眼，用手指指楼下，这小孩子懂事，恐怕下面知道，赶忙把自己手掌掩到自己的嘴唇，望望小姨，摇了一摇那颗小小的头颅，意思像在说："莫说，莫说。"

两个人望到马，望到青草，望到一切，小孩子快乐得如痴，女孩子似乎想到很远的一些别的东西。

　　他们是逃难来的，这地方并不是家乡，也不是所要到的地方。母亲、大嫂、姐姐、姐姐的儿子北生、小丫头翠云，一群人中就只五岁大的北生是男子。糊糊涂涂坐了十四天小小篷船，船到了这里以后，应当换轮船了，一打听各处，才知道××城还在被围，过上海或过南京的船车全已不能开行。到此地以后，证明了从上面听来的消息不确实。既然不能通过，回去也不是很容易的，因此照妈妈的主张，就找寻了这样一间屋子权且居住下来，打发随来的兵士过宜昌，去信给北京同上海，等候各方面的回信。在此住下后，妈妈同嫂嫂只盼望宜昌有人来，姐姐只盼望北京的信，女孩岳珉便想到上海一切，她只希望上海先有信来，因此才好读书。若过宜昌同爸爸住，爸爸是一个军部的军事代表，哥哥也是个军官，不如过上海同教书的二哥同住。可是××一个月了还打不下。谁敢说定，什么时候才通行？几个人住此已经有四十天了，每天总是要小丫头翠云作伴，跑到城门口那家本地报馆门前去看报，看了报后又赶回来，将一切报上消息，告给母亲同姐姐。几人就从这些消息上，找出可安慰的理由来，或者互相谈到晚上各人所作的好梦，从各样梦里，卜取一切不可期待的佳兆。母亲原是一个多病的人，到此一月来各处还无回信，路费剩下来的已有限得很，身体原来就很坏，加之路上又十分辛苦，自然就更坏了。女孩岳珉常常就想到："再有半个月不行，我就进党务学校去也好。"那时党务学校，十四岁的女孩子的确是很多的。一个上校的女儿有什么不合式？一进去不必花一个钱，六个月毕业后，派到各处去服务，还有五十块钱的月薪。这些事情，自然也是这个女孩子，从报纸上看来，保留到心里的。

　　正想到党务学校的章程，同自己未来的运数，小孩北生耳朵很聪锐，因恐怕外婆醒后知道了自己私自上楼，又说会掉到水沟里折断小手，已听到了楼下外婆咳嗽，就牵小姨的衣角，轻声的说："小姨，你让我下去，大婆醒了！"原来这小孩子一个人爬上楼梯以后，下楼时就不知道怎么办了的。

　　女孩岳珉把小孩子送下楼以后，看到小丫头翠云正在天井洗衣，也就蹲到盆边去搓了两下，觉得没什么趣味，就说："翠云，我帮你楼上去晒衣吧。"拿了些扭干了水的湿衣，又上了晒楼。一会儿，把衣就晾好。

这河中因为去桥较远，为了方便，还有一只渡船，这渡船宽宽的如一条板凳，懒懒的浮在浅水滩上。可是路不当冲，这只渡船除了染坊中人晒布，同一些工人过河挑黄土，用得着它以外，常常半天就不见一个人过渡。守渡船的人，这时正躺在大坪中大石块上睡觉，那船在太阳下，灰白憔悴，也如十分无聊十分倦怠的样子，浮在水面上，慢慢的在微风里滑动。

"为什么这样清静？"女孩岳珉心里想着。这时节，对河远处却正有制船工人，用钉锤敲打船舷，发出砰砰乒乒的声音，还有卖针线飘乡的人，在对河小村镇上摇动小鼓的声音。声音不断的在空气中荡漾，正因为这些声音，却反而使人觉得分外寂静。

过一会，从里边有桃花树的小庵堂里，出来了一个小尼姑，戴黑色僧帽，穿灰色僧衣，手上提了一个篮子，扬长的越过大坪向河边走来。这小尼姑走到河边，便停在渡船上面一点，蹲在一块石头上，慢慢的卷起衣袖，各处望了一会，又望了一阵天上风筝，才从容不迫的从提篮里取出一大束青菜，一一的拿到面前，在流水里乱摇乱摆。因此一来，河水便发亮的滑动不止。又过一会，从城边岸上来了一个乡下妇人，在这边岸上，喊叫过渡，渡船夫上船抽了好一会篙子，才把船撑过河，把妇人渡过对岸，不知为什么事情，这船夫像吵架似的，大声的说了一些话，那妇人一句话不说就走去了。跟着不久，又有三个挑空箩筐的男子，从近城这边岸上唤渡，船夫照样缓缓的撑着竹篙，这一次那三个乡下人，为了一件事，互相在船上吵着，划船的可一句话不说，一摆到了岸，就把篙子钉在沙里。不久那六只箩筐，就排成一线，消失到大坪尽头去了。

洗菜的小尼姑那时把菜洗好了，正在用一段木杵，捣一块布或是件衣裳，捣了几下，又把它放在水中去拖摆几下，于是再提起来用力捣着。木杵声音印在城墙上，回声也一下一下的响着。这尼姑到后大约也觉得这回声很有趣了。就停顿了工作，尖锐的喊叫："四林，四林。"那边也便应着："四林,四林。"再过不久,庵堂那边也有女人锐声的喊着"四林，四林"，且说些别的话语，大约是问她事情做完了没有。原来这就是小尼姑自己的名字！这小尼姑事做完了，水边也玩厌了，便提了篮子，故意从白布上面，横横的越过去，踏到那些空处，走回去了。

小尼姑走后，女孩岳珉望到河中水面上，有几片菜叶浮着，傍到渡船缓缓的动着，心里就想起刚才那小尼姑十分快乐的样子。小尼姑这时一定在庵堂里把衣晾上竹竿了！……一定在那桃花树下为老师傅捶背！……一定一面口中念佛，一面就用手逗身旁的小猫玩……想起许多事都觉得十分可笑，就微笑着，也学到低低的喊着"四林，四林"。

过了一会，想起这小尼姑的快乐，想起河里的水，远处的花，天上的云，以及屋里母亲的病，这女孩子，不知不觉又有点寂寞起来了。

她记起了早上喜鹊在晒楼上叫了许久，心想每天这时候送信的都来送信，不如下去看看，是不是上海来了信。走到楼梯边，就见到小孩北生正轻脚轻手，第二回爬上最低那一级梯子。

"北生你这孩子，不要再上来了呀！"

下楼后，北生把女孩岳珉拉着，要她把头低下，耳朵俯就到他小口，细声细气的说："小姨，大婆吐那个……"

到房里去时，看到躺在床上的母亲，静静的如一个死人，很柔弱安静的呼吸着，又瘦又狭的脸上，为一种疲劳忧愁所笼罩。母亲像是已醒过一会儿了，一听到有人在房中走路，就睁开了眼睛。

"珉珉，你为我看看，热水瓶里的水还剩多少。"

一面为病人倒出热水调和库阿可斯，一面望到母亲日益消瘦下去的脸，同那个小小的鼻子，女孩岳珉说："妈，妈，天气好极了，晒楼上望到对河那小庵堂里桃花，今天已全开了。"

病人不说什么，微微的笑着。想起刚才咳出的血，伸出自己那只瘦瘦的手来，摸了摸自己的额头，自言自语的说着"我不发烧"，说了又望到女孩温柔的微笑着。那种笑是那么动人怜悯的，使女孩岳珉低低的嘘了一口气。

"你咳嗽不好一点吗？"

"好了，好了。不要紧的，人不吃亏。早上吃鱼，喉头稍稍有点火，不要紧的。"

这样回答着，女孩便想走过去，看看枕边那个小小痰盂。病人明白那个意思了，就说："没有什么。"又说："珉珉你站到莫动，我看看，这个月你又长高了！"

女孩岳珉害羞似的笑着，"我不像竹子吧，妈妈，我担心得很，人太高了，要笑人的！"

◎上世纪80年代初在小羊宜宾胡同家中。

　　静了一会，母亲记起什么了。

　　"珉珉，我做了个好梦，梦到我们已经上了船，三等舱里人挤得不成样子。"

　　其实这梦还是病人捏造的，因为记忆力乱乱的，故第二次又来说着。

　　女孩岳珉望到母亲同蜡做成一样的小脸，就勉强笑着，"我昨晚当真梦到大船，还梦到三毛老表来接我们。又觉得他是福禄旅馆接客的招待，送我们每一个人一本旅行指南。今早上喜鹊叫了半天，我们算算看，今天会不会有信来。"

　　"今天不来明天应来了！"

　　"说不定自己会来！"

　　"报上不是说过，十三师在宜昌要调动吗？"

　　"爸爸莫非已动身了！"

　　"要来，应当先有电报来！"

　　两人故意这样乐观的说着，互相哄着对面那一个人，口上虽那么说着，女孩岳珉心里却那么想着："妈妈病怎么办？"病人自己也心里想着："这样病下去真糟。"

姐姐同嫂嫂从城北补课回来了，两人正在天井里悄悄的说着话。女孩岳珉便站到房门边去，装成快乐的声音："姐姐，大嫂，先前有一个风筝断了线，线头搭在瓦上曳过去，隔壁那个妇人，用竹竿捞不着，打破了许多瓦，真好笑！"

姐姐说："北生，你一定又同姨姨上晒楼了，不小心，把脚摔断，将来成跛子！"

小孩北生正蹲到翠云身边，听姆妈说到他，不敢回答，只偷偷的望到小姨笑着。

女孩岳珉一面向北生微笑，一面便走过天井，拉了姐姐往厨房那边走去，低声的说："姐姐，看样子，妈又吐了！"

姐姐说："怎么办？北京应当来信了！"

"你们抽的签？"

姐姐一面取那签条给女孩，一面向蹲在地下的北生招手。小孩走过身边来，把两只手围抱着他母亲，"娘，娘，大婆又咯咯的吐了，她收到枕头下！"

姐姐说："北生我告你，不许到婆婆房里去闹，知道么？"

小孩很懂事的说："我知道。"又说："娘，娘，对河桃花全开了，你让小姨带我上晒楼玩一会儿，我不吵闹。"

姐姐装成生气的样子，"不许上去，落了多久雨，上面滑得很！"又说："到你小房里玩去，你上楼，大婆要骂小姨！"

这小孩走过小姨身边去，捏了一下小姨的手，乖乖的到他自己小卧房去了。

那时翠云已经把衣搓好了，且用清水荡过了，女孩岳珉便为扭衣裳的水，一面做事一面说："翠云我们以后到河里去洗衣，可方便多了！过渡船到对河去，一个人也没有，不怕什么吧。"翠云丫头不说什么，脸儿红红的，只是低头笑着。

病人在房里咳嗽不止，姐姐同大嫂便进去了。翠云把衣扭好了，便预备上楼。女孩岳珉在天井中看了一会日影，走到病人房门口望望。只见到大嫂正在裁纸，大姐坐在床边，想检察那小痰盂，母亲先是不允许，用手拦阻，后来大姐仍然见到了，只是摇头，可是三个人皆勉强的笑着，且故意想从别件事上，解除一下当前的悲戚，于是说到一个很久远的故事。到后三人又商量到写信打电报的事情。女孩岳珉不知为什么，心里尽是酸酸的，站在天井里，同谁生气似的，红了眼睛，咬着嘴唇。过一阵，听到翠云丫头在晒楼说话：

"珉小姐，珉小姐，你上来，看新娘子骑马，快要过渡了！"

又过一阵，翠云于是又说：

"看呀，看呀，快来看呀，一个一块瓦的大风筝跑了，快来，快来，就在头上，我们捉它！"

女孩岳珉抬起来了头，果然从天井里也可以望到一个高高的风筝，如同一个吃醉了酒的巡警神气，偏偏斜斜的滑过去，隐隐约约还看到一截白线，很长的在空中摇摆。

也不是为看风筝，也不是为看新娘子，等到翠云下晒楼以后，女孩岳珉仍然上了晒楼了。上了晒楼，仍然在栏杆边傍着眺望到一切远处近处，心里慢慢的就平静了。后来看到染坊中人在大坪里收拾布匹，把整匹白布折成豆腐干形式，一方一方摆在草上，看到尼姑庵里瓦上有烟子，各处远近人家也都有了烟子，她才离开晒楼。

下楼后，向病人房门过张望了一下，母亲同姐姐三人皆在床上睡着了。再到小孩北生小房里去看看，北生不知在什么时节，也坐在地下小绒狗旁睡着了。走到厨房去，翠云丫头正在灶口边板凳上，偷偷的用无敌牌牙粉当成水粉擦脸。女孩岳珉似乎恐怕惊动了这丫头的神气，赶忙走过天井中心去。

这时听到隔壁有人在拍门，有人互相问答说话。女孩岳珉心里很稀奇的想到："谁在问谁？莫非爸爸同哥哥来了，在门前问门牌号数吧？"这样想到，心便骤然跳跃起来，忙匆匆走到二门边去，只等候有什么人拍门拉铃子，就一定是远处来的人了。

可是，过一会儿，一切又都寂静了。

女孩岳珉便不知所谓的微微笑着。日影斜斜的，把屋角同晒楼柱头的影子，映到天井角上，恰恰如另外一个地方，竖立在她们所等候的那个爸爸坟上一面纸制的旗帜。

（萌妹述，为纪念姐姐亡儿北生而作）。

一九三二年三月三十日作

赏析

画　静

　　《静》是一篇文章，却更像一幅画。沈从文是个善于写画的作家，他在这篇小说中花了大量笔墨来描画人物周围的景色，由于沉醉在画景中，反而让读者忘了文中的人物，被一片灿烂美景吸引了去，觉得人物反成累赘——没有这一户逃难寻父的人家，一点也不影响小城春日漫长的景色。是的，在一幅巨大的风景画里，画着几个病弱的女人和小儿女，他们被画得那么小，谁会注意到他们呢？

　　这一次沈从文挑了一个 14 岁的小姑娘岳珉（这岳珉被注明有一张营养不良的小小的脸，不像是沈从文惯写的美丽少女），通过她的眼，来让读者看那无名小城的静美的春光，可以说连一点一滴的景色都不曾漏掉。正因为描画得如此周密，对所有能唤起读者美感之处，落笔都那么鲜明，谁会相信这是个小女孩的眼光呢？小女孩是不会有这样老练的摄魂之眼的。读者一边欣赏着文中的景色，一边与沈从文直接地神交起来，读者仿佛看到沈从文几分沉醉几分得意地向大家展示着风景画，至于小女孩岳珉么，自然被读者忘记了。

　　沈从文也发现了，他连忙回过头来关照岳珉，连忙用小说的笔法来交代这小女孩和她的一家，怎样在兵荒马乱中搁浅在这小城，母亲吐血将死，还有姐姐、嫂嫂和外甥北生、小丫头翠云，他们的钱快要用光了，但是父亲——一位军官，却还没有音讯。这一家大小翘首等待着他，详梦，占鸟鸣，等人拉门铃。最后一段的最后一句告诉读者，那位父亲已然埋在一个土坟里了。这样，小说就算写完了。

　　读者感到愕然，那连篇的美景还未从脑中消失，突然牵出了与此没有多少

◎沈从文湘行速写（六）。

联系的岳珉的一家的命运，在关于她们的命运的诉说之后，不但美景不写了，连岳珉一家也被远方闯入的一座荒坟隔断，消失了。现如今肯读沈从文作品的年轻人，必定是有相当文学修养的人，这种人往往很虔诚，很善良，也很会往高处联想——对，这一定是沈从文的大手笔，用春天的美景来反衬战争与死亡的恐怖，用安静来表现动乱，让人们痛恨战争，渴望和平！——于是，读者的一团疑惑被解释了，他们开始读另一篇了。

也许，沈从文当年确实想用春天来反衬战争、死亡的恐怖，用静来衬托乱，他想用一种新的角度来写战乱给人带来的苦难，于是他描画了一个桃花源般安详的"小城"。他想避开对不幸的直接描写，他想找到一条新路，展示不仅仅是"战争"、"死亡"或"安静"、"和平"所能包容的人生。这个短篇里，沈从文在努力创造着什么。他在文章最后加了一句话，用括弧括上——"（萌妹述，为纪念姐姐亡儿北生而作）"，可见是认真想写出好的水平的。我不熟悉沈从文的家世，不知萌妹是谁，姐姐又是谁的姐姐，北生是不是在这篇小说中活生生又乖巧地露了两次头的那个小北生。沈从文怀着一种特殊的情感来描绘他身边的人与事，对半个多世纪后的读者来说，作家生活过的环境并不重要，重要的只是作品本身。

《静》写于1932年，是六十年前的小说，（不论沈从文当时的心情）这是一篇文体混杂的作品，半篇是散文，半篇是小说，很难判断它的属性，它像一只梨苹果。它在当年还是被当成小说发表的。散文的部分像一块精美华丽的丝绸，虽然写的是乡村小镇的野景，但它的明亮、优雅和闲适，以及明艳的丰富的色彩，都像是高贵的丝绸。小说的部分则像一块粗呢，颜色深沉，质地粗糙，没有光泽，在粗呢里织进了岳珉一家的不幸，包括了作为背景的战争和死亡。这样两块质地完全不同的布料被沈从文缝在了一起，当然令观赏者惊讶，虽然说不出好处，也着实说不出坏处。

这样的作品应是作家的试验品，严格地说，像画家在为一幅大型油画的创作而进行的习作，荷兰著名的画家凡·高在创作一幅大作品前，都要把画中的每个人物单独地分离出来，找真人来做模特，每个人物都要画上几十张的素描，然后才把他们画入最后的作品中。可是文学作品没办法这样做，文学作品是不可以重复的，每一篇都要求不同的样子。画家可以复制一幅画许多次，文学作品不可以。作家要想探索新路，要想试验某种写法，只能在一连串不同的作品中去完成他的实验，而读者读的可能只是其中的某几篇而已。当一个作家的笔力练得老道，他便会写出成熟之作，像制茶的"刹青"，去除涩味，达到甘醇之境。

但是沈从文没有来得及刹青就停笔了，他的长篇小说《长河》也只写了半截，他像《静》里的美景、岳珉一家人一样，在不到该结束的时候就突然消失了，仿佛中国文坛从来没有过沈从文。《静》在最后突兀地出现了一座大坟，似乎像征着沈从文的命运。

醉心在艺术上有所造诣的沈从文，没有碰上对艺术宽容的时代，他的一生如同《静》中的一句活："日头十分温暖，景象极其沉静。"到了暮年的时候他一度成了出土文物，受到过一阵子热闹的优待。但是他老了，太长久的寂寞使他摆脱不了淡淡的悲凉。这使得我们后人无法对他的作品说长道短，因为他并没有真正完成过他的创作，没有人能评论不存在的东西，也不能就以现存的东西来判定一个人的成就。

○沈从文随感手迹。

　　沈从文用各种方法尝试着写作，他像一个着迷于炼金术的修道士，用种种配方、药水来试着炼出金子。《静》是从其中的一个配方里结晶出来的。所有的炼金术的入迷者都是孤独的，他们在地下室里借着烛光，在铁锅、试管和烧瓶里掺合着搅拌着试剂，他们往往没有炼出黄金，就被当成异教徒关进了监牢。他们留下的那些瑰丽的结晶品却大大的启迪了后来的化学家，所以对《静》这样的作品是无法评论的，这远远不是一件完整的衣服。《静》告诉我们的是，对艺术的追求和探索不是一个作家可以独立完成的，有时候好几代人的努力都不会有太多的收获，尽管有许多的文学爱好者，到最后却没有剩下几个堪称"作家"的人，文学即孤独。

（为了写这篇文章，我到省图书馆查阅沈从文作品集，在借书卡上最后一个签名的读者留下的阅读日期是1985年，我在下面接着签了我的名字，留下的日期是1992年。我再一次体会到沈从文经历过的孤独。）

（唐敏）

○沈从文小说早期版本。

八骏图

这个世界也有人不了解海，不知爱海。也有人了解海，不敢爱海。

◎1933年沈从文与张兆和在崂山。

"先生，您第一次来青岛看海吗？"

"先生，您要到海边去玩，从草坪走去，穿过那片树林子，就是海。"

"先生，您想远远的看海，瞧，草坪西边，走过那个树林子——那是加拿大白杨树，那是银杏树，从那个银杏树夹道上山，山头可以看海。"

"先生，他们说，青岛海比一切海都不同，比中国各地方海美丽。比北戴河呢，强过一百倍。您到过北戴河吗？那里海水是清的，浑的？"

"先生，今天七月五号，还有五天学校才上课。上了课，您们就忙了，应当先看看海。"

青岛住宅区福山路山上，一座白色小楼房。楼下一个光线充足的房间里，到地不过五十分钟的达士先生，正靠近窗前眺望窗外的景致。看房子的听差，一面为来客收拾房子，整理被褥，一面就同来客攀谈。这种谈话很显然是这个听差希望客人对他得到一个好印象的。第一回开口，见达士先生笑笑不理会。顺眼一看，瞅着房中那口小皮箱上面贴的那个黄色大轮船商标，觉悟达士先生是出过洋的人物了，因此就换口气，要来客注意青岛的海。达士先生还是笑笑的不说什么，那听差于是解嘲似的说，青岛的海与其他地方的海如何不同，它很神秘，很不易懂。

份内事情做完后，这听差搓着两只手，站在房门边说："先生，您叫我，您就按那个铃。我名王大福，他们都叫我老王。先生，我的话您懂不懂？"

达士先生直到这个时候方开口说话："谢谢你，老王。你说话我全听得懂。"

"先生，我看过一本书，学校朱先生写的，名叫《投海》，有意思。"这听差老王那么很得意的说着，笑眯眯的走了。天知道，这是一本什么书。

听差出门后，达士先生便坐在窗前书桌边，开始给他那个远在两千里外的美丽未婚妻写信。

瑗瑗：

我到青岛了。来到了这里，一切真同家中一样。请放心，这里吃的住的全预备好好的！这里有个照料房子的听差，样子还不十分讨人厌，很欢喜说话，且欢喜在说话时使用一些新名词，一些与他生活不大相称的新名词，这听差真可以说是个"准知识阶级"，他刚刚离开我的房间。在房间帮我料理行李时，就为青岛的海，说了许多好话。照我的猜想，这个人也许从前是个海滨旅馆的茶房。他那派头很像一个大旅馆的茶房。他一定知道许多故事，记得许多故事。我想当他作一册活字典，在这里两个月把他翻个透熟。我窗口正望着海，那东西，真有点迷惑人！可是你放心，我不会跳到海里去的。假若到这里久一点，认识了它，了解了它，我可不敢说了。不过我若一不小心失足掉到海里去了，我一定还将努力向岸边泅来，因为那时我心想起你，我不会让海把我攫住，却尽你一个人孤孤单单。

　　达士先生打量捕捉一点窗外景物到信纸上，寄给远地那个人看看，停住了笔，抬起头来时窗外野景便朗然入目。草坪树林与远海，衬托得如一幅动人的图画。达士先生于是又继续写道：

　　我房子的小窗口正对着一片草坪，那是经过一种精密的设计，用人工料理得如一块美丽毯子的草坪，上面点缀了一些不知名的黄色花草，远远望去，那些花简直是绣在上面。我想起家中客厅里你做的那个小垫子。草坪尽头有个白杨林，据听差说那是加拿大种白杨林。林尽头便是一片大海，颜色仿佛时时刻刻都在那里变化；先前看看是条深蓝色缎带，这个时节却正如一块银子。

　　达士先生还想引用两句诗，说明这远海与天地的光色。一抬头，便看见草坪里有个黄色点子，恰恰镶嵌在全草坪最需要一点黄色的地方。那是一个穿着浅黄颜色袍子女人的身影。那女人正预备通过草坪向海边走去。随即消失在白杨树林里不见了，人俨然在走入海里去了。
　　没有一句诗能说明阳光下那种一刹而逝的微妙感印。
　　达士先生于是把寄给未婚妻的第一个信，用下面几句话作了结束。

　　学校离我住处不算远，估计只有一里路，上课时，还得上一个小小山头，通过一个长长的槐树夹道。山路上正开着野花，颜色黄澄澄的如金子。我欢喜那种不知名的黄花。

　　达士先生下火车时是上午七点二十分。到地把住处安排好了，写完信，就过学校教务处去接洽，同教务长商量暑期学校十二个钟头讲演的分配方法。事很简便的办完了，就独自一人跑到海滨一个小餐馆吃了一顿很好的午饭。回到住处时，已是下午两点了，便又起始给那个未婚妻

沈从文 短篇小说 名作欣赏 157

写信，报告半天中经过的事情。

瑷瑷：

我已经过教务处把我那十二个讲演时间排定了。所有时间皆在上午十点前。有八个讲演，讨论的问题全是我在北京学校教过的那些东西。我不用预备就可以把它讲得很好。另外我还担任四点钟现代中国文学，两点钟讨论几个现代中国小说家所代表的倾向。你想象得出，这些问题我上堂同他们讨论时，一定能够引起他们的兴味。今天五号，过五天方能够开学。

我应当照我们约好的办法，白天除了上堂上图书馆，或到海边去散步以外，就来把所见所闻一一告给你。我要努力这样做。我一定使你每天可以接到我一封信，这信上有个我，与我在此所见社会的种种，小米大的事也不会瞒你。

我现在住处是一座外表很可观的楼房。原是学校特别为几个远地聘来的教授布置的。住在这个房子里一共有八个人，其余七个人我皆不相熟。这里住的有物理学家教授甲，生物学家教授乙，哲学家教授丙，史汉专家教授丁，以及六朝文学史专家教授戊等等。这些名流我还不曾见面，过几天我会把他们的神气一一告诉你。

我预备明天方过校长处去，我明天将到他那儿吃午饭。我猜想得到，这人一见我就会说："怎么样，还可……？应当邀你那位来海边看看！我要你来这里不是害相思病，原就只是让你休息休息，看看海，一个人看海，也许会跌到海里去给大鱼咬掉的！"瑷瑷，你说，我应如何回答这个人？

下车时我在车站外边站了一会儿，无意中就见到一种贴在阅报牌上面的报纸。那报纸登载着关于我们的消息，说我们两人快要到青岛来结婚。还有许多事是我们自己不知道的，也居然一行一行的上了报，印出给大家看了。那个做编辑的转述关于我的流行传说时，居然还附加着一个动人的标题："欢迎周达士先生"，我真害怕这种欢迎。我担心一会儿就会有人来找我。我应当有个什么方法，同一切麻烦离远些，方有时间给你写信。你试想想看，假若我这时正坐在桌边写信，一个不速之客居然进了我的屋子里，猝然发问："达士先生，你又在写什么恋爱小说！你一共写了多少？是不是每个故事都是真的？都有意义？"这询问真使人受窘！我自然没有什么可回答。然而一到第二天，他们仍然会写出许多我料想不到的事情！他们会说：达士先生亲口对记者说的。事实呢，他也许就从不见过我。

达士先生离开××时，与他的未婚妻瑗瑗说定，每天写一个信回××。但初到青岛第一天，他就写了三个信。第三个信写成，预备叫听差老王丢进学校邮筒里去时，天已经快夜了。

达士先生在住处窗边享受来到青岛以后第一个黄昏。一面眺望窗上的草坪——那草坪正被海上夕照烘成一片浅紫色。那种古怪色泽引起他一点回忆。

想起另外某一时，仿佛也有那么一片紫色在眼底眩耀。那是几张紫色的信笺，不会记错。

他打开箱子，从衣箱底取出一个厚厚的杂记本子，就窗前余光向那个书本寻觅一件东西。这上面保留了这个人一部分过去的生命。翻了一阵，果然的，一个"七月五日"标题的记事被他找出来了。

七月五日
一切都近于多余。因为我走到任何一处皆将为回忆所围困。新的有什么可以把我从泥淖里拉出？这世界没有"新"，连烦恼也是很旧了的东西。

读完这个，有一点茫然自失。大致身体为长途折磨疲倦了，需要一会儿休息。

可是达士先生一颗心却正准备到一个旧的环境里散散步。他重新去念着那个二年前七月五日寄给南京的×请她去××代他看看瑗瑗的一个信稿。那个原信是用暗紫色纸张写的，那个信发出时，也正是那么一个悦人眼目的黄昏。

这几个人的关系是×欢喜他，他却爱瑗瑗，缓缓呢，不讨厌×。

当瑗瑗听人说到×极爱达士先生时，便说："这真是好事情。"然而人类事情常常有其相左的地方，上帝同意的人不同意，人同意的命运又不同意。×终于怀着一点儿悲痛，嫁给一个会计师了。×做了另外一个人的太太后，知道达士先生尚在无望无助中遣送岁月，便来信问达士先生，是不要她做点什么事，她很想为他效点劳。因为她觉得他虽不

◎上世纪40年代沈从文在颐和园。

爱她，派她做点事，尚可借此证明他还信任她。来信说得多委婉，多可怜！当时他被她一点点隐伏着的酸辛把心弄软了，便写了个信给×，托她去看看瑗瑗。这个信不单是信任×，同时也就在告给×，莫用过去那点幻想折磨她自己。

×，你信我已见到了，一切我都懂。一切不是人力所能安排的，我们总莫过分去勉强。我希望我们皆多有一分理智，能够解去爱与憎的缠缚。

听说你很柔顺贞静做了一个人的太太，这消息使熟人极快乐。……死去了的人，死去了的日子，死去了的事，假若还能折磨人，都不应当留在人心上来受折磨；所以不是一个善忘的人企想"幸福"，最先应当学习的就是善忘。我近来正在一种逃遁中生活，希望从一切记忆围困中逃遁。与其尽回忆把自己弄得十分软弱，还不如保留一个未来的希望较好。

谢谢你在来信上提到那些故事，恰恰正是我讨厌一切写下的故事的时节。一个人应当去生活，不应当尽去想象生活！若故事真如你称赞的那么好，也不过只证明这个拿笔的人，很愿意去一切生活里生活，因为无用无能，方转而来虐待那一只手罢了。

您可以写小说，因为很明显的事，您是个能够把文章写得比许多人还好的女子。若没有这点自信力，就应当听一个朋友忠厚老实的意见。家庭生活一切过得极有条理，拿笔本不是必需的事。为你自己设想可不必拿笔，为了读者，你不能不拿笔了。中国还需要这种人，忘了自己的得失成败，来做一点事情。我听人说到你预备去当伤兵看护，实际上你的长处可以当许多男子受伤灵魂的看护，后者职务实在比你去侍候伤兵还精细在行。你不觉得您写点文章比掉换绷带方便些？你需要一点自觉，一点自信。

我不久或过××来，我想看看那"我极爱她她可毫不理我"的瑷瑷。三年来我一切完了。我看看她，若一切还依然那么沉闷，预备回乡下去过日子，再不想麻烦人了。我应当保持一种沉默，到乡下生活十年，把最重要的一段日子费去。×，您若是个既不缺少那点好心也不缺少那种空闲的人，我请您去为我看看她。我等候您一个信。您随便给我一点见她以后的报告，对于我都应当说是今年来最难得的消息。

再过两年我会不会那么活着？

一切人事皆在时间下不断的发生变化。第一，这个×去年病死了。第二，瑷瑷如今已成达士先生的未婚妻。第三，达士先生现在已不大看得懂那点日记与那个旧信上面所有的情绪。

他心想：人这种东西够古怪了，谁能相信过去，谁能知道未来？旧的，我们忘掉它。一定的，有人把一切旧的皆已忘掉了，却剩下某时某地一个人微笑的影子还不能够忘去。新的，我们以为是对的，我们想保有他，但谁能在这个人间保有什么？

在时间对照下，达士先生有点茫然自失的样子。先是在窗边痴着，到后来笑了。目前各事仿佛已安排对了。一个人应知足，应安分。天慢慢的黑下来，一切那么静。

瑷瑷：

暑期学校按期开了学。在校长欢迎宴席上，他似庄似谐把远道来此讲学的称为"千里马"；一则是人人皆大名赫赫，二则是不怕路远。假若我们全是千里马，我们现在住处，便应当称为"马房"了！

我意思与校长稍稍不同。我以为几个人所住的房子，应当称为"天然疗养院"，才名实相副。你信不信，这里的人从医学观点看来，皆好像有一点病。（在这里我真有个医生资格！）我不是说过我应当极力逃避那些麻烦我的人吗？可是，结果相反，三天以来同住的七个人，有六个人已同我很熟悉了。我有时与他们中一个两个出去散步，有时他们又到我屋子里来谈天，在短短时期中我们便发生了很好的友谊。教授丁、丙、乙、戊，尤其同我要好。便因为这种友谊，我诊断他们都是病人。我说的一点不错，这不是笑话。这些教授中至少有两个人还有点儿疯狂，便是教授乙同教授丙。

　　我很觉得高兴，到这里认识了这些人，从这些专家方面，学了许多应学的东西。这些专家年龄有的已经五十四岁。有的还只三十左右。正仿佛他们一生所有的只是专门知识，这些积压识，有的同"历史"或"公式"不能分开，因此为人显得很庄严，很老成。但这就同人性有点冲突，有点不大自然。一个不到三十岁的小说作家，年龄同事业，从这些专家看来，大约应当属于"浪漫派"。正因为他们是"古典派"，所以对我这个"浪漫派"发生了兴味，发生了友谊。我相信我同他们的谈活，一面在检察他们的健康，一面也就解除了他们的"意结"。这些专家有的儿女已到大学三年级，早在学校里给同学写情书谈恋爱了，然而本人的心，真还是天真烂漫。这些人虽富于学识，却不曾享受过什么人生。便是一种心灵上的欲望，也被抑制着，堵塞着。我从这儿得到一点珍贵知识，原来十多年大家叫喊着"恋爱自由"这个名词，这些过渡人物所受的刺激，以及在这种刺激之下，藏了多少悲剧，这悲剧又如何普遍存在。瑷瑷，你以为我说的太过分了是不是？我将把这些可尊敬的朋友神气，一个一个慢慢的写出来给你看。

达士

　　教授甲把达士先生请到他房里去喝茶谈天，房中布置在达士先生脑中留下那么一些印象：

　　房中小桌上放了张全家福的照片，六个胖孩子围绕了夫妇两人。太太似乎很肥胖。

　　白麻布蚊帐里，有个白布枕头，上面绣着一点蓝花。枕旁放了一个旧式扣花抱兜。一部《疑雨集》，一部《五百家香艳诗》。大白麻布蚊帐里挂一幅半裸体的香烟广告美女画。

　　窗台上放了个红色保肾丸小瓶子，一个鱼肝油瓶子，一贴头痛膏。

教授乙同达士先生到海边去散步。一队穿着新式浴衣的青年女子迎面而来，擦身走过，教授乙回身看一下几个女子的后身，便开口说：

"真稀奇，这些女子，好像天生就什么事都不必做，就只那么玩下去，你说是不是？"

"……"

"上海女子全像不怕冷。"

"……"

"宝隆医院的看护，十六元一月，新新公司的售货员，四块钱一月。假若她们并不存心抱独身主义，在货台边相偶的机会，你觉不觉得比病房中机会要多一些？"

"……"

"我不了解刘半农的意思。女子文理学院的学生全笑他。"

走到沙滩尽头时，两人便越马路到了跑马场。场中正有人调马。达士先生想同教授乙穿过跑马场，由公园到山上去。教授乙发表他的意见，认为那条路太远，海滩边潮水尽退，倒不如湿沙上走走有意思些。于是两人仍回到海滩边。

达士先生说：

"你怎不同夫人一块来，家里在河南，在北京？"

"……"

"小孩子读书实在也麻烦，三个都在南开吗？"

"……"

"家乡无土匪倒好。从不回家，其实把太太接出来也不怎么费事，怎么不接来？"

"……"

"那也很好，一个人过独身生活，实在可以说是洒脱、方便。但是，有时候不寂寞吗？"

"……"

"你觉得上海比北平好？奇怪。一个二十来岁的人，若想胡闹，应当称赞上海。若想念书，除了北平往哪里走。你觉得上海可以——"

那一队青年女子，恰好又从浴场南边走回来。其中一个穿着件红色浴衣，身材丰满高长，风度异常动人，赤着两只脚，经过处，湿沙上便留下

◎老两口和两个孙女上世纪80年代初摄于小羊宜宾胡同家中。

一列美丽的脚印。教授乙低下头去，从女人一个脚印上拾起一枚闪放珍珠光泽的小小蚌螺壳，用手指轻轻的很情欲的拂拭着壳上粘附的沙子。

"达士先生，你瞧，海边这个东西真美丽。"

达士先生不说什么，只是微笑着，把头掉向海天一方，眺望着天际白帆与烟雾。

哲学教授丙，从住处附近山中散步回到宿舍，差役老王在门前交给他一个红喜帖，"先生，有酒喝！"教授丙看看喜帖是上海 × 先生寄来的。过达士先生房中谈闲天时，就说起 × 先生。

"达士先生，您写小说我有个故事给您写。民国十二年，我在杭州 × × 大学教书，与 × 先生同事。这个人您一定闻名已久。这是个五四运动以来过了好一阵戏剧性热闹日子的人物！这×先生当时住在西湖边上，租上两间小房子，与一个姓×的爱人同住。各自占据一个房间，各自有一铺床。两人日里共同吃饭，共同散步，共同做事读书，只是晚上不共同睡觉。据说这个叫作'精神恋爱'。×先生为了阐发这种精神恋爱的好处，同时还著了一本书，解释它，提倡它。性行为在社会引起纠纷既然特别多，性道德又是许多学者极热烈高兴讨论的问题。当时倘若有只公鸡，在母鸡身边，还能作出一种无动于衷的阉鸡样子，也会为青年学者注意。至于一个男人，能够如此，自然更引人注意，成为了不起的一件大事了。社会本是那么一个凡事皆浮在表面上的社会，因此×先生在他那份生活上，便自然有一种伟大的感觉，日子过得仿佛很充实。分析一下，也不过是佛教不净观与儒家贞操说两种鬼在那里作祟罢了。

"有朋友问×先生，你们过日子怪清闲，家里若有个小孩，不热闹些吗？×先生把那朋友看得很不在眼似的说，嗨，先生，你真不了解我。我们恋爱哪里像一般人那种兽性；你真是——有眼不识泰山。你没看过我那本书吗？他随即送了那朋友一本书。

"到后丈母娘从四川远远的跑来了，两夫妇不得不让出一间屋子给丈母娘住。两人把两铺床移到一个房中去，并排放下。另一朋友知道了这件事，就问他，×先生如今主张变了吗？×先生听到这种话，非常生气的说，哼，你把我当成畜生！从此不再同那个朋友来往。

"过了一年，那丈母娘感觉生活太清闲，那么过日子下去实在有点寂寞，希望做外祖母了。同两夫妇一面吃饭，一面便用说笑话口气发表意见，以为家中有个小孩子，麻烦些同时也一定可以热闹些。两夫妇不待老母亲把话说完，同声齐嚷起来：娘，你真是无办法，怎不看看我们那本书？两夫妇皆把丈母娘当成老顽固，看来很可怜。以为没受过高等教育的人，除了想儿女为她养孩子含饴弄孙以外，真再也没有什么高尚理想可言！

"再过一阵子，女的害了病，害了一种因贫血而起的某种病。×先生陪她到医生处去诊病。医生原认识两人，在病状报告单上称女的为×太太，两夫妇皆不高兴，勒令医生另换一纸片，改为×小姐。医生一看病人，已知道了病因所在，是在一对理想主义者，为了那点违反人性的理想把身体弄糟了。要它好，简便得很。医生有做医生的义务，就老老实实把意见告给×先生。×先生听完，一句话不说，拉了女的就走。女的还不明白是怎么回事。×先生说，这家伙简直是一个流氓，一个疯子，哪里配做医生。后来且同别人说，这医生太不正经，一定靠卖春药替人堕胎讨生活。我要上衙门去告他。公家应当用法律取缔这种坏蛋，不许他公然在社会上存在，才是道理。

"于是女人另换医生服中药，贝母当归煎剂吃了无数，延缠半年，终于死去了。×先生在女的坟头立了个纪念碑，石上刻字：我们的恋爱，是神圣纯洁的恋爱！当时的社会是不大吝惜同情的，自然承认了这件事。凡朋友们不同意这件事的，×先生就觉得这朋友很卑鄙龌龊，不了解人间恋爱可以做到如何神圣纯洁与美丽，永远不再同那个朋友往来。

"今天我却接到这个喜帖，才知道原来×先生八月里在上海又要同上海交际花结婚了，有意思。潮流不同了，现在一定不再坚持那个了。"

达士先生听完了这个故事，微笑着问教授丙：

"丙先生，我问您，您的恋爱观怎么样？"

教授丙把那个红喜帖折叠成一个老猪头。

"我没有恋爱观，我是个老人了，这些事应当是儿女们的玩意儿了。"

达士先生房中墙壁上挂了个希腊爱神照片，教授丙负手看了又看，好像想从那大理石胴体上凹下处凸出处寻觅些什么，发现些什么。到把目光离开相片时，忽然发问：

"达士先生，您班上有杨秀青，是不是？"

"真有这样一个人，您怎么认识她？这个女孩子真是班上顶美……"

"她是我的内侄女！"

"哦，你们是亲戚！"

"这孩子还聪敏，书读得不坏。"说着，教授丙把视线再度移至墙头那个照片上去，心不在焉的问道："达士先生，这照片是从希腊人的雕刻照下的吗？"这种询问似乎不必回答，达士先生很明白。

达士先生心想，"丙先生倒有眼睛，认识美。"不由得不来一个会心微笑。

两人于是同时皆有一个苗条圆熟的女孩子影子，在印象中晃着。

教授丁邀约达士先生到海边去坐船。乳白色的小游艇，支持了白色三角形小帆，顺着微风，向着宝石蓝颜色镜平放光的海面滑去。天气明朗而温柔。海浪轻轻的拍着船头和船舷，船身略侧，向前滑去时轻盈得如同一只掠水的小燕儿。海天尽头有一点淡紫色烟子。天空正有白鸟三五，从容向远海飞去。这点光景恰恰像达士先生另外一个记载里的情形。便是那只船，也如当前的这只船。有一点儿稍稍不同，就是坐在达士先生对面的一个人，不是医生，却换了一个史汉专家了。

两人把船绕着小青岛去。讨论着当年若墨医生与达士先生讨论尚未得出结果的那个问题——女人，一个永远不能结束定论的议题！

教授丁说：

"大概每个人皆应当有一种辖治，方能像一个人。不管受神的、受鬼的、受法律的、受医生的、受金钱的、受名誉的、受牙痛的、受脚气的，必需有一点从外而来或由内而发的限制，人才能够像一个人。一个不受任何拘束的人，表面看来极其自由，其实他做什么也不成功。因为他不是个人。他无拘束，同时也就不会有多少气力。

"我现在若一点儿不受拘束，一切欲望皆苦不了我，一切人事我不管，这决不是个好现象。我有时想着就害怕。我明白，我自己居然能够活下去，还得感谢社会给我那一点拘束。若果没有它，我就自杀了。

"若墨医生同我在这只小船上的座位虽相差不多，我们又同样还没结婚。可是，他讨厌女人，他说：一个女人在你身边时折磨你的身体，离开你身边时又折磨你的灵魂。女子是一个诗人想象的上帝，是一个浪子官能的上帝。他口上尽管讨厌女人，不久却把一个双料上帝弄到家中做了太太，在裙子下讨生活了。我一切恰恰同他相反。我对女人，许多女人皆发生兴味。那些肥的，瘦的，有点儿装模作样或是势利浅浮的，似乎只因为她们是女子，有了女子的好处，也有女子的弱点，我就永远不讨厌她们。我不能说出若墨医生那种警句，却比他更了解女子。许多讨厌女子的人，皆在很随便情形下同一个女子结了婚。我呢，我欢喜许多女人，对女人永远倾心，我却再也不会同一个女人结婚。

"若依我自己的意见来说，我早就应当自杀了。然而到今天还不自杀，就亏得这个世界上还有一些女人。这些女人我皆很爱她们。我在那种想象荒唐中疯人似的爱着她们。其中有一个我尤其倾心，但我却极力制止我自己的行为，始终不让她知道我爱她。我若让她知道了，她也许就会嫁给我。我不预备这一着。我逃避这一着。我只想等到她有了四十岁，把那点女人极重要的光彩大部分已失去时，我再去告她，她失去了的，在我心上还好好的存在。我为的是爱她，总觉得单是得到了她还不成，我便尽她去嫁给一个明明白白一切皆不如我的人，使她同那男子在一处消磨尽这个美丽生命。到了她本身已衰老时，我的爱一定还新鲜而活泼。您觉得怎么样，达士先生？"

达士先生有他的意见：

"您的打算还仍然同若墨医生差不多。您并不是在那里创造哲学，不过是在那里被哲学创造罢了。您同许多人一样，放远期账，表示远见与大胆，且以为将来必可对本翻利。但是您的账放得太远了，我为您担心。这种投资我并无反对理由，因为各人有各人耗费生命的权利和自由，这正同我打量投海，觉得投海是一种幸福时，您不便干涉一样。不过我若是个女人，对于您的计划，可并无多少兴味。您虽有哲学，却缺少常识。您以为您到了那个年龄，脑子还能有如今这样充满幻想，且以为女子到了四十岁，也还会如十八岁时那么多情善感。这真是糊涂。我敢说您必输到这上面。您若有兴味去看一本关于××的书籍，您会觉得您那哲学必需加以小小修改了。您爱她，得给她。这是自然的道理。您爱她，使她归您，这还不够，因为时间威胁到您的爱，便想违反人类生命的秩序，而且说这一切是在为女人着想。我看，这同束身缠脚一样，不大自然，有点残忍。"

"你以为这个事太不近情，是不是？我们每一个人都可以听凭自己意志建筑一座礼拜堂，供奉自己所信仰的那个上帝。我所造的神龛，我认为是世界上最美丽的神龛。这事由你看来，这么办耗费也许大一点。可是恋爱原本就是一种奢侈的行为。这世界正因为吝啬的人太多了，所以凡事总做不好。我觉得吝啬原邻于愚蠢。一个人想把自己人格放光，照耀蓝空，眩人眼目如金星，愚蠢人决做不出。"

"您想这么做是中了戏剧的毒。您能这么做可以说是很有演剧的天才。我应当承认您的聪明。"

"您说对了，我是在演剧。很大胆的把角色安排下来，我期待的就正是在全剧进行中很出众，然而近人情，到重要时忽然一转，尤其惊人。"

达士先生说：

"说得对。一个人若真想把自己的生活放在热闹紧张场面上发展，放在一种变态的不自然的方法中去发展，从一个艺术家眼里看来，没有反对的道理，一切艺术原皆不容许平凡。不过仍然用演戏取譬，你想不想到时间太久了一点，您那个女角，能不能支持得下去？世界上尽有许多女人在某一时具有为诗人与浪子拜倒那个上帝的完美，但决不能持久。您承认她们到某一时会把生命光彩失去，却不想想一个表面失去了光彩的女人，还剩下一些什么东西。"

　　"那您意思怎么样？"

　　"爱她，得到她。爱她，一切给她。"

　　"爱她，如何能长久得到她？一切给她，什么是我？若没有我，怎么爱她？"

　　达士先生知道教授戊是个结了婚后一年又离婚的人，想明白他对于这件事的意见同感想。下面是教授戊的答案：

　　女人，多古怪的一种生物！你若说："我的神，我的王后，你瞧，我如何崇拜你！让莎士比亚的胸襟为一个女人而碎吧，同我来接一个吻！"好辞令。可是那地方若不是戏台，却只是一个客厅呢？你将听到一种不大自然的声音（她们照例演戏时还比较自然），她们必回答你说："不成，我并不爱你。"好，这事也就那么完结了。许多男子就那么离开了他的爱人，男的当然便算作失恋。过后这男子事业若不大如意，名誉若不大好，这些女人将那么想："我幸好不曾上当。"但是，另外某种男子，也不想做莎士比亚，说不出那么雅致动人的话语。他要的只是机会。机会许可他傍近那个女子身边时，他什么空话都不必说，就默默的吻了女人一下，这女子在惊慌失措中，也许一伸手就打了他一个耳光。然而男子不作声，却索性抱了女子，在那小小嘴唇上吻个一分钟。他始终没有说话，不为行为加以解释。他知道这时节本人不在议会，也不在课室，他只在做一件事！结果，沉默了。女人想："他已吻过我了。"同时她还知道了接吻对于她毫无什么损失。到后，她成了他的妻子。这男人同她过日子过得好，她十年内就为他养了一大群孩子，自己变成一个中年胖妇人。男子不好，她会解说：这是命。

　　是的，女人也有女人的好处。我明白她们那些好处。上帝创造她们时并不十分马虎，既给她们一个精致柔软的身体，又给她们一种知足知趣的性情，而且更有意思，就是同时还给她们创造一大群自作多情的又痴又笨的男子，因此有恋爱小说，有诗歌，有失恋自杀，有……结果便是女人在社会上居然占据一种特殊地位，仿佛凡事皆少不了女人。

我以为这种安排有一点错误。从我本身起始，想把女人的影响，女人的牵制——尤其是同过家庭生活那种无趣味的牵制，在摆脱得开时趁早摆脱开。我就这样离了婚。

达士先生向草坪望着，"老王，草坪中那黄花叫什么名？"

老王不曾听到这句话，不作声，低头做事。

达士先生又说："老王，那个从草坪里走来看庚先生的女人是什么人？"

听差老王一面收拾书桌一面也举目从窗口望去，"×× 女子中学教书先生。长得很好，是不是？"说着，又把手向楼上指指，轻声的说："快了，快了。"那意思似乎在说两人快要订婚，快要结婚。

达士先生微笑着，"快什么了？"

达士先生书桌上有本老舍作的小说，老王随手翻了那么一下，"先生，这是老舍作的，你借我这本书看看好不好？怎么这本书名叫《离婚》？"

达士先生好像很生气的说：

"怎么不叫《离婚》？我问你，老王。"

楼上电铃忽响，大约住楼上的教授庚，也在窗口望见了经草坪里通过向寄宿舍走来的女人了，呼唤听差预备一点茶。

一个从 ×× 寄过青岛的信——

达士先生：

你给我为历史学者教授辛画的那个小影，我已见到了。你一定把它放大了点。你说到他向你说的话，真不大像他平时为人。可是我相信你画他时一定很忠实。你那支笔可以担保你的观察正确。这个速写同你给其他先生们的速写一样，各自有一种风格，有一种跃然纸上的动人风格，我看他时非常高兴。不过我希望你——因为你应当记得住，你把那些速写寄给什么人。教授辛简直是个疯子。

你不是说宿舍里一共有八个人吗？怎么始终不告诉我第七个是谁，你难道半个月以来还不同他相熟？照我想来这一定也有点原因。好好的告给我。

天保佑你。

瑗瑗

达士先生每当关着房门，记录这些专家的风度与性格到一个本子上去时，便发生一种感想："没有我这个医生，这些人会不会发疯？"其实这些人永远不会发疯，那是很明白的，并且发不发疯也并非他注意的事情，他还有许多必须注意的事。

他同情他们，可怜他们。因为他自以为是个身心健康的人。他预备好好的来把这些人物安排在一个剧本里，这自以为医治人类灵魂的医生，还将为他们指示出一条道路，就是凡不能安身立命的中年人，应勇敢走去的那条道路。他把这件事，描写得极有趣味，寄给那个未婚妻去看。

但这个医生既感觉在为人类尽一种神圣的义务，发现了七个同事中有六个心灵皆不健全，便自然引起了注意另外那一个健康人的兴味。事情说来稀奇，另外那个人竟似乎与他"无缘"。那人的住处，恰好正在达士先生所住房间的楼上，从××大学欢迎宴会的机会中，那人因同达士先生座位相近，×校长短短的介绍，他知道那是经济学者教授庚。除此以外，就不能再找机会使两人成为朋友了。两人不能相熟，自然有个原因。

达士先生早已发现了，原来这个人精神方面极健康，七个人中只有他当真不害什么病。这件事得从另外一个人来证明，就是有一个美丽女子常常来到寄宿舍，拜访经济学者庚。

有时两人在房子里盘桓，有时两人就在窗外那个银杏树夹道上散步。那来客看样子约有二十五六岁，同时看来也可以说只有二十来岁。身材面貌皆在中人以上。最使人不容易忘记，就是一双诗人常说"能说话能听话"的那种眼睛。也便是这一双眼睛，因此使人估计她的年龄，容易发生错误。

这女人既常常来到宿舍，且到来以后，从不闻一点声息，仿佛两人只是默默的对坐着。看情形，两个人感情很好。达士先生既注意到这两

◎晚年沈从文和孙辈孩子们。

个人，又无从与他们相熟，因此在某一时节，便稍稍滥用一个作家的特权，于一瞥之间从女人所得的印象里，想象到这个女子的出身与性格，以及目前同教授庚的关系。

这女子或毕业于北平故都的国立大学，所学的是历史，对诗词具兴味，因此词章知识不下于历史知识。

这女子在家庭中或为长女。家中一定是个绅士门阀，家庭教育良好，中学教育也极好。从×大学历史系毕业后，就来到×女子中学教书，每星期约教十八点钟课，收入约八十元左右。在学校中很受同事与学生敬爱，初来时，且间或还会有一个富冒险心而不大知趣的山东籍国文教员，给她一种不甚得体的殷勤。然而那一种端静自重的外表，却制止了这男子野心的扩张。还有个更重要的原因，便是北平方面每天有一个信给她，这件事从学校同事看来，便是"有了主子"的证明，或是一个情人，或是一个好友，便因为这通信，把许多人的幻想消灭了。这种信从上礼拜起始不再寄来，原来那个写信人教授庚已到青岛，不必再写什么信了。

这女人从不放声大笑，不高声说话，有时与教授庚一同出门，也静静的走去，除了脚步声便毫无声响。教授庚与女人的沉默，证明两人正爱着，而且贴骨贴肉如火如荼的爱着。唯有这种症候中，两个人才能够如此沉静。

女人的特点是一双眼睛，它仿佛总时时刻刻警告人，提醒人。你看她，它似乎就在说："您小心一点，不要那么看我。"一个熟人在她面前说了点放肆话，有了点不庄重行动，它也不过么看看。这种眼光能制止你行为的过分，同时又俨然在奖励你手足的撒野。它可以使俏皮角色诚实稳重，不敢胡来乱为，也能使老实人发生幻想，贪图进取。它仿佛永远有一种羞怯之光，这个光既代表贞洁，同时也就充满了情欲。

由于好奇，或由于与好奇差不多的原因，达士先生愿意有那么一个机会，多知道一点点这两人的关系，因为照他的观察来说，这两人关系一定不大平常，其中有问题，有故事。再则女的那一分沉静实在吸引他，使他觉得非多知道她一点不可。而且仿佛那女人的眼光，在达士先生脑子里，已经起了那么一种感觉："先生，我知道你是谁。我不讨厌你。到我身边来，认识我，崇拜我，你不是个糊涂人，你明白，这个情形是命定的，非人力所能抗拒的。"这是一种挑战，一种沉默的挑战，然而达士先生却无所谓。他不过有点儿好奇罢了。

那时节，正是国内许多刊物把达士先生恋爱故事加以种种渲染，引起许多人发生兴味的时节。这个女人必知道达士先生是个什么人，知道达士先生行将同谁结婚，还知道许多达士先生自己也不知道的事情，就是那种按照上海流行风气，失去真实性的某一种铺排得极其动人的谣言。

达士先生来到青岛的一切见闻，皆告诉给那个未婚妻，上面事情同一点感想，却保留在一个日记本子上。

达士先生有时独自在大草坪散步，或从银杏夹道上山去看海，有三四次皆与那个经济学者一对碰头。这种不期而遇也可以说是什么人有意安排的。相互之间虽只随随便便那么点一点头各自走开，然而在无形中却增加了一种好印象。当达士先生从那个女人眼睛里再看出一点点东西时，他逃避了那一双稍稍有点危险的眼睛，散步时走得更远了一点。

他心想："这真有点好笑。若在一年前，一定的，目前的事会使我害一种很厉害的病。可是现在不碍事了，生活有了免疫性，那种令人见寒作热的病不至于上身了。"他觉得他的逃避，却只是在那里想方设法使别人不至于害那种病。因为那个女人原不宜于害病，那个教授庚，能够不害那一种病，自然更好。

可是每种人事原来皆俨然被一只看不见的手所安排。一切事皆在凑巧中发生，一切事皆在意外情形下变动。××学校的暑期学校演讲行将结束时，某一天，达士先生忽然得到一个不具名的简短信件，上面只写着这样几句话：

　　学校快结束了，舍得离开海吗？（一个人）

　　一个什么人？真有点离奇可笑。

　　这个怪信送到达士先生手边时，凭经验，可以看出写这个信的人是谁。这是一颗发抖的心同一只发抖的手，一面很羞很怯，又一面在狡猾的微笑，把信写好亲自付邮的。不管这个人是谁，不管这信写得如何简单，不管写这个信的人如何措辞，达士先生皆明白那种来信表示的意义。达士先生照例不声不响，把那种来信搁在一个大封套里。一切如常，不觉得幸福也不觉得骄傲。间或也不免感到一点轻微惆怅。且因为自己那分冷静，到了明知是谁以后，表面上还不注意，仿佛多少总辜负了面前那年轻女孩子一分热情，一分友谊。可是这仍然不能给他如何影响。假若沉静是他分内的行为，他始终还保持那分沉静。达士先生的态度，应当由人类那个习惯负一点责。应当由那个拘束人类行为，不许向高尚纯洁发展，制止人类幻想，不许超越实际世界，一个有势力的名词负点责。达士先生是个订过婚的人。在"道德"名分下，把爱情的门锁闭，把另外女子的一切友谊拒绝了。

　　得到那个短信时，达士先生看了看，以为这一定又是一个什么自作多情的女孩子写来的。手中拈着这个信，一面想起宿舍中六个可怜的同事，心中不由得不侵入一点忧郁。"要它的，它不来；不要的，它偏来。"这便是人生？他于是轻轻的自言自语说："不走，又怎么样？一个真正古典派，难道还会成一个病人？便不走，也不至于害病！"的确，就因事留下来，纵不走，他也不至于害病的。他有经验，有把握，是个不怕什么魔鬼诱惑的人。另外一时他就站过地狱边沿，也不眩目，不发晕。当时那个女子，却是个使人值得向地狱深阱跃下的女子。他有时自然也把这种近于挑战的来信，当成青年女孩子一种大胆妄为的感情的游戏，为了训练这些大胆妄为的女孩子，他以为不作理会是一种极好的处置。

　　　瑗瑗：
　　　我今天晚车回××。达士。

达士先生把一个简短电报亲自送到电报局拍发后，看看时间还只五点钟。行期既已定妥，在青岛勾留算是最后一天了。记起教授乙那个神气，记起海边那种蚌壳。当达士先生把教授乙在海边拾蚌壳这件事告给瑗瑗时，回信就说：不要忘记，回来时也为我带一点点蚌壳来，我想看看那个东西！

达士先生出了电报局，便向海边走去。

到了海水浴场，潮水方退，除了几个骑马会的外国人骑着黑马在岸边奔跑外，就只有两个看守浴场工人在那里收拾游船，打扫沙地。达士先生沿着海滩走去，低着头寻觅这种在白沙中闪放珍珠光的美丽蚌壳。想起教授乙拾蚌壳那副神气，觉得好笑。快要走到东端时，忽然发现湿沙上有谁用手杖斜斜的划着两行字迹，走过去看看，只见沙上那么写着：

这个世界也有人不了解海，不知爱海。也有人了解海，不敢爱海。

达士先生想想那个意思，笑了。他是个辨别笔迹的专家，认识那个字迹，懂得那个意义，看看潮水的印痕，便知道留下这种玩意儿的人，还刚刚离此不久。这倒有点古怪。难道这人就知道达士先生今天一早上会来海边，恰好先来这里留下这两行字迹？还是这人每天皆来到海边，写那么两行字，期望有一天会给达士先生见到？不管如何，这方式显然的是在大胆妄为以外，还很机伶的狡猾，达士先生皱眉头看了一会，就走开了。一面仍然低头走去，一面便保护自己似的想道："鬼聪明，你还是要失败的。你太年轻了，不知道一个人害过了某种病，就永远不至于再传染了！你真聪明，你这点聪明将来会使你在另外一件事情上成就一件大事业，但在如今这件事情上，应当承认自己赌输了！这事不是你的错误，是命运。你迟了一年……"然而不知不觉，却面着大海一方，轻轻的抒一口气。

不了解海，不爱海，是的。了解海，不敢爱海，是不是？

他一面走一面口中便轻轻数着："是——不是？不是——是？"

忽然间，沙地上一件新东西使他愣住了。那是一对眼睛，在湿沙上画好的一对美丽眼睛。旁边还那么写道："瞧我，你认识我！"是的，那是谁，达士先生认识得很清楚的。

一个爬沙工人扛一把平头铲沿着海岸走来，走过达士先生身边时，达士先生赶着问："慢点走，我问你，你知不知道这是谁画的？"说完他把手指着那些骑马的人。那工人却纠正他的错误，手指着山边一堵浅黄色建筑物，"哪，女先生画的！"

"你亲眼看见是个女先生画的？"

工人看看达士先生，不大高兴似的说："我怎不眼见？"

那工人说完，扬扬长长的走了。

达士先生在那沙地上一对眼睛前站立的一分钟，仍然把眉头略微皱了那么一下，沉默的沿海走去了。海面有微风皱着细浪。达士先生弯腰拾起了一把海沙向海中抛去。"狡猾东西，去了吧。"

十点二十分钟达士先生回到了宿舍。

听差老王从学校把车票取来，告给达士先生，晚上十一点二十五分开车，十点半上车站不迟。

到了晚上十点钟，那听差来问达士先生，是不是要他把行李先送上车站去，就便还给达士先生借的那本《离婚》。达士先生会心微笑的拿起那本书来翻阅，却给听差一个电报稿，要他到电报局去拍发。那电报说：

瑷瑷：
我害了点小病，今天不能回来了。我想在海边多住三天，病会好的。达士。

一件真实事情，这个自命为医治人类魂灵的医生，的确已害了一点儿很蹊跷的病。这病离开海，不易痊愈的，应当用海来治疗。

在青岛福山路山大宿舍写

赏析

面对现代性爱而展示知识者灵魂

在沈从文所有的短篇小说中，《八骏图》应当说是非常讲究叙事技巧，且是对都市知识者的人性批判很具深度的一篇。

题目称"八骏"，历来相传为周穆王的八匹出了名的座骑。这里借用指小说描写的八位教授。因为全篇是从性爱的角度切入，一一展示这些知识精英的灵魂，配上这个标题便带有讽喻味道。小说可能有一点自叙成分，不会是自叙传，当然都是作者观察体验过的。八教授住在"青岛住宅区福山路山上，一座白色小楼房"，作品落

◎上世纪70年代与故宫搞文物研究的同行合影。左三为沈从文。

◎上世纪50年代初与历史博物馆同事在午门上工作照。

尾署"在青岛福山路山大宿舍写",好像故意在挑明相互的一致。教授们从"甲"排起到"辛",戊己庚辛,偏偏漏掉一个"己",教授己即达士先生自己,贯串前后的中心人物。如果这个悬测有些道理,本篇讽人也自讽,剖人也自剖,全体落入了作者的世界,无一幸免。

达士先生离开未婚妻瑗瑗到青岛来做暑期大学的讲演。这位客座教授俨然是个"闯入者",天然站在评判别个教授的位置上。他称自己是"医生","古典派"的七位专家来看过他这个"三十岁的小说作家",便成了"浪漫派",但他认为他们"皆好像有一点病",富有学识、庄严、老成,却不懂得享用人生。特别是在一种道貌岸然的"道德"名分下,遵行上等知识者社会通用的行为规则,压抑、扭曲自己的天性,造成了一个一个精神上的阉人。在透过表面,揭发这群高等教授们性压抑所造成的各种变态方面,作者的笔显得十分尖刻。写教授甲异常简洁,白描一样由环境来暗示人:全家福照片,多子,太太已肥胖;枕旁置《疑雨集》(明代王彦泓所撰,多为艳体)、《五百家香艳诗》;蚊帐里有半裸美女广告画;窗台上放保肾药。这显然是个性机能衰竭,却又转向极度意淫的男人。教授乙专门在海滩边看女人,谈女人,夸赞上海女人不惧冷(所穿新式浴衣之裸)。写法非常别致的是带空白的对话。教授乙谈女人时达士先生的对答是空白,可以理解成无以为答,或者是含含糊糊代答。等到达士先生询问教授乙为何把夫人撇在家乡一人在外过独身,上海何以比北平好时，乙的对话又成为空白。一个细节：教授乙从女人脚印里拾起一枚蚌壳，用手轻拭壳上粘附的沙粒。这个动作所谓充满着"情欲"，因在中国文化中蚌壳是隐喻着女性性器官的。教授乙按作品说他近于"疯狂"，他的性饥渴果然十分外露。丙是哲学教授，他对达士讲了个别人的故事：×先生执行精神恋爱，与爱人同房分床而居，违背人性，活生生把个好女人恹恹地病死。丙骂×是"阉鸡"，"不过是佛教不净观，与儒家贞操说两种鬼在那作祟"。但达士问起他的恋爱观，他搪塞不作答，声称那是儿女们的玩意儿；看起希腊爱神胴体上的凹下处和凸出处倒津津有味，而且

◎沈从文手绘古代服饰图形资料。

脑中闪着内侄女苗条圆熟的倩影。故此达士也将他归入"疯狂"一类。史汉专家教授丁是与达士讨论爱情哲学，坐在乳白色游艇之上，衬着宝石蓝如镜面一样平的海面，一人一段地谈下去。丁的观点新奇，他喜欢女人，对许多女人倾心，却再不会同一个女人结婚。他说他已爱上一个，但为了永久得到她便要逃避她，在她鲜活光彩的年龄尽她嫁人，到她四十岁时才告爱她，使她在自己心上还能好好地存活。这种对爱的压抑与束胸缠脚一样，是残忍的，违反人类生命秩序的，但偏偏打着一切替女人着想的旗手，不仅自虐而且虐人。教授戊是通过他一段独白，表明他既要享受女人的好处，又要不被牵制，所以结婚后旋即离婚，再来宣布女人是个"古怪的生物"。写庚这个经济学教授是运用想象，从他沉静的不作声的恋爱去推演，虚构其人。初时读者也许会跟着达士先生的感觉走，误认为庚是唯一的"精神方面极健康"的，等到行将结婚的女中学教员突然爱上达士，才恍然悟到这"静静"的爱正是冷冰冰的，没有热度的。至于辛，由暖暖的信点明他的

◎1952年沈从文在苏州虎丘。

言行不一，"简直是个疯子"，也就尽够了。小说这样按次序一一罗列七名教授性格思想，本是写家的大忌，沈从文靠变换叙述方式和角度，像摇过一个一个展台使每个人物纤毫毕露，避免了行文的板结。而各种性心理畸变的展示，仿佛在挖文明人的疮疤。

当然，挖掘较深的还是达士先生。他是审判别人的，似乎在"八骏"之外。最后的陡转把他潜在的一面猛地曝光，有强烈的喜剧效果。他本是作者的"宠儿"，那七个教授用的是略粗的讽刺线条，独有他和未婚妻瑗瑗，和穿浅黄颜色袍子女人的关系，是用微妙的抒情的色彩点染，嘲弄的意味都在心理层面上，而且是一息一息泄露。几乎在达士先生到达青岛的第一天，他便在窗外草坪上捕捉到黄袍女人，并把那点颜色深藏在心里。他自恃不会害七教授们共同害的病，自慰有免疫性，结果愈保持距离，愈不去接触教授庚及其女友，就愈煽起对那女人的向往。当他凭着小说家的本能，妄自编排起这个女人良好的身世、教育和端静自重的性情时，危险已经过近。他把山东一切见闻都一日几封信地写给远方的未婚妻，却把对这个女人挑战般的眼光的感想，单独写入日记。这之后，自女人谈海的匿名信出现，达士先生便可笑地只剩下一步步挣扎的份儿。发出给瑗瑗的回归电报，又要去海边拾蚌。沙滩上先后现出"也有人了解海，不敢爱海"的字迹，与美丽眼睛的画，如电击中他。真是一场心理败仗。不断地告诫，不断地对抗，不断地陷入，直至拖迟回归，承认也害了病。小说后半段达士先生完整的人格分裂为二，不管如何自我拯救，都难逃"全军覆没"的命运。

请读者注意，《八骏图》并不负有向社会提供美满的婚恋方式和内容的使命。沈从文从人性的缺欠、人性的冲突入手，指出一种广泛的文化现象：自认深得现代文明真谛的高等知识者，也和一个普通的湘西乡民一样，阻挡不住性爱的或隐或显的涌动。所不同的是乡下人反能返璞归真，求得人性的和谐；而都市的智者却用"习惯"、"道德"种种绳索无形地捆绑住自己，拘束与压制自己，以至于失态，跌入更加不道德的轮回之中。作品说，八骏们的出乖露丑，"应当由人类那个习惯负一点责。应当由那个拘束人类行为，不许向高尚纯洁发展，制止人类幻想，不许超越实际世界，一个有势力的名词负点责"。这段话是画龙点睛之笔，透出沈从文于讽刺中所寄托的高远人性理想。它可能在目前仍属于人类幻想之一，但是美的。而文学本来就属于审美。阅读本篇可联系沈从文描写都市和乡村的性爱主题的各种文字，关注这个作家对人的思考。对于他，性爱即人的生命存在、生命意识的符号。压抑性爱是人类文明进程中相伴随而来的生命力萎缩的标志。由此，沈从文才提出民族性重造和人的重造的过于沉重的命题。

这篇小说在讽刺运用方面，比《绅士的太太》繁复。主要是笔致细腻，把传统的谴责性揭露手法尽量减弱，注重心理讽刺，大胆地渗入象征。各种颜色皆代表女性，如紫色、红色，特别是自始至终那个撩人的黄色："草

◎沈从文手绘古代人物图形资料。

坪里有个黄色点子，恰恰镶嵌在全草坪最需要一点黄色的地方"；爬沙工人说沙滩上的画是女先生画的，"手指着山边一堵浅黄色建筑物"。大海也是女性的代号，宽博而充满诱惑："学校快结束了，舍得离开海吗？""不了解海，不爱海，是的。了解海，不敢爱海，是不是？""这个自命为医治人类魂灵的医生，的确已害一点儿很蹊跷的病。这病离开海，不易痊愈的，应当用海来治疗"。后者是小说的结句，传达出一种含蓄的嘲弄口吻。加上书信、日记、电报文的巧妙穿插，警策性对话的恰当设置，使全篇结构相当精致。或许过分用力也是这篇小说优长中间的一个弱处。京派的精巧讽刺风格可见一斑。

　　小说中有几个疑句。教授丁在海上"讨论着当年若墨医生与达士先生讨论尚未得出结果的那个问题——女人"，这请参看沈从文另一短篇《若墨医生》。若墨激烈地说他"讨厌青年会式的教徒，同自作多情的女子"，却终于与牧师的女儿一见钟情，喜结良缘。不过，《若墨医生》里并没有一个叫做"达士"的人物，只有"我"，可见作者已把"达士"与"我"的角色混淆。还有一句是教授乙说的，"我不了解刘半农的意思。女子文理学院的学生全笑他"，似指1933年至1934年间刘半农（复）在《论语》杂志发表的关于婚恋言论的反响。比如刘曾在自批自注的桐花芝豆堂打油诗里，用玩笑的语气主张实行"有期婚"（婚期一年，期满可延长也可撒手）。这在今天看来或许不足为奇，当年却够出格，难怪连偷盯女人悄成瘾的教授也要用骇怪来表示自己的高洁了。

（吴福辉）

新与旧

　　金县军民各界，于是流行着那个"最后一个
刽子手"的笑话，无人不知，并且还依然传说，
那家伙是痰迷心窍白日见鬼吓死的。

　　光绪某年。

　　日头黄浓浓晒满了小县城教场坪，坪里有人跑马。演武厅前面还有
许多身穿各色号衣的人，在练习十八般武艺。到霜降时节，道尹必循例
验操，整顿部伍，执行升降赏罚，因此直属辰沅永靖兵备道各部队都加
紧练习，准备过考。演武厅前马扎子上坐的是游击千总同教官，一面喝
盖碗茶，一面照红册子点名。每个兵士都有机会选取合手行头，单个儿
或配对子舞一回刀枪，驰马尽马匹入跑道后，纵辔奔驰，真个是来去如
风。人在马上显本事，便用长矛杀球，或回身射箭，百步穿杨，看本领
如何，博取彩声和嘲笑。

　　战兵杨金标，名分直属苗防屯务处第二队。这战兵在马上杀了一阵
球，又到演武厅来找对手玩"双刀破牌"。执刀的虽来势显得异常威猛，
他却拿着两个牛皮盾牌，在地上滚来滚去，真像刀扎不着，水泼不进。
相打到十分热闹时，忽然一个穿红号褂子传令兵赶来站在滴水檐前传话：

　　"杨金标，杨金标，衙门里有公事，午时三刻过西门外听候使唤！"

　　战兵听到使唤，故意卖个关子。向地上一跌，算是被对手砍倒了，
赶忙抛下盾牌过去回话。传令兵走后，这战兵到马门边歇憩，大家一窝
蜂拥过去，都知道今天中午有案件要办，到时就得过西门外去砍一个人
的头。原来这人一面在教场坪营房里混事，一面在城里大衙门当差，不
止马上平地有好本领，还是一个当地最优秀的刽子手。

　　吃过饭后，这战兵身穿双盘云青号褂，包一块绉丝帕头，带了他那
把尺来长的鬼头刀，便过西门外等候差事。到晌午时，城中一连响了三
个小猪仔炮，不多久，一队人马就拥来了一个被吓得痴痴呆呆的汉子，

面西跪在大坪中央，听候发落。这战兵把鬼头刀藏在手拐子后，走过凉棚公案边去向监斩官打了个千，请示旨意。得到许可，走近罪犯身后，稍稍估量，手拐子向犯人后颈窝一擦，发出个木然的钝声，那汉子头便落地了。军民人等齐声喝彩——对于这独传拐子刀法喝彩！这战兵还有事做，不顾一切，低下头直向城隍庙跑去。

到了城隍庙，照规矩在菩萨面前磕了三个响头，赶忙躲藏到神前香案下去，不作一声，等候下文。

过一会儿，县太爷也照规矩带领差役，鸣锣开道前来进香。上完香，一个跑风的探子，忙匆匆的从外边跑来，跪下回事："禀告太爷，西门城外小河边有一平民被杀，尸首异处，流血遍地，凶手去向不明。"

县太爷虽明明白白在稍前一时，还亲手抹朱勒了一个斩条，这时节照习惯却俨然吃了一惊，装成毫不知情的神气，把惊堂木一拍，用京腔大声说："青天白日之下，有这等事，还了得！"

即刻差派员役城厢各处搜索，且限令出差人员，即刻把人犯捉来。又令人排好公案，预备人犯来时在神前审讯。那做刽子手的战兵，估计太爷已坐好堂，赶忙从神桌下爬出，跑在太爷面前请罪。禀告履历籍贯，声明西门城外那人是他杀的，有一把杀人血刀呈案作证。

县太爷于是再把惊堂木一拍，装模作样的打起官腔来问案。刽子手一面对杀人事加以种种分辩，一面就叩头请求太爷开恩。到结果，太爷于是连拍惊堂木，喝叫差役"与我重责这无知乡愚四十红棍！"差役把刽子手揪住，按在冷冰冰方砖地上，"一五一十"、"十五二十"那么打了八下，面对太爷禀告棍责已毕。一名衙役把个小包封递给县太爷，县太爷又将它向刽子手身边掼去。刽子手捞着了赏号，一面叩头谢恩，一面口上不住颂扬"青天大人禄位高升"。等到一切应有手续当着城隍爷爷面前办理清楚后，县太爷便打道回衙去了。

这是边疆僻地种族压迫各种方式中之一种。

一场悲剧必须如此安排，正符合了"官场即是戏场"的俗话，也有理由。法律同宗教仪式联合，即产生一个戏剧场面，且可达到那种与戏剧相同的快乐目的。原因是边疆僻地的统治，本由人神合作，必在合作情形下方能统治下去。即如这样一件事情，当地市民同刽子手，也就把它看得十分慎重。尤其是那四十下杀威棍，对于一个刽子手似乎更有意义。统治者必使市民得一印象，即是为官家服务的刽子手，杀人也有罪过，对死者负了点责任。然而这罪过却由神作证，用四十下象征性的杀威棍责可以禳除。这件事既已成为当地习惯，自然会好好的保存下来，直到社会一切组织崩溃改革时为止。

刽子手砍下一个无辜人头，便可得三钱二分银子。领下赏号的战兵，回转营上时必打酒买肉，邀请队中兄弟同吃同喝，且和众人讨论刀法，讨论一个人挨那一刀前后的种种，并摹拟先前一时与县正堂在城隍庙里打官话的腔调取乐。

——战兵杨金标，你岂不闻王子犯法，应与庶民同罪？一个战兵，胆敢在青天白日之下，持刀杀人！

——青天大人容禀……

——鬼神在上，为我好好招来！

——青天大人容禀……

于是喊一声打，众人便揪成一团，用筷头乱打乱砍起来。

战兵年纪正二十四岁，还是个光身汉子，体魄健康，生活自由自在，手面子又好，一切皆来得干得；对于未来的日子，便怀了种种光荣的幻想。"万丈高楼从地起"，同队人也觉得这家伙将来不可小觑。

民国十八年。

时代有了变化，宣统皇帝的江山，被革命党推翻了。前清时当地著名的刽子手，一口气用拐子刀团团转砍六个人头，不连皮带肉所造成的奇迹也不会再有了。时代一变化，"朝廷"改称"政府"，当地统治人民方式更加残酷，这个小地方毙人时常是十个八个。因此一来，任你怎么英雄好汉，切胡瓜也没那么好本领干得下。被排的全用枪毙代替斩首，于是杨金标变成了一个把守北门城上闩下锁的老土兵。他的光荣时代已经过去，全城人在寒暑交替中，把这个人同这个人的事业慢慢的完全忘掉了。

他年纪已六十岁，独身住在城门边一个小屋里。墙板上还挂了两具牛皮盾牌、一副虎头双钩、一支广式土枪、一对护手刀，全套帮助他对于他那个时代那分事业倾心的宝贝。另外还有两根钓竿、一个鱼叉、一个鱼捞兜，专为钓鱼用的。一个葫芦，常常有半葫芦烧酒。至于那把杀人宝刀，却挂在枕头前壁上。（三十年前每当衙门里要杀人时，据说那把刀先一天就会来个预兆。一入了民国，这刀子既无用处，预兆也没有了。）这把宝刀直到如今一拉出鞘时，还寒光逼人，好像尚不甘心自弃的样子。刀口上还留下许多半圆形血痕，刮磨不去。老战兵日里无事，就拿了它到城上去，坐在炮台头那尊废铜炮身上，一面晒太阳取暖，一面摩挲它，赏玩它，兴致好时也舞那么几下。

城楼上另外还驻扎了一排正规兵士，担负守城责任。全城兵士早已改成新式编制。老战兵却仍然用那个战兵名义，每到月底就过苗防屯务处去领一两八钱银子，同一张老式粮食券。银子作价折钱，粮食券凭券换八斗四升毛谷子。他的职务是早晚开闭城门，亲自动手上闩下锁。

他会喝一杯酒，因此常到杨屠户案桌边去谈谈，吃猪脊髓氽汤下酒。到沙回回屠案边走一趟，带一个羊头或一副羊肚子回家。他懂得点药性，因此什么人生疱生疮托他找药，他必很高兴出城去为人采药。他会钓鱼，也常常一个人出城到碾坝上长潭边去钓鱼，把鱼钓回来焖好，就端钵头到城楼上守城兵士伙里吃喝，大吼几声五魁八马。

大六月三伏天，一切地方热得同蒸笼一样，他却躺在城楼上透风处打鼾。兵士们打拳练国术，弄得他心痒手痒时，便也拿了那个古董盾牌，一个人在城上演"夺槊"、"砍拐子马"等等老玩意儿。

城下是一条长河，每天有无数妇人从城中背了竹笼出城洗衣，各蹲在河岸边，扬起木杵捣衣；或高卷裤管，露出个白白的腿肚子，站在流水中冲洗棉纱。河上游一点有一列过河的跳石，横亘河中，同条蜈蚣一样。凡从苗乡来做买卖的，下乡催租、上城算命的、割马草的、购鱼秧的、跑差的、收粪的，连牵不断从跳石上通过，终日不息。对河一片菜园，全是苗人的产业，绿油油的菜圃，分成若干整齐的方块，非常美观。菜园尽头就是一段山冈，树木郁郁苍苍。有两条大路，一条翻山走去，一条沿河上行，都进逼苗乡。

城脚边有个小小空地，是当地卖柴卖草交易处，因此有牛杂碎摊子，有粑粑江米酒摊子，并且还有几个打铁的架棚砌炉做生意，打造各式镰刀、砍柴刀以及黄鳝尾小刀，专和乡下来城的卖柴卖草人做生意。

老战兵若不往长潭钓鱼，不过杨屠户处喝酒，就坐在城头那尊废铜炮上看人来往。或把脸掉向城里，可望见一个小学校的操坪同课堂。那

◎上世纪60年代沈从文和历史博物馆同事合影。

学校为一对青年夫妇主持，或上堂，或在操坪里玩，城头上全望得清清楚楚。小学生好像很欢喜他们的先生，先生也很欢喜学生。那个女先生间或把他们带上城头来玩，见到老战兵盾牌，女的就请老战兵舞盾牌给学生看。（学生对于那个用牛皮做成绘有老虎眉眼的盾牌，充满惊奇与欢喜，这些小学生知道这个盾牌后，上学下学一个个悄悄的跑到老战兵家里来看盾牌，也是常有的事。）有时小学生在坪子里踢球，老战兵若在城上，必大声呐喊给输家"打气"。

有一天，又是一个霜降节前，老战兵大清早起来，看看天气很好，许多人家都依照当地习惯大扫除，老战兵也来一个全家大扫除，卷起两只衣袖，头上包了块花布帕子，把所有家业搬出屋外，下河去提了好些水来将家中板壁一一洗刷。工作得正好时，守城排长忽然走来，要他拿那把短刀赶快上衙门里去，衙门里人找他有要紧事。

他到了衙署，一个挂红带子的值日副官，问了他几句话后，要他拉出刀来看了一下，就吩咐他赶快到西门外去。

　　一切那么匆促那么乱，老战兵简直以为是在梦里。正觉得人在梦里，他一切也应含含糊糊，不能加以追问，便当真跑到西门外去。到了那儿一看没有公案，没有席棚，看热闹的人一个也没有。除了几只狗在敞坪里相咬以外，只有个染坊中人，挑了一担白布，在干牛屎堆旁歇憩。一切全不像就要杀人的情形。看看天，天上白日朗朗，一只喜鹊正曳着长尾喳喳喳喳从头上飞过去。

　　老战兵想，"这年代还杀人，真是做梦吗？"

　　敞坪过去一点有条小小溪流，几个小学生正在水中拾石头捉虾子玩，各把书包搁在干牛粪堆上。老战兵一看，全是北门里小学校的学生，走过去同他们说话。

　　"还不赶快走，这里要杀人！"

　　几个小孩子一齐抬起头来笑着，"什么，要杀谁？谁告诉你的？"

　　老战兵心想："真是做梦吗？"看看那染坊晒布的正想把白布在坪中摊开，老战兵又去同他说话。

　　"染匠师傅，你把布拿开，不要在这里晒布，这里就要杀人！"

　　染匠师傅同小学生一样，毫不在意，且同样笑笑的问道："杀什么人？你怎么知道？"

　　老战兵心想："当真是梦么？今天杀谁，我怎么知道？当真是梦，我见谁就杀谁。"

　　正预备回城里去看看，还不到城门边，只听得有喇叭吹冲锋号，当真要杀人了。队伍已出城，一转弯就快到了。老战兵迷迷糊糊赶忙向坪子中央跑去。一会子队伍到了地，匆促沉默的散开成一大圈，各人皆举起枪来向外做预备放姿势，果然有两个年纪轻轻的人被绑着跪在坪子里。并且一个是男人，一个是女人，脸色白僵僵的。一瞥之下，这两个人脸孔都似乎很熟悉，匆遽间想不起这两人如此面善的理由。一个骑马的官员，手持令箭在圈子外土阜下监斩。老战兵还以为是梦，迷迷糊糊走过去向监斩官请示。另外一个兵士，却拖他的手，"老家伙，一刀一个，赶快赶快！"

　　他便走到人犯身边去，擦擦两下，两颗头颅都落了地。见了喷出的血，他觉得这梦快要完结了，一种习惯的力量使他记起三十年前的老规矩，头也不回，拔脚就跑。跑到城隍庙，正有一群妇女在那里敬神，庙祝哗哗的摇着签筒。老战兵不管如何，一冲进来趴在地下就只是磕头，且向神桌下钻去。庙里人见着那么一个人，手执一把血淋淋的大刀，以为不是谋杀犯，就是杀老婆的疯子，吓得要命，忙跑到大街上去喊叫街坊。

一会儿，从法场上追来的人也赶到了，同大街上的闲人七嘴八舌一说，都知道他是守北门城的老头子，都知道他杀了人，且同时断定他已发了疯。原来城隍庙的老庙祝早已死了，本城人年长的也早已死尽了，谁也不注意到这个老规矩，谁也不知道当地有这个老规矩了。

人既然已发疯，手中又拿了那么一把凶器，谁进庙里去说不定谁就得挨那么一刀，于是大家把庙门即刻倒扣起来，想办法准备捕捉疯子。

老战兵躲在神桌下，只听得外面人声杂乱，究竟是什么原因，完全弄不明白。等了许久，不见县知事到来，心里极乱，又不知走出去好还是不走出去好。

再过一会儿，听到庙门外有人拉枪机柄，子弹上了红槽。又听到一个很熟悉的妇人声音说："进去不得，进去不得，他有一把刀！"接着就是那个副官声音："不要怕，不要怕，我们有枪！一见这疯子，尽管开枪打死他！"

老战兵心中又急又乱，不知如何是好，只是迷迷糊糊的想："这真是个怕人的梦！"

接着就有人开了庙门，在门前大声喝着，却不进来。且依旧扳动枪机，俨然即刻就要开枪的神气。许多熟人的声音也听得很分明，其中还有一个皮匠说话。

又听那副官说："进去！打死这疯子！"

老战兵急了，大声嚷着："嗨嗨，城隍老爷，这是怎么的！这是怎么的！"外边人正嚷闹着，似乎谁也不听见这些话。

门外兵士虽吵吵闹闹，谁都是性命一条，谁也不敢冒险当先闯进庙中去。

人丛中忽然不知谁个厉声喊道："疯子，把刀丢出来，不然我们就开枪了！"

老战兵想："这不成，这梦做下去实在怕人！"他不愿意在梦里被乱枪打死。他实在受不住了，接着那把刀果然啷的一声响抛到阶沿上去了。一个兵士冒着大险抢步而前，把刀捡起。其余人众见凶器已得，不足畏惧，齐向庙中一涌而进。

老战兵于是被人捉住，糊糊涂涂痛打了一顿，且被五花大绑起来吊在廊柱上。他看看远近围绕在身边像有好几百人，自己还是不明白做了些什么错事，为什么人家把他当疯子，且不知等会儿有什么结果。眼前一切已证明不是梦，那么刚才杀人的事也应当是真事了。多年以来本地就不杀人，那么自己当真疯了吗？一切疑问在脑子里转着，终究弄不出个头绪。有个人闪不知从老战兵背后倾了一桶脏水，从头到脚都被脏水淋透。大家哄然大笑起来。老战兵又惊又气，回头一看，原来捉弄他的正是本城卖臭豆豉的王跛子，倒了水还正咧着嘴得意哩。老虎兵十分愤怒，破口大骂："王五，你个狗禽的，今天你也来欺侮老祖宗！"

大家又哄然笑将起来。副官听他的说话，认为这疯子被水浇醒，已不再痰迷心窍了，才走进他身边，问他为什么杀了人，就发疯跑到城隍庙里来，究竟见了什么鬼，撞了什么邪气。

"为什么？你不明白规矩？你们叫我办案，办了案我照规矩来自首。你们一群人追来，要枪毙我，差点儿我不被乱枪打死！你们做得好，做得好，把我当疯子！你们就是一群鬼。还有什么鬼？我问你！……"

当地军部玩新花样，处决两个共产党，不用枪决，来一个非常手段，要守城门的老刽子手把两个人斩首示众。可是老战兵却不明白衙门为什么要他去杀那两个年轻人。那一对被杀头的，原来就是北门里小学校两个小学教员。

小学校接事的还不来，北门城管锁钥的职务就出了缺——老战兵死了。全县军民各界，于是流行着那个"最后一个刽子手"的笑话，无人不知，并且还依然传说，那家伙是痰迷心窍白日见鬼吓死的。

1930 年作于北京

赏析

《新与旧》里的历史、哲学与心理

这是一篇篇幅不大，容量却不小的作品。因此，我们的分析，不能不带有某种"随感"性质：就读后所引起的种种感触，作一些随意的发挥。

读《新与旧》，大概首先会注意到小说结构上的特殊处：全篇明显划为两大块（段），每一块（段）开头都有明确的时间标志："光绪……年"与"民国十八年"。沈从文的小说一般并不强调故事发生的时间与时代背景，《新与旧》这样着意突出，并且采用了一般小说忌用的"编年史"式的直接标示，这是不是在暗示这篇小说所特具的某种"历史"的内容与品格呢？或许是这样吧——至少我们可以作如此"联想"。

小说在这"历史"框架下的具体展开，却完全是沈从文式的：小说的主人公竟然是一个刽子手，而且讲一个杀人的故事，却具有那样一种神奇的色彩，以至于一位外国研究者认为，沈从文在小说里"烘托出一派略带超现实主义的气氛"（金介甫：《沈从文传》）。这里，无论是习武，乃至杀人，都成为技艺，甚至可以夸大地说是一种"艺术"，不仅是动作的艺术化，更是士兵和刽子手本人从打扮到神态所透露出的"气派"；在观众的"大声喝彩"中，小说主人公在读者眼里，不知不觉地完成了从"刽子手"向"演员"的角色转换——读者的这种感觉并没欺骗自己，因为人们很快就从作者关于古老的行刑风俗的描写里看到，"杀人"的"悲剧"怎样通过"法律同宗教仪式（的）联合"而变成真正的"戏剧场面"，"且可达到那种与戏剧相同的娱乐目的"：当事人（刽子手和他的队中兄弟）在事后"摹拟先前一时与县正堂在城隍庙里打官话"的情景，也即作"戏谑化地再现"时，

◎上世纪70年代末的沈从文。

就成了真正的"取乐"。——但读者看到这里，却很难笑出声来，"杀人"变成"娱乐"，这毕竟是内含着一种残酷的。而有的读者却会由此而联想起鲁迅关于中国国民性的"嗜杀性"，以及关于中国是个"游戏国"之类的概括，进而思考中国传统文化在将杀人变成娱乐的转化过程中的作用：在某种意义上，难道不可以说，将对"人"的凌辱、迫害，以至杀戮……这一切人间的最大的不幸与罪恶，戏剧化、宗教仪式化、审美化，不正是中国传统礼乐文化和传统习俗的一大特色（与功能）？而这几千年的人互相残杀的历史（历史学家早就说过，一部二十四史就是一部"相斫史"），不也就是在这"装模作样"的"官腔"与懵懵懂懂的"取乐"中一代一代地延续下来？——想到这里，你不能不感到，沈从文所提供给我们的这个"历史寓言"是令人毛骨悚然的。它所响彻的正是"五四"的声音：当年鲁迅发现了中国几千年历史与文化流水簿上赫然写着"吃人"两个字；现在，沈从文的作品又向人们揭示出这"吃人"的勾当是在喧闹的戏剧表演与虔诚的（？）宗教、半宗教的仪式中暗暗完成的：这其实是更为可怕的。——也许沈从文本人并没有如此尖锐的批判意识；他更感兴趣的，大概是这"杀人的宗教仪式"、古老风俗背后的心理内容，这或许更是一种"艺术家"的关注。"杀人"而又必须求助于"神"的"合作"，这其实是内含着一种杀人的"有罪"感以及对于必然引起的"报复"之类的灾难的恐惧感的，因此，无论是向菩萨磕头，还是在"神"面前的问案，以至"棍责"，在杀人者（刽子手），以及背后的主使者（亲手"抹朱"勒"斩条"

的县太爷们）的心理上，是起了一种借此"禳除"灾祸，从而取得某种心理平衡的作用的。从这个意义上，这类"杀人的宗教仪式"与原始"性禁忌"颇有些类似，也可以看作是一种"蛮性的遗留"的。因此，当人们（特别是刽子手杨金标这样的普通战兵）如此虔诚、认真地履行杀人宗教仪式"一切应有手续"时，既表现了愚昧与麻木，同时也还是显示了某种原始朴素的人性的善良的——毕竟还本能地感到"杀人"有罪，还有一种恐惧感，至少说明"人"的良知尚未完全泯灭。在这个意义上，作者（也许还有我们读者）对于他笔下的人物会是怀有一种悲悯的。

到了"民国十八年"——"历史"揭开了新的一页。尽管"时代有了变化，宣统皇帝的江山，被革命党推翻了"，但"人互相残杀"的历史却并没有结束，人的嗜杀性并没有变，唯一的变动是"用枪毙代替斩首"，因为原始的杀人方法至多"团团转砍六个人头"，已不能适应"十个八个"地大规模屠杀的需要。"于是杨金标变成了一个把守北门城上闩下锁的老土兵"，杨金标由具有某种英雄传奇色彩的"刽子手"向平凡、猥琐的"老土兵"的角色转换，标志着连杀人也成为技艺（艺术）的古老的浪漫时代的结束，而进入"现代社会"，其第一个显著特征（标志）竟是不再有诗意的面纱笼罩的、赤裸裸的、血淋淋的公开屠戮！——作者写到这里，读者读到此处，是"别有一番滋味在心头"的。

但作者（某种程度上是"历史"本身）却要给他的人物一个机会，让他重新扮演一回"刽子手"的英雄角色。但这历史的"第二次演出"，却不再具有任何严肃、庄严、神圣的宗教色彩（在历史的第一次演出中至少是表面上维持着的），而成了十足的闹剧。更重要的是，重新披挂上阵的刽子手在此时此地的，所谓新时代的观众（群众）眼里，已经不再是"英雄"，而成了十足的"疯子"，他所坚持（重复）的宗教仪式成了一种不可理喻的疯狂，甚至构成了对社会安全的威胁。于是，出现用现代化的"机枪"包围原始的"大刀"（及他的主人），颇类似于土谷祠围攻阿Q的"戏剧场面"（又一个"戏剧场面"，但其"意味"是多么不同啊！），杨金标这位杀害别人、取笑别人的"刽子手"，现在成了被别人取笑与杀害的对象：他终于完成了最后一次历史角色的转换。这也是一部"历史"，由传统中国向现代中国"转换"的"历史"："转换"的仅是角色，而"人杀人"的历史"本事"却在继续上演，而且更加残酷与露骨。而沈从文的关注仍然是在：原始的"杀人宗教仪式"为何在现代社会失去了效用？他于是发现了随着中国进入"民国"，也即"现代社会"，原始"杀人宗教仪式"心理基础的丧失："以暴易暴"成为"规律"、常态，人们已不再对"杀人"感到"有罪"与"恐惧"。而在沈从文看来，这正意味着，原始朴素的人的本性与天良的丧失，中国人从此更深地陷入了"嗜杀性"的泥潭之中，并且无以自拔。因此，当小说将近结束时，作者有意让他的主人公发出"你们就是一群鬼。还有什么鬼？我问你！"的质问时，他借此表达了自己的愤怒、悲凉，以及更为广大的悲悯，读者也因此更深刻地理解了沈从文内心深处的"历史悲观主义"。

可是，我们也终于明白，沈从文为什么要给他的这篇描写杀人民俗的故事，加上"新与旧"这样一个富有哲学意味的"题目"。这有意的"小文章大题目"，"文题"与"本文"的"不和谐"，才是真正的"点题"：沈从文的创作旨意之一，正在于要对五四以来众说纷纭、争论不休的"新与旧"的关系命题发表自己的独特理解与体验。这大概已是人所共知的常识：自从上一世纪末，《天演论》传入中国，"进化论"的历史观与哲学观就给中国思想文化界、中国现代知识分子以极其深刻的影响，在一定历史时期（例如五四时期）甚至起了支配作用。在相当长的时间内，相当一部分知识分子都深信："新"与"旧"的绝对对立，"新"必定胜过"旧"，"现在"（现实）必定胜于"过去"（"历史"），由此而产生了一种历史乐观主义。而现在，沈从文（以及一批知识分子）却在对历史与现实的反思中，对这种"进化的历史观与哲学观"提出了自己的质疑。正像沈从文在杨金标个人命运及其周围环境的历史变迁中所发现的，"时代"的变化并没有带来历史的真正"变革"（沈从文是极其渴望这种"变革"的），所谓"新花样"其实就是"老规矩"的重演（杨金标就是这样被重新召回刑场的）——"新"并不是与"旧"截然对立，"旧"的渗入搀杂，与"新"招牌"旧"货色（"旧"店"新"开），倒是更为普遍的，因而，历史并不是直线进化，"新"不如"旧"的历史倒退（迂回）是经常发生的。沈从文进而引出了他的历史（社会，人性……）发展的"常"与"变"的基本观念：在他看来，"常"既是表示着历史（人性）的惰性力量，一种"旧"的消极面（例如本文所一再强调的"嗜杀性"）在"新"时代的重现与顽强存在，对这样的"常"（不变），沈从文感到了无可奈何的悲哀。另一方面，在沈从文看来，"常"又是仍然具有生命活力的原始文化形态（包括原始人性）的遗留，沈从文显然期待用理想主义与浪漫主义之光去照亮、激活这些有生命活力的部分，来"重塑"民族的灵魂。而他在现实生活中的"变动"中所看到的，却恰恰是这种传统文化（人性）生命活力（例如本文所描写的"杀人宗教仪式"背后的尚未泯灭的人的天良）的丧失。这样，尽管沈从文渴望着现存"社会一切组织崩溃改革"（这是他在小说中公开宣布的），但他却不能不对现实正在发生的"变"（而非他理想的"变动"）以及前述历史惰力的"不变"，产生双重的悲观：由此而构成了我们所说的沈从文式的"历史悲观主义"。

　　但沈从文毕竟是在写小说，因此，他的这种历史、哲学的悲观主义就必然要外化（渗透）为他笔下的人物的情感与心理。于是，我们又在小说主人公的心理变迁中发现了淡而深的失落感。正像作者所介绍的，这位老战兵，曾经是一条"体魄健全，生活自由自在"的"光身汉子"，并且对于"未来""怀了种种光荣的幻想"：正是沈从文所理想的健全的生命。但当"未来"真的变成了"现在"时，他却突然发现：自己的"光荣时代已经过去"——不仅"他那个时代那份事业"（他是实实在在地将"刽子手"当做一份"事业"的），连同他自己的生命都成了"过去"式的。因此，当他"拿了那个古董盾牌，一个人在城上演'夺槊''砍拐子马'等等老玩意儿"，"坐在城头那尊废铜炮上看人来往"时，他既感到了被现实抛弃的寂寞、孤独，同时又顽固地坚守着自己内心深处与过去时代的精神联系。这样，他的生命形态就具有了相当浓重的悲剧性，似乎也不缺乏某种诗意。而一旦由于某种偶然的、他自己所不能把握的外在原因（其实就是当地军部一时的心血来潮，要玩点"新花样"，他突然从"失落者"的旁观地位，卷入了时代斗争的旋涡中（即所谓"清党"运动），被派定一个角色时，他的"主观精神"与"现实"的绝对不相适应，使他处于极端尴尬极其可笑的境地，显示出他的生命形态的荒诞性的这一面，而他自己却始终感觉是生活在"梦境"里："老战兵心中又急又乱，不知如何是好，只是迷迷糊糊的想，'这真是个怕人的梦'"，此时此境又不能不唤起人们的悲悯感。而细心的读者自会敏感到，所有这一切：孤独、寂寞中的固守，自我生命的悲剧感与荒诞感，其实都是属于作者自己的，他在对人世万物（包括他笔下的人物）投以悲悯的目光时，他更是在悲悯自己。这样，《新与旧》的"历史寓言"里又融入了作家自我生命的体验，更显得底蕴的丰厚与耐读。

（钱理群）

◎工作中的沈从文。

◎沈从文手稿《抽象的抒情》。

散文

鸭窠围的夜

我所看到的仿佛是一种原始人与自然战争的情景。那声音，那火光，都近于原始人类的战争，把我带回到四五千年那个"过去"时间里去。

天快黄昏时落了一阵雪子，不久就停了。天气真冷，在寒气中一切都仿佛结了冰。便是空气，也像快要冻结的样子。我包定的那一只小船，在天空大把撒着雪子时已泊了岸。从桃源县沿河而上这已是第五个夜晚。看情形晚上还会有风有雪，故船泊岸边时便从各处挑选好地方。沿岸除了某一处有片沙岨宜于泊船以外，其余地方全是黛色如屋的大岩石。石头既然那么大，船又那么小，我们都希望寻觅得到一个能做小船风雪屏障，同时要上岸又还方便的处所。凡是可以泊船的地方早已被当地渔船占去了。小船上的水手，把船上下各处撑去，钢钻头敲打着沿岸大石头，发出好听的声音，结果这只小船，还是不能不同许多大小船只一样，在正当泊船处插了篙子，把当作锚头用的石碇抛到沙上去，尽那行将来到的风雪，摊派到这只船上。

这地方是个长潭的转折处，两岸是高大壁立千丈的山，山头上长着小小竹子，长年翠色逼人。这时节两山只剩余一抹深黑，赖天空微明为画出一个轮廓。但在黄昏里看来如一种奇迹的，却是两岸高处去水已三十丈上下的吊脚楼。这些房子莫不俨然悬挂在半空中，藉着黄昏的余光，还可以把这些稀奇的楼房形体，看得出个大略。这些房子同沿河一切房子有个共通相似处，便是从结构上说来，处处显出对于木材的浪费。房屋既在半山上，不用那么多木料，便不能成为房子吗？半山上也用吊脚楼形式，这形式是必须的吗？然而这条河水的大宗出口是木料，木材比石块还不值价。因此，即或是河水永远长不到处，吊脚楼房子依然存在，似乎也不应当有何惹眼惊奇了。但沿河因为有了这些楼房，长年与流水斗争的水手，寄身船中枯阿成疾的旅行者，以及其他过路人，却有了落脚处了。这些人的疲劳与寂寞是从这些房子中可以一律解除的。地方既好看，也好玩。

河面大小船只泊定后，莫不点了小小的油灯，拉了篷。各个船上皆在后舱烧了火，用铁鼎罐煮红米饭，饭焖熟后，又换锅子熬油，哗的把菜蔬倒进热锅里去。一切齐全了，各人蹲在舱板上三碗五碗把腹中填满后，天已夜了。水手们怕冷怕动的，收拾碗盏后，就莫不在舱板上摊开了被盖，把身体钻进那个预先卷成一筒又冷又湿的硬棉被里去休息。至于那些想喝一杯的，发了烟瘾得靠靠灯，船上烟灰又翻尽了的，或一无所为，只是不甘寂寞，好事好玩想到岸上去烤烤火谈谈天的，便莫不提了桅灯，或燃一段废缆子，摇晃着从船头跳上了岸，从一堆石头间的小路径，爬到半山上吊脚楼房子那边去，找寻自己的熟人，找寻自己的熟地。陌生人自然也有来到这条河中，来到这种吊脚楼房子里的时节，但一到地，在火堆旁小板凳上一坐，便是陌生人，即刻也就可以称为熟人乡亲了。

这河边两岸除了停泊有上下行的大小船只三十左右以外，还有无数的日前趁融雪涨水放下形体大小不一的木筏。较小的木筏，上面供给人住宿过夜的棚子也不见，一到了码头，便各自上岸找住处去了。大一些的木筏呢，则有房屋，有船只，有小小菜园与养猪养鸡栅栏，还有女眷和小孩子。

黑夜占领了全个河面时，还可以看到木筏上的火光，吊脚楼窗口的灯光，以及上岸下船在河岸大石间飘忽动人的火炬红光。这时节岸上船上都有人说话，吊脚楼上且有妇人在黯淡灯光下唱小曲的声音，每次唱完一支小曲时，就有人笑嚷。什么人家吊脚楼下有匹小羊叫，固执而且柔和的声音，使人听来觉得忧郁。我心中想着，"这一定是从别一处牵来的，另外一个地方，那小畜生的母亲，一定也那么固执地鸣着吧。"算算日子，再过十一天便过年了。"小畜生明不明白只能在这个世界上活过十天八天？"明白也罢，不明白也罢，这小畜生是为了过年而赶来，应在这个地方死去的。此后固执而又柔和的声音，将在我耳边永远不会消失。我觉得忧郁起来了。我仿佛触着了这世界上一点东西，看明白了这世界上一点东西，心里软和得很。

但我不能这样子打发这个长夜。我把我的想象，追随了一个唱曲时

◎1946年在上海，三连襟夫妇。后排右起：张兆和、沈从文、周有光、张允和，前排左起：
张元和、顾志成。

清中夹沙的妇女声音到她的身边去了。于是仿佛看到了一个床铺，下面
是草荐，上面摊了一床用旧帆布或别的旧货做成脏而又硬的棉被，搁在
床正中被单上面的是一个长方木托盘，盘中有一把小茶盏、一个小烟盒、
一支烟枪、一块小石头、一盏灯。盘边躺着一个人在烧烟。唱曲子的妇人，
或是袖了手捏着自己的膀子站在吃烟者的面前，或是靠在男子对面的床
头，为客人烧烟。房子分两进，前面临街，地是土地，后面临河，便是
所谓吊脚楼了。这些人房子窗口既一面临河，可以凭了窗口呼喊河下船
中人，当船上人过了瘾，胡闹已够，下船时，或者尚有些事情嘱托，或
有其他原因，一个晃着火炬停顿在大石间，一个便凭立在窗口，"大佬
你记着，船下行时又来。""好，我来的，我记着的。""你见了顺顺就说：
会呢，完了；孩子大牛呢，脚膝骨好了。细粉带三斤，冰糖或片糖带三
斤。""记得到，记得到，大娘你放心，我见了顺顺大爷就说："会呢，
完了。大牛呢，好了。细粉来三斤，冰糖来三斤。""杨氏，杨氏，一共
四吊七，莫错账！""是的，放心呵，你说四吊七就四吊七，年三十夜

莫会要你多的！你自己记着就是了！"这样那样的说着，我一一都可听到，而且一面还可以听着在黑暗中某一处咩咩的羊鸣。我明白这些回船的人是上岸吃过"荤烟"了的。

我还估计得了，这些人不吃"荤烟"，上岸时只去烤烤火的，到了那些屋子里时，便多数只在临街那一面铺子里。这时节天气太冷，大门必已上好了，屋里一隅或点了小小油灯，屋中土地上必就地掘了浅凹火炉膛，烧了些树根柴块。火光煜煜，且时时刻刻爆炸着一种难于形容的声音。火旁矮板凳上坐有船上人，木筏上人，有对河住家的熟人。且有虽为天所厌弃还不自弃年过七十的老妇人，闭着眼睛蜷成一团蹲在火边，悄悄的从大袖筒里取出一片薯干，一枚红枣，塞到嘴里去咀嚼。有穿着肮脏，身体瘦弱的孩子，手擦着眼睛傍着火旁的母亲打盹。屋主人有才退伍的老军人，有翻船背运的老水手，有单身寡妇。藉着火光灯光，可以看得出这屋中的大略情形，三堵木板壁上，一面必有个供奉祖宗的神龛，神龛下空处或另一面，必贴了一些大小不一的红白名片。这些名片倘若有那些好事者加以注意，用小油灯照着，去仔细检查检查，便可以发现许多动人的名衔，军队上的连副、上士、一等兵；商号中的管事；当地的团总、保正；催租吏，以及照例姓滕的船主，洪江的木筧商人，与其他各行各业人物，无所不有。这是近一二十年来经过此地若干人中一小部分的题名录。这些人各用一种不同的生活，来到这个地方，且同样的来到这些屋子里，坐在火边或靠近床上，逗留过若干时间。这些人离开了此地后，在另一世界里还是继续活下去，但除了同自己的生活圈子中人发生关系以外，与一同在这个世界上其他的人，却仿佛便毫无关系可言了。他们如今也许早已死掉了；水淹死的，枪打死的，被外妻用砒霜谋杀的，然而这些名片却依然将好好的保留下去。也许有些人已成了富人名人，成了当地的小军阀，这些名片却仍然写着催租人，上士等等的衔头。……除了这些名片，那屋子里是不是还有比它更引人注意的东西呢？锯子，小捞兜，香烟大画片，装干栗子的口袋……

提起这些问题时使人心中很激动。我到船头上去眺望了一阵。河面静静的，木筏上火光小了，船上的灯光已很少了，远近一切只能藉着水面微光看出个大略情形。另外一处的吊脚楼上，又有了妇人唱小曲的声音，灯光摇摇不定，且有猜拳声音。我估计那些灯光同声音所在

◎上世纪80年代和美国学者金介甫游长城。

处，不是木筏上的篙头在取乐，就是水手们小商人在喝酒。妇人手指上说不定还戴了水手特别为从常德府捎带来的镀金戒指，一面唱曲一面把那只手理着鬓角，多动人的一幅画图！我认识他们的哀乐，这一切我也有份。看他们在那里把每个日子打发下去，也是眼泪也是笑，离我虽那么远，同时又与我那么相近。这正同读一篇描写西伯利亚的农人生活动人作品一样，使人掩卷引起无言的哀戚。我如今只用想象去领味这些人生活的表面姿态，却用过去一分经验，接触着了这种人的灵魂。

　　羊还固执地鸣着。远处不知什么地方有锣鼓声音，那一定是某个人家禳土酬神还愿巫师的锣鼓。声音所在处必有火燎与九品蜡照耀争辉。眩目火光下必有头包红布的老巫师独立作旋风舞，门上架上有黄钱，平地有装满了谷米的平斗。有新宰的猪羊伏在木架上，头上插着小小五色纸旗。有行将为巫师用口把头咬下的活公鸡，缚了双脚与翼翅，在土坛边无可奈何的躺卧。主人锅灶边则热了满锅猪血稀粥，灶中正火光熊熊。

　　邻近一只大船上，水手们已静静的睡下了，只剩余一个人吸着烟，且时时刻刻把烟管敲着船舷。也像听着吊脚楼的声音，为那点声音所激动，引起种种联想，忽然按捺自己不住了，只听到他轻轻的骂着野话，擦了支自来火，点上一段废缆，跳上岸往吊脚楼那里去了。他在岸上大石间走动时，火光便从船篷空处漏进我的船中。也是同样的情形吧，在一只装载棉军服向上行驶的船上，泊到同样的岸边，躺在成束成捆的军服上面，夜既太长，水手们爱玩牌的各蹲坐在舱板上小油灯光下玩天九，睡既不成，便胡乱穿了两套棉军服，空手上岸，藉着石块间还未融尽残雪返照的微光，一直向高岸上有灯光处走去。到了街上，除了从人家门罅里露出的灯光成一条长线横卧着，此外一无所有。在计算中以为应可见到的小摊上成堆的花生，用哈德门长方纸烟厘装着干瘪瘪的小桔子，切成小方块的片糖，以及在灯光下看守摊子把眉毛扯得极细的妇人（这些妇人无事可做时还会在灯光下做点针线的），如今什么也没有。既不敢冒昧闯进一个人家里面去，便只好又回转河边船上了。但上山时向灯光凝聚处走去，方向不会错误。下河时可糟了，糊糊涂涂在大石小石间走了许久，且大声喊着，才走近自己所坐的一只船。上船时，两脚全是泥，刚攀上船舷还不及脱鞋落舱，就有人在棉被中大喊："伙计哥子们，脱鞋呀！"把鞋脱了还不即睡，便镶到水手身旁去看牌，一直看到半夜，——十五年前自己的事，在这样地方温习起来，使人对于命运感到十分惊异。我懂得那个忽然独自跑上岸去的人，为什么上去的理由！

等了一会，邻船上那人还不回到他自己的船上来，我明白他所得的必比我多了一些。我想听听他回来时，是不是也像别的船上人，有一个妇人在吊脚楼窗口喊叫他。许多人都陆续回到船上了，这人却没有下船。我记起"柏子"。但是，同样是水上人，一个那么快乐的赶到岸上去，一个却是那么寂寞的跟着别人后面走上岸去，到了那些地方，情形不会同柏子一样，也是很显然的事了。

为了我想听听那个人上船时那点推篷声音，我打算着，在一切声音全已安静时，我仍然不能睡觉。我等待那点声音，大约到午夜十二点，水面上却起了另外一种声音，仿佛鼓声，也仿佛汽油船马达转动声，声音慢慢的近了，可是慢慢的又远了。像是一个有魔力的歌唱，单纯到不可比方，也便是那种固执的单调，以及单调的延长，使一个身临其境的人，想用一组文字去捕捉那点声音，以及捕捉在那长潭深夜一个人为那声音所迷惑时节的心情，实近于一种徒劳无功的努力。那点声音使我不得不再从那个业已用被单塞好空罅的舱门，到船头去搜索它的来源。河面一片红光，古怪声音也就从红光一面掠水而来。原来日里隐藏在大岩下的一些小渔船，在半夜前早已静悄悄的下了拦江网。到了半夜，把一个从船头伸在水面的铁兜，盛上燃着熊熊烈火的油柴，一面用木棒槌有节奏的敲着船舷各处漂去。身在水中见了火光而来与受了柝声吃惊四窜的鱼类，便在这种情形中触了网，成为渔人的俘虏。

一切光，一切声音，到这时节已为黑夜所抚慰而安静了，只有水面上那一分红光与那一派声音。那种声音与光明，正为着水中的鱼和水面的渔人生存的搏战，已在这河面上存在了若干年，且将在接连而来的每个夜晚依然继续存在。我弄明白了，回到舱中以后，依然默听着那个单调的声音。我所看到的仿佛是一种原始人与自然战争的情景。那声音，那火光，都近于原始人类的战争，把我带回到四五千年那个"过去"时间里去。

不知在什么时候开始落了很大的雪，听船上人细语着，我心想，第二天我一定可以看到邻船上那个人上船时节，在岸边雪地上留下那一行足迹。那寂寞的足迹，事实上我却不曾见到，因为第二天到我醒来时，小船已离开那个泊船处很远了。

◎凤凰城沙湾一景。

赏析

听　夜

又是作者所爱写的水边的黄昏与夜，"黄昏的余光"与浓深夜色中的吊脚楼。似乎每当这样的黄昏与夜，作者的感觉都极其纤敏而活跃，紧张地收摄着一切声与色；而这地方的黄昏与夜在他已熟悉到如一册读旧了的书，又似根本无须乎"收摄"，只凭了记忆的耳与眼，便听到与看到了一切。因而当船泊定了之后，吊脚楼上下的情景，就是"我"由"想象"所导引，由夜中"听"来与"看"来的。这充满了公然的假定性的叙述中，有着充分的情境的具体性，在"估计"、"或"、"必有"一类猜测性字样之后，描画竟具体入微到如亲临亲见。

此次湘行在沈从文，是回忆之旅。"生活史"（及已进入生活史的作品世界）缘重游与"回忆"而重组、而获得了叙说的方式、调子。本篇里那个十五年前的年轻兵士，《老伴》中"十七年前的七月里"初踏此地的青年，是这些作品的主角。或竟不如说"主角"更是"回忆"。湘西之行不过为这"回忆"布置了最适宜的情境罢了。甚至你会以为即使不借助于"行"，"回忆"也兀自活着，在梦中或许更美丽生动。纪游形式被用作了"回忆"借以展开的方式——这也正是通常的文人伎俩。

既是回忆之旅、情感旅行，即处处有期待中的重逢与重温——不止于与旧地旧事旧人，而且与自己小说中的人物情景。作者所寻访的与其说是自己的生活史，不如说是自己的作品世界。那些借助于经验材料营造出的人物情境（小说），在重访更在记述重访的文字（散文）中被再度制作，后一过程直可视为前

◎残信一页。

一过程的直接延伸。我由此觉察到了"写作"这一种文人活动之于作者的意义。出诸沈从文之手的创造物，像是弥漫笼盖了他的全部生活，成为他呼吸其间的世界本身，直接化入他的生活史，与他本人不可剥离。上述"过去"与"当前"在叙事语流中的近于无间的接合，又有沈从文对时间的知觉方式——关于变与不变，瞬间与永恒。他不厌重复地说过："世界虽极广大，人可总像近于一种凤命，限制在一定范围内，经验到他的过去相熟的事情。"（《老伴》）"……社会新陈代谢，人事今昔情形不同已很多。然而另外又似乎有些情形还是一成不变。"（《湘西·题记》）沈从文的叙事每如长河汤汤流去，昨天今天以至可以预见的明天都汪洋一片若无分际。

这时间之流中遭逢"柏子"、"小翠"、"虎雏"们，自不会使人惊异，然而你不必太死心眼儿地将同一作者散文中所述与小说情节有关的事件，径直当做了小说的"本事"。古老的"本事"说已经可疑。何者为"本事"？是《虎雏》（小说）还是《虎雏再遇记》（散文）？是《边城》还是《老伴》？我宁愿相信它们都属"想象"或曰"制作"。你不妨将本篇中提到的"柏子"及"散记"其他篇中的"小翠"

们，均作为作者营造梦境的材料，只不过这些材料的来源与运用有所不同罢了。

"本事"说尽管可疑，沈从文的这类散文却仍要与有关的小说并读（如将《一个多情水手与一个多情妇人》及本篇与《柏子》并读）才更觉有味的。这样读着，你于领略沈从文的散文艺术的同时，也猜到了一点他作为小说家的材料运用：变形、改装，其间情感的浸润，梦与梦的相互激发，互为生发。你若是有起码的阅读能力的，你便不会为窥见了上述"秘密"猜出了有关的工艺流程而生幻灭之感，你会更清晰地察知作者感受美与表达美的能力，对"纯美"的顽强渴慕与无尽怜惜。他的散文与小说，均是他的人，他的生活史与写作史本是浑不可分的。

流在汤汤河水上的夜是忧郁的，这忧郁却也如水如夜般悠长而"软和"，其中并无痛楚，而有一种近于基督精神的"悲悯"——却又不是基督那种俯怜众生式的悲悯；"……这些人生活却仿佛同'自然'已相融合，很从容的各在那里尽其性命之理，与其他无生命物质一样，唯在日月升降寒暑交替中放射，分解。"（《箱子岩》）不但令人无所用其悲悯，而且使人"觉得他们的欲望同悲哀都十分神圣"。（《一个多情水手与一个多情妇人》）所者甚至以为对于他们的苦难，读书人也"不配说'同情'，实应当'自愧'。正因为这些人生命的庄严，读书人是毫不明白的"。（《湘西·辰溪的煤》）凡深于人事人间世的，都不能不分有沈从文的那份"忧郁"的吧，为平凡人间时时发生着的哀乐生死，为高天厚地间"生民"的孤弱与顽强，为这长夜与长河，水面上的灯光与吊脚楼窗口的男女，为由这些人演出的历史与他们对"历史"的浑然不觉，更为他们于浑然不觉中呈露出的生命的庄严……

自船泊岸后，"我"始终在船上。岸上种种，均由"记忆的眼睛"所看取。更活跃的是听觉。我"听"这夜，不只听到了水上岸上所有细碎声音，更由"想象"听出了未曾直接听到的种种（如吊脚楼上下的问答），听小羊"固执而又柔和的声音"，甚至不眠地等待着听一个水手"上船时那点推篷声音"——与其说所"听"是此夜，不如说是记忆中无数次重温过的夜，"过去"之夜。统摄现在时态叙述的纪游文字的，本来就更是"过去"。直至"一派声音"当夜深时在河面上升起（那声音"像是一个有魔力的歌唱，单纯到不可比方"），这声音也仍然不容分说地"把我带回到四五千年那个'过去'时间里去"。"过去"（以及属于"过去"的小说情景），才是此番湘行（或曰这一组纪游之作）真正行经的，是此行所历的真实的时与地。

最后由水上升起的神秘声音正可为沈从文喜用的"庄严"一词作注，沈从文在不同作品中，反复写到过这类声音。"河面杂声的综合，交织了庄严与流动，一切真是一个圣境。"(《一个多情水手与一个多情妇人》)"……在充满了薄雾的河面，浮荡的催橹歌声，又正是一种如何壮丽稀有的歌声！"(《辰河小船上的水手》)当代作家中，我只在张承志那里发现过类似的对声音的敏感与沉醉，张承志是对于草原上及地层深处走着的神秘声音(《黑骏马》《戈壁》《晚潮》)，沈从文则是对人声(捕鱼声与橹歌)。五四新文学作者比之不少当代作者更"入世"，更有对现世、人生的执著与热忱。

长河长夜与长歌，在沈从文那里，都俨若具像化了的"历史"。在"散记"诸篇里他禁不住一再慨叹这如循环、轮回的历史，充满了邂逅与重逢的人生，"在历史前面，谁人能够不感惆怅？"(《老伴》)

至此，这"过去"、这夜与河水愈益弥漫，深广到无际涯。作者并未着力引伸，类似的情景与慨叹，早已酝酿在沈从文的心里，在他的一篇篇小说与散文里。他在此不过用了"鸭窠围的夜"这题目，将熟悉的情景与感喟编织成较整一而浑圆的"文章"罢了。

(赵园)

箱子岩

谁个人会注意这小小节目，谁个人想象得到
人类历史是用什么写成的！

十五年以前，我有机会独坐一只小篷船，沿辰河上行，停船的箱子
岩脚下，一列青黛崭削的石壁，夹江高矗，被夕阳炙成为一个五彩屏障。
石壁半腰约百米高的石缝中，有古代巢居者的遗迹，石罅隙间横横的悬
撑起无数巨大横梁，暗红色长方形大木柜尚依然好好的搁在木梁上。岩
壁断折缺口处，看得见人家茅棚同水码头，上岸喝酒下船过渡人也得从
这缺口通过。那一天正是五月十五，河中人过大端阳节①。箱子岩洞窟
中最美丽的三只龙船，早被乡下人拖出浮在水面上。船只狭而长，船舷
描绘有朱红线条，全船坐满了青年桨手，头腰各缠红布。鼓声起处，船
便如一支没羽箭，在平静无波的长潭中来去如飞。河身大约一里路宽，
两岸皆有人看船，大声呐喊助兴。且有好事者，从后山爬到悬岩顶上去，
把"铺地锦"百子鞭炮从高岩上抛下，尽鞭炮在半空中爆裂，形成一团
团五彩碎纸云尘。嘭嘭嘭嘭的鞭炮声与水面船中锣鼓声相应和，引起人
对于历史回溯发生一种幻想，一点感慨。

当时我心想：多古怪的一切！两千年前那个楚国逐臣屈原，若本身
不被放逐，疯疯颠颠来到这种充满了奇异光彩的地方，目击身经这些惊
心动魄的景物，两千年来的读书人，或许就没有福分读《九歌》那类文
章，中国文学史也就不会如现在的样子了。在这一段长长岁月中，世界
上多少民族皆堕落了，衰老了，灭亡了。即如号称东亚大国的一片土地，
也已经有过多少次被从西北方沙漠中远来的蛮族，骑了膘壮的马匹，手
持强弓硬弩，长枪大戟，到处践踏蹂躏！（辛亥革命前夕，在这苗蛮杂

① 农历五月十五为"大端阳节"。

◎上世纪70年代的沈从文。

处的一个边镇上，向土民最后一次大规模施行杀戮的统治者，就是一个北方清朝的宗室！辛亥以后，老袁梦想做皇帝时，又有两师北老在这里和滇军作战了大半年。）然而这地方的一切，虽在历史中照样发生不断的杀戮、争夺，以及一到改朝换代时，派人民担负种种不幸命运，死的因此死去，活的被逼迫留发、剪发，在生活上受新朝代种种限制与支配。然而细细一想，这些人根本上又似乎与历史毫无关系。从他们应付生存的方法与排泄感情的娱乐看上来，竟好像今古相同，不分彼

此。这时节我所眼见的光景，或许就和两千年前屈原所见的完全一样。

那次我的小船停泊在箱子岩石壁下，附近还有十来只小渔船，大致打鱼人也有玩龙船竞渡的，所以渔船上妇女小孩们，精神无不十分兴奋，各站在尾梢上或船篷上锐声呼喊。其中有几个小孩子，我只担心他们太快乐兴奋了些，会把住家的小船跳沉。

日头落尽云影无光时，两岸渐渐消失在温柔暮色里。两岸看船人吆喝声越来越少，河面被一片紫雾笼罩，除了从锣鼓声中尚能辨别那些龙船方向，此外已别无所见。然而岩壁缺口处却人声嘈杂，且闻有小孩子哭声；有妇女们尖锐叫唤声，综合给人一种悠然不尽的感觉。天气已经夜了，吃饭是正经事。我原先尚以为再等一会儿，那龙船一定

就会傍近岩边来休息，被人拖进石窟里，在快乐呼喊中结束这个节日了。谁知过了许久，那种锣鼓声尚在河面飘荡着，表示一班人还不愿意离开小船，回转家中。待到我把晚饭吃过后，爬出舱外一望，呀，天上好一轮圆月。月光下石壁同河面，一切如镀了银，已完全变换了一种调子。岩壁缺口处水码头边，正有人用废竹缆或油柴燃着火燎，火光下只见许多

◎1981年返乡，老俩口在吉首河边。

穿白衣人的影子移动，问问船上水手，方知道那些人正把酒食搬移上船，预备分派给龙船上人。原来这些青年人白日里划了一整天船，看船的已慢慢散尽了，划船的还不尽兴，并且谁也不原意扫兴示弱，先行上岸，因此三只龙船还得在月光下玩个上半夜。

　　提起这件事，使我重新感到人类文字语言的贫俭。那一派声音，那一种情调，真不是用文字语言可以形容的事情。向一个长年身在城市里住下，以读读《楚辞》就"神往意移"的人，来描绘那月下竞舟的一切，更近于徒然的努力。我可以说的，只是自从我把这次水上所领略的印象保留到心上后，一切书本上的动人记载，全看得平平常常，不至于发生

任何惊讶了。这正像我另外一时，看过人类许多不同花样的愚蠢杀戮，对于其余书上叙述到这件事情时，同样不能再给我如何感动。

十五年后我又有了机会乘坐小船沿辰河上行，应当经过箱子岩。我想温习温习那地方给我的印象，就要管船的不问迟早，把小船在箱子岩下停泊。这一天是十二月七号，快要过年的光景。没有太阳的阴沉酿雪天，气候异常寒冷。停船时还只下午三点钟左右，岩壁上藤萝草木叶子多已萎落，显得那一带斑驳岩壁十分瘦削。悬岩高处红木柜，只剩下三四具，其余早不知到哪里去了。小船最先泊在岩壁下洞窟边，冬天水落得太多，洞口已离水面两三丈以上，我从石壁裂罅爬上洞口，到搁龙船处看了一下，旧船已不知坏了还是早被水冲去了，只见有四只新船搁在石梁上，船头还贴有鸡血同鸡毛，一望就明白是今年方下水的。出得洞口时，见岩下左边泊定五只渔船，有几个老渔婆缩颈敛手在船头寒风中修补渔网。上船后觉得这样子太冷落了，可不是个办法，就又要船上水手为我把小船撑到岩壁断折处有人家地方去，就便上岸，看看乡下人过年以前是什么光景。

四点钟左右，黄昏已逐渐腐蚀了山峦与树石轮廓，占领了屋角隅。我独自坐在一家小饭铺柴火边烤火。我默默的望着那个火光煜煜的枯树根，在我脚边很快乐的燃着，爆炸出轻微的声音。铺子里人来来往往，有些说两句话又走了，有些就来镶在我身边长凳上，坐下吸他的旱烟。有些来烘烘脚，把穿着湿草鞋的脚去热灰里乱搅。看看每一个人的脸子，我都发生一种奇异的乡情。这里是一群会寻快乐的正直善良的乡下人，有捕鱼的、打猎的，有船上水手和编制竹缆工人。若我的估计不错，那个坐在我身旁，伸出两只手向火，中指节有个放光顶尖的，肯定还是一位乡村里的成衣人。这些人每到大端阳时节，都得下河去玩一整天的龙船。平常日子特别是隆冬严寒天气，却在这个地方，按照一种分定，很简单的把日子过下去。每日看过往船只摇橹扬帆来去，看落日同水鸟。虽然也同样有人事上的得失，到恩怨纠纷成一团时，就陆续发生庆贺或仇杀。然而从整个说来，这些人生活却仿佛同"自然"已相融合，很从容的各在那里尽其性命之理，与其他无生命物质一样，唯在日月升降寒暑交替中放射、分解。而且在这种过程中，人是如何渺小的东西。这些人比起世界上任何哲人，也似乎还更知道的多一些。

听他们谈了许久，我心中有点忧郁起来了。这些不辜负自然的人，与自然妥协，对历史毫无担负，活在这无人知道的地方。另外尚有一批人，与自然毫不妥协，想出种种方法来支配自然，违反自然的习惯，同样也那么尽寒暑交替，看日月升降。然而后者却在慢慢改变历史，创造历史。一份新的日月，行将消灭旧的一切。我们用什么方法，就可以使这些人心中感觉一种对"明天"的"惶恐"，且放弃过去对自然和平的态度，重新来一股劲儿，用划龙船的精神活下去？这些人在娱乐上的狂热，就证明这种在热能换个方向，就可使他们还配在世界上占据一片土地，活得更愉快更长久一些。不过有什么方法，可以改造这些人的狂热到一件新的竞争方面去，可是个费思索的问题。

一个跛脚青年人，手中提了一个老虎牌新桅灯，灯罩光光的，洒着摇着从外面走进了屋子。许多人见了他都同声叫唤起来："什长，你发财回来了！好个灯！"

那跛子年纪虽很轻，脸上却刻画了一种兵油子的油气与骄气，在乡下人中仿佛身份特高一层。把灯搁在木桌上，大洋洋的坐近火边来，拉开两腿摊出两只大手烘火，满不高兴的说："碰鬼，运气坏，什么都完了。"

"船上老八说你发了财，瞒我们，怕我们开借。"

"发了财，哼。用得着瞒你们？本钱去七角，桃源行市只一块零，除了上下开销，二百两货有什么捞头，我问你。"

这个人接着且连骂带唱的说起桃源后江娘儿们种种有趣的情形，使得一般人活泼兴奋起来。话说得正有兴味时，一个人来找他，说"什长，猪蹄膀炖好了，酒已热好了，"他搓搓手，说声有偏各位，提起那个新桅灯就走了。

原来这个青年汉子，是个打渔人的独生子。三年前被省城里募兵委员看中了招去，训练了三个月，就开到江西边境去同共产党打仗。打了半年仗，一班兄弟中只剩下他一个人好好的活着，奉令调回后防招募新军补充时，他因此开了班长。第二次又训练三个月，再开到前线去打仗。于是碎了一只腿，抬回省中军医院诊治，照规矩这只腿得用锯子锯去。一群同乡都以为从辰州地方出来的家乡人，"辰州符"比截割高明得多了，信他个洋办法像话吗？就把他从医院中抢出，在外边用老办法找人敷水药治疗。说也古怪，不到三个月，那只腿居然不必截割，全好了。

战争是个什么东西他也明白了。取得了本营证明，领得了些伤兵抚恤费后，于是回到家乡来，用什长名义受同乡恭维，又用伤兵名义做点特别生意。这生意也就正是有人可以赚钱，有人可以犯法，政府也设局收税，也制定法律禁止，又可以杀头，又可以发财那种从各方面说来都似乎极有出息的生意。我想弄明白那什长的年龄，从那个当地唯一成衣人口中，方知道这什长今年还只二十一岁。那成衣人还说：

"这小子看事有眼睛，做事有魄力，跛了一只腿，还会一月一个来回下常德府，吃喝玩乐发财走好运，若两只腿全弄坏，那就更好了。"

有个水手插口说："这是什么话。"

"什么画，壁上挂。穷人打光棍，一只腿打坏了不顶事。如两只腿全打坏了，他就不会卖烟土走私赚了钱，再到桃源县后江玩花姑娘了！"

成衣人末后一句打趣话，把大家都弄笑了。

回船时，我一个人坐在灌满冷气的小小船舱中，屈指计算那什长年龄，二十一岁减十五，得到个数目是六。我记起十五年前那个夜里一切光景，那落日返照，那狭长而描绘朱红线条的船只，那锣鼓与热情兴奋的呼喊，……尤其是临近几只小渔船上欢乐跳掷的小孩子，其中一定就有一个今晚我所见到的跛脚什长。唉，历史是多么古怪的事物，生硬性痈疽的人，照旧式治疗方法，可用一星一点毒药敷上，尽它溃烂，到溃烂净尽时，再用药物使新的肌肉生长，人也就恢复健康了。这跛脚什长，我对他的印象虽异常恶劣，想起他就是一个可以溃烂这乡村居民灵魂的人物，不由人不寄托一种幻想……

二十年前澧州镇守使王正雅部队一个平常马夫，姓贺名龙，乒乱时，一菜刀切下了一个散兵的头颅，二十年后就得惊动三省集中十万军队来解决这马夫，谁个人会注意这小小节目，谁个人想象得到人类历史是用什么写成的！

○工作中的沈从文。

回溯历史的一种幻想和一点感慨

前几年去世的美国著名诗人保罗·安格尔，生前曾几次访问我国，是一位热爱中国文化的友人，他也是沈从文先生作品和人格的热爱者和鉴赏者，他有一首题作《赠沈从文》的诗，是这样描绘他所理解的和看到的中华民族的文明和沈从文笔下出现的图景的：

> 这个民族精通一切实用艺术，
>
> 绘画、烹调、耕种，尤其是——死亡。
>
> 什么地方是要害，他们最清楚。
>
> 他们有一种天分——死亡时一声不响。
>
> ……
>
> 中国经历那么多死亡，又生活得那么年轻，
>
> 你的鸭儿还在凫水，你的水牛还在耕田，
>
> 孩子们游戏，丈夫跟妻子团圆。
>
> 生动的现实就是永生万万年。

我们应该承认，诗人是相当敏锐的，这个概括、浓缩有很大的准确性。我尤其赞赏诗人看准了沈从文笔下的中国文明图景里，表明中华民族精通死亡艺术和"死亡时一声不响"；生活在流逝，岁月在消失，但中国人，起码是湘西地区，那种"对历史毫无负担"，只"与自然妥协"的情景，被安格尔先生用"生动的现实就是永生万万年"的诗句给表达出来了。具体地讲，这也符合从文先生的散文《箱子岩》中所欲表达的题旨，确切说，是从文先生对"文明和文化"为什么会"永生万万年"的思考。我愿意把诗人的诗句作为索解《箱子岩》的一根线头。

从文先生的散文艺术，即便是随物赋形的游记一体，也是多彩多姿的，与《一个多情水手与一个多情妇人》那种水墨瀚染，题旨神龙见首不见尾，似断实连，和"云破月来花弄影"的映衬，以意境的摇曳生姿取胜的艺术招数不同，《箱子岩》就分明显得平实，平实地直叙其事，敞开心怀地直抒己见，夹叙夹议，议的成分占据着更大的比例。因此开头的一大段关于十五年前船泊辰河上箱子岩脚下的回忆，"一列青黛崭削的石壁，夹江高矗，被夕阳炙成为一个五彩屏障。石壁半腰约百米高的石缝中，有古代巢居者的遗迹，石罅隙间横横的悬撑起无数巨大横梁，暗红色长方形大木柜尚依然好好的搁在木梁上"。分明是悬棺葬的实写，但，是否是古代巢居者所为却是大可疑惑的，因为悬棺葬起源于何时，经半个世纪之久

◎1971年，长子沈龙朱偕新婚妻子到湖北咸宁双溪公社探望老父亲。

众多人类学家和考古学家的研究，也还仍然是个待破的谜。从文先生为什么非要说它是"古代巢居者的遗迹"呢？其实这又是虚写、泛指和夸张了。原来，这远古的葬仪，连同箱子岩一样，仅仅是一个象征，作家之所以拿它来做题目和开头，是为了引发他"对于历史回溯发生一种幻想，一点感慨"。不过，这"幻想"一词，对照下文的情形看，已不是我们时下通用的那个与想入非非有关联意义的词了。从文先生穷究一种古老的文明和一种古老的生存方式、文化仪式，何以"永生万万年"，它们的由来、形成，何以停滞得如此绵长，它们的优劣以及转化它们的契机又在哪里等等，"幻想"是作家对这诸多问题所作沉思的一个谦词，作家一面在描述古老的文明习俗，一面在沉思、穷究，时而就发几声感慨，或将感慨凝注于精辟深邃的议论之中。作家说，在辰河流域这块土地上，虽历史上不断发生杀戮，改朝换代，人民负担种种的不幸，生活上受每个朝代的种种限制与支配，"然而细细一想，这些根本上又似乎与历史毫无关系。从人们应付生存的方法与排泄感情的娱乐上看，竟好像今古相同，不分彼此"。作家又慨叹道："这

◎上世纪70年代初，次子沈虎雏到丹江干校探亲。

时节我所眼见的光景或许就和两千年前屈原所见的完全一样。"这是为什么？是历史抛弃了这块地方，还是这块地方的人民抛弃了历史？随着行文的展开，原来，作者认为，这块地方的人，是"不辜负自然的人"，他们仿佛已同"自然"相融合，"每日看过往船只扬帆来去，看落日同水鸟"，不是生活的秩序宁静得亘古如斯，而是他们"按照一种分定，很简单的把日子过下去"，他们"与其他无生命物质一样，唯在日月升降寒暑交替中放射、分解"。而且，他们很明白在物质代谢，生生死死，死死生生的生命轮回过程中，"人是如何渺小的东西"，因此，他们就"很从容的各在那里尽其性命之理"。于是，不是历史溶解或改造了他们，而是由于他们"与自然妥协"，变得"对历史毫无负担"了。改朝换代中的杀戮、征战、暴力，是奈何不得他们的"性命之理"的。毫无疑问，沈从文也从来不曾认为暴力可以改善和改造人性，他甚至在潜意识里，与本世纪英国伟大的历史学家汤因比所持的观点十分近似：凝结着人性（民族性和地域性的文化，有可能是比文明更悠久的东西）。按照汤因比的观点，在世界人类历史上，文明模式的兴衰和沦亡，在于文明模式自身缺乏应付挑战的机制，当历史上的精英人物丧失了创造的能力，公众丧失了模仿创造的能力，一种文明模式就走向了衰落和灭亡。在一种文明中，最具生命力的是文化模式，制度可以随历史年代递嬗演变，但深层的文化意识却决不会轻易改变。汤因比的这些观点与沈从文可能是不偶而合，其间的相似性显而易见。沈从文对湘西地区的闭锁，一些湘西人对明天惶恐的态度，是矛盾的。他对湘西和湘西人，肯定和否定，赞赏和保留，均有一种双重的性质。比如，他对湘西人游离历史，与自然妥协，肯定中有保留。他赞赏的是他们狂热无忌的生命力，但他同时也殷切期望他们参与到创造历史的洪流中去，他苦苦思索"有什么方法，可以改造这些人的狂热到一件新的竞争方面去"。答案是什么呢？本文后半篇，他讲了一个"用什长名义受同乡恭维，又用伤兵名义做点特别生意"的年轻人。这个年轻人买卖烟土，"走私赚了钱，再到桃源县后江玩花姑娘"。显而易见，这是一种历史、社会和人性的恶。"政府也设局收税，也制定法律禁止，又可以杀头，又可以发财"；"是杀头还是发财"，全要看双方当事人的种种具体情况而定了。但有一点总可以肯定的，这类"恶"是消耗性的，它对社会是破坏性而不是建设性的，或者说，从道德和审美范畴看来是"恶"的东西，是不能区分为类别的。"恶"无所谓消极、积极、破坏、创造之别。"恶"终究是溃疡，是"溃烂这乡村居民灵魂"的负数。不过，从社会发展和推动历史前进而言，"恶"的效用则全然在将其引导到什么方向上去。从文先生拿"以毒攻毒"的直白比喻来说明，他说让人在肌体的硬性痈疽上，用一星一点毒药敷上，先"尽它溃烂，到溃烂净尽时"，再用药物使新的肌肉生长，人也就恢复健康了。从文先生把这称之为"幻想"，其实说明他是深深懂得"恶是推动社会前进的杠杆"的历史原理的。他在文末提到了贺龙一把菜刀闹革命的事例。即使如此，有一点仍值得重申和注意：从文先生即便在赞同用暴力涤荡污泥浊水时，也决不曾放弃暴力本身是不可能对改善人性有所助益的主张。正因为如此，他才不疲倦地讴歌"与自然妥协"的狂热，而否弃另一种激起污泥浊水的狂热欲望，他才不疲倦地讴歌古老的文化仪式，牢牢抓住人性的善死死不放。这是不可不细察的。

（楼肇明）

沈从文

散文

219

名作欣赏

凤凰

山高水急，地苦雾多，为本地人性格形成之另一面。游侠者精神的浸润，产生过去，且将形成未来。

◎沈从文家乡凤凰城。

这是从一个作品里摘录出关于凤凰的轮廓。

一个好事的人，若从百年前某种较旧一点的地图上寻找，一定可在黔北、川东、湘西一处极偏僻的角隅上，发现了一个名为"镇筸"的小点。那里同别的小点一样，事实上应有一个小小城市，在那城市中，安顿了三五千户人口的。不过一切城市的存在，大部分皆在交通、物产、经济的情形下面，成为那个城市荣枯的因缘。这一个地方，却以另外意义无所依附而独立存在。将那个用粗糙而坚实巨大石头砌成的圆城作为中

◎上世纪70年代沈从文在湖北丹江。

心，向四方展开，围绕了这边疆僻地的孤城，约有五百余苗寨，各有千总守备镇守其间。有数十屯仓，每年屯数万石粮食为公家所有。五百左右的碉堡，二百左右的营汛。碉堡各用大石作成，位置在山顶头，随了山岭脉络蜿蜒各处，营汛各位置在驿路上，布置得极有秩序。这些东西是在一百八十年前，按照一种精密的计划，各保持到相当距离，在周围附近三县数百里内，平均分配下来，解决了退守一隅常作暴动的边地苗族叛变的。两世纪来，满清的暴政，以及因这暴政而引起的反抗，血染赤了每一条官道同每一个碉堡。到如今，一切不同了。碉堡多数业已残毁了，营汛多数成为民房了，人民已大半同化了。落日黄昏时节，站到那个巍然独在万山环绕的孤城高处，眺望那些远近残毁的碉堡，还可依稀想见当时角鼓火炬传警告急的光景。这地方到今日此时，因为另一军事重心，一切均以一种迅速的情形在改变，在进步，同时这种进步，也就正消灭到过去一切隔阂和仇恨。……

地方统治者分数种，最上为天神，其次为官，又其次才为村长同执行巫术的神的侍奉者，人人洁身信神，守法怕官。城中居民每家俱有兵役，可按月各到营上领取一点银子，一份米粮，且可从官家领取二百年前被政府所没收的公田播种。

这地方本名镇筸城，后改凤凰厅，入民国后，改名凤凰县。满清时辰沅永靖兵备道、镇箪镇总兵均驻节此地，辛亥革命后，湘西镇守使、辰沅道仍在此办公。除屯谷外，国家每月约用银六万至八万两经营此小小山城，地方居民不过五六千，驻防各处的正规兵士却有七千。由于环境不同，直到现在其地绿营兵役制度尚保存不废，为中国绿营军制唯一残留之物。（引自《凤子》）

　　苗人放蛊的传说，由这个地方出发。辰州符的实验者，以这个地方为集中地，三楚子弟的游侠气概，这个地方因屯丁子弟兵制度，所以保留得特别多。在宗教仪式上，这个地方有很多特别处，宗教情绪（好鬼信巫的情绪），因社会环境特殊，热烈专诚到不可想象。小小县城里外大型建筑不是庙宇就是祠堂，江西人经营的绸布业，会馆建筑特别壮丽华美。湘西之所以成为问题，这个地方人应当负较多责任。湘西将来，不拘好或坏，这个地方人的关系都特别大，湘西的神秘，只有这一个区域不易了解，值得了解。

　　它的地域已深入苗区，文化比沅水流域任何一县都差得多，然而民国以来湖南的第一流政治家熊希龄先生，却出生在那个小小县城里。地方可说充满了迷信，然而那点迷信却被历史很巧妙的糅合在军人的情感里，因此反而增加了军人的勇敢性与团结性。去年在嘉善守兴登堡国防线抗敌时，作战之沉着，牺牲之壮烈，就见出迷信实无碍于它的军人职务。县城一个完全小学也办不好，可是从办新军起始，这地方就有一大群青年，成为日本士官学校毕业生。较后保定军官团，又有十多人毕业。护国军兴，蔡锷的参谋长，就是凤凰人朱湘溪。许多青年却在部队中当过一阵兵后，辗转努力，得入正式大学，或陆军大学，成绩都很好。一些由行伍出身的军人，常识且异常丰富；个人的浪漫情绪与历史的宗教情绪结合为一，便成游侠者精神，领导得人，就可成为卫国守土的模范军人。这种游侠精神若用不得其当，自然也可以见出种种短处。或一与领导者离开，即不免在许多事上精力浪费。甚焉者即糜烂地方，尚不自知。总之，这个地方的人格与道德，应当归入另一型范。由于历史环境不同，它的发展也就和别的省份情形大大不同。

　　凤凰军校阶级不独支配了凤凰，且支配了湘西沅水流域二十县。它的弱点与二十年来中国一般军人弱点相似，即知道管理群众，不大知道教育群众。知道管理群众，因此在统治下社会秩序尚无问题；不大知道教育群众，因此一切进步的理想都难实现。地方边僻，且易受人控制，如数年前领导者陈渠珍被何键压迫离职，外来贪污与本地土劣即打成一片，地方受剥削宰割，毫无办法。民性既刚直，团结性又强，领导者如能将这种优点成为一个教育原则，使湘西群众普遍化，人人各有一种自尊和自信心，认为湘西人可以把湘西弄好，这工作人人有份，是每人责任，也是每人权利，能够这样，湘西之明日，就大不相同了。

典籍上关于云贵放蛊的记载，放蛊必与仇怨有关，仇怨又与男女事情有关。换言之，就是新欢旧爱得失之际，蛊可以应用作争夺工具或报复工具。中蛊者非狂必死，惟系铃人可以解铃。这倒是蛊字古典的说明，与本意相去不远。看着贵州小乡镇上任何小摊子上都可以公开的买红砒，就可知道蛊并无如何神秘可言了。但蛊在湘西却有另外一种意义，与巫、与少女的落洞致死，三者同源而异流，都源于人神错综，一种情绪被压抑后变态的发展。因年龄、社会地位和其他分别，穷而年老的，易成为蛊婆；三十岁左右的，易成为巫；十六岁到二十二三岁，美丽爱好性格内向而婚姻不遂的，易落洞致死。三者都以神为对象，产生一种变质女性神经病。年老而穷，怨愤郁结，取报复形式方能排泄感情，故蛊婆所作所为，即近于报复。三十岁左右，对神力极端敬信，民间传说如"七仙姐下凡"之类故事又多，结合宗教情绪与浪漫情绪而为一，因此总觉得神对她特别关心，发狂，呓语，天上地下，无往不至，必需作巫，执行人神传递愿望与意见工作，经众人承认其为神之子后，中和其情绪，狂病方不再发。年轻貌美的女子，一面为戏文才子佳人故事所启发，一面由于美貌而有才情，婚姻不谐，当地武人出身中产者规矩又严，由压抑转而成为人神错综，以为被神所爱，因此死去。

善蛊的通称"草蛊婆"，蛊人称"放蛊"。放蛊的方法是用虫类放果物中，毒蛊不外蚂蚁、蜈蚣、长蛇，就本地所有且常见的。中蛊的多小孩子，现象和通常害痞疾腹中生蛔蛊差不多。腹胀人瘦，或梦见虫蛇，终于死去。病中若家人疑心是同街某妇人放的，就走去见见她，只作为随便闲话方式，客客气气地说："伯娘，我孩子害了点小病。总治不好，你知道什么小丹方，告我一个吧。小孩子怪可怜！"那妇人知道人疑心到她了，必说："那不要紧，吃点猪肝（或别的）就好

◎ 1973年沈虎雏全家到小羊宜宾胡同探望老俩口（右一：沈虎雏夫人张之佩，右三：沈虎雏，右四：孙女沈红）。

了。"回家照方子一吃，果然就好了。病好的原因是"收蛊"。蛊婆的家中必异常干净，个人眼睛发红。蛊婆放蛊出于被蛊所逼迫，到相当时日必来一次。通常放一小孩子可以经过一年，放一树木（本地凡树木起瘤有蚁穴因而枯死的，多认为被放蛊死去）只抵两月，放自己孩子却可抵三年。蛊婆所住的街上，街邻照例对她都敬而远之的客气，她也就从不会对本街孩子过不去（甚至于不会对全城孩子过不去）。但某一时若迫不得已使同街孩子致死，或城中孩子因受蛊死去，好事者激起公愤，必把这个妇人捉去，放在大六月天酷日下晒太阳，名为"晒草虫"，或用别的更残忍方法惩治。这事官方从不过问。即或这妇人在私刑中死去，也不过问。受处分的妇人，有些极口呼冤，有些又似乎以为罪有应得，默然无语。然情绪相同，即这种妇人必相信自己真有致人于死的魔力，还有些居然招供出有多少魔力，施行过多少次，某时在某处蛊死谁，某地方某大树枯树自焚也是她做的。在招供中且俨然得到一种满足的快乐。这样一来，照习惯必在毒日下晒三天，有些妇人被晒过后，病就好了，以为蛊被太阳晒过就离开了，成为一个常态的妇人。有些因此就死掉了。死后众人还以为替地方除了一害。其实呢，这种妇人与其说是罪人，不如说是疯婆子。她根本上就并无如此特别能力蛊人致命。这种妇人是一个悲剧的主角，因为她有点隐性的疯狂，致疯的原因又是穷苦而寂寞。

　　行巫者其所以行巫，加以分析，也有相似情形。中国其他地方巫术的执行者，同僧道相差不多，已成为一种游民懒妇谋生的职业。视个人的诈伪聪明程度，见出职业成功的多少。他的作为重在引人迷信，自己却清清楚楚。这种行巫，已完全失去了他本来性质，不会当真发疯发狂了。但凤凰情形不同。行巫术多非自愿的职业，近于"迫不得已"的差使。大多数本人平时为人必极老实忠厚，沉默寡言。常忽然发病，卧床不起，如有神附体，语音神气完全变过，或胡唱胡闹，天上地下，无所不谈。且哭笑无常，殴打自己。长日不吃、不喝、不睡觉。过三两天后，仿佛生命中有种东西，把它稳住了，因极度疲乏，要休息了，长长的睡上一天，人就清醒了。醒后对病中事竟毫无所知，别的人谈起她病中情形时，反觉十分羞愧。

　　可是这种狂病是有周期性的（也许还同经期有关系），约两三个月一次。每次总弄得本人十分疲乏，欲罢不能。按照习惯只有一个方法可以治疗，就是行巫。行巫不必学习，无从传授，只设一神坛，放一平斗，斗内装满谷子，插上一把剪刀。有的什么也不用，就可正式营业。执行巫术的方式，是在神前设一座位，行巫者坐定，用青丝绸巾覆盖脸上。重在关亡，托亡魂说话，用半哼半唱方式，谈别人家事长短，儿女疾病，远行人情形。谈到伤心处，谈者涕泗横溢，听者自然更嘘泣不止。执行巫术后，已成为众人承认的神之子，女人的潜意识，因中和作用，得到解除，因此就不会再发狂病。初初执行巫术时，且照例很灵，至少有些想不到的古怪情形，说来十分巧合。因为有事前狂态作宣传，本城人知道的多，行巫近于不得已，光顾的老妇人必甚多，生意甚好。行巫虽可发财，本人通常倒不以所得多少关心，受神指定为代理人，不作巫即受惩罚，设坛近于不得已。行巫既久，自然就渐渐变成职业，使术时多做作处。世人的好奇心这时又转移到新近设坛的别一妇人方面去，这巫婆若为人老实，便因此撤了坛，依然恢复她原有的职业，或作奶妈，或做小生意，或带孩子。为人世故，就成为三姑六婆之一，利用身份，串当地有身份人家的门子，陪老太太念经，或如《红楼梦》中与赵姨娘合作同谋马道婆之流妇女，行使点小法术，埋在地下，放在枕边，使"仇人"吃亏。或更作媒作中，弄一点酬劳脚步钱。小孩子多病，命大，就拜寄她作干儿子。小孩子夜惊，就为"收黑"，用个鸡蛋，咒过一番："八宝回来了，"一直喊到家。到家后抱着孩子手蘸唾沫抹抹孩子头部，事情就算办好了。行巫的本地人称为"仙娘"。她的职务是"人鬼之间的媒介"，她的群众是妇人和孩子，她的工作真正意义是她得到社会承认是神的代理人后，狂病即不再发。当地妇女为生活所困苦，感情无所归宿，将希望与梦想寄在她的法术上，靠她得到安慰。这种人自然间或也会点小单方，可以治小儿夜惊，膈食。用通常眼光看来，殊不可解，用现代心理学来分析，它的产生同它在社会上的意义，都有它必然的原因。一知半解的读书人，想破除迷信，要打倒它，否认这种"先知"，正说明另一种人的"无知"。

至于落洞，实在是一种人神错综的悲剧，比上述两种妇女病更多悲剧性。地方习惯是女子在性行为方面的极端压制，成为最高的道德。这种道德观念的形成，由于军人成为地方整个的统治者。军人因职务关系，必时常离开家庭外出，在外面取得对于妇女的经验，必使这种道德观增强，方能维持他的性的独占情绪与事实。因此本地认为最丑的事无过于女子不贞，男子听妇女有外遇。妇女若无家庭任何拘束，自愿解放，毫无关系的旁人亦可把女子捉来光身游街，表示与众共弃。下面放事是另外一个最好的例子。

旅长刘俊卿，夫人是一个女子学校毕业生，平时感情极好。有同学某女士，因同学时要好，在通信中不免常有些女孩子的感情的话。信被这位军官见到后，便引起疑心。后因信中有句话语近于男子说的："嫁了人你就把我忘了，"这位军官疑心转增。独自驻防某地，有一天，忽然要马弁去接太太，并告马弁："你把太太接来，到离这里十里，一枪给我把她打死，我要死的不要活的。我要看看她还有一点热气，不同她说话。你事办得好，一切有我。事办不好，不见我。"马弁当然一切照办。当真把旅长太太接来防地，到要下手时，太太一看情形不对，问马弁是什么意思。马弁就告她这是旅长的意思。太太说："我不能这样冤枉死去，你让我见他去说个明白！"马弁说："旅长命令要这么办，不然我就得死。"末了两人都哭了。太太让马弁把枪口按在心子上一枪打死了（打心子好让血往腔子里流！）。轿夫快快的把这位太太抬到旅部去见旅长，旅长看看后，摸摸脸和手，看看气已绝了。不由自主淌了两滴英雄泪，要马弁看一付五百块钱的棺木，把死者装殓埋了。人一埋，事情也就完结了。

这悲剧多数人就只觉得死者可悯，因误会得到这样结果，可不觉得军官行为成为问题。倘若女的当真过去一时还有一个情人，那这种处置，在当地人看来，简直是英雄行为了。

女子在性行为所受的压制既如此严酷，一个结过婚的妇人，因家事儿女勤劳，终日织布、绩麻、做腌菜，家境好的还玩骨牌，尚可转移她的情绪，不至于成为精神病。一个未出嫁的女子，尤其是一个爱美好洁，知书识字，富于情感的聪明女子，或因早熟，或因晚婚，这方面情绪上所受的压抑自然更大，容易转成病态。地方既在边区苗乡，苗族半原人的神怪观影响到一切人，形成一种绝大力量。大树、洞穴、岩石，无处无神。狐、虎、蛇、龟，无物不怪。神或怪在传说中美丑善恶不一，无不赋以人性。因人与人相互爱悦，和当前道德观念极端冲突，便产生人和神怪爱悦的传说，女性在性方面的压抑情绪，方藉此得到一条出路，落洞即人神错综之一种形式，背面所隐藏的悲惨，正与表面所见出的美丽成分相等。

凡属落洞的女子，必眼睛光亮，性情纯和，聪明而美丽。必未婚，必爱好，善时无意中从某处洞穴旁经过，为洞神一瞥见到，欢喜了她。因此更加爱独处，爱静坐，爱清洁，有时且会自言自语，常以为那个洞神已驾云乘虹前来看她。这个抽象的神或为传说中相貌，或为记忆中庙宇里的偶像样子，或为常见的又为女子所畏惧的蛇虎形状。总之这个抽象对手到女人心中时，虽引起女子一点羞怯和恐惧，却必然也感到热烈而兴奋。事实上也就是一种变形的自渎。等待到家中人注意这件事情深为忧虑时，或正是病人在恋态情绪中恋爱最满足时。

通常男巫的职务重在和天地，悦人神，对落洞事即付之于职权以外，不能过问。辰州符重在治大伤，对这件事也无可如何。女巫虽可请本家亡灵对于这件事表示意见，或阴魂入洞探询消息，然而结末总似乎凡属爱情，即无罪过。洞神所欲，一切人力都近于白费。虽天王佛菩萨，权力广大，人鬼同尊，亦无从为力（迷信与实际社会互相映照，可谓相反相成）。事到末了，即是听其慢慢死去。死的迟早，都认为一切由洞神作主。事实上有一半近于女子自己作主。死时女子必觉得洞神已派人前来迎接她，或觉得洞神亲自换了新衣骑了白马来接她，耳中有箫鼓竞奏，眼睛发光，脸色发红，间或在肉体上放散一种奇异香味，含笑死去。死时且显得神气清明，美艳照人。真如诗人所说："她在恋爱之中，含笑死去。"家中人多泪眼莹然相向，无可奈何。只以为女儿被神所眷爱致死。料不到女儿因在人间无可爱悦，却爱上了神，在人神恋与自我恋情形中消耗其如花生命，终于衰弱死去。

凡女子落洞致死的年龄，迟早不等，大致在十六到二十四五左右。病的久暂也不一，大致由两年到五年。落洞女子最正当的治疗是结婚，一种正常美满的婚姻，必然可以把女子从这种可怜的生活中救出。可是照习惯这种为神眷顾的女子，是无人愿意接回家中做媳妇的。家中人更想不到结婚是一种最好的法术和药物。因此未了终是一死。

湘西女性在三种阶段的年龄中，产生蛊婆、女巫和落洞女子。三种女性歇斯底里亚，就形成湘西的神秘之一部。这神秘背后隐藏了动人的悲剧，同时也隐藏了动人的诗。至如辰州符，在伤科方面用催眠术和当地效力强不知名草药相辅为治，男巫用广大的戏剧场面，在一年将尽的十冬腊月，杀猪宰羊，击鼓鸣锣，来做人神和乐的工作，集收人民的宗教情绪和浪漫情绪，比较起来，就见得事很平常，不足为异了。

浪漫情绪和宗教情绪两者混而为一，在女子方面，它的排泄方式，有如上所述说的种种。在男子方面，则自然而然成为游侠者精神。这从游侠者的道德规律所表现的宗教性和戏剧性也可看出。妇女道德的形成，与游侠者的规律大有关系，游侠者对同性同道称哥唤弟，彼此不分。故对于同道眷属亦视为家中人，呼为嫂子。子弟儿郎们照规矩与嫂子一床同宿，亦无所忌。但条款必遵守，即"只许开弓，不许放箭"。条款意思就是同住无妨，然不能发生关系，若发生关系，即为犯条款，必受严重处分。这种处分仪式，实充满宗教性和戏剧性。下面一件记载，是一个好例。这故事是一个参加过这种仪式的朋友说的。

在野地排三十六张方桌（象征梁山三十六天罡），用八张方桌重叠为一个高台，桌前掘一见方一丈八尺的土坑，用三十六把尖刀竖立坑中，刀锋向上，疏密不一。预先用浮土掩着，刀尖不外露。所有弟兄哥子都全副戎装到场，当时流行的装束是：青绉绸巾裹头，视耳边下垂巾角长短表示身分。穿纸甲，用绵纸捶炼而成，中夹头发，做成背心式样，轻而柔韧，可以避刀刃。外穿密钮打农，袖小而紧。佩平时所长武器，多单刀双刀，小牛皮刀鞘上绘有绿云红云，刀环上系彩绸，作为装饰，着青裤、裹腿，腿部必插两把黄鳝尾小尖刀。赤脚，穿麻练鞋。桌上排定酒盏，燃好香烛，发言的必先吃血酒盟心（或咬一公鸡头，将鸡血滴入酒中，或咬破手指，将本人血滴入酒中）。"管事"将事由说明，请众议处。事情是一个做大哥的嫂子有被某"老幺"调戏嫌疑，老幺犯了某条某款。女子年轻而貌美，长眉弱肩，身材窈窕，眼光如星子流转。男的不过二十岁左右，黑脸长身，眉目英悍。管事把事由说完后，女子继即陈述经过，那青年男子在旁沉默不语。此后轮到青年开口时，就说一切都出于诬蔑。至于为什么诬蔑，他不便说，嫂子应当清清楚楚。那意思就是说嫂子对他有心，他无意。既经否认，各执一说，"执法"无从执行处分，因此照规矩决之于神。青年男子把麻鞋脱去，把衣甲脱去，光身赤脚爬上那八张方桌顶上去，毫无惧容，理直气壮，奋身向土坑跃下。出坑时，全身丝毫无伤，照规矩即已证实心地光明，一切出于受诬。其时女子头已低下，脸色惨白，知道自己命运不佳，业已失败，不能逃脱。那大哥揪着女的发髻，跪到神桌边去，问她："还有什么话说？"女的说："没有什么说的。冤有头，债有主。凡事天知道。"引颈受戮，不求饶也不狡辩。一切沉默。这大哥看看四面八方，无一个人有所表示，于是拔出背上单刀，一刀结果了这个因爱那小兄弟不遂心，反诬他调戏的女子。头放在神桌前，眉目下垂如熟睡。一伙哥子弟兄见事已完，把尸身拖到原来那个土坑里去，用刀掘土，把尸身掩埋了。那个大哥和那个幺兄弟，在情绪上一定都需要流一点眼泪，但身份上的习惯，却不许一个男子为妇人显出弱点，都默然无言，各自走开。

类乎这种事情还很多。都是浪漫与严肃，美丽与残忍，爱与怨交缚不可分。

游侠者行径在当地也另成一种风格，与国内近代化的青红帮稍稍不同。重在为友报仇，扶弱锄强，挥金如土，有诺必践。尊重读书人，敬事同乡长老，换言之，就是还能保存一点古风。有些人虽能在川黔湘鄂数省边境号召数千人集会，在本乡却谦虚纯良，犹如一乡巴老。有兵役的且依然按时入衙署当值，听候差遣做小事情，凡事照常。赌博时用小铜钱三枚跌地，名为"板三"，看反复、数目，决定胜负，一反手间即输黄牛一头，银元一百两百，输后不以为意，扬长而去，从无翻悔放赖情事。决斗时两人用分量相等武器，一人对付一人，虽亲兄弟只能袖手旁观，不许帮忙。仇敌受伤倒下后，即不继续填刀，否则就被人笑话，失去英雄本色，虽胜不武。犯条款时自己处罚自己，割手截脚，脸不变色，口不出声。总之，游侠观念纯是古典的，行为是与太史公所述相去不远的。二十年闻名于川黔鄂湘各边区凤凰人田三怒，可为这种游侠者一个典型。年纪不到十岁，看木傀偶戏时，就携一血梅木短棒，在戏场中向屯垦军子弟不端重的横蛮的挑衅，或把人痛殴一顿，或反而被人打得头破血流，不以为意。十二岁就身怀黄鳝尾小刀，称"小老幺"，三江四海口诀背诵如流。家中老父开米粉馆，凡小朋友照顾的，一例招待，从不接钱。十五岁就为友报仇，走七百里路到常德府去杀一木客镖手，因听人说这个镖手在沅州有意调戏一个妇人，曾用手触过妇人的乳部，这少年就把镖手的双手砍下，带到沅州去送给那朋友。年纪二十岁，已称"龙头大哥"，名闻边境各处，然在本地每日抱大公鸡往米场斗鸡时，一见长辈或教学先生，必侧身在墙边让路，见女人必低头而过，见做小生意老妇人，必叫伯母，见人相争相吵，必心平气和劝解，且用笑话使大事化为小事。周济逢丧事的孤寡，从不出名露面。各庙宇和尚尼姑行为有不正常的，恐败坏当地风俗，必在短期中想方法把这种不守清规的法门弟子逐出境外。做龙头后身边子弟甚多，龙蛇不一，凡有调戏良家妇女，或赌博撒赖，或倚势强夺，经人告诉的，必招来把事情问明白，照条款处办。执法老幺，被派往六百里外杀人，随时动员，如期带回证据。结怨甚多，积德亦多。身体瘦黑而小，秀弱如小学教员，不相识的绝不会相信这是湘西一霸。

光根服软不服硬，白羊岭有一张姓汉子，出门远走云贵二十年，回家时与人谈天，问："本地近来谁有名？"或人说："田三怒。"姓张的稍露出轻视神气："田三怒不是正街卖粉的田家小儿子？"当夜就有人去叫张家的门，在门外招呼说："姓张的，你明天天亮以前走路，不要在这个地方住。不走路后天我们送你回老家。"姓张的不以为意，可是到后天大清早，有人发现他在一个桥头上斜坐着。走近身看看，原来两把刀插在心窝上，人已经死了。另外有个姓王的，卖牛肉讨生活，过节喝了点酒，酒后忘形，当街大骂田三怒不是东西，若有勇气，可以当街和他比比。正闹着，田三怒却从街上过身，一切听得清清楚楚。事后有人赶去告给那醉汉的母亲，老妇人听说吓慌了，赶忙去找他，哭哭啼啼，求他不要见怪。并说只有这个儿子，儿子一死，自己老命也完了。田三怒只是笑，说："伯母，这是小事情，他喝了酒，乱说玩的。我不会生他的气。谁也不敢挨他，你放心。"事后果然不再追究。还送了老妇人一笔钱，要那儿子开个面馆。

田三怒四十岁后，已豪气稍衰，厌倦了风云，把兄弟遣散，洗了手，在家里养马种花过日子。间或骑了马下乡去赶场，买几只斗鸡，或携细尾狗，带长网去草泽地打野鸡，逐鹌鹑，猎猎野猪，人料不到这就是十年前在川黔边境增加了凤凰人光荣的英雄田三怒。本人也似乎忘记自己做了些什么事。一天下午，牵了他那匹骏健白马出城下河去洗马。城头上有两个懦夫居高临下，用两支匣子驳由他身背后打了约十三发子弹，有两粒子弹打在后颈上，五粒打在腰背上，两匹白马受惊，脱了缰沿城根狂奔而去。老英雄受暗算后，伏在水边石头上，勉强翻过身来，从怀中掏出小勃朗宁拿在手上，默默无声。他知道等等就会有人出城来的。不一会，懦夫之一果然提着匣子驳出城来了，到离身三丈左右时，老英雄手一扬起，枪声响处那懦夫倒下，子弹从左眼进去，即刻死了。城头上那个懦夫在隐蔽处重新打了五枪。田三怒教训他："狗杂种，你做的事丢了镇筸人的丑。在暗中射冷箭、不像个男子。你怎不下来？"懦夫不作声。原来城上来了另外的人，这行刺的就跑了。田三怒知道自己不济事了，在自己太阳穴上打了一枪，便如此完结了自己，也完结了当地最后一个游侠者。

派人做这件事情的，到后才知道是一个姓唐的。这个人也可称为苗乡一霸，辛亥革命领率苗民万人攻城，牺牲苗民将近六千人，北伐时随军下长江，曾任徐海警备司令。卸职还乡后称"司令官"，在离城十里长宁哨新房子中居家纳福。事有凑巧，做了这件事后，过后数年，这人居然被一个驻军团长，不知天高地厚，把他捉来在牢里，到知道这事不妥时，人已病死狱中了。

田三怒子弟极多，十年来或因年事渐长，血气已衰，改业为正经规矩商人。或带剑从军，参加各种内战，牺牲死去。或因犯案离乡，漂流无踪。在日月交替中，地方人物新陈代谢，风俗习惯日有不同。因此到近年来，游侠者精神虽未绝，所有方式已大大有了变化。在那万山环绕的小小石头城中，田三怒的姓名，已逐渐为人忘却，少年子弟中有从图书杂志上知道"飞将军"、"小黑炭"、"美人鱼"等人的事业，却不知道田三怒是谁。

　　当年田三怒得力助手之一，到如今还好好存在，为人依然豪侠好客，待友以义，在苗民中称领袖，这人就是去年使湘西发生问题，迫使提倡打拳读经治国的何键去职，因而湖南政治得一转机的龙云飞。二十年前眼目精悍，手脚麻利，勇敢如豹子，轻捷如猿猴，身体由城墙头倒掷而下，落地时尚能作矮马桩姿势。在街头与人决斗，杀人后下河边去洗手时，从从容容如毫不在意。现在虽尚精神矍烁，面目光润，但已白发临头，谦和宽厚如一长者。回首昔日，不免有英雄老去之慨！

　　这种游侠者精神既浸透了三厅子弟的脑子，所以在本地读书人观念上也发生影响。军人政治家，当前负责收拾湘西的陈老先生，年近六十，体气精神，犹如三十许青年壮健，平时律己之严，驭下之宽，以及处世接物，带兵从政，就大有游侠者风度。少壮军官中，如师长顾家齐、戴季韬辈，虽受近代化训练，面目文弱和易如大学生，精神上多因游侠者的遗风，勇骛骠悍，好客喜弄，如太史公传记中人。诗人田星六，诗中就充满游侠者霸气。山高水急，地苦雾多，为本地人性格形成之另一面。游侠者精神的浸润，产生过去，且将形成未来。

赏析

"英雄老去"之慨

初读《湘西·凤凰》可能会有猎奇的等待。一般读地理博物志之类文字，都是这种心情。沈从文知道如何满足这种阅读期待，他这篇作品所注重的就是故乡凤凰民情风物的特异性，加上他有意用"仿古"的文体来讲述，读来就更添一份兴味。

开头，作者介绍凤凰的山川形势、民情物理和历史沿革，让读者先有轮廓的了解，所着眼却也是地域文化的特异性。作者格外提示读者注意，这地方因环境特别，至今仍保存许多历史残迹，而且当地的"人格与道德"似乎也和外界大不相同，应归入另一型范。这些特异性的介绍一下子将读者的兴趣激活了。不过作者在介绍他的故乡风物时并不那么冷静客观，而仿佛有点无奈怅惘。当写到落日时分独立孤城眺望远近残堡，依稀想见当年鼓角火炬传警告急的风景，一种面对历史沧桑的悲凉感油然而生。沈从文不掩饰自己的感情，可能还有意让读者时时感觉到，他在文体上的"仿古"正是为了酝酿和寄植这种历史感。其所产生的实际阅读效果是很强的。例如，开头概述时所采取的空间延展式记述结构，连同那简约古朴的句式，对景致或民俗某些细部所作的写意传神的勾勒，都不禁使人联想到《山海经》或《水经注》。边读边在古今"互文"比照中体味那古典风致，就可能愈发加浓历史的沧桑感，逐渐进入了湘西凤凰特异的地域文化氛围。

沈从文在《湘西》题记中曾说过，他的这些作品包括《凤凰》不过是献给外来的过路人的一点"土仪"。然而读下去，我们发现作者并不情愿只当导游，

◎上世纪80年代沈从文夫妇和后辈在一起。后左一：沈龙朱，后左二：沈虎雏，中排左一：沈龙朱夫人，前小女孩为沈从文孙女沈帆。

也不满足于向外人介绍故事的趣味，在文章的深层你总感到蕴蓄着一种对理解和沟通的渴求。外界对湘西是有过种种偏见与荒唐传闻的，人们甚至歧视性地将湘西视作充满迷信和凶险的"苗蛮匪区"。沈从文写《湘西》的始初意图也为了辟谬理惑，纠正外界的偏见。不过沈从文又似乎有点寂寞，缺乏沟通的信心。在他看来，让外人以科学的眼光理解和认识湘西的奇风异俗并不困难，然而要通过这些风习的研究去深入体察一种特异的人文传统，却又并非易事。

细心的读者会体谅沈从文这层苦心。《湘西·凤凰》用主要的篇幅那么认真细致地介绍被外界视为迷信野蛮的民情习俗，原来是要说明和理解一种尚有原始生命力的人格道德型范，一种少有现代物质文明浸染的生命形态。因此读这些习俗的实录，既要着眼于奇趣，又最好能深入发掘"奇"中的人文价值，感悟"奇"中的美丽诗意。

在作品的中间部分，作者重点记述考证了苗人"放蛊"、"行巫"和女子"落洞"三种异俗，并一一从心理学上分析了根因，揭去了神秘的外衣。沈从文并不简单断定这些习俗是"迷信"和愚昧，而宁可理解为是当地某种普遍性的社会心理的记载与折射，是原始性的思维方式和特殊的生命形式。例如"行巫"，在外界容易被当作是游民懒妇骗钱谋生的职业，而在凤凰则通常是心理病态的结果，最终成了"迫不得已"而又有真诚追求的一份社会"工作"，因为社会也真诚地承认和需求一种"人鬼之间的媒介"。又如女子"落洞"自尽，沈从文从性压抑引起的心理变态作了解释，而又着重从文化意义上去理解这种"人神错综"的思维方式。沈从文指出"苗族半原人的神怪观"直接影响当地人的思维和生活，而以外界现存的观念是很难理解这种人神错综的现象的。这恐怕不无道理。就像一般文明社会的读者难于理解《百年孤独》（马尔克斯）中所展示的南美魔幻与现实交融的世界，外界人理解湘西的奇异风习也总是有点隔阂的。人们容易见到神秘习俗背后隐藏的悲剧，却看不到也隐藏了动人的诗。沈从文的考证如果只是干巴巴的科学分析，那就太没趣了。他是力图将这些习俗的"原生态"真实呈现，好让读者感悟其中"浪漫与严肃，美丽与残忍，爱与怨交缚不可分"，这样，习俗的考证记述就被赋予了审美意义，读者的趣味追求得到了诗意的升华。

由于前述原因，关于习俗的记述就一改原有的类似地理博物志的文体方式，情节性和故事性的成分大为增加。这一部分怪异习俗的整理记述是那样清拔朴讷，恍然生动，很有点《搜神记》《幽明录》一类"志异"小说的韵味。例如写女子"落洞"自尽前的幻觉，连耳闻箫鼓，两眼放光，周身散发香味和心态羞怯恐惧，等等，都有生动记述，既是实录，又不无想象和附会，这样又更显示出凤凰人文景观的颖异，传达那种浪漫情绪和宗教情绪合一的境界，也才更能促发读者的兴味与感悟力：在幽明不分、人神错综的氛围中去"悟"得当地的人文精神，真正理解湘西凤凰的地域文化特质。

这种兴味继续下去，到文章最后部分进入了全篇的"阅读高潮"。最令人难忘的是对"最后一个游侠者"田三怒形象的刻画。到底小说家手痒，沈从文似乎越写越放手，干脆放弃原先地理博物志的笔法，而改用类似《史记》为人物作传的写法，以种种轶闻奇事的连缀记述去突现一个"英雄"的毕生。文中抓住富于性格特征的行为模式和相应的轶事细节，仿佛国画中的大写意，以粗笔略加勾画，却神态毕现，高简峻奇。如写田三怒勇鸷悍，威震湘西，平时待人却谦谦然如一"秀

○沈从文与参加古代服饰研究工作的年轻人在一起。

弱小学教员"；写他因一言拂逆而杀人，可是面对醉汉的当众辱骂却又毫不怪罪；写他遭暗算连中冷枪却不失豪气，临死前仍不忘训斥刺客不是男子，等等，都极有传奇色彩，确如太史公传记中人。在这里，田三怒这个人物典型实际上成了湘西凤凰人特异品格气质的象征，沈从文最终把凤凰人的体气精神归结为"游侠遗风"。以一个"英雄"游侠的故事结尾，那阔大悠远的湘西历史仿佛在刹那间定格，读者忽然发现可以那样简明清晰地理解湘西，和湘西的人文精神沟通。

可惜这毕竟是"最后一个""英雄"。沈从文讲述完毕他的故乡，感慨昔日湘西人那种悍、豪爽的精神品性与古朴、自在的生存方式，已经日见衰落失传，难免有"英雄老去"的喟叹。也许沈从文是过于保守而又太偏爱故乡的传统了，所以才有这种失落感。然而读完《湘西·凤凰》，读者如果由沈从文的感慨引而思考一个问题，即现代物质文明的进步所要付出的代价问题，是否也有无奈的怅惘和隐忧呢？

（温儒敏）

生命

我好像为什么事情很悲哀，我想起"生命"。

我好像为什么事情很悲哀，我想起"生命"。

每个活人都像是有一个生命，生命是什么，居多人是不曾想起的，就是"生活"也不常想起。我说的是离开自己生活来检视自己生活这样事情，活人中就很少那么做，因为这么做不是一个哲人，便是一个傻子了。"哲人"不是生物中的人的本性，与生物本性那点兽性离得太远了，数目稀少正见出自然的巧妙与庄严。因为自然需要的是人不离动物，方能传种。虽有苦乐，多由生活小小得失而来，也可望从小小得失得到补偿与调整。一个人若尽向抽象追究，结果纵不至于违反自然，亦不可免疏忽自然，观念将痛苦自己，混乱社会。因为追究生命"意义"时，即不可免与一切习惯秩序冲突。在同样情形下，这个人脑与手能相互为用，或可成为一思想家、艺术家，脑与行为能相互为用，或可成为一革命者，若不能相互为用，引起分裂现象，末了这个人就变成疯子。其实哲人或疯子，在违反生物原则，否认自然秩序上，将脑子向抽象思索，意义完全相同。

我正在发疯。为抽象而发疯。我看到一些符号，一片形，一把线，一种无声的音乐，无文字的诗歌。我看到生命一种最完整的形式，这一切都在抽象中好好存在，在事实前反而消灭。

有什么人能用绿竹做弓矢，射入云空，永不落下？我之想象，犹如长箭，向云空射去，去即不返。长箭所注，在碧蓝而明静之广大虚空。

明智者若善用其明智，即可从此云空中，读示一小文，文中有微叹与沉默，色与香，爱和怨。无著者姓名。无年月。无故事。无……然而内容极柔美。虚空静寂，读者灵魂中如有音乐，虚空明蓝，读者灵魂上却光明净洁。

大门前石板路有一个斜坡，坡上有绿树成行，长干弱枝，翠叶积叠，如翠翟，如羽葆，如旗帜。常有山灵，秀腰白齿，往来其间。遇之者喑哑。爱能使人喑哑——一种语言歌呼之死亡。"爱与死为邻"。

然抽象的爱，亦可使人超生。爱国也需要生命，生命力充溢者方能爱国。至如阉寺性的人，实无所爱。对国家，貌作热诚，对事，马马虎虎，对人，毫无情感，对理想，异常吓怕。也娶妻生子，治学问教书，做官开会，然而精神状态上始终是个阉人。与阉人说此，当然无从了解。

夜梦极可怪。见一淡绿白合花，颈弱而花柔，花身略有斑点青渍，倚立门边微微动摇。在不可知地方好像有极熟悉的声音在招呼：

"你看看好，应当有一粒星子在花中。仔细看看。"

于是伸手触之。花微抖，如有所怯。亦复微笑，如有所恃。因轻轻摇触那个花柄、花蒂、花瓣，近花处几片叶子全落了。

如闻叹息，低而分明。

……

雷雨刚过。醒来后闻远处有狗吠。吠声如豹。半迷糊中卧床上默想，觉得惆怅之至。因白合花在门边动摇，被触时微抖或微笑，事实上均不可能！

起身时因将经过记下，用半浮雕手法，如玉工处理一片玉石，琢刻割磨。完成时犹如一壁炉上小装饰，精美如瓷器，素朴如竹器。

一般人喜用教育身份，来测量这个人道德程度，尤其是有关乎性的道德。事实上这方面的事情，正复难言。有些人们应当嘲笑的，社会却常常给以尊敬，如阉寺。有些人我们应当赞美的，社会却认为罪恶，如诚实。多数人所表现的观念，照例是与真理相反的。多数人都乐于在一种虚伪中保持安全或自足心境。因此我焚了那个稿件。我并不畏惧社会，我厌恶社会，厌恶伪君子。不想将这个完美诗篇，被伪君子与无性感的女子眼目所污渎。

白合花极静。在意象中尤静。

山谷中应当有白中微带浅蓝色的白合花，弱颈长蒂，无语如语，香清而淡，躯干秀拔。花粉作黄色，小叶如翠珰。

法郎士曾写一《红白合》故事，述爱欲在生命中所占地位，所有形式，以及其细微变化。我想写一《绿白合》，用形式表现意象。

寒冰在近　孤寂无边

　　看沈从文的照片：嘴角静静地微笑，眼镜后面闪着平和的目光。你可以理解他的文字中浸淫着的那种感伤悲凉的情调，那种舒缓自然的笔致，那种灌注了太多的美的渴望的有些近乎女性的心灵……《生命》起始第一句便语含伤感："我好像为什么事情很悲哀，我想起'生命'"。

　　依旧是那样的优美而伤感的语调，依旧是那似幻还真的笔致，依旧是现世与梦幻的难以调和的意象……但不知怎的，我却总想起那个要重估一切价值的尼采，想起他的锐利的笔锋，想起他的毫无顾忌的、自居于审判者的姿态，想起他为他的思想而疯狂……无论如何，沈从

◎1965年沈从文在家中。

◎上世纪70年代从干校回来在东堂子胡同，斗室中到处堆满图书资料，沈从文在这里没日没夜的工作。黄永玉之女黄黑妮摄。

文的优美与柔和同尼采的奔放与强悍如此地不谐调，但读一读《生命》，我竟在他的那些柔和语句和意象中听到尼采式的声音：他像尼采一样把被人们弄颠倒了的"真实世界"和"表面世界"——用德国话来说就是"虚构的世界"和"现实性"——重新颠倒过来。

尼采说：凡是善于发现我的著作散发出来的气息的人，就会知道这是一种高空之气，一种振奋之气。人们必须对它有所准备，不然，一旦身处其中就有非同小可的危险。寒冰在近，孤寂无边——然而，躺卧在阳光下的万物是多么沉静！呼吸是何等地自由自在！人们会感到有无数的事物处于其间！正如我一向认为和经历的那样，哲学甘愿生活在冰雪和高山——在生命中搜寻一切陌生的和可疑的事物，搜寻以往惨遭道德禁锢的一切。……我们追求被禁止的东西；有一天，我的哲学将以此为标志征服天下，因为，从原则上来说，人们一向禁锢的东西不外是真理。

沈从文想起了"生命"，也就是离开自己生活来检视自己生活，也就是不是建立自己与世界的关系而是建立自己与自己的关系——这是非常人的"哲人"的事物，就"违反生物原则，否认自然秩序上，将脑向抽象思索"，哲人与疯子"意义完全相同"。换言之，沈从文想起"生命"这件事就如同宣布他正在远离他的同类，趋近于一个疯子的世界———这个世界只有少数的疯子才能领略和体会，其绚烂与多彩远离了兽性而见出自然的巧妙与庄严。寒冰在近，孤寂无边——他竟如尼采似地在生命中找寻一切陌生可疑的事物，你听：

我正在发疯。为抽象而发疯。我看到一些符号，一片形，一把线，一种无声的音乐，无文字的诗歌。我看到生命一种最完整的形式，这一切都在抽象中好好存在，在事实前反而消灭。

有什么人能用绿竹做弓矢，射入云空，永不落下？我之想象，犹如长箭射去，去即不返。长箭所注，在碧蓝而明静之广大虚空。

明智者若善用其明智，即可从此云空中，读示一小文，文中有微叹与沉默，色与香，爱与怨。无著者姓名。无年月。无故事。无……然而内容极柔美。虚空静寂，读者灵魂中如有音乐；虚空明蓝，读者灵魂上却光明静洁。

沈从文的文字中仍然崇尚着柔美、虚空、静寂，但那不就是一种"高空之气"，一种"振奋之气"么？他的用想象之箭写于云空的文字超越年代，没有起始，非个人创作，而是"无"———一种无所不在，无所不包却又无法形容的伟大的圣洁的抽象。在这完美的瞬间，一切都臻于成熟———一切有形的情感如爱能使人喑哑，而抽象的爱却能使人超生。抽象是绝对理念在展开之后向自身的复归，是生命的终极状态，它蕴含着一种不断超越自身的生命力。一个不能体会这种抽象的人，就如同阉寺一般毫无热忱。

对于沈从文来说，梦远比现实更为真实，那朵梦中的淡绿白合花，颈弱花柔，伸手触之，花微抖，如有所怯，亦复微笑，如有所恃，即便花柄、花蒂、花瓣尽落，也如闻叹息，低而分明：

你看看好，应当有一粒星子在花中，仔细看看！

这花星子就是花的原因和抽象，就是花的形、色、香之所由来，它无从见，无从触摸，但却以"无"创造了花的生命。然而，人们总是见花而不见星，知

◎ 沈从文先生墓碑就是他家乡山中的一块五彩石。正面刻着沈从文的字：照我思索，可理解"我"；照我思索，可认识"人"。背面是张充和女士写的诔文：不折不从，亦慈亦让；星斗其文，赤子其人。

花而不知星，就如同"有些人我们应当嘲笑的，社会却常常给以尊敬，如阉寺"。于是沈从文也如尼采一般吹响了反庸众的号角，激越中渗着一种不愿同流合污的自赏：

……因此我焚了那个稿件。我并不畏惧社会，我厌恶社会，厌恶伪君子，不想将这个完美诗篇被伪君子与无性感的女子眼目所污。

白合花极静，在意象中尤静。于是他想写一《绿白合》，用形式表现意象——形式内在于意象，如同星子内在于花；形式自身具有超越性，即总是越过自身而实现于意象，如同星子越过自身而实现于花。形式是一种实实在在的抽象，一种具有内在活力的无。你体会到了这一点，你就成了真正的人，从而超越一切习惯秩序，成为自己的立法者。

想到"生命"，想到如许的众生并未想到"生命"——一种抽象的形式。不是很悲哀的事么？

（汪晖）

长篇小说

（节选）

边城（节选）

那个在月下唱歌，使翠翠在睡梦里为歌声把灵魂轻轻浮起的年轻人，还不曾回到茶峒来。

这个人也许永远不回来了，也许明天回来！

一八

日子平平的过了一个月，一切人心上的病痛，似乎都在那份长长的白日下医治好。天气特别热。各人只忙着流汗，用凉水淘江米酒吃，不用什么心事，心事在人生活中，也就留不住了。翠翠每天到白塔下背太阳的一面去午睡，高处既极凉快，两山竹篁里叫得使人发松的竹雀和其他鸟类又如此之多，致使她在睡梦里尽为山鸟歌声所浮着，做的梦也便常是顶荒唐的梦。

这并不是人的罪过。诗人们在一件小事上写出一整本整部的诗；雕刻家在一块石头上雕得出骨血如生的人像；画家一撒

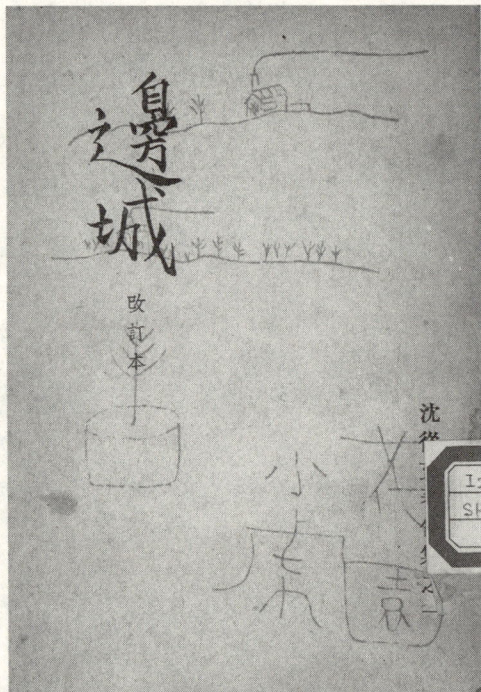

《边城》封面。

儿绿，一撒儿红，一撒儿灰，画得出一幅一幅带有魔力的彩画，谁不是为了惦着一个微笑的影子，或是一个皱眉的记号，方弄出那么些古怪成绩？翠翠不能用文字，不能用石头，不能用颜色，把那点心头上的爱憎

移到别一件东西上去，却只让她的心，在一切顶荒唐事情上驰骋。她从这份隐秘里，便常常得到又惊又喜的兴奋。一点儿不可知的未来，摇撼她的情感极厉害，她无从完全把那种痴处不让祖父知道。

祖父呢，可以说一切都知道了的。但事实上他又如是个一无所知的人。他明白翠翠不讨厌那个二老，却不明白那小伙子二老近来怎么样。他从船总处与二老处，已碰过了钉子，但他并不灰心。

"要安排得对一点，方合道理，一切有个命！"他那么想着，就更显得好事多磨起来了，睁着眼睛时，他做的梦比那个外孙女翠翠便更荒唐更寥阔。

他向各个过渡本地人打听二老父子的生活，关切他们如同自己家中人一样。但也古怪，因此他却怕见到那个船总同二老了。一见他们他就不知说些什么，只是老脾气把两只手搓来搓去，从容处完全失去了。二老父子方面皆明白他的意思；但那个死去的人，却用一个凄凉的印象，镶嵌到父子心中，两人便对于老船夫的意思，俨然全不明白似的，一同把日子打发下去。

明明白白夜来并不做梦，早晨同翠翠说话时，那做祖父的会说：

"翠翠，翠翠，我昨晚上做了个好不怕人的梦！"

翠翠问："什么怕人的梦？"

就装作思索梦境似的，一面细看翠翠小脸长眉毛，一面说出他另一时张着眼睛所做的好梦。不消说，那些梦原来都并不是当真怎样使人吓怕的。

一切河流皆得归海。话起始说得纵极远，到头来总仍然是归到使翠翠低头红脸那件事情上去。待到翠翠显得不大高兴，神气上露出受了点小窘时，这老船夫又才像有了一点儿吓怕，忙着解释，用闲话来遮掩自己所说到那问题的原意。

"翠翠，我不是那么说，我不是那么说。爷爷老了，糊涂了，笑话多咧。"

但有时翠翠却静静的把祖父那些笑话、糊涂话听下去，一直听到后来还抿着嘴儿微笑。

翠翠也会忽然说道：

"爷爷，你真是有一点儿糊涂！"

◎《边城》早期版本。

　　祖父听过了不再作声，他将说"我有一大堆心事"，但来不及说，就被过渡人喊走了。

　　天气热了，过渡人从远处走来，肩上挑得是七十斤担子，到了溪边，贪凉快不即走路，必蹲在岩石下茶缸边喝凉茶，与同伴交换吹吹捧烟管，且一面向弄渡船的攀谈。许多天上地下子虚乌有的话从此说出口来，给老船夫听到了。过渡人有时还因溪水清洁，就溪边洗脚抹澡的，坐得更久话也就更多。祖父把些话转说给翠翠，翠翠也就学懂了许多事情。货物的价钱涨落呀，坐轿搭船的用费呀，放木筏的人把他那个木筏从滩上流下时，十来把大桡子如何活动呀，在小烟船上吃荤烟，大脚婆娘如何烧烟呀，……无一不备。

　　傩送二老从川东押物回到了茶峒。时间已近黄昏了，溪面很寂静，祖父同翠翠在菜园地里看萝卜秧子，翠翠白日中觉睡久了些，觉得有点寂寞，好像听人嘶声喊过渡，就争先走下溪边去。下坎时，见两个人站在码头边，斜阳影里背身看得极分明，正是傩送二老同他家中的长年！翠翠大吃一惊，同小兽物见到猎人一样，回头便向山竹林里跑掉了。但那两个在溪边的人，听到脚步响时，一转身，也就看明白这件事情了。等了一下再也不见人来，那长年又嘶声音喊叫过渡。

老船夫听得清清楚楚，却仍然蹲在萝卜秧地上数菜，心里觉得好笑。他已见到翠翠走去，他知道必是翠翠看明白了过渡人是谁，故意蹲在那高岩上不理会。翠翠人小不管事，过渡人求她不干，奈何她不得，所以只好嘶着个喉咙叫过渡了。那长年叫了几声，见没有人来，就同二老说："这是什么玩意儿，难道老的害病弄翻了，只剩下翠翠一个人了吗？"二老说："等等看，不算什么！"就等了一阵。因为这边在静静的等着，园地上老船夫却在心里想："难道是二老吗？"他仿佛担心搅恼了翠翠似的，就仍然蹲着不动。

但再过一阵，溪边又喊起过渡来了，声音不同了一点，这才真是二老的声音。生气了吧？等久了吧？吵嘴了吧？老船夫一面胡乱估着，一面连奔带蹿跑到溪边去。到了溪边，见两个人业已上了船，其中之一正是二老。老船夫惊讶的喊叫："呀，二老，你回来了！"

年轻人很不高兴似的，"回来了，——你们这渡船是怎么的？等了半天也不来个人！"

"我以为——"老船夫四处一望，并不见翠翠的影子，只见黄狗从山上竹林里跑来，知道翠翠上山了，便改口说："我以为你们过了渡。"

"过了渡！不得你上船，谁敢开船？"那长年说着，一只水鸟掠着水面飞去，"翠鸟儿归窠了，我们还得赶回家去吃夜饭！"

"早咧，到河街早咧，"说着，老船夫跳上了船，且在心中一面说："你不是想承继这只渡船吗！"一面把船索拉动，船便离岸了。

"二老，路上累得很！……"

老船夫说着，二老不置可否、不动感情听下去。船拢了岸，那年轻小伙子同家中长年话也不说，挑担子翻山走了。那点淡漠印象留在船夫心上，老船夫于是在两个人身后，捏紧拳头威吓了三下，轻轻的吼着，把船拉回去了。

一九

翠翠向竹林里跑去，老船夫半天还不下船，这件事从傩送二老看来，前途显然有点不利。虽老船夫言词之间，无一句话不在说明"这事有边"，但那畏畏缩缩的说明，极不得体。二老想起他的哥哥，便把这件事曲解

◎1976年全家避震苏州。

了。他有一点愤愤不平，有一点儿气恼，回到家里第三天，中寨有人来探口风，在河街顺顺家中住下，把话问及顺顺，想明白二老的心中是不是还有意接受那座新碾坊。顺顺就转问二老自己意见怎么样。

二老说："爸爸，你以为这事为你，家中多座碾坊多个人，你可以快活，你就答应了。若果为的是我，我要好好去想一下，过些日子再说它吧。我尚不知道我应当得座碾坊，还是应当得一只渡船；因为我命里或只许我撑个渡船！"

探口风的人把话记住，回中寨去报命，到碧溪岨过渡时，见到老船夫，想起二老说的话，不由得不咪咪的笑着。老船夫问明白了他是中寨人，就不问他上城做些什么事。

那心中有分寸的中寨人说：

"什么事也不做，只是过河街船总顺顺家里坐了一会儿。"

"无事不登三宝殿，坐了一定就有话说！"

"话倒说了几句。"

"说了些什么话？"那人不再说了。老船夫却问道："听说你们中寨人想把大河边一座碾坊连同家中闺女儿送给河街上顺顺，这事情有不有了点眉目？"

那中寨人笑了，"事情成就了，我问过顺顺，顺顺很愿意和中寨人结亲家，又问过那小伙子，……"

"小伙子意思怎么样？"

"他说：我眼前有座碾坊，有条渡船，我本想要渡船，现在就决定要碾坊吧。渡船是活动的，不如碾坊固定。这小子会打算盘呢。"

中寨人是个米场经纪人，话说得极有斤两，他明知道"渡船"指得是什么意思，但他可并不说穿。他看到老船夫口唇蠕动，想要说话，中寨人便又抢着说道：

"一切皆是命，半点不由人。可怜顺顺家那个大老，相貌一表堂堂，会淹死在水里！"

老船夫被这句话在心上扎实的戳了一下，把想问的话咽住了。中寨人上岸走去后，老船夫闷闷的立在船头，痴了许久。又把二老日前过渡时落漠神气温习一番，心中大不快乐。

翠翠在塔下玩得极高兴，走到溪边高岩上想要祖父唱唱歌，见祖父不理会她，一路埋怨赶下溪边去。到了溪边方见到祖父神气十分沮丧，可不明白为什么原因。翠翠来了，祖父看看翠翠的快活黑脸儿，粗卤的笑笑。对溪有扛货物过渡的，便不说什么，沉默的把船拉过溪南，到了中心却大声唱起歌来了。把人渡过了溪，祖父跳上码头走近翠翠身边来，还是那么粗卤的笑着，把手抚着头额。

翠翠说："爷爷怎么的，你发痧了？你躺到荫下去歇歇，我来管船！"

"你来管船，好的，妙的，这只船归你管！"

老船夫似乎当真发了痧，心头发闷，虽当着翠翠还显出硬扎样子，独自走回屋里后，找寻得到一些碎瓷片，在自己臂上腿上扎了几下，放出了些乌血，就躺在床上睡了。

翠翠自己守船，心中却古怪的快乐高兴，心想："爷爷不为我唱歌，我自己会唱！"

她唱了许多歌，老船夫躺在床上闭着眼睛，一句一句听下去，心中极乱。但他知道这不是能够把他打倒的大病，到明天就仍然会爬起来的、他想明天进城，到河街去看看，又想起另外许多旁的事情。

但到了第二天，人虽起了床，头还沉沉的。祖父当真已病了，翠翠显得懂事了些，为祖父煎了罐大发药，逼着祖父喝；又过屋后菜园地里摘取蒜苗泡大米汤里做酸蒜苗。一面照料船只，一面还时时刻刻抽空赶回家里来看祖父，问这样那样。祖父可不说什么，只是为一个秘密痛苦着。躺了三天，人居然好了。屋前屋后走动了一下，骨头还硬硬的，心中惦念到一件事情，便预备进城过河街去。翠翠看不出祖父有什么要紧事情必须当天进城，请求他莫去。

　　老船夫把手搓着，估量到是不是应说出那个理由。在面前，翠翠一张黑黑的瓜子脸，一双水汪汪的眼睛，使他吁了一口气。

　　他说："我有要紧事情，得今天去！"

　　翠翠苦笑着说："有多大要紧事情，还不是……"

　　老船夫知道翠翠脾气，听翠翠口气已经有点不高兴。不再说要走了，把预备带走的竹筒，同扣花褡裢搁到长几上后，带点儿谄媚笑着说："不去吧，你担心我会把自己摔死，我就不去吧。我以为天气早上不很热，到城里把事办完就回来。……不去也好，我明天去！"

　　翠翠轻声的温柔的说："爷爷，你明天去也好，你腿还软！好好的躺一天再起来！"

　　老船夫似乎心中还不甘服，撒着两手走出去，在门限边有个打草鞋的棒槌，差点地把他绊了一大跤。稳住了时，翠翠苦笑着说："爷爷，你瞧，还不服气！"老船夫拾起那棒槌，向屋角隅摔去，说道："爷爷老了，过几天打豹子给你看！"

　　到了午后，落了一阵行雨，老船夫却同翠翠好好商量，仍然进了城，翠翠不能陪祖父进城，就要黄狗跟去。老船夫在城里被一个熟人拉着谈了许久盐价、米价，又过守备衙门看了一会厘金局长新买的骡马，方到河街顺顺家里去。到了那里，见顺顺正同三个人围着小桌子打纸牌，不便谈话，就站在身后看了一阵牌。后来顺顺请他喝酒，借口病刚好点不敢喝酒，推辞了。牌既不散场，老船夫又不想即走，顺顺似乎并不明白他等着有何话说，却只注意手中的牌。后来老船夫的神气倒为另外一个人看出了，就问他是不是有什么事情。老船夫方忸忸怩怩照老方子搓着两只大手，说别的事没有，只想同船总说两句话。

　　那船总方明白在身后看牌半天的理由，回头对老船夫笑将起来。

◎1980年，沈从文访问斯坦福大学时留影。

"怎不早说？你不说，我还以为你在看牌学张子！"

"没有什么，只是三五句话，我不便扫兴，不敢说出！"

船总把牌向桌上一撒，笑着向后房走去了，老船夫跟在身后。

"什么事？"船总问着，神气似乎先就明白了他来此要说的话，显得略微有点儿怜悯的样子。

"我听一个中寨人说，你预备同中寨团总打亲家，是不是真事？"

船总见老船夫的眼睛盯着他的脸，想得一个满意的回答，就说："有这事情。"那么答应，意思却是："有了你怎么样？"

老船夫说："真的吗？"

那一个又很自然的说："真的。"意思却依旧包含了"真的怎么样？"

老船夫装得很从容的问；"二老呢？"

船总说："二老坐船下桃源好些日子了！"

二老下桃源的事，原来还同他爸爸吵了一阵才走的。船总性情虽异常豪爽，可不愿意间接把第一个儿子弄死的女孩子，又来做第二个儿子的媳妇，这是很明白的事情。若照当地风气，这些事认为只是小孩子的事，大人管不着；二老当真欢喜翠翠，翠翠又爱二老，他也并不反对这种爱怨纠缠的婚姻。但不知怎么的，老船夫对于这件事情的关心处，使二老父子对于老船夫反而有了一点误会。船总想起家庭间的近事，以为全与这老而好事的船夫有关，虽不见诸形色，心中却有个疙瘩。

船总不让老船夫再开口了，就语气略粗的说道：

"伯伯，算了吧，我们的口只应当喝酒了，莫再只想替儿女唱歌！你的意思我全明白，你是好意。可是我也求你明白我的意思，我以为我们只应当谈点自己分上的事情，不适宜于想那些年轻人的门路了。"

老船夫被一个闷拳打倒后，还想说两句话，但船总却不让他再有说话机会，把他拉出到牌桌边去。

老船夫无话可说，看看船总时，船总虽还笑着谈到许多笑话，心中却似乎很沉郁，把牌用力掷到桌上去。老船夫不说什么，戴起他那个斗笠，自己走了。

天气还早，老船夫心中很不高兴，又进城去找杨马兵。那马兵正在喝酒，老船夫虽推病，也免不了喝个三五杯。回到碧溪岨，走得热了一点，又用溪水去抹身子。觉得很疲倦，就要翠翠守船，自己回家睡去了。

黄昏时天气十分郁闷，溪面各处飞着红蜻蜓。天上已起了云，热风把两山竹篁吹得声音极大，看样子到晚上必落大雨。翠翠守在渡船上，看着那些溪面飞来飞去的红蜻蜓，心也极乱。看祖父脸上颜色惨惨的，放心不下，便又赶回家中去。先以为祖父一定早睡了，谁知还坐在门限上打草鞋。

"爷爷，你要多少双草鞋穿，床头上不是还有十四双吗？怎么不好好的躺一躺？"

老船夫不作声，却站起身来昂头向天空望着，轻轻的说："翠翠，今晚上要落大雨响大雷的！回头把我们的船系到岩下去，这雨大哩。"

翠翠说："爷爷，我真害怕！"翠翠怕的似乎并不是晚上要来的雷雨。

老船夫似乎也懂得那个意思，就说："怕什么？一切要来的都得来，不必怕！"

二〇

夜间果然落了大雨，夹以吓人的雷声。电光从屋脊上掠过时，接着就是訇的一个炸雷。翠翠在暗中抖着。祖父也醒了，知道她害怕，且担心她着凉，还起身来把一条布单搭到她身上去。祖父说："翠翠，打雷不要怕！"

翠翠说："我不怕。"说了还想说："爷爷，你在这里我不怕！"

訇的一个大雷，接着是一种超越雨声而上的洪大闷重倾圮声。两人都以为一定是溪岸悬崖崩落了；担心到那只渡船，会压在崖石下面了。

祖孙两人便默默的躺在床上听雨声、雷声。

但无论如何大雨，过不久，翠翠却依然睡着了。醒来时天已大亮，雨不知在何时业已止息，只听到溪两岸山沟里注水入溪的声音。翠翠爬起身来看看，祖父还似乎睡得很好，开了门走出去，门前已变成为一个水沟，一股浊流便从塔后哗哗的流来，从前面悬崖直堕而下，并且各处全是那么一种临时的水道。屋旁菜园地已为山水冲乱了，菜秧被掩在粗砂泥里。再走过前面去看着溪里一切，才知道溪中也涨了大水，已漫过了码头，水脚快到茶缸边了。下到码头去的那条路，正同一条小河一样，哗哗的泄着黄泥水。过渡的那一条横溪牵定的缆绳，早被水淹了。泊在崖下的渡船，已不见了。

翠翠看看屋前悬崖并不崩坍，当时还不注意渡船的失去。但再过一阵，她上下搜索不到这东西，无意中回头一看，屋后白塔已不见了，一惊非同小可。赶忙向屋后跑去，才知道白塔业已坍倒，大堆砖石被零乱的摊在那儿，翠翠吓慌得不知所措，只锐声叫她的祖父。祖父不起身，也不答应，就赶回家里去，到得床边摇了祖父许久，祖父还不作声。原来这个老年人在雷雨将息时已死去了。

翠翠于是大哭起来。

过一阵，有从茶峒过川东跑差事的人，赶早到了溪边，隔溪喊过渡。翠翠正在灶边一面哭着，一面烧水预备为死去的祖父抹澡。

那人以为老船夫一家还不醒，急于过河，喊叫不应，就抛掷小石头过溪，打到屋顶上。翠翠鼻涕眼泪成一片走出来，跑到溪边高崖前站定。

"喂，不早了！快快把船划过来！"

"船跑了！"

"你爷爷做什么事情去了呢？他管船，有责任！"

"他管船，管了五十年的船，尽过了责任，——他死了啊！"

沈从文 长篇小说 253 名作欣赏

翠翠一面向隔溪人说着，一面大哭起来。那人知道老船夫死了，得进城去报信，就说：

"真死了吗？不要哭吧，我回城去告他们，要他们弄条船带东西来！"

那人回到茶峒城边时，一见熟人就报告这件新闻，不多久，全茶峒城里外便都知道这个消息了。河街上船总顺顺，派人找了一只空船，带了副白水匣子，即刻向碧溪岨撑去。城中杨马兵却同一个老军人，赶到碧溪岨去，砍了几十根大毛竹，用葛藤编作筏子，作为来往过渡的临时渡船。筏子编好后，撑了那个东西，到翠翠家中那一边岸下，留老兵守竹筏来往渡人，自己跑到翠翠家去看那个死者，眼泪湿莹莹的，摸了一会躺在床上硬僵僵的老友，又赶忙着做些应做的事情。到后帮忙的人来了，从大河船上运来的棺木也来了，住在城中的老道士，还带了许多法宝，一件旧麻布道袍，并提了一只大公鸡，来尽义务办理念经起水招魂绕棺诸事，也从筏上渡过来了。家中人出出进进，翠翠只坐在灶边矮凳上呜呜的哭着。

到了中午，船总顺顺也来了，还跟着一个人扛了一口袋米、一坛酒、一大腿猪肉。见翠翠就说：

"翠翠，爷爷死去我知道了，老年人是必须死的。劳苦了一辈子，也应当休息了。你不要发愁，一切有我！"

各方面看看，就回去了。到了下午入了殓，一些帮忙的回家去了，晚上便只剩下那老道士、杨马兵、箍桶匠秃头陈四四同顺顺家派来两个年轻长年。黄昏以前老道士用红绿纸剪了一些花朵，用黄泥做了一些烛台。天断黑后，棺木前小桌上点起黄色九品蜡，燃了香，棺木周围也点了小蜡烛，老道士披上那件蓝麻布道袍，开始了丧事中绕棺仪式。老道士在前拿着个小小纸幡引路，孝子第二，马兵殿后，绕着那具寂寞棺木慢慢转着圈子。两个长年则站在灶边空处，不成节奏胡乱的打着锣钹。老道士一面闭了眼睛走去，一面且唱且哼，安慰亡灵，提到关于亡魂所到西方极乐世界花香四季时，老马兵就把手托木盘里的杂色纸花，向棺木上高高撒去，象征西方极乐世界情形。

到了半夜，法事办完了，放过爆竹，蜡烛也快熄灭了。翠翠眼泪婆婆的，赶忙又到灶边去烧火，为帮忙的人办消夜。吃了消夜，老道士歪到死人床上睡着了。剩下几个人还得照规矩在棺木前守灵过夜。老马兵为大家唱丧堂歌取乐，用个空的量米木升子，当作鼓，把手剥剥剥的一面敲着升底，一面悠悠的唱下去——唱二十四孝中"王祥卧冰"的事情，"黄香扇枕"的事情。

翠翠哭了一整天，也同时忙累了一整天，到这时节已倦极，把头靠在棺前眯着了。两个长年同马兵等既吃了消夜，喝过两杯酒，精神还虎虎的，使轮流把丧堂歌唱下去。但只一会儿，翠翠又醒了，仿佛梦到什么，惊醒后看到棺木，明白祖父已死，于是又幽幽的哭起来。

"翠翠，翠翠，不要哭啦，人死了哭不回来的！"

秃头陈四四接着就说了一个做新嫁娘的人哭泣的笑话，话语中夹杂了三五个粗野字眼儿，因此引起两个年轻长年咕咕的笑了许久。黄狗在屋外吠着，翠翠开了大门，到外面去站了一会儿，耳听到各处是虫声，天上月色极好，大星子嵌进透蓝天空里，非常沉静温柔。翠翠心想：

"这是真事情吗？爷爷当真死了吗？"

老马兵原来跟在她的后边，因为他知道，女孩子心门儿窄，说不定一炉火闷在灰里，痕迹不露，见祖父去了，自己一切皆已无望，跳崖悬梁，想跟着祖父一块儿去，也说不定。于是随时留心监视到翠翠。

老马兵见翠翠痴痴的站着，时间过了许久还不回头，就打着咳声叫翠翠说：

"翠翠，露水落了，不冷么？"

"不冷。"

"天气好得很！"

"呀……"一颗大流星使翠翠轻轻的喊了一声。

接着南方又是一颗流星划空而下。对溪有猫头鹰叫。

"翠翠"，老马兵业已同翠翠并排一块儿站定了，很温和的说："你进屋里睡去了吧，不要胡思乱想！老人是入土为安，不要让他挂牵你！"

翠翠默默的回到祖父棺木前，坐在地上又呜咽起来，守在屋中两个长年已睡着了。

那一个马兵便幽幽的说道："不要哭了！不要哭了！你爷爷也难过咧。眼睛哭胀，喉咙哭嘶，有什么好处？听我说，爷爷的心事我全都知道，一切有我；我会把事情安排得好好的，对得起你爷爷。我会安排，什么事都会。我要一个爷爷欢喜、你也欢喜的人来接收这只渡船。不能如我们的意，我老虽老，还能拿镰刀同他们拼命。翠翠，你放心，一切有我！……"

远处不知什么地方鸡叫了，老道士原是个老童生，辛亥后才改业，在那边床上糊糊涂涂的自言自语："天子重英豪，文章教尔曹，万般皆下品，唯有读书高……天亮了吗？早咧！"

二 一

大清早，帮忙人从城里拿了绳索，杠子起来了。

老船夫的白木小棺材，为六个人抬着，到那个倾圮了的塔后山咀上去埋葬时，船总顺顺、杨马兵、翠翠、老道士、黄狗，都默默的跟在后面。到了预先掘就的方阱边，老道士照规矩先跳下去，把一点朱砂颗粒同白米安置到阱中四隅及中央，又烧了一点纸钱，念了个安魂咒，爬出阱时就要抬棺木的人动手下窆。翠翠哑着喉咙干号，伏在棺木上不起身。经马兵用力把她拉开，方能移动棺木。一会儿，那棺木便下了阱，调整了方向，拉去了绳子，被新土掩盖了。翠翠还坐在地上呜咽。老道士要赶早回城，去替人做斋，过渡走了。船总事务多，把这方面一切托付给老马兵，也赶回城去了。帮忙的到溪边去洗了手，家中各人还有各人的事，且知道这家人的情形，不便再叨扰，也不再惊动主人，过渡回家走了。于是碧溪岨便只剩下三个人，一个是翠翠，一个是老马兵，一个是由船总家派来暂时帮忙照料渡船的秃头陈四四。黄狗因被那秃头打过一石头，怀恨在心，对于那秃头仿佛很不高兴，尽是轻轻的吠着，意思好像说："你来干什么？这里用不着你这个人！"

到了下午，翠翠同老马兵商量，要老马兵回城去，把马托给营里人照料，再回碧溪岨来陪她。老马兵回转碧溪岨时，秃头陈四四被打发回城去了。

翠翠仍然自己同黄狗来弄渡船，让老马兵坐在溪岸高崖上玩，或嘶着个老喉咙唱歌给她听。

过三天后，船总顺顺来商量接翠翠过家里去住，翠翠却想看守祖父的坟山，不愿即刻进城。只请船总过城里衙门去说句话，许杨马兵暂时

◎沈从文夫妇与助手等一起出游承德避暑山庄。

同她住住，船总顺顺答应了这件事，送了几斤片糖就走了。

杨马兵是个近六十岁了的人，原本和翠翠的父亲同营当差，说故事的本领比翠翠祖父还高一筹，加之为人特别热忱，做事又勤快又干净，因此同翠翠住下来，使翠翠仿佛去了一个祖父，却新得了一个伯父。过渡时有人问及可怜的祖父，黄昏时想起祖父，都使翠翠心酸，觉得十分凄凉。但这分凄凉日子过久一点，也就渐渐淡薄些了。两人每日在黄昏中同晚上，坐在门前溪边高崖上，谈点那个躺在湿土里可怜祖父的旧事，有许多是翠翠先前所不知道的，说来便更加使翠翠心中柔和。又说到翠翠的父亲，那个又要爱情又惜名誉的军人，在当时按照绿营军勇的装束，穿起绿盘云得胜褂，包青绉绸包头，如何使乡下女孩子动心。又说到翠翠的母亲，年纪轻轻时就如何善于唱歌，而且所唱的那些歌在当时又如何流行。

时候变了，一切也自然都不同了，皇帝已被掀下了金銮宝殿，不再坐江山，平常人还消说！杨马兵想起自己年轻做马夫时，打扮的索索利利，牵了马匹到碧溪岨来对翠翠母亲唱歌，翠翠母亲总不理会，到如今自己却成为这孤雏的唯一靠山，唯一信托人，不由得不苦笑。

两人每个黄昏必谈祖父，以及这一家有关系的问题。后来便说到老船夫死前的一切，翠翠因此明白了祖父活时所不提到的许多事。二老的唱歌，顺顺大儿子的死，顺顺父子对于祖父的冷淡，中寨人用碾坊作陪嫁妆奁，诱惑傩送二老，二老既记忆着哥哥的死亡，且因得不到翠翠理会，又被逼着接受那座碾坊，意思还在渡船，因此赌气下行。祖父的死因，又如何和翠翠有关……凡是翠翠不明白的事情，如今可全明白了。翠翠把事弄明白后，哭了一个夜晚。

　　过了四七，船总顺顺派人来请马兵进城去，商量把翠翠接到他家中去。马兵以为这件事得问翠翠。回来时，把顺顺的意思向翠翠说过后，见翠翠还不肯和祖父的坟墓离开，又为翠翠出主张，以为名分既不定妥，到一个生人家里去也不大方便，还是不如在碧溪岨暂等，等到二老驾船回来时，再看二老意思，说不定二老要来碧溪岨驾渡船！

　　办法决定后，老马兵还以为二老不久必可回来的，就依然把马匹托营上人照料，在碧溪岨为翠翠作伴，把一个一个日子过下去。

　　碧溪岨的白塔，人人都认为和茶峒风水大有关系，塔圮坍了，不重新做一个自然不成。除了城中营管、税局，以及各商号各平民捐了些钱以外，各大寨子也有人拿册子去捐钱。为了这塔的重建并不是给谁一个人的好处，应让每个人来积德造福，让每个人有捐钱的机会，因此在新做的渡船上也放了个两头有节的大竹筒，中部锯了一口，尽过渡人自由把钱投进去，竹筒满了，马兵就捎进城中首事人处去，另外又带了个竹筒回来。过渡人一看老船夫不见了，翠翠辫子上扎了白绒，就明白那老的已做完了自己分上的工作，安安静静躺到土坑里了；必一面用同情的眼色瞧着翠翠，一面摸出钱来塞到竹筒中去。"天保佑你，死了的到西方去，活下的永保平安。"翠翠明白那些捐钱人的怜悯与同情意思，心里软软的，酸酸的，忙把身子背过去拉船。

　　到了冬天，那个圮坍了的白塔，又重新修好了。那个在月下唱歌，使翠翠在睡梦里为歌声把灵魂轻轻浮起的年轻人，还不曾回到茶峒来。

　　这个人也许永远不回来了，也许明天回来！

1934 年 4 月 19 日完成

赏析

又读《边城》

请许我先抄一点沈先生写给三姐张兆和（我的师母）的信：

三三，我因为天气太好了一点，故站在船后舱看了许久水，我心中忽然好像澈悟了一些，同时又好像从这条河中得到了许多智慧。三三，的的确确，得到了许多智慧，不是知识。我轻轻地叹息了好些次。山头夕阳极感动我，水底各色圆石也极感动我，我心中似乎毫无什么渣滓，透明烛照，对河水，对夕阳，对拉船人同船，皆那么爱着，十分温暖地爱着！……我看到小小渔船，载了它的黑色鸬鹚向下流缓缓划去，看到石滩上拉船人的姿势，我皆异常感动且异常爱他们。……三三，我不知为什么，我感动得很！我希望活得长一点，同时把生活完全发展到我自己的这份工作上来。我会用自己的力量，为所谓人生，解释得比任何人皆庄严些与透入些！三三，我看久了水，从水里的石头得到一点平时好像不能得到的东西，对于人生，对于爱憎，仿佛全然与人不同了。我觉得惆怅得很，我总像看得太深太远，对于我自己，便成为受难者了，这时节我软弱得很，因为我爱了世界，爱了人类。三三，倘若我们这时正是两人同在一处，你瞧我的眼睛湿到什么样子！

……

这是一封家书，是写给三三的"专利读物"，不是宣言，用不着装样子、做假，每一句话都是真诚的，可信的。

从这封信，可以理解沈先生为什么要写《边城》，为什么会写得这样美。因

◎上世纪60年代沈从文夫妇在东堂子胡同旧居门口。

为他爱世界，爱人类。

从这里也可以得出对沈从文的全部作品的理解。

也许你会觉得这样的解释有点不着边际。不吧。

《边城》激怒了一些理论批评家、文学史家，因为沈从文没有按照他们的要求、他们规定的模式写作。

第一条罪名是《边城》没有写阶级斗争，"掏空了人物的阶级属性"。

是不是所有的作品都要写阶级斗争？

他们认为被掏空阶级属性的人物第一个大概是顺顺。他们主观先验地提高了顺顺的成份，说他是"水上把头"，是"龙头大哥'"，是"团总"，恨不能把他划成恶霸地主才好。事实上顺顺只是一个水码头的管事。他有一点财产，财产只有"大小四只船"。他算个什么阶级？他的阶级属性表现在他有向上爬的思想，比如他想和王团总攀亲，不愿意儿子娶一个弄船的孙女，有点嫌贫爱富。但是他毕竟只是个水码头的管事，为人正直公平，德高望重，时常为人排难解纷，这样的人很难把他写得穷凶极恶。

至于顺顺的两个儿子，天保和傩送，"向下行船时。多随了自己的船只充伙计，甘苦与人相共，荡桨时选最重的一把，背纤时拉头纤二纤"，更难说他们是"阶级敌人"。

针对这样的批评，沈从文作了挑战性的答复："你们多知道要作品有'思想'，有'血'有'泪'，且要求一个作品具体表现这些东西到故事发展上，人物言语上，甚至一本书的封面上，目录上。你们要的事多容易办！可是我不能给你们这个。我存心放弃你们……"

第二条罪名，与第一条相关联，是说《边城》写的是一个世外桃源，脱离现实生活。

《边城》是现实主义的还是浪漫主义的？《边城》有没有把现实生活理想化了？这是个非常叫人困惑的问题。

为什么这个小说叫做《边城》？这是个值得想一想的问题。

"边城"不只是一个地理概念，意思不是说这是个边地的小城，这同时是一个时间概念，文化概念。

"边城"是大城市的对立面。这是"中国另一地方另外一种事情"。(《边城题记》)沈先生从乡下跑到大城市，对上流社会的腐烂生活，对城里人的"庸俗小气自私市侩"深恶痛绝，这引发了他的乡愁，使他对故乡尚未完全被现代物质文明所摧毁的淳朴民风十分怀念。

便是在湘西，这种古朴的民风也正在消失。沈先生在《长河·题记》中说："一九三四年的冬天，我因事从北平回湘西，由沅水坐船上行，转到

◎沈从文夫妇和萧离。

家乡凤凰县。去乡已十八年，一入辰河流域，什么都不同了。表面上看来，事事物物自然都有了极大进步，试仔细注意注意，便见出在变化中堕落趋势。最明显的事，即农村社会所保有那点正直朴素人情美，几乎快要消失无余，代替而来的却是近二十年实际社会培养成功的一种唯实唯利的人生观"。《边城》所写的那种生活确实存在过，但到《边城》写作时（1933～1934）已经几乎不复存在。《边城》是一个怀旧的作品，一种带着痛惜情绪的怀旧。《边城》是一个温暖的作品，但是后面隐伏着作者的很深的悲剧感。

可以说《边城》既是现实主义的，又是浪漫主义的，《边城》的生活是真实的，同时又是理想化了的，这是一种理想化了的现实。

为什么要浪漫主义，为什么要理想化？因为想留住一点美好的，永恒的东西，让它常在并且常新，以利于后人。

《从文小说习作选·代序》说：

这世界上或有想在沙基或水面上建造崇楼杰阁的人，那可不是我。我只想造希腊小庙。选山地作基础，用坚硬石头堆砌它。精致、结实、匀称，形体虽小而不纤巧，是我的理想的建筑。这庙里供奉的是"人性"。

我要表现的本是一种"人生的形式"，一种"优美、健康、自然，而又不悖乎人生的人性形式。

喔！"人性"，这个倒霉的名词！

沈先生对文学的社会功能有他自己的看法，认为好的作品除了使人获得"真美感觉之外，还有一种引人'向善'的力量，……从作品中接触另外一种人生，从这种人生景象中有所启发，对人生或生命能作更深一层的理解。"（《小说的作者与读者》）沈先生的看法"太深太远"。照我看，这是文学功能的最正确的看法。这当然为一些急功近利的理论家所不能接受。

《边城》里最难写，也是写得最成功的人物是翠翠。

翠翠的形象有三个来源。

一个是泸溪县绒线铺的女孩子。

"我写《边城》的故事时，弄渡船的外孙女，明慧温柔的品性，就从那绒线铺子女孩子印象得来。"（《湘行散记·老伴》）

一个是在青岛崂山看到的女孩子。

"故事上的人物，一面从一年前在青岛崂山北九水看到的一个乡村女子，取得生活的必然……"（《水云》）

这个女孩子是死了亲人，带着孝的。她当时在做什么？据刘一友说，是在"起水"。金介甫说是"告庙"。"起水"是湘西风俗，崂山未必有。"告庙"可能性较大。沈先生在写给三姐的信中提到"报庙"，当即"告庙"。全文是经过翻译的，"报"、"告"大概是一回事。我听沈先生说，是和三姐在汽车里看到的。当时沈先生对三姐说："这个，我可以帮你写一个小说。"

另一个来源就是师母。

"一面就用身边新妇作范本，取得性格上的朴素式样。"（《水云》）

但这不是三个印象的简单的拼合，形成的过程要复杂得多。沈先生见过很多这样明慧温柔的乡村女孩子，也写过很多，他的记忆里储存了很多印象，原来是散放着的，崂山那个女孩子只是一个触机，使这些散放印象聚合起来，成了一个完完整整的形象，栩栩如生，什么都不缺。含蕴既久，一朝得之。这是沈先生的长时期的"思乡情结"茹养出来的一颗明珠。

翠翠难写，因为翠翠太小了（还过不了十六吧）。她是那样天真，那样单纯。小说是写翠翠的爱情的。这种爱情是那样纯净，那样超过一切世俗利害关系，那样的非物质。翠翠的爱情有个成长过程。总体上，是可感的，坚定的，但是开头是朦朦胧胧的，飘飘忽忽的。翠翠的爱是一串梦。

翠翠初遇傩送二老，就对二老有个难忘的印象。二老邀翠翠到他家去等爷爷，翠翠以为他是要她上有女人唱歌的楼上去，以为欺侮了她，就轻轻地说："你个悖时砍脑壳的！"后来知道那是二老，想起先前骂人的那句话，心里又吃惊又害羞。到家见着祖父，"另一个事，属于自己不关祖父的，却使翠翠沉默了一个夜晚。"

两年后的端午节，祖父和翠翠到城里看龙船，从祖父与长年的谈话里，听明白二老是在下游六百里外青浪滩过的端午。翠翠和祖父在回家的路上走着，忽然停住了发问："爷爷，你的船是不是正在下青浪滩呢？"这说明翠翠的心此时正在飞向谁边。

二老过渡，到翠翠家中做客。二老想走了，翠翠拉船。"翠翠斜睨了客人一眼，见客人正盯着她，便把脸背过去，抿着嘴儿，很自负的拉着那条横缆……""自负"二字极好。

翠翠听到两个女人说闲话，说及王团总要和顺顺打亲家，陪嫁是一座碾坊，又说二老不要碾坊，还说二老欢喜一个撑渡船的……翠翠心想：碾坊陪嫁，稀奇事情咧。这些闲话使翠翠不得不接触到实际问题。

但是翠翠还是在梦里。傩送二老按照老船工所指出的"马路"，夜里去为翠翠唱歌。"翠翠梦中灵魂为一种美妙歌声浮起来，仿佛轻轻的各处飘着；上了白塔，下了菜园，到了船上，又复飞窜过悬崖半腰，——去作什么呢？摘虎耳草！"这是极美的电影慢镜头，伴以歌声。

事情经过许多曲折。

天保大老走"车路"不通，托人说媒要翠翠不成，驾油船下辰州，掉到茨滩淹坏了。

大雷大雨的夜晚，老船夫死了。

祖父的朋友杨马兵来和翠翠作伴，"因为两个必谈祖父以及这一家有关系的事情，后来便说到了老船夫死前的一切，翠翠因此明白了祖父活时所不提到的许多事，二老的唱歌，顺顺大儿子的死，顺顺父子对祖父的冷淡，中寨人用碾坊作陪嫁妆奁诱惑傩送二老，二老既记忆着哥哥的死亡，且因得不到翠翠理会，又被家中逼着接受那座碾坊，意思还在渡船，因此赌气下行，祖父的死因，又如何与翠翠有关……凡是翠翠不明白的事、如今可都明白了。翠翠把事情弄明后，哭了一个夜晚。"哭了一夜，翠翠长成大人了。迎面而来的，将是什么？

"我平常最会想象好景致，且会描写好景致"（《湘行集·泊揽子湾》）。沈从文对写景可算是一个圣手。《边城》写景处皆十分精采，使人如同目遇。小说里为什么要写景？景是人物所在的环境，是人物的外化，人物的一部分。景即人。且不说沈从文如何善于写景，只举一例，说明他如何善于写声音、气味："天快夜了，别的雀子似乎都在休息了，只杜鹃叫个不息。石头泥土为白日晒了一整天，到这时节皆放散一种热气。空气中有泥土气味、有草木气味，且有甲虫气味。翠翠看着天上的红云，听着渡口飘来乡下生意人的杂乱的声音，心中有些薄薄的凄凉。"有哪一个诗人曾经写过甲虫的气味？

《边城》的结构异常完美。二十一节，一气呵成；而各节又自成起讫，是一首圆满的散文诗。这不是长卷，是二十一开连续性的册页。

《边城》的语言是沈从文盛年的语言，最好的语言。既不似初期那样的放笔横扫，不加节制；也不似后期那样过事雕琢，流于晦涩。这时期的语言，每一句都"鼓立"饱满，充满水分，酸甜合度，像一篮新摘的烟台玛瑙樱桃。

《边城》，沈从文的小说，究竟应该在文学史上占一个什么地位？金介甫在《沈从文传》的引言中说："可以设想，非西方国家的评论家包话中国的在内，总有一天会对沈从文作出公正的评价：把沈从文、福楼拜、斯特恩、普罗斯特看成成就相等的作家。"总有一天，这一天什么时候来？

（汪曾祺）

长河（节选）

半个月以来，树叶子已落掉了一半。只要一点点微风，总有些高枝的木叶，同红紫雀儿一般，在高空里翻飞。

枫木坳

萝卜溪橘子园主人滕长顺，过吕家坪去看商会会长，道谢他调解和保安队长官那场小小纠纷。到得会长号上时，见会长还在和管事商量事情，闲谈了一会儿，又下河边去看船。其时河滩上有只五舱四橹旧油船，斜斜搁在一片石子间待修理，用许多大小木梁柱撑住。有个老船匠正在用油灰麻头填塞到船身各部分缝罅中去。另外还有个工人，藏身在船胁下，槌子钻子敲打得船身蓬蓬作响。长顺背着手走过去看他们修船。老船匠认识萝卜溪的头脑，见了便打招呼："滕老板，你好！"

长顺说："好啊！吃得喝得，样样来得，怎么不好？可是你才真好！一年到头有工做，有酒喝，天坍下来有高个子顶，地陷落时有大胖子填，什么事都不用担心。……"

老船匠似笑似真的回答说："一年事情做到头，做不完，两根老骨头也拉松了，好命。这碗衣禄饭人家不要的。"

"大哥你说得你自己这样苦。好像王三箍桶，这地方少不了你！你是个工程师！"

王三箍桶是戏文上的故事，老船匠明白，可不明白"工程师"是什么，不过体会得出这称呼必与专业有关，如像开机器油坊管理机器黄牛一般，于是皱缩个瘪嘴咕咕地笑，放下了槌子，装了袋草烟，敬奉给长顺。

另外那个年事较轻的船匠，也停了敲打，从船缝中钻出，向长顺说："老板，我听浦市人说，你们萝卜溪村子里要唱戏，已约好戏班子，你做头行人。滕老板，我说，你家发人发橘子多，应当唱三大本戏谢神，

◎1982年与翻译家金隄在"507"家中。

明年包你得个肥团团的孙子。"

长顺说:"大哥你说得好。这年头过日子谁不是混!你们都赶我叫员外,哪知道十月天萝卜,外面好看中心空。今年省里委员来了七次,什么都被弄光了,只剩个空架子,十多口人吃饭,这就叫做家发人口旺!前不久溪头开碾房的王氏对我说:'今年雨水好,太阳好,霜好,雨水好,谷米杂粮有收成,碾子出米多,我要唱本戏敬神。霜好就派归你头上,你那橘子树亏得好霜,颜色一片火,一片金。你做头行人,邀份子请浦市戏班子来唱几天戏好不好?'事情推脱不得,只好答应了。其实阿弥陀佛,自己这台戏就唱不了!"

年轻船匠是个唱愿戏时的张骨董,最会无中生有,因此笑着说:

"喔,大老板,你像怕我们要开借。一来就先嚷穷,什么人不知道你是萝卜溪的滕员外?钱是长河水,流去又流来,到处流;三十年河东,三十年河西。你们村子里正旺相,远远看树尖子也看得出。你家夭夭长得端正乖巧，是个一品夫人相，黑子的相五岳朝天，将来走运会做督抚。民国来督抚改了都督，又改主席，他会做主席；做了主席用飞机迎接你去上任，十二个盒子炮在前后护卫，好不威风！"

这修船匠东瓜葫芦一片藤，牵来扯去，把个长顺笑得要不得，一肚子闷气都散了。长顺说："大哥，过年还早咧，你这个张骨董就唱起来了，民国只有一品锅，那有一品夫人？三黑子做了都督，只怕是水擒杨么，你扮岳云，他份牛皋，做洞庭湖的水师营都督，为的是你们都会划船！"

船匠说："百丈高楼从地起，怎么做不到？凤凰厅人田兴恕，原本卖马草过日子，时来运转，就做了总督。桑植人贺龙，二十年前是王正雅的马夫，现在做军长。八面山高三十里，还要从山脚下爬上去。人若运气不来，麻绳棕绳缚不住，运气一来，门板铺板挡不住。（说到这里，那船匠向长顺拍了个掌）滕老板，你不信，我们看吧。"

长顺笑着说："好，大哥你说的准账。我家三黑子做了官，我要他拜你做军师。你正好穿起八卦衣，拿个鹅毛扇子，做诸葛卧龙先生，下常德府到德山去唱《定军山》！"

老船匠搭口说笑话："到常德府唱《空城计》，派我去扫城也好。"

今天恰好是长顺三儿子的生日，话虽说得十分荒谬，依然使得萝卜溪橘子园主人感到喜悦。于是他向那两个船匠提议，邀他们上边街去喝杯酒。本地习惯攀交情话说得投机，就相邀吃白烧酒，用砂炒的包谷花下酒，名"包谷子酒"。两个船匠都欣然放下活计，随同长顺上了河街。

萝卜溪橘子园主人正同两个修船匠在吕家坪河街上长条案边喝酒时，家里一方面，却发生了一点事情。

先是长顺上街去时，两个女儿都背好竹笼，说要去赶青溪坪的场，买点麻，买点花线。并打量把银首饰带去，好交把城里来的花银匠洗洗。长顺因为前几天地方风声不大好，有点心虚，恐怕两个女儿带了银器到场上招摇，不许两人去。二姑娘为人忠厚老实，肯听话，经长顺一说，愿心就打消了。三姑娘夭夭另外还有点心事，她听人说上一场太平溪场上有木傀儡戏，看过的人都说一个人躲在布幕里，敲锣打鼓文武唱做全是一手办理，又热闹，又有趣，玩傀儡的飘乡做生意，这场算来一定有青溪坪。她想看看这种古里古怪的木偶戏。花银匠是城里人，手艺特别好，生意也特别兴旺，两三个月才能够来一次，洗首饰必须这一场，机会一错过，就得等到冬腊月去了。夭夭平时本来为人乖顺，不敢自作主张，凡是爹爹的话，不能不遵守，这次愿心大，自己有点压伏不住自己了，便向爹爹评理。夭夭说：

"爹，二姐不去我要去。我掐手指算准了日子，今天出门，大吉大利。不相信你翻翻历书看，是不是个黄道吉日，驿马星动，宜出行！我镯子、戒指、围裙上的银链子，全都乌漆墨黑，真不好看，趁花银匠到场上来，送去洗洗光彩点。十月中村子里张家人嫁女吃戴花酒，我要去作客！"

爹爹当真把挂在板壁上的历书翻了一下，说理不过，但是依然不许去，并说天大事情也不许去。

夭夭自己转不过口气来，因此似笑非笑地说："爹，你不许我去，我就要哭的！"

长顺知道小题大做认真不来，于是逗着夭夭说："你要哭，一个人走到橘子园当上河坎边去哭好了。河边地方空旷，不会有人听到笑你，不会有人拦你。你哭够了再回家。夭夭，我说，你怎么只选好日子出行，不记得今天是什么人的生日？你三哥这几天船会赶到家的，河边看看去！我到镇上望望干爹，称点肉回来。"

夭夭不由得笑了起来，无话可说，放下了背笼，赶场事再不提一个字。

长顺走后，夭夭看天气很好，把昨天未晒干的一坛子葛粉抱出去，倒在大簸箕中去晒。又随同大嫂子簸了一阵榛子壳。本来既存心到青溪坪赶场，不能去，愿心难了，好像这一天天气就特别长起来，怎么使用总用不完。照当地习惯，做媳妇不比做女儿，"媳妇成天有一定家务事，即非农事当忙的日子，也得喂猪放鸡，推浆打草。或守在锅灶边用稻草灰漂棉布，下河边去洗做腌菜的青菜，照例事情多，终日忙个不息。再加上属于个人财富积蓄的工作，如绩麻织布，自然更见得日子易过。有时也赶赶场，多出于事务上必须，很少用它作游戏取乐性质。至于在家中做姑娘，虽家务事出气力的照样参加，却无何等专责，有点打杂性质，学习玩票性质。所以平时做媳妇的常嫌日子短，做女儿的却嫌日子长，赶场就成为姑娘家的最好娱乐。家中需要什么时，女儿办得了，照例由女儿去办。办不了，得由家中大人做，女儿也常常背个细篾背笼，跟随到场上去玩玩，看看热闹，就便买点自己要用的东西。有时姐妹两人竟仅为上场买点零用东西，来回走三十里路。

嫂嫂到碾坊去了，娘在仓屋后绕棉纱。夭夭场上去不成，竟好像无事可做神气。大清早屋后枫木树上两只喜鹊喳喳叫个不息，叫了一阵便向北飞去。夭夭晒好葛粉，坐在屋门前一个倒覆箩筐下想心事。

有什么心事可想？"爹爹说笑话，不许去赶场，要哭往河边哭去。好，我就当真到河边去！"她并不受什么委屈，毫无哭泣的理由，河边去为的是看看上行船，逍遥逍遥。自己家中三黑子弄的船纵不来，还有许多铜仁船、高村船、江口船，和别个村庄镇上的大船小船，上滩下滩，一一可以看见。

到了河坎上眺望对河，虽相隔将近一里路，夭夭眼睛好，却看得出枫树坳上祠堂前边，小旗杆下，有几个过路人坐在石条凳上歇憩。几天来枫树叶子被霜熟透了，落去了好些，墩上便见得疏朗朗的。夭夭看不真老水手人在何处，猜想他必然在那里和过路人谈天。她想叫一叫，看老水手是否听得到，因此锐声叫"满满"。叫了五六声，还得不到回答，夭夭心想："满满一定在和人挖何首乌，过神仙瘾，耳朵只听地下不听水面了。"

平常时节夭夭不大好意思高声唱歌，今天特别兴致好，放满喉咙唱了一个歌。唱过后，坳上便有连声吆喝，表示欢迎，且吹卷桐木皮做成的哨子，作为回响。夭夭于是又接口唱道：

你歌没有我歌多，
我歌共有三只牛毛多，
唱了三年六个月，
刚刚唱完一只牛耳朵。

但事极明显，老水手还不曾注意到河边唱歌的人就是夭夭。夭夭心不悦服，又把喉咙拖长，叫了四五声"满满"，这一来，果然被坳上枫木树下的老水手听到了；踉踉跄跄从小路走下河边来，站在一个乌黑大石墩子上，招呼夭夭，人隔一条河，不到半里路宽，水面传送声音远，两边大声说话听得清清楚楚。

老水手嘶着个喉咙大叫夭夭，夭夭说：

"满满，我叫了你半天，你怎么老不理我？"

"我还以为河边扇把鸟雀儿叫！你爹呢？"

"到镇上去了。"

"你怎不上青溪坪赶场？不说是趁花银匠来场上洗洗首饰，好吃酒吗？我以为你早走了。"

"早走了？爹不让我去。我说：'不让我去，我要哭的！'爹爹说：'你要哭，好，一个人到河坎边去哭，好哭个尽兴。'我就到河边来了。"

"真哭够了吗？"

"蒸的不够煮的够，为什么我要哭？我说来玩的。满满，你怎么不钓鱼？"

"天气冷，大河里水冷了，鱼都躲到岩眼里过冬了，不上钩的。夭夭，我也还在钓鱼，我坐在祠堂前枫树下，钓过坳人，扯住他们一只脚，闲话一说半天。你多久不到我这里来了，过河来玩玩吧。我这里枫木叶又大又红，比你屋后那个还好看，你来，我编顶帽子给你戴。太平溪老爷爷杨金亭，送了我两大口袋油板栗，一个一个有鸡蛋大，挂在屋檐口边风干了半个月，味道又香又甜，快来帮我个忙，把它吃掉。一人吃不了，邀你二姐也过河来吧。"

夭夭说："那好极了，我来帮你忙吃掉它。呆一会儿我就来。"

夭夭回转家里，想邀二姑娘一起过河，并告给她："满满有鸡蛋大栗子，要人帮忙吃完它。"

二姑娘正在院坝中太阳下篦头，笑着说："我有事，不能去，夭夭你想去，答应了满满，你就去吧。"帮二姑娘篦头的大嫂子，也逗夭夭说："夭夭，满满为人偏心，格外欢喜你。栗子鸡蛋大，鸭蛋大，回来时带点吃剩下来的，放在衣兜里，让我们也尝尝吧。"

夭夭不说什么，返身就走。母亲从侧屋扛着个大棉纱篗子走出来，却叫住了她。"夭夭，带点橘子送满满吧。外人要，十挑八挑派人送去，还怕人家不领情。自己家里人倒忘记了。堂屋里有大半箩顶好的，你自己背去送满满。"

夭夭当真就用她那个细篾背笼捡了一背笼顶大的橘子，预备过河。河边本有自己家里一只小船，夭夭不坐它，反而走到下游一点金沙溪溪口边去。其时村子里正有个年轻小伙子在装菜蔬上船，须备到镇上去出卖。夭夭："大哥，我要流河到坳上去，你船开头时，我坐你船过河，好不好？你是不是到镇上去？"

一村子人都认识夭夭，年轻汉子更乐于攀话献殷勤，小船上行又照例从对河容口走，并不费事，当然就答应了这件小差事。夭夭又说："大哥，我不忙，你把菜装满船，要开头时再顺便送我过河。我是到坳上去玩的。我一点不忙！"

夭夭放下了背篓，坐在一堆南瓜上，来悠悠闲闲地看河上景致。河边水杨柳叶子黄布龙东，已快脱光了，

◎1973年沈龙朱夫妇来双溪干校探亲时，与母亲合影。

小小枝干红赤赤光溜溜的，十分好看。夭夭借刀削砍了一大把水杨柳细枝，预备编篮子和鸟笼。溪口流水比往日分外清，水底沙子全是细碎金屑，在阳光下灼灼放光，玛瑙石和蚌壳，在水中沙土上尤其好看。有几个村中小孩子，在水中搬鹅卵石砌堤坝堵水玩，夭夭见猎心喜，也脱了袜子下溪里去踹水，和小孩子一样，从沙砾中挑选石子蚌壳。那卖菜的青年，曾经帮夭夭家哥哥弄船下过常德府，想和夭夭谈谈话，因此问夭夭："夭夭，你家三黑子多久回来？"夭夭说："一两天就要拢岸了。今天喜鹊叫，天气好，我猜他船一定歇铜湾溪。"

"你三哥能干，一年总是上上下下，忙个不停。你爹福气好。"

"什么好福气？雨水太阳到头上，村子里大家不是一样？"

"你爹儿女满堂，又好又得力，和别人家不一样！"

夭夭明白面前一个人话中不仅仅是称羡爹爹，还着实在恭维她。可是话不会说，所以说得那么素朴老实。夭夭因此微微笑着，看那年轻人搬菜，好像在表示："我明白你的意思，再说说看。"然而那汉子却似乎秘密已给夭夭看穿，有点害羞，不好意思再说什么，只顾做事去了。

菜蔬装够后，夭夭上了船，坐得端端正正，让那人渡她过河。船抵岸边时，夭夭说："大哥，真难为你！"从背笼里取出十个大橘子放置船头上，"大哥，吃橘子打口干吧。你到镇上去碰见我爹，就请告他一声，我在枫木坳上看船。"说完时，用手和膝部把船头用力一送。推离了岸边，自己便健步如猿，直向枫木坳祠堂走去。

将近坳上时，只见老水手正躬着腰，用个长竹笤帚打扫祠堂前面的落叶。夭夭人未到身边声音先到："满满，满满，我来了！"

老水手带笑说："夭夭，你平日是个小猴儿精，手脚溜快，今天怎么好像八仙飘海，过了半天的渡，还不济事。神通到哪里去了。"

"我在溪口捡宝贝，满满，你看看，多少好东西！"她把围裙口袋里水湿未干的石子蚌壳全掏出来，塞到老水手掌心里："全都给你！"

"嗨，把我！我又不是神仙，拿这个当饭吃？好礼物。"

夭夭自然也觉得好笑。"满满，这枫木叶子好，你帮我做顶大帽子，把这些石子儿嵌上去。福音堂洋人和委员见到，一定也称赞。"她指了指背笼里的橘子："这是娘要我带来送你的。"

老水手说："唉呀，那么多，我吃得了？姐姐呢？怎不邀她来玩玩。"

夭夭还是笑着："姐姐说，满满栗子多，当真要人帮忙才吃得完，怎不送我们一口袋，让我们背回家慢慢的嚼。"

老水手也笑将起来："那好的，那好的。你有背笼，回家里就背一口袋去，请大家帮忙。你们不帮忙，搁到祠堂里，就只有请松鼠帮忙了。"

"满满，是不是松鼠帮不了你的忙，你才要我们帮忙？"

"哪里，哪里，我是好心好意给你留下的。若不为你，早给过路人吃光了。你知道，成天有上百两只脚的大耗子翻过这个山坳，大方肯把他们吃，什么不吃个精光！生毛的除了蓑衣，有脚的除了板凳，他们都想吃！都能吃！"

两人一面说笑一面向祠堂走去。到了里边侧屋，老水手把背笼接过手，将橘子倒进一个大簸箕里，"夭夭，这橘子真大，我要用松毛盖好

◎上世纪80年代在"507"和沈龙朱一家。

留下，托你大哥带到武昌黄鹤楼下头去卖，换一件西口大毛皮统子回来。这里橘子不值钱，下面值钱。你家园里的橘子树，如果生在鹦鹉洲会发万千洋财，一家人都不用担心，住在租界上大洋楼里，冬暖夏凉，天不愁地不怕过太平日子。哪里还会受什么连长排长欺压。"

夭夭说："那有什么意思？我要在乡下住。"

老水手说："你舍不得什么？"

"我舍不得橘子树。"

"我才说把橘子树搬过鹦鹉洲！"

"那么，我们的牛，我们的羊，我们的鸡和鸭子，我知道，它们都不愿意去那个生地方。路又不熟悉，还听人说长年水是黄浑浑的，不见底不见边，好宽一道河。满满，你说，鱼在浑水里怎么看得见路，不是乱撞？地方不熟悉我就有点怕。"

"怕什么？一到那里自然会熟悉的。当真到那里去，就不用养牛养猪了。"

"我赌咒也不去。我不高兴去。"

"你不去那可不成！说好了大家去，连家中小花子狗也得去，你一个人不能住下来的。"

两人把话说来，竟俨然像是一切已安排就绪，只差等待上船神气，争持得极其可笑。到后两人察觉园里那一片橘子树，纵有天大本领也绝无办法搬过鹦鹉洲时，方各在微笑中叹了一口气，结束了这种充满孩子气的讨论。

老水手为把一大棕衣口袋栗子，从廊子前横梁上叉下来，放到夭夭背笼中去。夭夭一时不回家，祠堂里房子阴沉沉的，觉得很冷，两人就到屋外边去晒太阳。夭夭抢了个笤帚，来扫除大坪子里五色斑斓的枫木叶子。半个月以来，树叶子已落掉了一半。只要一点点微风，总有些离枝的木叶，同红紫雀儿一般，在高空里翻飞。太阳光温和中微带寒意，景物越发清疏而爽朗，一切光景静美到不可形容。夭夭一面打扫祠堂前木叶，一面抬头望半空中飘落的木叶，用手去承接、捕捉。老水手坐在石条上打火镰吸旱烟，耳朵里听得远村里锣鼓声响。

"夭夭，你听，什么地方打锣打鼓。过年还愿早咧。镇上人说：萝卜溪要唱愿戏，一共七天，派人下浦市赶戏班子，要那伙行头齐全角色齐全顶好的班子，你爹是首事人。若让我点戏，正戏一定点薛仁贵考武状元，杂戏点王婆骂鸡。浦市人迎祥戏班子，好角色都上了洪江，剩下的两个角色，一个薛仁贵，天生的；一个王婆，也是天生的！"

夭夭说："桃子李子，红的绿的，螺狮蚌壳，圆的扁的；谁不是天生的？我不欢喜看戏。坐高抬凳看戏，真是受罪。满满，你那天说到三角洲去捉鹌鹑，若有撒手网，我们今天去，你说好不好？我想今天去玩玩。"

老水手把头摇了摇，手指点河下游那个荒洲，"夭夭，今天不去，过几天再去好。你看，对河整天有人烧山，好一片火！已经烧过六七天了。烧来烧去，芭茅草里的鹌鹑，都下了河，搬到洲上住家来了。我们过些日子去罟它不迟。到了洲上的鹌鹑，再飞无处飞，不会向别处飞去的。"

"为什么它不飞？"

老水手便取笑夭夭，说出个稀奇理由："为的是和你一样，见这里什么都好，以为是个洞天福地，再也舍不得离开。"

夭夭说："既舍不得离开，我们捉它做什么？这小东西一身不过四两重，还不如一个鸡膊腿。不捉它，让它玩玩，从这一篷草里飞到那一篷草里，倒有意思。"

"说真话，这小东西可不会像你那么玩。河洲上野食多，水又方便，十来天就长得一身肥敦敦的，小翅膀儿举不起自己身子。发了福，同个伟人官官一样，凡事保守稳健，自然就只好在河洲上养老了。"

"十冬腊月它到哪儿去？！"

老水手故意装作严重神气，来回答这个问题："到哪里去？十冬腊月的躲在风雪不及的草窝里，暖暖和和过一个年。过了年，到了时候，跳下水里去变蛤蟆，三月清明落春雨，在水塘里洗浴玩，呱呱呱整天整夜叫，吵得你睡不着觉！"

夭夭看着老水手，神气虽认真语气可不大认真。"人人都那么说，我可不相信。蛤蟆是鹌鹑变的，蝌蚪鱼有什么用？"

"唉，世界上有多少东西，都是无用的。譬如说，你问那些东西，为什么活下来？它照规矩是不理会你的。它就这么活下来了！这事信不信由你。我往年有一次捉到一只癞蛤蟆，还有个鹌鹑尾巴未变掉，我一拉那个尾巴，就把它捉住了。它早知道这样，它一定先把尾巴咬掉了。九尾狐狸精被人认识，不也正是那条尾巴变不去，无意中被人看见，原形就出现。"

老水手说的全是笑话，哪瞒得了夭夭。夭夭一面笑一面说："满满，我听人说县里河务局要请你做局长，因为你会认水道，信口开合（河！）。"

老水手舞着个烟杆说；"好，委任状一来，我就走马上任。民国以来，有的官从局长改督办，有的官从督办改局长，有人说，这就是革命！夭夭你说这可像革命？"

枫木叶子扫子一大堆时，夭夭放下了笤帚，专心一志去挑选大红和明黄色两种叶子，预备请老水手编斗笠。老水手却用那一把水杨柳枝，先为夭夭编成一个篮子，一个鸟笼。这件事做得那么精巧而敏捷，等到夭夭把木叶子拣好时，小篮子业已完成，小鸟笼也快编好了。

夭夭一见就笑了起来，"满满，你好本事！黄鹤楼一共十八层，你一定到过那里搬砖抬木头。"夭夭援引传说，意思是说，老水手过去必跟鲁班做过徒弟。这是本地方夸奖有手艺的一句玩笑话。

老水手回答说："黄鹤楼十八层，什么人亲眼看见？我有一年做木排上桡手，放排到鹦鹉洲后，手脚空了，就上黄鹤楼去。到了那里，不见楼，不见吕洞宾，却在那个火烧过的空坪子里被一个看相的拉住我袖子不肯放手。我以为欠了他钱，他却说和我有缘。他名叫'赛洞宾'。说我人好心好，遇好人，一辈子不愁吃不愁穿，到过五十六岁，还会做大事情。我问他大事情是带兵的督抚，还是出门有人喝道的知县。那看相的把个头冬冬鼓一般只是摇，说，都不是，都不是。并说，你送我二两银子，我仔细为你推算，保你到时灵验，不灵验你来撕我这块招牌。我看看那招牌，原是一片雨淋日晒走了色的破布，三十年后知道变成什么样子。只送了他三个响榧子。那时我二十五岁，如今整三十年了，这个神仙大腿骨一定可当打鼓棒了。说我一辈子遇好人，倒不差多少。说我要做大事，夭夭你想想看，有什么大事等我老了来做？怕不是两脚一伸，那个'当大事'吧。"

夭夭说："人人都说黄鹤楼上看翻船。没有楼，站在江边有什么可看的。"

老水手说："好看的倒多咧。汉口水码头泊有火龙船，有四层楼，放号筒时比老水牛叫声还响，开动机器一天走八百里路，坐万千人，真好看！"

夭夭笑了起来，"哈哈，我说黄鹤楼，你有四层楼。我说看翻船，你有火龙船。满满，我且问你，火龙船会不会翻？一共有几条龙？"

乡下习惯称轮船为龙船，老水手被封住了嘴，一时间回答不来，也不免好笑。因为他想起本地常见的"旱龙船"，条案大小一个木架子，敬奉有红黑人头的傩公傩母，一个人扛起来三山五岳游去，上面还悬系百十个命大孩子的记名符，照传说拜寄傩公傩母做干儿子，方能长命富贵。这旱龙船才真是一条龙！

其时由下水来了三个挑油篓子的年轻人，到得坳上都放下了担子，坐下来歇憩。老水手守坳已多年，人来人往多，虽不认识这几个人，人可认识他。见老水手编制的玩意儿，都觉得十分灵巧。其中之一就说："老伙计！你这篮子做得真好，省里委员见到时，会有奖赏的！"

老水手常听人说"委员"，委员在他印象中可不大好。就像是个又多事又无知识的城里人，下乡来虽使得一般乡下人有些敬畏，事实上一切所作所为都十分可笑。坐了三丁拐轿子各处乡村里串去，搅得个鸡犬不宁。闹够了，想回省去时，就把人家母鸡、腊肉带去做路菜。告乡下人说什么东西都有奖赏，金牌银牌，还不是一句空话！如今听年轻油商说他编的篮子会有奖赏，就说："大哥，什么奖赏？省里委员到我们镇上来，只会捉肥母鸡吃，懂得什么天地玄黄，宇宙洪荒？"

另一个油商信口打哇哇说："怎么不奖赏？烂泥人送了个二十六斤大萝卜到委员处请赏，委员当场就赏了他饭碗大一面银牌，称来有十二两重，上面还刻得有字，和丹书铁券一般，一辈子不上粮，不派捐，不拉夫，改朝换代才取消！"

"你可亲眼看见过那块银牌？"

"有人看过摸过，字清清楚楚，分分明明。"

夭夭听到这种怪传说，不由得不咕喽咕喽笑将起来。

油商伙里却有个人翻案说："哪里有什么银牌？我只听说烂泥乡约邀人出份子，一同贺喜那个去请赏的，一人五百钱，酒已喝过了，才知道奖牌要由县长请专员，专员请委员，委员请主席，主席请督办——一路请报上去，再一路批驳公文下来，比派人上云南省买金丝猴还慢得多！"

原先那个油商，当生人面前输心不输口，"哪会有这种事？我不信。有人亲眼看过那块大银牌，和召岳飞那块金字牌一个式样，是何绍基字体，笔画肥肥的。"

"你不信，倒相信那奖牌和戏上金字牌一样。奖牌如果当真发下来，烂泥人还要出份子搭牌坊唱三天大戏，你好看三天白戏。"

"你知道个什么，狗矢柑，腌大蒜，又酸又臭。"

那伙计喜说笑话，见油商发了急，索性逗他说：

"我还听人说戏班子也请定了，戏码也排好了，第一天正戏：'卖油郎独占花魁'，请你个不走运的卖油郎坐首席。你可预备包封赏号？莫到时丢面子，要花魁下台来问你！"

老水手插嘴说："一个萝卜能放多久？我问你。委员把它带进县里去，老早就切碎了它，焖牛肉吃了。你不信才真怪！"

几个人正用省里来的委员为题目，各就所见所闻和猜想到的种种作根据，胡乱说下去。夭夭从旁听来，只抿着个小嘴好笑。

坳前有马项下串铃声响，繁密而快乐，越响越近，推测得出正有人骑马上坳。当地歌谣中有"郎骑白马来"一首四句头歌，夭夭心中狐疑：

"什么人骑了马来？莫非是……"

赏析

在"常"与"变"的撞击中

　　沈从文是一个具有自觉的文化意识的作家。即便从严格的意义上说，他的小说也是一种文化小说。在他笔下的湘西世界里，文化的常数（湘西本土历经数千年不变的恒定文化因素）与文化变数（湘西在朝现代转型过程中，自外而来并传染浸蚀的异质文化因素）的交织碰撞，规定着"乡下人"的生存方式及本质。此前所选《柏子》《萧萧》《会明》《夫妇》《贵生》诸篇，呈现出"乡下人"原有的文化存在方式与现代环境（因异质文化的侵入或被卷入异质文化环境，其时间与空间与原有的时空异质）的脱节而发生的人生悲喜剧。一方面，在这些人物身上，依旧保留着由原始文化孕育的善良、热情、诚实、素朴、雄强等道德形态及人格气质，与经沈从文小说烛照的人性被异化了的"城里人"的虚伪、自私、怯懦构成鲜明的对比；另一方面，同样由原始文化派生的理性蒙昧，导致"乡下人"无从发现自我生存处境的悲剧性质，他们"不曾预备要人怜悯，也不知道可怜自己"。（见《柏子》）基于这种对"乡下人"生命存在方式的反省，《边城》唱出了一曲生命的理想之歌。透过《边城》叙事表层涉及的婚姻的文化常数与变数——"走马路"与"走车路"、"渡船"与"碾坊"的对立冲突，以及主人公的应对及选择方式，显露出沈从文对应该有的生命形式的渴望：既拒斥异质文化对人性的扭曲，保有人之为人的本来，又能独立自主地支配自己的命运。

　　从小说的主题走向看，《长河》是《边城》的姐妹篇。在谈及《长河》的题旨时，沈从文说："就我所熟习的人事做题材，来写写这个地方一些平凡人物生活的‘常’与‘变’，以及两相乘除中所有的哀乐。"（长河·题记》）——《长河》延续着沈从文惯有的文化视角。只是在这里，所谓的"常"与"变"，已经从《边城》中一般的风俗文化及其内蕴的意识观念层面拓展到政治文化层面，从中骤然响起现代"五溪会猎"的锣鼓。

《长河》的故事背景是发生在抗战爆发前后的湘西事变。1934～1936年期间，湘西连年大旱。民众要求割地自雄的"湘西王"陈渠珍减免租税遭到拒绝，遂爆发了以龙云飞等人为首的苗民起义。湖南省主席何键乘机挥兵入湘西，一面迫使陈渠珍下野，一面镇压苗民起义。但随着苗族起义军攻下乾城，何键又被迫去职。南京政府派人与苗族起义军谈判、起义军接受改编并开赴抗日前线。湘西事变的发生及其结局，是国民党中央势力、湖南省何键势力、陈渠珍湘西地方势力与苗族起义军四种力量错综复杂的矛盾冲突的产物。虽然，湘西事变在小说中并没有被推置前台，但通过作品中人物之口，对这四种力量作出了不同的价值评判。对苗族起义军，他给予了充分肯定。正如沈从文在《湘西·引子》里指出的："湘主席何键的去职"，"就是苗民‘反何’作成的"；国民党中央势力及何键势力的介入，则被指为湘西社会动乱的真正根源；而那位"家边人"（指陈渠珍）则具有对地方剥夺与其也想"为地方做做事"的两面特征。

于是，在小说中，国民党中央势力被象征化为"新生活"（即蒋介石提倡的"新生活运动"），它给湘西民众带来了巨大的精神恐怖。作品刻意营造出一种山雨欲来、乡下人谈虎色变的紧张气氛；而作为具体的外来势力对湘西民众的苛扰，则是从省里来的那位保安队长政治上的霸道蛮横、经济上的敲诈勒索与精神上的堕落腐朽（表现为欺压良善、调戏妇女与不伦不类的自作多情）。

然而，小说叙事的重点既不在湘西事变本身（它在小说中只留下一点若隐若现的印痕），也不在外来势力对湘西的苛扰。正如作者在《长河·题记》中所说："尤其是叙述到地方特权者时，一支笔即再残忍也不能写下去"。在这方面，情节设计的截直单纯与价值判断的善恶二元对立模式，给小说留下了明显可见的缺陷。《长河》的叙述重声及创作主旨，是乡村灵魂准乎自然的存在形式及其面对人生大患（社会剧急变动）所作出的反应与选择。作为一种正面的价值取向，这种反应与选择体现在老水手、夭夭、三黑子等人物身上。正是在这方面，《长河》以其对乡下人言谈举止、心理状态及文化性格等近于神韵天成的刻画，呈现出沁

◎沈从文（前左一）为北京人艺《蔡文姬》剧组的导演、演员介绍历史资料。

人心魂的美。

老水手是《长河》着墨最多的主要人物之一。这位水手出身的乡村无产者，是传统的湘西地域文化结出的优秀果实。他保守着做人的本来，集诚实、善良、热情、硬朗与乡村型智慧于一身。小说突出他在社会动乱即将来临时，对地方未来及小儿女辈命运所拥有的忧患意识。虽然，这种忧患建立在他半凭经验、半凭预感对世事演变所作的推断上，由于其推断的阴差阳错他却俨乎其然而显得憨态可掬，却又因这种忧患暗合世事走向而闪露出智慧的火花。愚憨与睿智在他身上获得了奇妙的统一。他虽有忧患，却不恐惧。面对"新生活"带来的精神压力及保安队长的蛮横霸道，他决不逆来顺受，听天由命。在其精神上，已滋生出与命运抗争的硬朗与雄强："你们等着吧，有一天你看老子的厉害！"同极力渲染老水手近乎"无事忙"的忧患情态相比，小说开启出作为乡村小儿女辈典型的夭夭纯然天真的灵魂世界。在她身上，拥有生命面对人生忧患的从容与镇定。当整个乡村世界弥漫起"新生活"带来的恐惧气氛时，她仍"从容自在之至"；在保安队长直接对她进行卑鄙与拙劣的挑逗与调戏面前，她直当作"看水鸭子打架，她不惧怕。——"老百姓不犯王法，管不着，没理由惧怕"。而三黑子更直接地喊出："沙脑壳，沙脑壳，我总有天要用斧头砍一两个！"也许更为重要的，是在这些乡下人身上，已经萌发出与现实强加于人的外来政治形态相抗衡的政治参与意识与平民主义的政治理想："不许欺压人，欺老百姓。要现钱买现货，公平交易"，"做官的不好，也要枪毙！"

这一切，都是在令人目不暇接的连轴乡村风俗画的描述中获得表现的。即如《枫木坳》，夭夭的活泼、机灵、乖巧，灵魂的清明剔透，老水手的童心幻念，乡村型的幽默诙谐，通过这一老一少妙喻连珠的对白而获得显现，构成一种浑然天成的艺术境界。

值得注意的，是《长河》在人物构型方面所具有的与《边城》对应的模式。滕长顺——顺顺、老水手——老船工、夭夭——翠翠、三黑子——傩送等，都分别具有对应的类特征。然而，相类却非完全相同。也许，人物构型的对应模式是作者有意提醒读者阅读参照，从中领悟二者共有的主题走向；对应人物性格内涵、行为及人生选择方式的差异，则彰显出二者的主题差异。在《边城》中，翠翠的性格呈内向的柔静态。面对人生忧患，常不免强烈的孤独感与随预感而生的莫名忧惧；而夭夭的性格，则表现为外向的灵动，拥有藐视外部强力的静定与从容。在《边城》的老船工身上，留有信天由命的深刻印痕，虽然有对命运的抗争，却终于回天乏力；而《长河》里的老水手则不再有对命运的哀怨，尽管迭遭命运打击，仍不放弃在人生变易中把握机遇、随时准备与命运较量的努力。而老水手、夭夭、三黑子等人身上萌发的政治参与意识与对未来的理想憧憬，更是《边城》中人物所没有的。——沈从文笔下的乡村生命形式，在《长河》里上升到一个更高的阶梯。由《边城》与《长河》涉及的时代背景的差异及篇名所具有的不同象征意指，共同显示出沈从文笔下湘西世界的时空流程，从中隐现出作者对历史长河未来流向的理想主义憧憬。

（凌宇）

附 录

超越深度模式
——《阿金》赏析

对一篇小说的鉴赏可以有若干种不同的切入角度。如果我们试图在哲学层面上探究《阿金》这篇小说所反映的人生观的话，那么阿金由于好心的地保多管闲事的介入而最终未能迎娶到美妇人的结局中，确乎隐含着某种"命定论"的影子。尽管沈从文晚年在《答凌宇问》中曾说："我最担心的是批评家从我习作中找寻'人生观'或'世界观'。"但一部作品既然已经到了读者手中，作者是无权干涉读者的阅读行为的。况且"命定论"的人生观很难说不是《阿金》这部小说可以解读出来的客观上的深层意义。

但真正的问题在于，这种探究作品深度模式的阅读和欣赏习惯恰恰会妨碍对一部作品更深入的认识。悖论之所以产生，原因在于对作品的深度模式的寻求最终获得的不过是哲学层次上的抽象概念和图式，而作品的具体而丰富的感性存在却在这个过程中被肢解甚至舍弃了。这理由对于《阿金》这篇小说也一样，如果我们暂不去接受"命定论"的结论，而是回过头去进一步推敲一下造成阿金这种命运的诸种因素和契机，那么，篇幅虽短的《阿金》却一下子展示给读者施展想象力的巨大的空间。我们不妨看看几个具体化的问题：

其一，为什么地保对阿金的婚事如此热心，以至一而再，再而三地拦路阻止阿金去媒人家下定钱？本来读者也许会不假思索地认同叙述者的观点，同意

◎相濡以沫的老俩口上世纪80年代在"507"。

"地保对阿金原完完全全是一番好意的",但叙述者却运用了一系列修饰词诸如"为人正直热情的地保"、"好心的地保"、"地保的好心肠"等等来不厌其烦地强化读者的印象,反而导致读者的逆反心理。读者完全是有理由怀疑一系列修饰词的重复运用的背后是否隐藏着叙述上的反讽效果。更何况连叙述者最后也流露出一丝困惑:"究竟为什么一定不让阿金抱兜的钱,送上媒人的门,是一件很不容易明白的事。"地保除了觉得为好朋友尽一分责任的好心之外是否还有什么深层的心理动机?"究竟为什么缘故?因为妇人太美,麻衣相书上写明是克夫。"假如这就是真实的动机,那么地保是不是把自己对于美妇人的恐惧与偏见强加到了阿金身上?如果可以更大胆地设想一下,那么是不是因为妇人出名的美引起不平的许多人之中也有地保一个?

其二,叙述者暗示地保劝阻阿金的另一个心理动机是听到了"许多无人与这个妇人亲近的汉子中就有了只有男子才会有的谣言",那么这些谣言可信性如何?是否仅仅是无中生有,捕风捉影?阿金一旦"抱兜已空,所有钱财业已输光",美妇人便只好"归一个远方绸商带走了",这种首先由金钱聘礼决定的婚姻是否能给阿金带来真正的幸福?换句话说,阿金最终丧失了美妇人是不是"塞翁失马,焉知非福"呢?

其三,阿金的最终命运或许是偶然中存在着必然。固然斜刺里杀出个地保横加阻拦以及阿金无意中闯进赌场都是偶然性因素,但假如阿金不听从地保的良言相劝而一意孤行,又假如他能够抵制住赌场的诱惑,恐怕这篇小说的结局会是另外一个样子。如果说性格决定命运,那么阿金的悲剧在本质上是不是决定于他的性格因素?

其四，小说的叙述者对阿金和地保分别保持一种什么样的情感判断和价值取向？小说在叙事层面是否有结构性反讽倾向？叙述者对阿金的命运最终持一种什么样的态度？

上述问题是无须得出十分确凿的答案的，何况有些疑问恐怕连作者自己也未必完全有自觉意识的。我们随便列举出几个问题只是想说明，一个小说文本所蕴含的具体的感性内容远比抽象哲理丰富得多。这种具体的问题之中才真正隐藏着文本之谜。阅读行为中的真正的快乐正在这种猜谜本身。读者正是在这种思考与追寻中去参与和再创造文本世界的。而衡量一部作品是否成功的一个重要尺度也正是这部作品激发读者想象和再创造文本的能力。这要求一个作者的创作动机不能仅仅满足于提供某种抽象的哲学图式。成功的作品并不提供答案，它更注重呈示初始的人生境遇，而正是这种境遇中蕴含了生活本来固有的复杂性、相对性和诸种可能性。

《阿金》正是这样一篇作品，它排斥任何单值的判断和价值取向，尽管叙述者在语词层面存在着反讽因素，但这并不一定代表作者的倾向。我们终究无法明了作者对人物的情感和态度。阿金固然是值得同情的，但对地保却也似乎无法过多责备。我们在为阿金宿命般的结局击节扼腕之余，只能感叹正因为生活中充满了各种偶然性因素，才充满了各种可能性，也才充满了它的丰富性和传奇性。

与作者这种相对性的情感立场相一致的是小说所采用的叙述调子。作者运用了一种相对平和的叙述口吻，不温不火，不露声色，这或许是沈从文小说中作者的声音隐藏得最深的作品之一。这种不偏不倚的中立的叙述姿态与小说的内涵是吻合的，对于《阿金》而言，也许没有比这再合适的叙述姿态了。这种叙述姿态的选择，使作者回避了情感与价值取向，从而赋予了作品以自足性。小说似乎已经独立于作者之外而自身呈示生活境遇所固有的丰富性。

奥地利小说家海尔曼·布洛赫曾这样表述他对小说本质的理解："发现小说才能发现的，这是小说的存在的唯一理由。"这个近似于同义反复的命题隐含着深刻的意义，它说明，小说这一体裁自身的本质界定或许正是与人类生存境遇的丰富性相吻合的。小说并不热衷于去寻求解答，它只是惊异于大千世界的各种相对性和矛盾性。这使人联想起捷克小说家米兰·昆德拉在回答克里斯蒂安·萨

沈从文

名作欣赏

尔蒙的提问中所阐发的小说观。米兰·昆德拉认为他的小说更倾向于揭示人类生存的基本境况，并力图在小说中为读者启示对人类丰富的生存境遇进行无穷思索和追问下去的途径。一旦我们运用某种哲学的抽象概念去图解他的小说，那么他的作品的内涵反而被局限了。这种论点对于我们理解沈从文的《阿金》也是不无裨益的。我们从《阿金》这篇小说中最终领悟到的，也并不是小说反映了作者的"命定论"的人生观，而是人生境遇的充满偶然性与传奇性的复杂图景。

（吴晓东）

◎上世纪60年代沈从文在长沙与当地干部合影。

想起了堂·吉诃德

——《会明》赏析

◎沈从文孙女沈红为爷爷画像。

文学的历史发展证明，作家一旦完成某种典型性格的塑造，往往也就捕获到一种具有普遍意义的人类精神现象，具有这种典型性格的人物形象，甚而成为这种精神现象的代名词，如歌德笔下的浮士德，莎士比亚笔下的哈姆雷特，塞万提斯笔下的堂·吉诃德，鲁迅笔下的阿Q等等。与之相关的文学作品，是人类凝视反省自身灵魂的一面面镜子。

《会明》写成于1929年，是沈从文创作刚刚开始步入成熟期的作品，在其艺术处理的某些方面，还留有其早期创作不成熟的痕迹，如小说的叙述语言，同他后来的作品相比，不免蹇涩之感，未经严格磨砺与锤炼的湘西方言所含的"土气"显得过重。但发生在会明这个人物形象身上的精神历程，却使这篇小说不独在沈从文的全部创作中，而且在整个现代文学史上，具有重要意义。

这是一个关于老兵会明的故事。全篇展示的，是这个农民出身的老兵在战时（包括临战前夕）以及战争间歇阶段的种种行状。在小说中，由会明种种行状组接而成的叙述链条被嵌入会明的"呆"、"傻"与其他人的"聪明"，会明对战争的素朴而带几分神圣的认知与现实战争庸鄙化对立的深层结构之中。因而，由会明的行状所显示的会明精神与其所处环境的严重不协调，使小说带着明显的喜剧色彩。

小说一开始，就叙述了会明对战争性质与士兵职责的朴素感知。在他看来，作为一个士兵，平时流汗，战时流血，不是为了勋章，不是为了钱，而是履行"保卫祖国"的神圣职责，其最终归宿是驻防边境，"一面垦辟荒地，生产粮食，一面保卫边防。"会明的这一信念是从十年前讨袁战争中蔡锷的一次训话中获得的，并且一经获得，便在会明身上生了根——会明的信念是十年前反袁战争的性质与环境的产物。

但是十年后，战争的性质与环境却起了变化。虽然，生活表象一切依旧。依旧是行军打仗，流血牺牲，"打倒军阀"；会明的工作依旧——十年前是一个火夫，十年后仍然是一个火夫，就连会明所在连队的番号也依旧。然而，战争的性质与环境却发生了质变。尽管仍然是"打倒军阀"，但"会明上司的上司，也就是一个军阀"；战争的结果，只是"流一些愚人的血，升一些聪明人的官"；战争与和平蜕变为一种交易手段：原本是两军对峙，双方剑拔弩张，战事一触即发，却又突然停了火。因为"一切做头脑的讲了和，地盘分派妥当"，于是"天下太平了"——战与和成了一场场随行交易的儿戏。但会明却没有发现这种变化，生活的表象欺骗了他。他依然将每一次战争看作通向他的理想的途径："似乎每打一仗，便与他从前所想的军人到国境边沿去屯防卫国的事业走近一步了"。于是，他始终保持着高度的战争警觉感与责任感。每到临战前夕，常常突然半夜醒来，"他的耳朵就像为枪声引起了注意才醒的"。而当战事一起，"他当真随了许多样子很聪明的官冲上去了"。

战争的性质与目的与会明的理想已是南辕北辙，会明却继续着他在十年前讨袁战争中的行为。由于会明的行为、精神与时间严重脱节，而显得大冒"傻气"。这种傻气由于小说提炼的典型细节获得强化。为了实现蔡锷当年的嘱托，会明保留了一面当年的小小三角旗。这一不合时宜的古怪举动，使会明成为周围那些"聪明人"嘲弄的对象。于是，他便将其藏缠在腰间，"从不给人提及"，理想也只"自己玩味"。只有在他与上了年纪的乡下农民谈话时，才会亮宝似的拿出来。

当他提到蔡锷时，说到那伟人的声音颜色，说到那伟人的精神，他于是记起了腰间那面旗子，他就想了一想，又用小眼睛仔细老成的望了一望对方人的颜色——因为望到对方人眼睛是完全诚实的眼睛，他笑了。他随后做的事是把腰间缠的小小三角旗取了下来。"看，我这个家伙！"看的人眼睛露出吃惊的神气，他得意了。

正由于这份傻气，会明不仅被人们当作呆子戏弄，而且铸成了他的近乎悲剧的命运。十年来，那些能顺应时变的"聪明人"，就连"成千成百的马弁、流氓都做了大官"，会明仍然只是个火夫。但会明却不以此为意，他自有他的人生乐趣。到了战争间歇阶段，一旦远离了战争气氛，会明便去驻地附近的村子里走动。他欢喜找当地农民谈话，欢喜本地种的小叶烟，一小杯陈年烧酒也使他"心情欢畅"；得到村人赠送的一只母鸡后，他又忙着取卵、孵小鸡。小鸡孵出后，他像对待自己儿女似的照料它们，旋又一一将小鸡分派到连里士兵名下（但依旧由他饲养）。想象着"秋老虎一过，那些小鸡就会扇着无毛翅膀，学着叫'勾勾喽'了"而感到幸福、满足。这一切，竟发生在行伍军营的士兵身上，会明骨子里依旧是一个农民——人物人生情趣的土地根性与环境太不协调，会明的行为模式又一次用错了地方。其精神由于与空间严重脱节而显得滑稽。但会明这种保守、固执得难以易移的乡巴佬性格，却内在的与其对理想的信守根连枝接，是会明整个精神世界的有机构成部分。

在小说的人物层面，似乎处处指向会明精神的呆、傻特征：他竟弄不清"边境"与"外洋"的区别，虽说他认定"理想"比"升官发财"有意义，却"说不分明"个中缘由；战争已经变了质，他却无法辨别，仍然糊糊涂涂"冲上去了"；一到战争间歇，便立即在一把小叶烟、一小杯烧酒、一群小鸡这类小东西上自得其乐；就连他生就的一副"将军"长相与其实际的"火夫"身份也构成强烈反差——讽刺，似乎是小说叙述语调的一个重要特征。但会明绝非完全是一个讽刺形象，小说叙述的，也不只是一个关于呆子的故事。在会明精神的主要方面，即他对战争性质与士兵责任的朴素认知及其对理想的毫不更移的信守，小说的叙述是在会明的"呆"与其周围的"聪明人"的对照中进行的。虽然同样是"冲上去了"，却一面是为了实践自己的理想（尽管行为用错了地方），一面却是为了"升官发财"；十年前会明是一个火夫，十年后依然是一个火夫，这一经历也是以那些"聪明人"连"马弁与流氓都做了大官"为参照叙述的。于是，连会明保有的那面旗帜及其理想似乎"都有了责任"，成为那些"聪明人"的嘲弄对象。这些"聪明人"能顺应现实，取得了成功，却完全阉割了战争的应有之义，丧失了做人的价值准则。他们愈是"聪明"，便愈是走向其反面——由对比叙事生成的这一弦外之音，使得原本对会明的讽刺，由于嘲弄会明者在骨子里被嘲讽，而翻成反讽。两相对照，会明的"呆""傻"反见出一种神圣与庄严。

这种讽刺与反讽的叠用，流露出叙述者对会明精神的两面特征——崇高与凡庸的不同价值判断。一方面，会明是凡庸的。由于无知无识，他无从发现战争本质的异化，不仅精神与现实脱节，甚至为别人所利用。在平时，又以人生琐屑为满足。这一切，使他无法积极参与现代竞争。凡是这些地方，小说的讽刺语调里藏着作者的深深叹惋；另一方面，会明又是崇高的。他对战争应有之义的朴素理解与做人原则的信守，尽管时时成为人们嘲弄的对象，却仍矢志不移——会明的形象令人想起堂·吉诃德。正如屠格涅夫指出的，堂·吉诃德本身表现了对"某种永恒的"真理的信仰，他"全身心浸透着对理想的忠诚，为了理想他准备承受种种艰难困苦，准备牺牲自己的生命。"[①]在这一点上，小说的反讽语调回荡的，正是这一声音。

虽然，在沈从文笔下诞生的会明现象，发生在一个普通的农民——士兵身上，其意义却已经溢出了会明身份所显示的范围。在一切时代转折或变动时期，由于时流所趋，人类原先拥有的某些具永恒价值的东西已经失落，而人生的假象又障蔽着人们的目光，无从发现人生本质变异的时候，会明现象就有可能在每个社会成员身上不同程度地发生。既要信守人类社会中那些具有永恒意义的真理，不为时流所动，并随时准备为自己的选择承受苦难，又要识破欺骗，尤其是假借这些真理的旗帜与口号，即原有的真理只保留了其话语外壳，其本质已被偷换的欺骗，似乎是每个人都无法规避的思想与精神课题，——《会明》所欲敲响的，正是这样的人生警钟。

（凌宇）

沈从文
附录
291
名作欣赏

---

① 《哈姆雷特与堂·吉诃德》，《外国文学评论选》，湖南人民出版社 1982 年版。

"乡下人"的情感

——《虎雏》赏析

◎上世纪70年代儿媳来干校探望沈从文，和老乡合影，右一：沈从文，左四：沈从文儿媳马永昕。

一个怀有理想主义热情的"读书人"，由于一次偶然的机会，想使一个少年士兵脱下军装，换上学校的制服，接受城市文明和现代知识的教育，最终也成为同自己一样的"读书人"。可是，不到两个月，理想便化为泡影。这个野性未驯的少年，终因犯了人命案而逃离城市。临走，他带走的唯一一件东西，便是他的军服。这就是沈从文在《虎雏》中给读者讲的一个故事。

几年以后，沈从文又作《虎雏再遇记》。作品一开始便提到了《虎雏》中的故事，并说："想把一个年龄只十四岁，生长在边陬僻壤，小豹子一般的乡下人，用最文明的方法试来造新他"，不过是一种"荒唐的打算"。因为"一切水得归到海里，小豹子也只宜于深山大泽方能发展他的生命"。故而再遇"虎雏"时，作者还颇有点儿庆幸，幸好以前的"荒唐打算有了岔儿，既不曾把他的身体用学校固定，也不曾把他的性灵用书本固定。这人一定要这样发展才像个人"。这些话大概也足以解释作者之所以要创作例如《虎雏》及《再遇记》之类作品的原因吧。其实，城市与乡村、文明与野蛮等等的对立和冲突，可以说几乎是沈从文绝大部分作品所表现的一个共同的基本主题。在这之中，自然也流露出了作者自己的近乎矛盾的情感心态和价值取向。

　　沈从文一直是以"乡下人"自称的。但他却长期生活在城市中，并且，又大多与"文明人"相往来。或许，也正因为置身于城市文明之中，才更刺激了沈从文的"乡下人"的自我意识。因此，在"乡下人"沈从文的作品中，我们往往可以读到那些对于"读书人"和城市文明的揶揄、调侃乃至讥嘲之词，感受到作者与周围生活环境难以协调的烦恼、惆怅以至愤世的心态。"乡下人"沈从文的内心，实在是并不平和的。《虎雏》开始时，为了那个少年勤务兵今后究竟是继续当兵还是读书，"我"同"六弟"曾有过一番讨论。在这段对话中，"我"的口吻完全反映了一个城市读书人的立场，热衷并信奉现代文明对于野蛮心灵和蒙昧人生的改造及其不可抗拒的影响作用；而"六弟"则对此表示出一种深刻的怀疑。作为一个同样怀有"野蛮灵魂"的军人，他对于文明与野蛮的关系，似乎倒有更为现实的认识。相比之下，"我"所有的不过是一个理想主义者的勇气和热情而已。这已经预示了"我"最后必不免于失败。这样，此后"我"对于少年士兵所抱的种种幻想和所作的种种努力，便只成为一连串可笑的盲目之举。这是"我"作为一个"读书人"在一个"野蛮灵魂"面前的失败，同时，也是所谓的城市文明的一次失败。城市文明并不能征服一切。面对一种充满着原始生命活力的人生和生活方式，城市文明暴露出的正是其自身的无能为力。在城市以外，事实上还存在着另一处截然不同的生活空间。除了"读书人"，人群中还有一些类似"小豹子"和"虎雏"的生命。对于这些生命及其生活方式和道德观念等等，城市与读书人自然是不易理解，也很难接受和认同的。这正像《虎雏》中的"六弟"所说的："平常人用自己物质爱憎与自己道德观念作标准，批评到与他们生活完全不同的军人，没有一个人说得对。……战争使人类的灵魂野蛮粗糙，你能说这句话却并不懂它的真实意思。"以读书人的情感、态度、立场和价值取向为

◎1981年5月，沈从文与张兆和回凤凰，和家乡的文化干部在黄永玉古椿书屋院坪里合影。

代表的城市文明或现代文明的性格弱点，也便表现在这里。"我"和"我"周围的那些教授、诗人、律师及音乐家等人，之所以会对少年士兵如此感兴趣，期望如此之高，完全是由于不了解在"迷人的外表"包裹之中的也会是一个野蛮、放肆的灵魂，并且，他们也过于相信文明对于人性的教化作用了。说到底，这是两种不同的文明状态及其在人性中的表现之间的隔膜与冲突的反映。作者沈从文身处其间，必有其进退维谷的微妙情境。不过，他的情感倾向是十分鲜明的。他在《虎雏》的结尾处这样写道："至于一个野蛮的灵魂，装在一个美丽盒子里，在我故乡是不是一件常有的事情，我还不大知道；我所知道的，是那些山同水，使地方草木虫蛇皆非常厉害。我的性格算是最无用的一种典型，可是同你们大都市里长大的读书人比较起来，你们已经就觉得我太粗糙了。"在沈从文笔下，失败者往往就是这些"读书人"，而值得同情和怀念的，则是与之相反的"乡下人"及属于乡村的朴素情感。沈从文作品的婉约、感伤情调，也便由此而来。

那么，我们能不能就此得出结论说，沈从文是一个城市生活和城市文明的反对者，并甚而是一个文化倾向上的保守主义者呢？在沈从文的世界里，固有其倾向于传统的情感，并且，这种情感与某种特殊的乡俗民情和地域文化因素融和在一起，构成为一种典雅、动人的情调。但这并不意味着沈从文将一种"乡下人"的价值观完全置于"读书人"的价值观之上，并使之绝对化。从包括《虎雏》在内的许多作品中，我们可以看到，沈从文更多的是以一种审美的方式来观照和对待生活；他对于自然人性和人格的推崇，更多的是出于他的审美情感，而非理智的评判。如果把城市文明看作是现代社会发展的一种主流趋势，那么，沈从文所表现的就是在这种主流趋势之外的另一种生活方式。在这种方式中，人性表现出更多的质朴和自然之美。而这种质朴和自然之美，恰恰又已为城市生活所抛弃，并且也已远离了我们的现代生活。于是，沈从文的情感选择的合理性便表现出来了，让城市的属于城市，让乡村的属于乡村，这才是真正属于自然的。但是，在现代社会中，城市生活和城市文明居于无可置疑的主导地位，乡村情感不仅得不到重视，而且还不断地遭到破坏。同时，城市生活也根本不可能为一种质朴和自然的人性提供生存与发展的空间，其结果必然是对于这种人性的扼杀。

由于沈从文在道德和审美的情感方面表现出倾向于肯定乡村的质朴、原始和自然的生活方式，他便往往受到某种误解。人们以为他是一个顽固的文化守旧分子。其实，沈从文不过是在现代文明的氛围中，为乡村情感的消逝而惋惜。他其实是不可能真正与城市生活诀别的。不过，他自觉地站在城市的边缘，并自觉地用一种"城市里的乡下人"的目光来看待城市与乡村、文明与野蛮的对立和冲突，所见所感自与"读书人"和"乡下人"都各不相同。而在他自身的情感与理智及其价值取向中，也便深藏着一种深刻的痛苦。他的作品不是牧歌，而是关于乡村情感的一首首挽歌。这些挽歌在现实生活中无疑是相当低沉、软弱的，但在情感和审美领域中，它们却产生出无比动人的魅力。《虎雏》等作品的内在价值，大致就体现于此。

（吴俊）

爱情场景与女性理想

——《如蕤》赏析

◎1945年张兆和在昆明桃园。

沈从文以都市人，尤其以知识者心态为表现对象的小说，多有讽刺小说的倾向，如《八骏图》《蜜柑》等，都以恋爱故事为依托，嘲谑人类的欺诈、游戏或痴妄、无能等劣性，展示某种流俗。但《如蕤》是少数描写都市知识者的"正剧"之一，似乎是真正的恋爱小说。

这一恋爱故事被集中于四个季节与场景：秋（医院）－夏（海滨）－冬（北平）－春（西山），在场景转换的说明文字中，女主人公心态有明显的表露。如"夏天，热人闷人倦人的夏天"，反映了她在南方海滨生活的心理感受，"闷""倦"促使她逃离日常生活轨道，寻找爱情。"一个极长的冬天"，以简略的叙述概括了三年生活，对如蕤而言，她与男子的关系处于"冬天"，毫无生气，只是"在一堆无多精彩的连续而来的日子中，打发了一千个日子"，秋天部分被置于叙述之始。"仿佛春天"，既契合了恋爱的季候，预告了前方的严冬，爱情在温情脉脉的掩饰下走向决裂；又契合了如蕤的生命节律，是她的青春、快乐、自信在时

◎上世纪40年代沈从文与林徽因合影。

间之流的冲激下渐渐消退的时节。男子不唯无名，而且其感受也较少受关注，仅在最后一部分才有表露。因为在病中受了温柔的照料，体味到感情的重量，他的"春天"是"有雪微融"的。但更强烈的仍是如蕤的心声："不，黄叶作证，这不是春天。"在寒暖更替中，她看到的是死灭，似乎顿悟了爱的虚幻，决意离开了。

　　从场景说明中，可以看出作品的叙述中心是女主人公如蕤。作者刻意选择了从盛夏正午到微寒的春日黄昏，从喧闹的海滨到寂寥的西山（面对无名氏墓园）这样的时空变换，以戏剧性的场景使事件成为戏剧化的情节，也成为如蕤在恋爱中心理历程的外化。在沈从文的作品中，有许多以女性为叙述中心者，如《萧萧》《三三》等，边地自然的女儿在体现作者理想方面得天独厚。她们的美丽、善良、天真、热情，是封闭、青幽的乡土与自然的清辉灵性的投射而已；对于如蕤，环境相反地成为其内心意识的映照与回响，女性形象不同以往，在这映照与回响中显得突出，甚至超乎情节之上。

　　如蕤像沈从文笔下一切年轻女子一样，美丽、自然、活泼、骄傲，既顽皮天真又温柔亲切，加上知识者的"品学粹美"，精通各种技能，其魅力使所有的人为之倾倒。这种"完美"性使她高不可及，阅览众人的痴妄而无从涉足爱情，骄傲之中裹着落寞与厌倦。在如左拉笔下的贵妇一样被粗暴冒犯的念头中，不仅有被征服的渴望，也有都市人对乡村空气和原始生活的向往，都根源于对生活常态的倦怠。当她向东方航行寻找照亮生活的太阳时，其理想是含糊不明且极普通的：希望一只有力的手将她从当前令人痛苦厌倦的境遇中解救出去。

如蕤的爱情故事实际上是个人内心的外化物，是女性获得幻想模式的变体。故事中的男子无名无姓，因为与他人并无二致，只是恰好在她落难（遇风暴落水）之时扮演了勇士角色。在这一场景中，如蕤失去了独立行动的力量，自觉扮演弱者，任"一只强而有力的手攫住头发"，"孱弱地笑着"。而年轻的男子竟"经验十足"，有"强健的胳膊，强健的灵魂，一切皆还不曾为人事所脏污"。这些词语出自如蕤的内心，男子成为她爱情理想的化身，自造的目标。

迄今为止，灰姑娘获救的模式，仍是许多爱情故事最动人的一幕，是女性获得爱情的有效方式。但如蕤并非一直处于艰险恶劣境遇之中的灰姑娘，而是有清醒的自我意识的骄傲的知识女性。意外的瞬间过去，她仍显出对自我、他人及事件的控制力与主动性。在此后的关系中，她用"快乐和游戏的心情"引导男子，使其处于附和地位。如蕤的故事危机便埋伏于此：年轻男子只将她从意外中救起，而非如幻想模式，从倦怠的生活常态中将她解救。改变不曾发生。而她作为"被救者"无力控制整个事件的流向，引导女性的"拯救者"。因而只能在不和谐中漂流过三年，一个漫长的冬天。

又一意外场景帮助了她。男子因实验中毒，成为受照顾的病人，如蕤扮演受感激的护理者。在秋天、春天这两部分，二人完成了与夏天相对的角色转换。两个场景构成一种均衡，意外使男子成为弱者，受感动而爱上了如蕤，似乎帮助如蕤完成了"引导"，圆满了恋爱故事。然而男子一旦被感动，便丧失了那种征服如蕤的骄傲与光辉，成为她所熟悉并超乎其上的"痴妄者"之一。既然她立意要找一个男子，"看他的骄傲，如何消失到温柔雅致体贴亲切的友谊的应对里"，那么她已经获得成功；这种引她入爱情的快乐游戏的动机，也成为她放弃恋爱故事的心理机制，使她如三年前一样，留言、离去。

这一圆满结局之外的选择使《如蕤》不止于一则伤感的爱情故事，更是如蕤个人的一次体悟，泄露了一个现代青年知识女性的生存状态及复杂心态。如蕤被陷于游戏与真实、个人骄傲与爱情等力量之间。她的执著、痛苦都真实无伪，即使只是出于好奇，为了体验爱的全程。但如蕤需要的与其说是爱情，不如说是认识、寻找自我，证明自身的力量。她理想中的爱人在这一事件中依然模糊，如

◎上世纪80年代沈从文夫妇在吉首，和舞蹈学校学员在一起。

同她第一次离开海滨之时。不同的是，身后增加了一位痴妄者。虽然时光摧折着容貌，她的成功却使骄傲与寂寞依旧。若说湘西女儿的狡黠与骄傲，为其赢得了最多最美的歌声，为恋爱加入生趣的话，如蕤的骄傲与强烈的自我意识、主动性，却阻碍了她获取爱情，又使爱转化为审美体验，失去了它的自然重量。如蕤的悲剧（如果算是悲剧的话）是都市人的悲剧，其中有许多知识女性共有的矛盾心态。不论在追求中曾付出怎样的努力，但获得男子爱情，既是她个人魅力的成功（一如既往并无惊喜），保全了其骄傲，也是其爱情信念（寻找更为骄傲者以被征服）的失败。如蕤注定是尴尬的，尤其在男子为之感动之后。她只有抛弃与出走。在小说中，她已重复着这一行为，天真单纯的快乐与充满浑沌的感觉便注定远离她而去，永远置她于迷惘与不满之中了。

沈从文擅长塑造少女形象，湘西留给人们最具体的形象便是美丽乖巧多情的少女，她们是自然孕成的完美混沌的产儿，是作者诗性与理想的载体。如蕤们同样显出理想化描写，但《三个女性》中"理想的女性"××死了，《主妇》中的碧碧简单而多俗气，《八骏图》中教授庚身边的女子有轻佻狡猾的嫌疑，都比较复杂成熟，心思缜密，令人捉摸不透，作为诗性理想的载体的符号作用已大大降低，却仍体现了男性理想的痕迹，在《如蕤》的人物关系中可以看出。无论如何，在从湘西到都市的题材改变中，女性形象也由天真单一走向成熟、深刻，甚至逸出作者控制，这是沈从文在女性心理开掘方面的发展。

然而，作者的态度是矛盾的。一方面以女性为叙述核心，写周围一切在她内心的反应，甚至借她的心理发自己对于城市文明、时局的牢骚，一方面又保持距离，在叙述中间离读者的信任，破坏其美丽、骄傲等特征。小说叙述人常表现出调侃、嘲谑态度，如刻意让如蕤在秋天着绿衣用红色票夹，造出"绿肥红瘦"效果，讽其挽救青春的努力。谈谐与调侃在乡土小说和讽刺作品中，常可增加生趣，这里却显见缺乏关切的嘲笑与自赏自得感，也阻碍了对如蕤内心的深入探究，仅将其建立和谐关系、获取爱情的失败归于年龄差距，归于人对时间的无力，过于简单。旁观的叙述者将人物的心理悲剧轻轻掩上，完成部分的自我消解。似乎对这一类性格鲜明复杂自我意识强烈的女性既渴望了解，又害怕其自我呈现，难以把握。如蕤的恋爱故事确令人迷惑，难有完美结局；其性格愈丰满，愈往其信念深处、行动背后走，愈可见一个令人害怕的黑洞。对于沈从文，在亲切而遥远的回忆与想象中，已有一个美丽明净、永远等待着爱人的湘西女儿，使他终将放弃对如蕤们内心的冒险探索，凝视生长于心灵中的完美女性。《如蕤》作为沈从文的都市小说的代表作之一，正显示了性别对于其观察创造力的难以避免的框范。

（姜泓冰）

时间差异与贵生的命运

——《贵生》赏析

◎1949年7月，第一届全国文代会期间，巴金等人特意来看望病中的沈从文。左起：沈从文、巴金、张兆和、章靳以、李健吾。

　　《龙朱》《月下小景》及《神巫之爱》展示一个过去时态的浪漫世界图景，纯洁、明净，是朗日皓月下的故事，模拟着神话传说的叙事方式，画出生命"神性"自足性一面的理想图型。《阿黑小史》《柏子》《会明》一类，描绘人的原始的自然的生存形态，生命是在与自然世界及生存本能自身的感应交流中获得充足，人类生命的自我节律与自然的节律于和谐共振中使"时间"的意义趋向永恒。在没有差别的"时间"里，生命是完满的、充实的、自足的，没有喜剧也并无悲剧，在清新平静背后自有其庄严端方气象。这"拟古典"的生存似乎是人类过去时代的遗迹，却是世界偏远一隅的现实。在同一历史坐标中"时间—空间"的意义轨迹并不各个相同，若各个维持其固有旧有的谐调，则可以各自存在、延展，相安无事。然而在《萧萧》《丈夫》《边城》《长河》中，我们看到了旧的轨迹在轻轻震动，来自叙述者价值信念或来自人物自身生存空间的压力改变着"时间"的永恒意义。在"时间"的差异之间，在观念（生活方式）的较量之间，"悲剧"意味正在不断生成；其间也有"喜剧"的穿插，比如《长河》中那不卖橘子却允许人随便吃橘子的年轻汉子所受到的窘迫，比如《贵生》中那些仆佣们在厨房里议论四爷五爷的场景，实在说，这"喜剧"只是"悲剧"的翻转。沈从文在他的乡村世界题材创作中坚持的"时间"尺度是统一的"现代理性"，只有在回过头来察看"现代的城市"时，我们才看到真正的"喜剧"。

我们把《贵生》当做末一类"悲剧"故事读。

从贵生在溪边磨他那把镰刀的时候，我们就看清了贵生的世界，一个随了自然的季节更迭而延续的世界。春秋冬夏，贵生知道他份内该做该娱乐的是什么，他勤劳，不贪婪，知足知感恩，又有好人缘，凡事不过头，憨而不傻相，且暗暗爱着杂货铺老板的女儿金凤，从物质到精神，贵生虽不富足但都可谓"无往不宜"，就如地面上一株健壮小树，四季轮回，小树终会顺顺当当生长，贵生也会自自然然得到他所想的一切，一辈子过他那安分日子，平静而且满足。即便因着金凤的"克相"，贵生存了小小的计算退避之心，这点阻碍也可望为"时间"所消弭，贵生要做的只是稍事等待，何况贵生已经得出结论要"热米打粑粑，一切得趁早"呢。然而这时却有了从大城市里下乡来的张家四爷和五爷。

四爷是个在外面闯荡的浪荡军官，五爷虽做着土财主，可也是个读书人，对外面的新事物自有他的一知半解。二人既拥有"命里带来的"钱财，便分别在"嫖"、"赌"二事上下功夫，无度地挥霍；又因着他们的"见识"程度，使得知命的小民们除了敬畏惊叹之外更只能向"命数"里寻求解释。从贵生、鸭毛伯伯们和四爷五爷话语方式的差异中，你可以清晰地辨认出他们不同的心理气质和人生形态诸特征，这特征正由其生存的"时间"差异所构成。

贵生们使用话语的过去时态。佣仆们在厨房里谈论着四爷五爷的嫖赌轶事，那些对于他们来说既是故事一样有声有色，超出了他们的经验范围与想象力，同时也是真正的"故事"，就如传说一样在年代上即有一种久远模糊之感；且因着在"年代"上他们模糊了四爷五爷的形象，那些嫖赌轶事竟也就有了几分传奇式浪漫色彩，四爷五爷于是倒仿佛遗世的"英雄"了。贵生向金凤陈述的是过去的生活事实，"我到围子里去告他们打桐子"，"我前天装了个套机"，"你记不记得在我砂地上偷栗子"，"我进城了，在我舅舅处住了三天"，那么贵生也只应得到金凤"过去"的爱情。鸭毛伯伯之劝慰贵生，从古代邓通说到五爷纳妾之前，说到贵生原本"可能"有的好姻缘，完全套用了"事后诸葛"的语气和辞汇，且归结到一个不可索解的"前定"的命，他们又多使用谚词俚语这似乎是现在时态的话语，然而它们恰恰是历史（包括语言的历史）的"遗迹"，就在这过去生活的"遗迹"上，他们找到了生存和进退的依据，并且获得精神抚慰，一种舒坦的然而务虚的宽解。我们注意到张家四爷五爷是从不使用这一套辞令的，他们占据着话语真正的现在时和将来时这片广阔的交际地带，这话语的语境是向着现实开放的，务实的，进逼性的。在四爷五爷询问贵生何时可以打桐子一场景中，你不是可以非常清晰地看到这两种不同话语方式的直接交锋么？那是一次象征性演示，我们由此已知贵生的必然败北；此后由于提亲的"时间差"而造成贵生的爱情悲剧，只不过是一次更戏剧化的实况具象而已。仿佛贵生的悲剧只是由这一点偶然造成，事实上则在这具体的"时间差"之后隐含了更深刻的"时间的一般"，那对于不同的人不同的人生具有了不同意义的抽象的"时间"——因了这一层面意义上的"差异"，贵生才真正走向了悲剧的境地：一个仿佛龙朱时代和阿黑时代"遗民"的贵生在另一个历史"时间"中的被曲扭与被遮蔽。

从另一个角度来看，贵生显示了人性之"善"与"美"的方面，在这里一切都是平和静美的，一把小镰刀，土坎上开着白花的芭茅草，透亮溪水中快活的小虾子，山上的野生瓜果，杂货铺及其主人们，围子里的鸭毛伯伯和城中的老厨子舅舅……处处皆有生机和温情，仿佛生命原当如此，又仿佛生命的一个幻美假象。然而"历史"演进的代价之一即是人性之"恶"之"丑"的方面宣告对"善"与"美"的胜利，张家四爷五爷正因着其被伦常视为"毒质"的"嫖""赌"禀性，和他们不公平得来的财富而获得了对于贵生们的压抑与剥夺权力。人性的"常""变"与"历史"的进退似乎在相背的价值取向上发展着。沈从文怀着困惑和矛盾注视着这诸般变迁，在一个文学家的审美情感即对于"美"（在他看来"美"就是善的一种形式）的锐敏倾心和一个现代人的现代理性之间，他终于难定取舍。在《贵生》中，你一方面能体察到写作者对于贵生们的爱悦无所不在，那是来自灵魂深处的共鸣与认同："坐在房间里，我的耳朵里永远响的是拉船人声音，狗叫声，牛角声音"，"我爱悦的一切还是存在，它们使我灵魂安宁"（《〈生命的沫〉题记》）；另一方面，你又不致于对张家四爷五爷起了强烈的厌憎，他们的性情甚至亦有几分"粗糙"的可爱使你动心，至少五爷的灵魂中是仍有着山野的迂讷与硬朗相混杂的气息的。于是你最终也极可能陷进那种关于"命定"的又凄凉又莫可奈何的不能穷解的情绪里。

　　沈从文也并没有忘记他所熟知的贵生们优美性情的另一面，即在明媚之下的"雄强"品格，"装在美丽盒子里"的"野蛮的灵魂"（《虎雏》），这使他们反抗了那似乎无法抗拒的"命定"，在以强力击退柔弱之中完成自身的完整健壮生命的塑造。贵生最终一把火烧掉了杂货铺和自己那苦心经营装载了他的全部依托与希望的家，不知生死也不知所之，这又盲目又刚烈的惊人之举自是一个完整的贵生形象最末的有力一笔，也是它似乎稍稍抹去了一点"宿命"的迷惘，然而唯其"惊人"，那"无常"的基调终于不可改变。沈从文所做到的，只是赋予了这种种"生命的偶然"以一种忧愁的美丽，使一切爱憎和哀乐尽可能化解并掩映于"偶然"的跳脱生机之中。由此你可以说最终沈从文也仍旧是在"文学家"和"现代人"的感知与思维方式之间踟蹰犹疑着的——倒是他早期的一些稚拙之作更显出一些"单纯"的可爱，我说"单纯"，是说从那些作品中似可更清晰地辨识或等待一个"小说家沈从文"，一个在感知和思维乃至文体形式上独标一格的写作者。

（范智红）

沈从文
附录
304
名作欣赏

探寻隐去的神性之径

——《烛虚》赏析

◎沈从文为学员讲授丝织品。

　　在云南昆明的九年，是沈从文人生旅程中最痛苦、灵魂最受煎熬的日子，读他这一时期大部分沉思默想式的自传性散文，犹如聆听一位超越于刀光剑影、"炮火铁雨"的烦嚣尘界的哲人，与他心目中的"上帝"倾心交谈。他们谈的话题很多：战争与和平、自然与生命、历史与文化、真实与虚妄、具体与抽象、受难与祝福，以及生与死、怕与羞、爱与美。这也是一位孤独无依的流浪者和乡下人，一位充满矛盾冲突和困惑的思想者内心灵魂的独白。沈从文将这部对话集和心曲题名为《烛虚》，旨在"察明人类之狂妄和愚昧，思索个人的老死病苦"，"使生命之光，煜煜照人，如烛如金"。

战争仿佛打开了"潘多拉的盒子",贪脏纳贿,投机取巧,人性堕落,精神颓萎,诸种魔鬼、罪恶充斥华夏大地,作家忧心如焚,辗转苦思,用手中的笔蘸着心头的血,点亮了不灭的烛光,以生命的燃烧烛照苦难与不幸,祈求温柔与怜悯,呼唤虔诚、敬畏与爱心。苏联作家巴乌斯托夫斯基在谈到蒲宁的一篇小说时写到:"它不是小说,而是启迪,是充满了怕和爱的生活本身。"(《金玫瑰》)290页)这又何尝不是《烛虚》的写照呢?《烛虚》不仅是一部自传性的散文,而且是生活的启迪,是充满了怕与爱的生活本身。《烛虚》之四中,沈从文谈到了"怕"和"羞":"目下这两字意义却已大部分失去了","我幻想在未来读书人中,还能重新用文学艺术激起他们'怕'和'羞'的情感"。沈从文这里所指的"怕"与"羞"当然不能按一种表面化的日常意义来理解,在这里"怕与任何形式的畏惧和懦怯都不相干,而是与羞涩(shame)和虔诚相关。以羞涩和虔诚为质素的怕,乃是生命之灵魂进入荣耀神灵的虔信的意向体验形式"。(刘小枫语)有感于我们民族精神素质的严重大缺,沈从文的努力就是要使人类"表示对'自然'倾心的本性有所趋避,感到惶恐"。使人们学会"怕",学会"羞",更学会"爱",沈从文说:"这就是人生。也就是多数人生存下来的意义。"这无疑是懂得"怕"与"羞"的灵魂所听命的催人肠断的声音。要读懂沈从文的《烛虚》,并不比读懂那些高深莫测的人生哲学的煌煌大论容易,只有尝尽世间的沧桑苦难,才会真正懂得沈从文及双手捧出的这颗灵魂。

沈从文是孤独的,"我有我自己的生活与思想,可以说皆是从孤独得来的",(《我的写作与水的关系》)他渴望孤独,"我需要清静,到一个绝对孤独环境里去消化消化生命中具体与抽象。"《烛虚》正是沈从文在孤独中对"生命中具体与抽象"的哲学沉思,思考便是同自己灵魂的对话。沈从文不断地寻找自我,寻找属于自己的那分宁静与孤独,心灵的独白也即是对自我的找寻,而勘探自我的"存在","还为的是返照人"。写《烛虚》时,沈从文的思绪飘得很远,他一定看见了自己从那条生于斯长于斯的沅水河畔滚爬起来的足迹,看见了一个"乡下人"只身叩击命运大门的身影。在乡村与城市之间,传统与现代之间人类与自我之间,沈从文时常有一种"吾丧我"的自我迷失感。最终他"明白了自己,始终还是个乡下人"。"我发现在城市中活下来的我,生命伊然只淘剩一个空壳",正如一个荒凉的原野,生命已被"时间"、"人事"剥蚀将尽了。这是沈从文对

◎沈从文手稿：《我的写作与水的关系》。

自我的反省，也是对人类性灵迷失的"烛照"。他宁愿去到"同外物完全隔绝的地方"，想走出这个琐碎、懒惰、敷衍、虚伪的衣冠社会，去黄河岸边，去乡村土窑，去芳草绿地，同"自己""重新接近"，找回失去弹性的灵性。

"大块劳我以生，息我以死"，这是沈从文此时所反复咀嚼吟咏的一句圣贤古语，嚼出的却并非是历世与颓唐的苦汁。人生苦短，生死无常，辛辛劳劳，但沈从文从中却体味到一种悲壮的美："流星闪电刹那即逝，即从此显示一种美丽的圣境，人亦相同"，"凡知道用各种感觉捕捉住这种美丽神奇光影的，此光影在生命中即终生不灭"。唯有对有生的一切充满爱心；唯有此心恬然澄明，"无滓渣、少凝滞"，虚心纳物，有充满丰富的感受性的内在领域；唯有以唇触地那般宗教的虔诚，才能"一刹那间被美丽所照耀、所征服、所教育"。爱与死不分离，因爱而思索死，在生中窥见美，生与死，爱与美是沈从文生命哲学的永恒命题，这是如鲁迅所说的充满"执著"与"纠缠"精神的爱，是"如中毒，如受电，当如之者必喑哑萎悴，动弹不得，失其所信所守"的审美体验。唯其如此，生才不显得负累，死亦不意味着恐惧。"生命永生"也不再是一个神话，一个虚妄的乌托邦，不再是一串注定要失落破碎的梦幻。这便是沈从文在《烛虚》中要表现的"美丽的人生哲学"。"重新给'人'好好作一度诠释，超越世俗爱憎哀乐的方式，探索'人'

的灵魂深处或意识边际，发现人，说明'爱'与'死'可能具有若干新的形式。"
沈从文是一位诗人哲学家，昆明九年，这种哲学之"思"，更加纯粹更加深沉。
《烛虚》是蕴含着作家哲学之思的诗化散文。海德格尔说过，贫困时代的真正的
诗人之本质就在于，诗的活动在他身上成为"诗的追问"。越是在人类迷失之时，
诗人越要担当起历史的失误，承受着孤独、痛苦，坚持追问那更高的存在的世界。
"……唉，上帝。生命这火燃了又熄了，一点蓝焰，一堆灰。谁看到？谁明白？
谁相信？"（《烛虚》之五中的杂记三）沈从文精心描绘了一个如《法华经》中
形容的神境。这是一个诗意化的境界，天、地、人、神融合在一起的世界："微
风"、"山花"、"河水"、"青蛙"、"黄牛"、"白鸽"，以及自然精髓化成的"美目
含睐，手足微动，如闻清歌，似有爱怨"的美神，最终又都归于"虚空"——"无
声，无香，只一片白"。一切都被一片神秘的光彩所笼罩，幻化成一个灵魂的寄
所，神性所在的妙境。沈从文当然不是在给自己唱一首归隐之歌，而是他苦闷、
孤独、忧郁心灵对美好灵性、理想境界的追寻；是他在痛苦中坚持追求神性诗
意，渴慕梦幻美景，是对时代的迷茫、人心的张惶、灵魂的迷失的深沉反思。沈
从文创作伊始就是在赤着流血的双足，寻访神灵隐去的路径，怀着"如焚如烧"
的童心追问。目睹现实世界的堕落和衰败，沈从文认为重要的是拯救人的内心，
要是人的内心丧失了爱的情感，丧失了对自然的虔诚、敬畏与敏感，丧失了温柔
的同情，只剩下"法币"、"赌博"、"惰性"、"交易"，那么，这个民族的精神只
会彻底堕入疯狂、冷酷、荒谬之中，人也就真正无家可归了。"生命或灵魂，都
已破破碎碎，得重新用一种带胶性观念把它粘合起来，或用别一种人格的光和热
照耀烘炙，方能有一个新生的我"，只有当人在内心中蕴育神圣的东西，充满虔
诚的"怕"与"羞"，小心卫护自然的灵性，人生才有依持，灵魂才不致于空虚，
历史社会的人也才能与自己的自然环境相互为友，相互惠爱，生活的世界才会是
一个温和恬适的充满爱意的乐园。这也许是《烛虚》给我们的最大启迪。

（赵学勇）

附录二:

沈从文作品要目

鸭子(小说、戏剧、诗歌、散文合集)
　　　上海北新书局 1926 年初版。

蜜柑(短篇小说集)
　　　上海新月书店 1927 年 9 月初版。

老实人(短篇小说集)
　　　现代书局 1928 年 7 月初版。

阿丽思中国游记(长篇小说)
　　　上海新月书店 1928 年初版。

入伍后(短篇小说、戏剧合集)
　　　上海北新书局 1928 年初版。

不死日记(短篇小说集)
　　　上海人间书店 1928 年初版。

雨后及其他(短篇小说集)
　　　上海春潮书局 1928 年初版。

好管闲事的人(短篇小说集)
　　　上海新月书店 1928 年 7 月初版。

龙朱(短篇小说集)
　　　红黑出版社 1929 年初版。

旅店及其他(短篇小说集)
　　　中华书局 1929 年 2 月初版。

神巫之爱(中篇小说)
　　　上海光华书店 1929 年初版。

旧梦(中篇小说)
　　　商务印书馆 1930 年 12 月初版。

石子船(短篇小说集)

上海中华书局 1930 年初版。

沈从文甲集（短篇小说集）
神州国光社 1930 年初版。

一个女剧员的生活（中篇小说）
上海大东书局 1931 年 8 月初版。

从文子集（短篇小说集）
新月书店 1931 年初版。

虎雏（短篇小说集）
上海新中国书局 1932 年 1 月初版。

记胡也频（传记文学）
上海光华书店 1932 年 5 月初版。

都市一妇人（短篇小说集）
上海新中国书局 1932 年 11 月初版。

一个母亲（短篇小说集）
上海合成书店 1933 年初版。

月下小景（短篇小说集）
上海现代书局 1933 年 11 月初版。

阿黑小史（中篇小说）
上海新时代书局 1933 年初版。

游目集（短篇小说集）
上海大东书局 1934 年 4 月初版。

从文自传（传记文学）
时代书局 1934 年初版。

如蕤集（短篇小说集）
上海生活书店 1934 年 5 月初版。

边城（中篇小说）
上海生活书店 1934 年 9 月初版。

沫沫集（论文集）

上海大东书局 1934 年初版。

记丁玲、记丁玲续集（传记文学）
上海良友复兴图书印刷公司 1934 年初版。

八骏图（短篇小说集）
上海文化生活出版社 1935 年 12 月初版。

湘行散记（散文集）
上海商务印书馆 1936 年 3 月初版。

从文小说习作选（小说散文选集）
上海良友图书印刷公司 1936 年 5 月初版。

新与旧（短篇小说集）
上海良友图书印刷公司 1936 年 11 月初版。

废邮存底（论文集）
上海文化生活出版社 1937 年 1 月初版。

湘西（散文集）
长沙商务印书馆 1939 年 5 月出版。

主妇集（短篇小说集）
商务印书馆 1939 年 12 月初版。

烛虚（论文集）
上海文化生活出版社 1940 年初版。

春灯集（短篇小说集）
上海开明书店 1943 年 4 月初版。

云南看云集（论文集）
重庆国民图书出版社 1943 年 6 月初版。

黑凤集（短篇小说集）
上海开明书店 1943 年 7 月初版。

长河（第一卷）（长篇小说）
上海开明书店 1948 年 8 月初版。